FRANCISCO DE ASSIS
O MANÍACO DO PARQUE

Ullisses Campbell

FRANCISCO DE ASSIS
O MANÍACO DO PARQUE

© 2024 - Ullisses Campbell
Direitos em língua portuguesa para o Brasil:
Matrix Editora
www.matrixeditora.com.br
❶/MatrixEditora | ❌@matrixeditora | ◉/matrixeditora | ♪/matrixeditora

Diretor editorial: Paulo Tadeu
Capa, arte e diagramação: Danieli Campos
Ilustrações: Félix Reiners
Edição e checagem: Gabriela Erbetta
Revisão: Josiane Tibursky
Créditos das fotos:
331 - álbum de família
332 e 333 - reprodução Rede Globo (332 em cima); demais: Ullisses Campbell
334 e 335 - álbum de família
336 - arquivo do Exército
337 - álbum de família
338 - Governo do Estado de São Paulo, reprodução internet e Ullisses Campbell
339 - arquivo da Polícia Civil SP
340 - reprodução de TV
341 - arquivo da Polícia Civil SP
342 e 343 - reproduções de jornais e revistas
344 - álbum de família
345 - reprodução de TV
346 - reprodução de TV (em cima) e Ullisses Campbell
347 - arquivo do Tribunal de Justiça SP (em cima) e Tiago Queiroz (Estadão Conteúdo)
348 e 349 - reproduções da internet
350 - arquivo da Polícia Civil SP
351 e 352 - Secretaria de Administração Penitenciária SP

CIP-BRASIL - CATALOGAÇÃO NA PUBLICAÇÃO
SINDICATO NACIONAL DOS EDITORES DE LIVROS, RJ

Campbell, Ullisses
Francisco de Assis: o Maníaco do Parque / Ullisses Campbell. - 1. ed. - São Paulo: Matrix, 2024.
352 p.; 23 cm.

ISBN 978-65-5616-479-3

1. Pereira, Francisco de Assis, 1967-. 2. Homicidas em série - São Paulo (SP).
3. Homicídios em série - São Paulo (SP). I. Título.

24-92532
CDD: 364.1523098161
CDU: 343.611(815.6)

Gabriela Faray Ferreira Lopes - Bibliotecária - CRB-7/6643

SUMÁRIO

APRESENTAÇÃO 10

CAPÍTULO 1
NASCE UMA ESTRELA 14

CAPÍTULO 2
PEIXE VIVO 46

CAPÍTULO 3
A CHÁCARA DO DIABO 78

CAPÍTULO 4
OLHOS SEM ALMA 108

CAPÍTULO 5
OS MONSTROS DE FRANCISCO 138

CAPÍTULO 6
SOLDADO 998 170

CAPÍTULO 7
ESCURIDÃO INTERIOR 202

CAPÍTULO 8
DEUS DA CARNIFICINA 230

CAPÍTULO 9
PRENDA-ME SE FOR CAPAZ 262

CAPÍTULO 10
A ÚLTIMA TROMBETA 292

FRAGMENTOS DA VIDA 330

Agradecimento eterno aos meus guardiões jurídicos hoje e sempre:
Alexandre Fidalgo
Juliana Akel Diniz

Agradeço também a:
Alexandre Piccinini (gestor de tecnologia)
Ana Beatriz Barbosa (psiquiatra)
Beto Ribeiro (jornalista)
Centro de Comunicação Social do Exército
Delegacia Seccional de Polícia de São José do Rio Preto
Edilson Mougenot Bonfim (procurador de Justiça do MPSP)
Fernanda Herbella (delegada)
Iza Toledo (psicanalista)
Jonne Roriz (fotógrafo)
José Guilherme Giocondo (psiquiatra)
Josmar Jozino (jornalista)
Juliana Rosenthal (dramaturga e roteirista)
Júlio Octávio Moscato Ramos (estudante)
Luiz Marcelo Negrini Mattos (promotor de Justiça)
Maurício Correali (delegado)
Rubens Ataíde de Souza (técnico em Química)
Seccional de Polícia de São José do Rio Preto
Sérgio Luís da Silva Alves (delegado)
Viviane Freire (advogada)
Vivien Pesce (advogada)

Cuidado com os falsos profetas. Eles vêm a vocês vestidos de peles de ovelhas, mas por dentro são lobos devoradores. Vocês os reconhecerão por seus frutos. Pode alguém colher uvas de um espinheiro ou figos de ervas daninhas?

(Mateus 7:15-16)

APRESENTAÇÃO
A GÊNESE DA LOUCURA

Francisco de Assis Pereira, o Maníaco do Parque, é uma figura emblemática no cenário criminal brasileiro. Com uma sedução refinada, ele utilizava suas habilidades sociais para abordar mulheres nas ruas de São Paulo, apresentando-se como caça-talentos da Avon, a gigante dos cosméticos. Após conquistar a confiança das vítimas, ele as convidava para acompanhá-lo até o Parque do Estado, onde cometia atrocidades indescritíveis.

Pelas próprias estimativas, Francisco levou pelo menos 200 mulheres ao parque em um período de dois anos, tendo matado nove delas. A polícia, entretanto, contabiliza onze vítimas, embora ele tenha sido condenado por sete homicídios.

Sempre que a história desse *serial killer* é contada, surgem diversas perguntas: como tantas mulheres caíram em sua lábia? Como não desconfiaram que ele poderia ser qualquer coisa, menos um olheiro da Avon? O que realmente as levava a subir na garupa de sua moto? Por que entrar na mata fechada por uma passagem clandestina?

Antes de começar a leitura desta obra, é essencial deixar claro que essas mulheres não têm nenhum tipo de culpa pela existência de uma criatura tão horrenda quanto Francisco de Assis. Inúmeros laudos psiquiátricos e psicológicos classificaram Francisco como um psicopata frio, extremamente manipulador e genuinamente sedutor. Em interrogatórios, ele admitiu que escolhia suas vítimas a dedo, identificando mulheres que caminhavam olhando para o chão, com ombros arqueados – sinais de baixa autoestima. Segundo ele, qualquer elogio as faria aceitar seus convites.

O *modus operandi* de Francisco lembra muito o de João de Deus e o de Roger Abdelmassih, dois predadores sexuais notórios. Os três atacavam mulheres em estado de total vulnerabilidade, com autoconfiança fragilizada e complexo de inferioridade. Responsabilizar as vítimas pelas ações desses criminosos é subestimar a capacidade de manipulação deles e desconsiderar as circunstâncias que levaram as mulheres a confiar neles.

Para compor esta obra, foram entrevistadas 40 mulheres que sobreviveram ao maníaco, tanto dentro quanto fora da floresta. A pedido delas, seus nomes foram trocados. A maioria estava enfrentando problemas financeiros, tentando vencer na vida, ou se achava pouco atraente. Francisco chegava justamente nesses momentos, fazendo promessas em troca de ensaios fotográficos, em que as mulheres posariam como *top models*. Nos anos 1990, o Brasil vivia um *boom* de supermodelos sendo descobertas nas ruas por olheiros, como Gisele Bündchen, catapultada para as passarelas do mundo depois de ser vista comendo um hambúrguer num shopping de São Paulo.

Francisco de Assis teve sua carreira de assassino interrompida graças a uma de suas vítimas. Ele já havia matado três mulheres, quando uma vendedora das Lojas Brasileiras se recusou a ir ao parque no momento em que foi abordada, no Centro de São Paulo. O motoboy lhe deu o número de telefone e desapareceu. Em seguida, duas outras vítimas foram à delegacia fazer o retrato falado do assassino, publicado na *Folha de S.Paulo* em 12 de julho de 1998. Ao ver a imagem do maníaco no jornal, a vendedora foi à polícia entregar o contato do criminoso. Francisco deu um baile na polícia. Fugiu para o exterior, passeou pela

Argentina e Paraguai. Só foi capturado 21 dias depois no Rio Grande do Sul, graças à denúncia de um pescador.

O mais impressionante na trajetória do maníaco é que ele poderia ter sido detido muito antes de matar sua primeira vítima em São Paulo, na segunda metade da década de 1990. Sua ficha criminal já incluía uma tentativa de estupro registrada na delegacia de São José do Rio Preto, em 1995. Dois anos depois, outra jovem foi à 1ª Delegacia da Mulher da capital para denunciar que havia sido violentada no meio do mato por Francisco. Seis dias após assassinar Isadora Fraenkel, em 1998, o motoboy foi chamado ao Departamento de Homicídios e de Proteção à Pessoa para explicar os saques da conta corrente da vítima. Com a maior cara de pau, ele deu uma desculpa qualquer e saiu da delegacia pela porta da frente para executar mais mulheres.

Em duas ocasiões, Francisco declarou que voltará a cometer crimes se for solto. Ele afirma viver uma maldição, na qual uma entidade demoníaca se apodera de seu corpo. Pela lei de execução penal, ele terá o direito de ganhar a liberdade em 2028, apesar de ter sido condenado a mais de 280 anos de prisão. Se ele ficar preso eternamente, a sociedade certamente agradecerá.

CAPÍTULO 1
NASCE UMA ESTRELA

São Paulo, 19 de agosto de 1998

1ª Vara do Júri do Fórum Criminal da Barra Funda

Audiência de Instrução de Francisco de Assis Pereira

Juiz José Ruy Borges Pereira — De acordo com a lei penal, seu Francisco, você não tem obrigação de falar a verdade. Ao réu é dado o direito de mentir para se defender, pois no Brasil não temos a pena de perjúrio (falso juramento), como há em alguns países da Europa. Lá, se o réu mentir, ele fica preso e pega o dobro da pena. Aqui, não. O réu pode mentir se assim quiser. Entendeu?

Francisco — Sim, senhor.

Juiz — Fale dessa força maligna que você diz que tem.

Francisco — Quando eu era criança, todos os dias eram assombrados por sonhos macabros. Eu tinha tanto medo que buscava refúgio embaixo dos cobertores dos meus pais. Em uma noite, um pesadelo me mostrou um menino negro, com a pele coberta de escamas, olhos vermelhos profundos, dentes afiados como navalhas, um rabo imenso e um par de chifres tortos e pontiagudos. Na adolescência, percebi que esse monstro não estava fora do meu corpo, mas dentro de mim. Ele entrava na minha mente lentamente, todos os dias. E, assim, eu acordava no meio da noite, tremendo, coberto de suor e urina. Quando finalmente compreendi isso, o pavor deixou de me aprisionar. Hoje, não temo mais nada, nem ninguém. Tenho medo apenas de mim.

* * *

Aos 17 anos, Marlene de Oliveira era uma garota magra e baixinha, tinha cabelos enroladinhos na altura dos ombros. No final da década de 1980, ela morava em sua cidade natal, Irecê (BA), a 500 quilômetros de Salvador. Com 60 mil habitantes, o município sustentava-se basicamente do cultivo de feijão. Marlene nunca soube o nome do pai. Na sua certidão de nascimento havia somente o nome da mãe, Benedita de Oliveira, uma trabalhadora rural de 38 anos descendente do povo indígena aimorés. A garota vivia com seis irmãos num casebre de pau a pique de apenas dois compartimentos. Esse modelo de moradia, também conhecido como taipa de mão, é construído basicamente com o entrelaçamento de cipós de bambu e preenchimento de barro. Na cobertura, palhas secas, substituídas depois por telhas de barro. Toda a família trabalhava na roça.

Quando Marlene tinha 13 anos, em 1991, um casal soteropolitano de classe média passou de carro em frente ao casebre de dona Benedita. Servidora pública, a mulher pediu para levar a menina consigo. "Levar pra quê?", quis saber a mãe. "Sua filha é encantadora. Mas, para realmente prosperar, ela precisa estar na capital. Lá, as oportunidades são maiores. Com acesso à educação de qualidade, essa garotinha poderá ter um futuro brilhante. Aqui, infelizmente, o destino parece ser o mesmo de sempre: uma vida de trabalho árduo, sem horizontes além das plantações de feijão", previu a mulher, pontuando a rotina miserável daquela família.

Benedita agradeceu a oferta, mas recusou imediatamente. "Meus filhos não estão pra adoção, não senhora!", disse a mãe, meio irritada. Uma semana depois, o casal voltou à casa de Marlene levando quatro sacolas de supermercado contendo latas de carne em conserva, xampu, papel higiênico, leite em pó, chocolate, manteiga e pão francês. Benedita agradeceu. A mulher insistiu no aliciamento: "Oportunidade como essa que estou oferecendo só aparece uma vez na vida". Diante do silêncio da mãe, a mulher continuava falando. Prometeu que, se fosse levada, Marlene faria três refeições por dia. Como enfrentava problemas para alimentar os filhos adequadamente, Benedita começou a ceder. "A senhora levaria a minha filha ao dentista para tirar as cáries? Compraria roupas novas para ela? Poria na escola?". "Com toda certeza!", exclamou o casal, quase falando em coro. Benedita olhou para a filha e perguntou se ela queria ir. Envergonhada, a criança balançou a cabeça em sinal positivo. "Então vai buscar as suas coisas", falou a mulher. Marlene não tinha "coisas". Foi tirada da família com a roupa do corpo e um par de sandálias de borracha.

No apartamento do casal, a menina foi instalada no cômodo de empregada, um espaço sem janelas e com a porta virada para a área de serviço. Os patrões tinham três filhas, com idade entre 15 e 19 anos. Marlene foi obrigada a trabalhar na casa em tempo integral, fazendo praticamente de tudo um pouco: lavava, passava, faxinava, espanava, arrumava e cozinhava. Também cuidava de dois cachorros da raça pequinês. Não recebia um tostão pela prestação de serviço excessivo. Ganhou roupas, mas todas eram de segunda mão e cabiam numa única gaveta. Eram peças que as filhas dos patrões não usavam mais porque estavam velhas.

Em uma manhã, enquanto passeava com os cachorros da patroa, Marlene teve sua primeira menstruação. Diante da urgência, retornou rapidamente para tomar banho. Sozinha em casa, dirigiu-se à suíte das filhas da patroa e pegou um absorvente do armário do banheiro. Mais tarde, Marlene relatou à patroa o ocorrido e pediu permissão para ter um pacote do produto em seu quarto. Contudo, foi repreendida de forma áspera por ter mexido nas coisas das filhas sem autorização. Como alternativa, a patroa sugeriu que, nos dias de menstruação, Marlene utilizasse papel higiênico ou tiras de pano velho, fazendo rolinhos e trocando-os a cada hora.

Aos 14 anos, nas horas de folga, Marlene saía com outras empregadas do prédio. Nessa convivência, descobriu que as amigas recebiam salário. Encorajada, perguntou à patroa por que não era remunerada pelo trabalho doméstico. Teve como resposta uma insensatez: seu pagamento eram as três refeições diárias e a moradia, além da cama na qual se deitava todas as noites. Diante desse argumento, Marlene recuou. Dois meses depois, voltou a reivindicar um salário. Impaciente, a dona da casa comparou a vida deplorável da garota no interior ao lado da mãe com a moradia em Salvador. Também jogou na cara da menina as despesas com itens pessoais:

"Se fizer as contas direitinho, verá que nos deve muito dinheiro, menina. O aluguel do seu cômodo é caríssimo. A comida, nem se fala. Você usa sabonete Palmolive no banho, passa xampu Colorama no cabelo, escova os dentes com pasta Kolynos... Esses luxos pesam no bolso, sabia? Está na hora de encarar a realidade. Ah, vou incluir nessa equação absorventes Modess para você não reclamar. Mas olha, não é só uma questão de preço, é sobre respeito e gratidão. (...) Nunca se esqueça de que eu resgatei você dos cafundós". A patroa ainda ponderou: "Se quiser voltar para a caatinga, é só avisar. Levo você de volta ainda hoje. No interior, tá assim de 'crias' como você sonhando com essa oportunidade". A nova vida de Marlene na capital baiana tornou-se um exemplo da escravidão contemporânea e não havia nenhuma perspectiva de mudança.

A promessa da patroa referente à matrícula de Marlene na escola também tinha sido um engodo. Com 15 anos em 1993, Marlene era considerada analfabeta funcional. Ou seja, sabia ler e escrever, mas não interpretava textos simples. Também não conseguia fazer contas. Nessa época, o índice nacional de jovens com mais de 15 anos na mesma situação chegava a 14%. No Nordeste, esbarrava em 22%. Uma pesquisa divulgada em 2024 pelo Instituto Brasileiro de Geografia e Estatística (IBGE) apontou melhorias nesses números. A taxa de analfabetismo havia caído para 7% entre a população brasileira com idade de 15 anos ou mais em 2022. Ainda assim, o país tinha 11,4 milhões de pessoas nessa mesma faixa etária incapazes de escrever um bilhete simples.

Com desejo de vencer na vida, a adolescente matriculou-se por conta própria num curso gratuito de educação para jovens e adultos, localizado nos fundos de uma igreja católica, e rapidamente tornou-se monitora. "Nessa época, as outras empregadas do prédio me chamavam de 'Mobral', porque eu era a única da turma que não sabia escrever", recorda-se. O Movimento Brasileiro de Alfabetização (Mobral) foi um programa do governo federal inaugurado durante o regime militar, no final da década de 1960, para alfabetizar a população, e extinto pouco mais de duas décadas depois.

Um dia, aos 15 anos, Marlene saiu da casa da patroa após o expediente para estudar, mas não assistiu à aula. Morrendo de saudade, pegou um ônibus e voltou para a casa da mãe. Aproveitou para pedir a bênção e se despedir: decidiu se mudar para São Paulo, onde as empregadas recebiam salário mensalmente e poderia, quem sabe, "estudar de verdade". Sonhava formar-se no curso de magistério. A vontade de dar aula surgiu quando começou a frequentar a escola. "Achava o máximo quando a professora escrevia no quadro-negro e depois apagava tudo bem rapidinho, espalhando uma poeira branca formada pelo pó do giz", lembra.

A escolha por São Paulo não ocorreu à toa. Em Salvador, Marlene tinha feito amizade com uma adolescente chamada Valéria Alves, que tinha se mudado com os pais para lá havia quase um ano. Essa amiga trabalhava como empregada e ganhava bem, segundo dizia. O combinado entre as duas garotas era dividir um quarto, trabalhar muito e prosperar na maior cidade do país.

Para poder juntar o dinheiro da passagem de ônibus interestadual, a jovem não voltou mais à "casa-grande" onde era escravizada em Salvador. Trabalhou de sol a sol na plantação de feijão por três meses, inclusive nos finais de semana. Obcecada em obter a maior quantidade de dinheiro possível para dar o pontapé inicial na vida nova na metrópole, acordava às 4h da madrugada. Preparava café com cuscuz e vendia aos trabalhadores rurais na aurora. Depois de comercializar o último copo de pingado, Marlene não retornava para casa. Botava um chapéu para proteger a cabeça e pulava de lavoura em lavoura, furando o chão e plantando sementes até o sol se pôr atrás da Chapada Diamantina, uma das imagens mais lindas que já viu na vida. No dia seguinte, a rotina pesada se repetia. "Era trabalho duro? Era. Mas ao menos era remunerado", ponderou.

Perto da partida de Marlene, já com 16 anos, Benedita teve um pressentimento ruim. Tomando como base as novelas da televisão, a mãe comparava São Paulo com um dragão impiedoso, principalmente com os retirantes nordestinos. "Minha filha, tenho medo de você morrer na cidade grande e ninguém ficar sabendo. (...) Dizem que São Paulo é uma máquina de moer gente, igual àquela do seu Tenório", comparou Benedita, referindo-se ao açougue do bairro onde comprava carne de segunda uma vez por mês. Para tranquilizar o coração da mãe, a filha coloria a verdade sobre as suas perspectivas. "Minha amiga está se dando bem. Trabalha num apartamento de gente rica e ganha salário todo fim de mês. Ela conseguiu emprego para mim também, no mesmo prédio. Nós nem vamos precisar dormir na casa da patroa. Quando der cinco da tarde, a gente vai embora e volta no outro dia cedo", relatou.

No dia 19 de setembro de 1994, Marlene embarcou em Salvador num ônibus da Itapemirim para São Paulo com uma sacola contendo apenas roupas. Na época, essa viagem durava quase 48 horas. No terminal de Vitória da Conquista (BA), embarcou um jovem de 20 anos chamado Davi Luiz. Os dois sentaram-se lado a lado e foram conversando durante boa parte do trajeto. Ele falava pelos cotovelos, mas não havia nenhum clima para romance. Pelo contrário, a prosa deixou a garota com um misto de otimismo e fracasso. Davi Luiz também estava de mudança para São Paulo, com o objetivo de trabalhar incansavelmente para tirar a família da miséria. Algumas frases ditas pelo rapaz, repetidas diversas vezes, por sinal, mexeram com Marlene: "Poucas pessoas sabem como é a cabeça de quem atravessa o país em busca de uma vida nova. (...) Saí de casa com o sentimento de não poder fracassar. Isso significa que, na cidade grande, nada pode dar errado em momento algum. (...) Também não posso encarar essa mudança como uma aventura. Vou acordar todo dia e fazer o jogo virar. (...) Só assim conseguirei mudar a minha vida e a dos meus pais". À noite, quando as lâmpadas internas do ônibus se apagaram, Davi Luiz se cansou de falar e dormiu. Ela ficou acordada e pensativa. No escuro, emocionada, olhou para a janela e chorou sem que ninguém percebesse.

Num sábado chuvoso, Marlene e Davi Luiz desembarcaram na Rodoviária do Tietê. Partiram em direções opostas, sem trocar contatos, pois não havia contatos para serem compartilhados. Valéria e sua mãe estavam lá para buscá-la. Conforme o combinado, a jovem ficaria hospedada na casa da amiga até arrumar um emprego e ganhar o primeiro salário. Com dinheiro entrando, planejava morar no Centro, ou seja, mais perto de onde a vida acontecia na cidade grande. Valéria morava com a família na periferia do município de Taboão da Serra, sudoeste da Região Metropolitana de São Paulo. O bairro era distante 20 quilômetros da Vila Mariana, onde trabalhava. Mas ela dizia não valer a pena morar no apartamento dos patrões por causa da falta de liberdade e do expediente sem fim. "A maior roubada do mundo é dormir no emprego. Eles oferecem quarto com ventilador e tevê colorida. Mas, à noite, se um copo de leite cair no chão e quebrar, quem você acha que vai limpar? A patroa? Vai sonhando!", justificava.

No domingo, as duas passearam pela Avenida Paulista e pelo Parque Ibirapuera, local em que Valéria costumava andar de patins. Deslumbrada com a imponência da cidade, Marlene andava olhando para o alto, como se fosse turista. Na segunda-feira, a garota já estava conversando com uma senhora sobre a vaga de emprego. O apartamento ficava no 23º andar de um prédio da Vila Mariana. Tinha três quartos, duas crianças, um cachorro vira-lata e dependência completa de empregada. Como era uma indicação da patroa de Valéria, Marlene conseguiu o emprego facilmente. Iria ganhar meio salário mínimo. Carteira assinada, nem pensar, apesar de esse direito existir desde 1972, quando a Lei nº 5.859 garantiu às empregadas registro, férias remuneradas e acesso a benefícios da Previdência Social. Na promulgação da Constituição de 1988, ou seja, seis anos antes, essas profissionais haviam conquistado outros direitos, como salário mínimo, 13º salário, repouso semanal remunerado, licença-maternidade e aviso prévio. "Eu sei de todos os meus deveres com você, filha. Mas não tenho como pagar isso tudo. Nós não somos ricos. Esses privilégios são pagos lá para os lados do Morumbi, onde os ricos moram em mansões luxuosas. Em compensação, você vai tomar café da manhã, almoçar e jantar de graça aqui em casa todos os dias. Se sentir fome no meio da tarde, bota uma fatia de mortadela no pão e come. Você pode abrir a geladeira a qualquer hora e pegar o que quiser, inclusive sorvete e iogurte. Mas sempre me diga o que você comeu para eu repor no dia seguinte", frisou a patroa.

Como no apartamento de Salvador, Marlene fazia de tudo na residência da Vila Mariana. Nessa, porém, era obrigada a trabalhar uniformizada. No primeiro dia, recebeu um kit contendo dois conjuntos de jaleco e bermuda com elástico nas cores azul-marinho e branco, além de duas toucas de redinha modelo Oxford. Chegava todos os dias às 6h da manhã, inclusive aos sábados. A primeira tarefa era arrumar as crianças para a escola. Depois, preparava o café da manhã da família inteira, lavava a louça, limpava a casa e cozinhava. Duas vezes por dia saía para passear com o cachorro. A dona da casa era gerente na agência dos Correios no bairro do Paraíso, e o marido era coordenador de curso na Universidade Federal de São Paulo (Unifesp). Quando os patrões saíam, a jovem ficava por alguns minutos na sacada do apartamento contemplando a paisagem lá de cima. Mirava o horizonte da metrópole, imaginando como conquistaria a cidade chamada pela mãe de "máquina de moer gente".

Com o tempo, as coisas começaram a dar errado. Marlene passou a chegar atrasada dia sim, dia não. Cada vez era uma desculpa diferente: ônibus quebrado, trem descarrilado, metrô lento, chuva forte, doenças... Tudo isso se complicava com a longa distância de Taboão da Serra até a Vila Mariana. A gota d'água foi o dia em que Marlene chegou para trabalhar às 8h e não havia mais ninguém em casa. O porteiro não a deixou entrar no prédio. No dia seguinte, a dona da casa fez um ultimato: ou a funcionária se mudava para o quarto de empregada, ou seria dispensada. "Dormindo no emprego, você jamais se atrasará", justificou a patroa. Marlene acabou se mudando e o óbvio aconteceu. Sua jornada de trabalho começava quando se levantava da cama e só terminava ao se deitar para dormir, por volta das 22 horas.

Os patrões eram assinantes da *Folha de S.Paulo*. Depois de lerem o jornal do dia, eles colocavam os cadernos no chão da despensa, formando uma pequena montanha de papel. No fim da semana, os jornais velhos eram descartados. Discretamente, Marlene pegou diversos classificados de edições anteriores e os levou para o seu quarto. Recortou anúncios que recrutavam empregadas domésticas para o bairro do Morumbi e os colou numa folha de papel. Em seguida, levou as páginas retalhadas de volta ao monte de papel. Quando os patrões estavam fora, a funcionária pegava o telefone fixo da casa e ligava para os recrutadores, se candidatando às vagas.

No meio da semana, à noite, Marlene estava deitada em sua cama. A patroa entrou no quarto com os classificados e suas páginas de emprego cheias de buracos. A mulher viu a colagem de anúncios sobre a cômoda e leu um deles em voz alta, com ironia: "Precisa-se de empregada. Boa aparência. Que saiba cozinhar bem, servir e lavar roupas. Não necessita arrumar a casa nem dormir no emprego. Referências. Paga-se bem". Constrangida, Marlene ficou sem palavras. "Não quero destruir o seu sonho de retirante na cidade grande. Mas a verdade tem de ser dita: você não está capacitada para as ofertas desses anúncios. Nem com boas referências. Você mal fala o português, garota. E esse seu dialeto baianês, às vezes é incompreensível. (...) Além do mais, tem algo que as suas amigas empregadas não falam na sua cara para não te magoar: você não tem boa aparência nem quando passa maquiagem. Você é uma mulher feia. Seus dentes são cariados e escuros. Nenhuma patroa vai te contratar em bairros nobres de São Paulo. Esquece!", menosprezou a mulher, devolvendo os recortes de jornal para o móvel. Marlene fez um esforço sobre-humano para não chorar diante de tanta humilhação. Não conseguiu. Derramando lágrimas, pediu as contas e foi embora na mesma hora.

Das dependências de empregada na Vila Mariana, a jovem se mudou para um quarto de pensão minúsculo no Centro de São Paulo, nas proximidades do Largo do Arouche. Todo o seu dinheiro daria para ficar lá por seis meses. Em sua avaliação, os planos não vinham dando certo na cidade grande. Inevitavelmente, lembrou-se das falas de Davi Luiz, o passageiro do ônibus. Para completar, as palavras insultuosas da patroa sobre escolaridade, aparência e sotaque martelavam em sua cabeça, corroendo a autoestima. E havia mais um drama na vida triste de Marlene: ela não conseguia se comunicar com a mãe desde a migração para São Paulo. Nessa época, meados dos anos 1990, telefone celular (linha + aparelho simples) custava em torno de 4 mil reais. As linhas fixas eram vendidas por estatais em fila de espera de até um ano, ao custo de 5 mil dólares. Como Benedita não sabia ler, não adiantava a filha escrever cartas. Marlene até mandou algumas para o endereço de uma vizinha, na esperança de que elas fossem lidas e entregues para a mãe. Mas nunca houve resposta. "Ela estava muito angustiada e carente. Teve até depressão por causa da sensação de insignificância, de não pertencer a lugar algum", relembra Valéria.

Em 1996, Marlene se dizia congelada na vida. Fazia diárias em seis casas de família durante o dia e ensinava voluntariamente adultos a ler e escrever, à noite, dentro de um programa da Pastoral da Educação da Igreja Católica localizada no distrito de Água Rasa, zona leste de São Paulo. Nessa época, a sensação de ter fracassado continuava latente.

Com a mesma idade da amiga, Valéria tentava empreender longe do trabalho doméstico. Começou a namorar um rapaz ciumento chamado Pedro Paulo, de 23 anos. O casal comprava roupas no maior comércio popular de São Paulo, no Brás, e revendia para clientes da Vila Mariana e do Paraíso. No dia do aniversário de Valéria, Pedro Paulo lhe deu um presente e tanto. O rapaz comprou um par de patins modelo Inline Roller semiprofissional, de quatro rodinhas alinhadas uma atrás da outra. A bota era preta, leve e respirável, fixada numa estrutura toda reforçada de material sintético e com chassis de alumínio, para maior durabilidade. O ajuste era feito com tiras de velcro e fivela com trava de segurança, garantindo maior estabilidade e segurança durante as manobras. A parte interna era acolchoada, para a comodidade dos pés. As rodas de poliuretano tinham rolamentos macios, oferecendo deslizamento suave nas superfícies lisas. O freio ficava na parte traseira. Valéria usava seus patins nas ruas da cidade, mas não sabia fazer nem as manobras mais básicas. Marlene viu o brinquedo novo da amiga e ficou com uma ponta de inveja. "Parece tão libertador. Será que consigo juntar dinheiro para comprar um?", questionava-se. Para tirar a amiga da fossa, Valéria prometeu ensiná-la a patinar tão logo dominasse o equipamento.

Por causa do novo esporte, as duas começaram a frequentar o Parque Ibirapuera praticamente todos os finais de semana. Às vezes, Pedro Paulo ia junto. Mas ele não curtia muito o programa. Valéria fazia aulas com um instrutor chamado Chico, enquanto Marlene alugava uma bicicleta para passear na área verde de 1,5 milhão de metros quadrados. No dia 18 de fevereiro de 1996, um domingo ensolarado, as amigas combinaram de se encontrar no parque às 14h. Nesse dia, Marlene finalmente subiria nos patins pela primeira vez. O ponto de encontro era na Marquise do Ibirapuera, um monumento de 28,8 mil metros quadrados projetado pelo arquiteto Oscar Niemeyer, instalado em 1954 e tombado como patrimônio histórico pelas três esferas de governo. Trata-se de uma cobertura de concreto armado sustentada por 120 colunas. Com formato geométrico irregular, a marquise faz a ligação entre os equipamentos culturais do parque, como o Museu de Arte Moderna (MAM), a Oca e o Museu Afro Brasil. Por mais de quatro décadas, o lugar foi considerado o maior *point* de patinação de São Paulo, por causa do piso de cimento queimado extremamente liso e extenso, ideal para alinhar os cones para a prática de uma manobra simples conhecida como *slalom*. Os pilares no meio do piso também serviam de obstáculos e forçavam os patinadores a aprenderem a fazer curvas sobre as rodas.

Marlene chegou ao parque por volta das 13h. Vestia bermuda jeans curta, regata branca e calçava tênis. No ombro, carregava uma bolsa pequena azul, fechada por zíper e de alça a tiracolo com tira dupla, fina e comprida. Esperou por duas horas e nada de Valéria aparecer com o namorado. Preocupada, foi a um telefone público em busca de notícias. A amiga não teve como sair de casa por causa de uma crise de ciúme de Pedro Paulo. Segundo ele, sua namorada tinha pernas muito bonitas. E ficavam à mostra porque Valéria usava saias curtas e esvoaçantes. Além do mais, o rapaz suspeitava dos olhares maliciosos de Chico, o instrutor. Valéria tentou argumentar que vestiria calça jeans, apesar do calor. Mas ele estava irredutível. Pelo telefone, Marlene chegou a ouvir os gritos de Pedro Paulo. Valéria pediu mil desculpas e desligou.

Sozinha no parque e com 35 reais na bolsa, Marlene resolveu procurar um rapaz conhecido na redondeza como Maisena, por causa da pele muito alva. Ele trabalhava alugando bicicletas perto do portão número 3. No caminho, Marlene pagou 5 reais numa água de coco e depois foi observar os patinadores, cerca de trinta, que se exibiam sob a marquise. O instrutor chamava a atenção por causa das manobras mais elaboradas. Enquanto a maioria dos praticantes fazia um *slalom* simples nos pequenos cones, ou seja, perfazendo ziguezague com as duas pernas juntas, o tal rapaz fazia um *slalom* cruzado, quando as pernas trançam antes de passar pelos cones e destrançam logo depois. A prática exige velocidade, coordenação e equilíbrio. Marlene ficou estática, observando a habilidade do patinador. Apesar da concentração, o atleta encarou Marlene de longe, deixando-a sem graça. Ela disfarçou e desviou o olhar. Mas o jovem saiu de perto dos cones, deslizou rumo à garota e investiu em mais piruetas para chamar a atenção. Marlene riu timidamente. Ele retribuiu com um xaveco enquanto flanava em círculos.

— Seu sorriso é o mais bonito que já vi no parque!
— Ah, para com isso! — duvidou a garota.
— Confie em mim!

O patinador era Francisco de Assis Pereira, de 26 anos na época. Por causa da sua astúcia no esporte, era conhecido no Ibirapuera como Chico Estrela. Marlene tinha 1m50 de altura e cabelos escuros. Era muito magra. Não se achava interessante, principalmente após a ex-patroa criticar seus dentes. Desde então, passou a rir frequentemente com os lábios cerrados. Naquele momento, ouvir de Chico que seu sorriso era bonito foi um bálsamo.

Empolgada, Marlene alugou um par de patins por 15 reais e passou a ter aula naquela mesma tarde com Chico Estrela. Os dois treinaram por mais ou menos uma hora. Enquanto se movimentavam no piso da marquise, falavam de si para se conhecerem melhor. Ele disse morar temporariamente com o irmão mais velho, no município de Diadema. Os pais viviam em São José do Rio Preto, a 442 quilômetros da capital. Chico sonhava em entrar para o *Guinness World Records*, o livro dos recordes, como o maior patinador do mundo. Para isso, planejava sair do Brasil e percorrer todas as Américas sobre as rodinhas do seu equipamento esportivo. Marlene falava dos planos de ser professora. Queria trabalhar em escolas particulares, comprar casa própria e ajudar a família baiana. Lamentou a ausência de parentes em São Paulo e se emocionou quando falou da falta de contato com a mãe há quase um ano.

Depois da patinação, os dois sentaram-se lado a lado, no chão, no canto da marquise. Chico guardou seus patins na mochila e Marlene perguntou pelas horas, comentando já ser tarde. Eram quase 16h. Ele encarou firmemente nos olhos da garota, segurou a ponta do queixo dela e deu um beijo suave e longo em sua boca. Marlene correspondeu. Ficaram agarrados por vários minutos.

Nessa época, Chico era um sujeito forte. Media 1,78 m de altura, tinha a cabeça achatada, pele clara e rosto redondo coberto de sardas. Os cabelos crespos estavam curtos e queimados de sol. De tão grossas, as sobrancelhas eram aparadas com navalha. No dia em que conheceu Marlene, ele usava camiseta branca e bermuda de *lycra* roxa colada ao corpo, ressaltando as pernas engrossadas pela patinação. A peça de roupa também marcava seu glúteo musculoso e a protuberância do seu sexo. Marlene sentiu vergonha quando percebeu que ele havia ficado excitado em público com os beijos quentes trocados sob a marquise do Ibirapuera. Nesse momento, ela se declarou virgem. O rapaz usou a mochila para esconder o volume na roupa justa e investiu em mais carinhos na garota.

Por volta das 16h30, Chico teve um rompante. Lembrou-se de um compromisso importante. Havia combinado com uma amiga de participar de um concurso de patinação na pista de gelo do Golden Shopping, em São Bernardo do Campo, a quase 20 quilômetros do parque. "É um lugar chique. Vem comigo?", convidou o atleta. Marlene recusou, dando como desculpa o avançado da hora. Chico insistiu. Ela manteve-se irredutível e enumerou as justificativas: "Não te conheço direito, não sei patinar — ainda mais no gelo — e nem sei onde fica São Bernardo do Campo". O atleta foi rebatendo cada uma das desculpas. "Em primeiro lugar, a cidade é logo ali. Em segundo, minha irmã vai passar de carro no portão 2, ou seja, não vamos sozinhos. E já nos conhecemos bem, pois você falou da sua vida e eu falei da minha. E tem mais uma coisa: não existe intimidade maior que o beijo. Aliás, sabia que o beijo na boca é uma entrega muito maior que o sexo?", teorizou.

Marlene aparentou duvidar. Quando estava prestes a dizer que de fato não iria, o patinador lançou mão de um argumento mais convincente. "Olha, lá no evento estão precisando de pessoas para ajudar na organização. Você pode até trabalhar e ganhar um extra", relatou. "Que tipo de serviço seria?", perguntou ela. "Você pode ajudar os atletas a calçar e a tirar os patins, servir água", exemplificou. "O prêmio para quem ficar em primeiro lugar na competição é um par de patins importados. Se eu ganhar, vou te dar de presente", prometeu Chico. Mesmo com essa série de vantagens, Marlene continuava receosa. De supetão, ele puxou a garota até um orelhão, sacou uma ficha telefônica e ligou para Valéria, sua aluna de patinação. "Oi, amor. Tudo bem? Estou ligando para avisar que conheci a sua amiga Marlene aqui no Ibirapuera. Ela é gente boníssima. Um amor de pessoa. Nós estamos indo a São Bernardo do Campo patinar. Achei melhor te contar para ela ficar mais tranquila. (...)." Depois desse telefonema, Marlene deixou o parque de mãos dadas com o atleta.

O casal saiu pelo portão 1. Como se quisesse proteger a garota, Chico pediu sua bolsa para guardá-la dentro da mochila. Atravessaram o bosque das figueiras e passaram em frente ao Obelisco de São Paulo, um espigão fúnebre de 72 metros de altura, símbolo da Revolução Constitucionalista de 1932. O monumento guarda os restos mortais de mais de 700 ex-combatentes do levante armado iniciado em 9 de julho de 1932. A luta defendia uma nova Constituição para o Brasil e atacava o autoritarismo do governo provisório de Getúlio Vargas. O mausoléu do obelisco também abriga os corpos dos estudantes Martins, Miragaia, Dráusio e Camargo, quarteto conhecido como M.M.D.C. Vistosa, a imagem desses soldados está talhada na imensa parede externa do monumento. Marlene nunca havia reparado na beleza do obelisco de mármore travertino, uma rocha calcária composta pelos minerais calcita, aragonita e limonita. Os dois ficaram sentados na soleira de uma calçada, de onde se lia, no pé do monumento, o seguinte epitáfio em homenagem aos soldados mortos: "Viveram pouco para morrer bem. Morreram jovens para viver sempre".

Fingido, Chico esperava pela irmã que nunca teve. Para dar realismo à encenação, olhava o relógio a todo instante, reclamando do atraso. De repente, algo saiu do *script*. No meio da tarde, três adolescentes de rua apontaram uma faca de lâmina enferrujada para o casal, anunciando um assalto. O patinador se preparava para tirar a mochila das costas, quando um carro qualquer de passagem pela via parou para ajudar. Assustados, os menores infratores saíram em disparada, sem levar nada. Mais apavorados ainda, Chico e Marlene atravessaram para o outro lado até alcançar um ponto de ônibus na Avenida Pedro Álvares Cabral. Subiram no coletivo linha 5178-10, cujo letreiro apontava Jardim Miriam como destino final. Os dois passaram pela roleta — ele pagou as passagens — e sentaram-se lado a lado. Ela na janela, ele no corredor. Repercutiram nervosos a tentativa de assalto. Marlene interpretou o incidente como um aviso divino para desistir do programa e voltar para casa. Chico discordou, enquanto passava o braço por cima dos ombros da garota. Com o gesto, Marlene sentiu-se acolhida e, consequentemente, amparada.

O ônibus seguiu pela Avenida Washington Luís, uma das mais movimentadas da cidade. Contornou o Aeroporto de Congonhas. Nesse trecho da viagem, Chico perguntou se Marlene tinha apelido. Diante da resposta negativa, ele pôs uma alcunha carinhosa na garota: Pituxa. "Por que você escolheu esse nome?", perguntou. "Não sei explicar. Mas, de agora em diante, só vou te chamar de Pituxa", avisou. Marlene riu da brincadeira pueril.

Sem conhecer a geografia de São Paulo, Pituxa não tinha a menor noção por onde estava passando. Em determinado momento, ela olhou pela janela e viu o sol se preparando para desaparecer. Perguntou se faltava muito para chegar. Chico respondeu com um ímpeto: levantou-se do assento e puxou a corda, para solicitar ao motorista uma parada no próximo ponto.

Se realmente estivesse indo para o Golden Shopping, em São Bernardo do Campo, o casal deveria estar lá para os lados da Rodovia

Anchieta (SP-150). Mas não. Eles passavam pela Avenida Engenheiro Armando de Arruda Pereira, num trecho colado ao quilômetro 13 da Rodovia dos Imigrantes (SP-160), na divisa da cidade de São Paulo com o município de Diadema. As duas estradas pertencem ao mesmo sistema viário e cortam o estado, ligando a região metropolitana ao Porto de Santos, o maior da América Latina, ao Polo Petroquímico de Cubatão, às indústrias do ABCD e à Baixada Santista. Em determinados trechos, as pistas do sistema Anchieta-Imigrantes correm em paralelo, porém bem distantes uma da outra.

    Fora do ônibus, Chico segurava Pituxa pela mão. Caminharam apressadamente no fim da tarde até uma passarela de concreto com 200 metros de extensão e nove metros de altura, exclusiva para pedestres. Como de um lado a ponte ficava nivelada com a Avenida Engenheiro Armando de Arruda Pereira, não precisavam de escadas para acessá-la. As duas pistas da Imigrantes e seu tráfego pesado passavam lá embaixo. Bastavam 120 passos para percorrer toda a passarela, cujo fim estava no início da Rua Alfenas. Pituxa percebeu que a área não era habitada. De um lado da via, tinha um muro alto envelhecido, protegendo um parque florestal de mata densa. Do outro, uma parede ainda mais alta cercando diversos prédios com escritórios de fábricas, todos fechados por ser domingo. Do início ao fim, a Rua Alfenas tem 1,3 quilômetro e é sinuosa como uma serpente. Quem caminha por ela nunca vê um ponto muito distante justamente por causa da tortuosidade da via.

    Ao passarem pela calçada rente ao muro do parque, às 17h30, Chico continuava segurando a mão de Pituxa. Subitamente, a garota parou e encarou o patinador seriamente:

    — Chico, me desculpa, mas esse caminho não parece nos levar a shopping chique.

    — Calma! Vou explicar. O shopping realmente não fica nessa rua. Está lá do outro lado. Mas eu conheço um atalho por esse bosque com saída na Rodovia Anchieta. A entrada é logo ali. Com essa alternativa, a gente chegará mais rápido — justificou o patinador.

    — Eu não sei se acredito... — hesitou Pituxa.

    — Você não confia em mim? — perguntou ele, encenando decepção.

— Confio, caso contrário não teria vindo.

— Então vem comigo, amor.

Compulsivamente mentiroso, Chico raramente dizia a verdade. Naquele momento, ele procurava por uma abertura secreta feita no muro. O casal estava diante do Parque Estadual das Fontes do Ipiranga, uma área de Mata Atlântica contínua de 5 milhões de metros quadrados, o equivalente a 833 campos de futebol. O local foi fundado em 12 de setembro de 1893, 71 anos após o grito de independência do Brasil. De acordo com os livros de História, o brado teria sido dado por D. Pedro às margens do riacho do Ipiranga, cujas nascentes estão dentro do parque. O tal grito, no entanto, não passaria de uma lenda, segundo uma corrente moderna de historiadores.

Conhecida pelos paulistanos como Parque do Estado, a floresta em questão não era estranha para Chico Estrela. Ele morava havia oito meses com o irmão mais velho, Luís Carlos Pereira, de 27 anos na época. A casa do primogênito ficava numa transversal da Rua Alfenas, a cerca de 200 metros de onde ele caminhava com Pituxa naquele momento. Para se ter uma noção da tocaia que se desenhava, os portões do parque para a entrada de pedestres ficavam do outro lado da mata, a quatro quilômetros do ponto onde eles estavam. Mas Pituxa não desconfiava das intenções diabólicas daquele rapaz carismático.

Alguns passos à frente, Chico finalmente encontrou o acesso clandestino ao bosque apinhado de animais silvestres e árvores frondosas — lá dentro, inclusive, está instalado o Zoológico de São Paulo, uma fundação do governo estadual entregue em concessão à empresa Reserva Paulista, em 2021, contra o pagamento de 120 milhões de reais. O zoológico abrigava 482 animais, entre veados, onças pintadas e pretas, jaguatiricas, gatos-do-mato e papagaios. Vivendo livremente na mata, já foram encontrados onças pardas e 23 tipos diferentes de cobra – dormideira, cascavel, jararaca e cobra-cipó.

O buraco no muro era estreito. Tinha mais ou menos 50 cm de diâmetro. Pituxa se agachou e espiou pela abertura. Ressabiada, deu um passo para trás de forma categórica. "Não vou entrar!". Ela argumentou que já estava escurecendo e a mata lhe causava medo. Chico se curvou, virou-se rapidamente, pôs o braço para fora e puxou a garota suavemente pela mão para o lado de dentro. Assustada, ela pediu a sua bolsa, guardada dentro da mochila do patinador. Ele ignorou o pedido e começou a andar por uma trilha, em direção a um túnel de árvores. "Vamos rápido, Pituxa! Vem, senão perderemos o início da competição", acelerou.

Quanto mais o casal adentrava a floresta, mais o ambiente tornava-se sinistro. Apesar da iluminação natural, o breu começava a tomar conta. Uma ventania chacoalhava os galhos das árvores, produzindo um som semelhante ao barulho da chuva. Diferentes aves piavam produzindo uma sinfonia agourenta. Surgiu um assobio macabro intercalado com estalos de madeira. Quando a mata engoliu completamente o casal, Chico começou a fazer aberturas com as mãos, demonstrando não estar totalmente familiarizado com o local. Depois de caminhar por mais ou menos dez minutos, a garota parou. Os cipós estavam arranhando o seu rosto. "Chico, vou voltar!", anunciou novamente, dessa vez mais decidida. "Me dê a minha bolsa, por favor!", implorou. O patinador apontou a frente e para o alto:

— Você vê aquelas duas árvores logo adiante?

— Sim, e daí?

— São dois pés de acaiacá. Depois deles, estaremos na pista que leva ao shopping, onde a patinação está acontecendo. Estamos quase lá. Não faz sentido desistir agora! — encorajou Chico, seguindo em frente.

Impaciente, Pituxa seguiu andando atrás enquanto espantava insetos do rosto e das pernas usando as mãos. As árvores apontadas pelo patinador eram, na verdade, um par de cedro verdadeiro *(Cedrela fissilis)*, de grande porte, medindo quase 15 metros de altura. Tinham caules cilíndricos marrons de casca grossa e copas em forma de corimbo com folhagem densa. Estavam plantadas lado a lado, a três metros de distância uma da outra. No alto, os galhos dos cedros entrelaçavam-se como se dessem as mãos. Entre as árvores havia uma picada no chão, indicando uma trilha nova. Quando passou pelos dois troncos curvilíneos, ele acelerou os passos como se iniciasse uma corrida. Mais à frente, parou e virou-se. Pituxa tomou um susto com o início da transmutação. Chico não estava mais com o semblante afável de momentos atrás. Os olhos arregalaram-se, arqueando as sobrancelhas grossas. A parte branca do globo ocular, conhecida como esclera, ficou avermelhada. As pupilas dilataram-se. Sem falar nada, abriu a boca como se fosse um animal silvestre, revelando dentes triangulares e pontiagudos, não perceptíveis antes. Transformado no Maníaco do Parque, Chico Estrela jogou a mochila no chão e deu um salto para alcançar sua presa. Aterrorizada, Pituxa deu meia-volta e correu pela trilha, soltando gritos de terror. Era impossível alguém ouvi-la no meio daquele matagal. Quando estava prestes a passar novamente por entre os cedros, ela foi alcançada. Chico agarrou-a por trás e tapou sua boca fortemente com uma das mãos. Ato contínuo, derrubou a garota no chão e se jogou por cima dela:

— Onde você pensa que vai, sua puta?!

Faltavam poucos minutos para as 18h. A claridade propagada em diversas cores e perdurada algum tempo após o pôr do sol já chamava a noite. Nessa meia-luz, Pituxa caiu deitada de bruços sobre folhas secas e úmidas. Seu rosto tinha ferimentos com sangue. O maníaco ficou por cima dela, também em posição pronada. Endemoniado, tinha uma força descomunal. Como Pituxa se movia bruscamente para tentar escapar, ele começou a esmurrar sua cabeça numa sequência impiedosa. Para intensificar a violência, segurou os cabelos dela por trás e bateu o rosto da vítima no chão diversas vezes, enquanto gritava repetidamente "vadia!", "vadia!", vadia!". Com a brutalidade, alguns dentes da garota quebraram e os lábios estouraram, derramando mais sangue. Desesperada, a jovem de quase 18 anos pediu, num fiapo de voz, para não morrer.

De repente, o espancamento foi interrompido. Expelindo uma baba espessa, o maníaco se levantou e foi até a mochila, que estava caída a alguns passos dali. Pegou uma corda fina de *nylon* branco, dessas usadas para estender roupa. Fraca e ferida, Pituxa não conseguiu sair do lugar. O agressor voltou e sentou-se sobre as costas da mulher, na altura da lombar. Passou a corda pelo pescoço dela duas vezes, puxando as pontas para si como se fosse um cabresto de cavalo. Nessa sessão de tortura, a vítima ficou com a cabeça e o tórax curvados para trás, como se ela estivesse numa posição de ioga conhecida como postura da cobra (bhujangasana). Para não morrer por enforcamento, Pituxa segurou a corda com as mãos, na tentativa de aliviar a pressão na jugular. Mas a força gravitacional, somada à brutalidade do Maníaco do Parque, foi mais forte. A garota egressa da Bahia, com o sonho de vencer na vida em São Paulo como professora, começou a morrer lentamente. Tossindo para dentro, foi asfixiada de forma bárbara. As vias respiratórias foram obstruídas. Sem oxigênio, Pituxa fechou os olhos derramando lágrimas.

Enquanto a jovem parecia dar os últimos suspiros, o maníaco afrouxava a corda de *nylon* do pescoço dela. Nessa hora, feito louco, começou a falar com a coitada usando uma voz cavernosa. Extremamente debilitada, Pituxa não tinha a menor condição de interagir. Então, ele mesmo fez o papel da vítima subjugada, usando uma voz fina e anasalada:

— Foi acreditar em mim, sua vagabunda. Deu nisso!
— Ah, você parecia tão gentil... [voz fanha]
— Parecia? E agora, pareço diferente?
— Por favor, não me mate! Não me mate! [voz fanha]
— Implora mais! Talvez eu mude de ideia!
— Pelo amor de Cristo, tenha piedade! [voz fanha]
— E esse é o seu conceito de "implorar"? – debochou.
[silêncio]
— A ilusão, os sonhos, a ingenuidade, a estupidez. Tudo isso custou a sua vida! — ele concluiu, implacável.

Com a vítima inerte, o maníaco levantou-se tranquilamente e guardou a corda de *nylon* na mochila. Em seguida, virou o corpo da jovem, deixando-o em posição de decúbito dorsal, ou seja, com o peito virado para cima. Tirou os sapatos dela suavemente e os examinou cuidadosamente, como se tivesse interesse neles. Abandonou-os. Depois, removeu a blusa, a bermuda e, por último, a calcinha. Deixou a garota apenas de sutiã. Na sequência, despiu-se. Deitou-se nu sobre Pituxa por alguns minutos, movimentando-se. Após ejacular, abriu a bolsa da menina e tirou três notas de cinco reais. Era todo o dinheiro que havia lá dentro. Vestiu-se. A sequência inteira de extrema violência durou pouco mais de 30 minutos. Na boca da noite, já se ouvia o farfalhar de morcegos e o chirriar de corujas. A passos largos, o maníaco seguiu de volta pela trilha para sair do Parque do Estado quanto antes, abandonando a jovem de Irecê no meio do matagal. Ao passar novamente pelos dois pés de cedro verdadeiro, a expressão do seu rosto retornou ao normal. Quando atravessou o buraco no muro e alcançou a rua, Francisco de Assis já não carregava consigo nenhum demônio.

* * *

Num passado não tão distante, o Brasil foi inundado por uma onda de cursos de datilografia. Pelas ruas do Centro de São Paulo, milhares de folhetos de propaganda promoviam a ideia de que qualquer profissão poderia se beneficiar das habilidades de escrever cartas, documentos e memorandos de forma rápida e mecanizada. Silvana de Freitas, na década de 1990, com seus 18 anos, sonhava em ser nutricionista. Nascida e criada em Taubaté, deu seus primeiros passos na tradicional Escola Estadual Dr. Lopes Chaves, localizada no coração daquela cidade interiorana. Em março de 1994, partiu rumo à capital com o objetivo de ingressar na universidade. Passou a morar com a tia--madrinha, Socorrinho Ferreira, contadora de 50 anos, funcionária no escritório comercial da fábrica de bicicletas Caloi. Inicialmente, a tia gostou da ideia de ter a sobrinha por perto, pois era solteira e solitária, não tendo mais expectativas de se casar naquela fase da vida. Havia um quarto de hóspedes vago na casa, no bairro da Mooca. Após uma tentativa frustrada no vestibular da Universidade de São Paulo, Silvana desistiu do sonho acadêmico. Orientada por sua madrinha, ingressou numa turma vespertina da Escola de Datilografia Remington, no bairro da Sé, no Centro de São Paulo. A garota estava determinada a aprender a utilizar tanto as máquinas de escrever manuais quanto as elétricas. Com o certificado em mãos, pretendia buscar emprego em qualquer escritório nas proximidades. Pelo menos os anúncios classificados dos jornais da época estavam apinhados de vagas para secretárias com habilidades em datilografia.

No primeiro dia do curso, Silvana sentiu um misto de nervosismo e apreensão ao deparar-se com trinta alunos sentados em cadeiras escolares, como numa típica sala de aula. Cada mesa exibia uma imponente máquina de escrever manual, acompanhada por folhas de papel ofício em branco. Apesar de já se falar sobre a crescente popularidade dos computadores comerciais nos escritórios, a professora enfatizou a importância de os alunos desenvolverem habilidades de digitação rápida através das teclas analógicas.

A instrutora começou as atividades com um aviso solene e profético: "Quem não tiver um curso profissionalizante de datilografia ficará à margem do mercado de trabalho". Em seguida, explicou aos alunos como inserir o papel no cilindro da máquina e ajustar as margens de acordo com as diretrizes da Associação Brasileira de Normas Técnicas (ABNT), ou seja, três centímetros à esquerda, dois à direita e três para cima. Sob supervisão, os alunos prosseguiram com os comandos básicos. Pressionaram as teclas ASDFG com os dedos da mão esquerda e, em seguida, a tecla de espaço usando apenas o polegar da mão direita. Essa sequência-padrão foi repetida setenta vezes com caracteres maiúsculos e outras setenta vezes em minúsculas. Utilizando os mesmos comandos, a lição foi repetida com as letras HJKLÇ.

O movimento excessivo das hastes de ferro para cima e para baixo resultava numa melodia ensurdecedora. No meio do taque-taque metálico, ainda soava no interior de cada equipamento uma campainha com um único toque agudo e brilhante, idêntico ao som dos sinos de balcão usados para chamar o atendente nas lojas. O sinal sonoro servia para alertar o datilógrafo que a linha do papel chegaria ao fim dali a cinco toques. Nesse momento, os alunos empurravam a alavanca de retorno para levar o carro da máquina de volta à margem esquerda e começar a próxima linha, produzindo ainda mais e mais ruídos.

Lá pelo meio do curso, Silvana ficou apavorada com uma nova instrução da professora. Ela pediu que fosse colocado um caixote de madeira sobre a máquina para encobrir totalmente o teclado. Havia uma abertura frontal, por onde se enfiavam as mãos. Com esse obstáculo, os alunos aprendiam a acionar as letras sem olhar, desenvolvendo uma das maiores habilidades dos datilógrafos. A maioria dos alunos conseguiu acertar as letras às escuras depois de uma semana de treino. Silvana, não. Em alguns momentos, seus dedos entravam nos buracos entre as teclas, machucando as unhas. A professora exigiu concentração. Mas ela errava e errava. Estava quase desistindo, quando uma colega, sentada à esquerda, deu uma sugestão: "Mantenha a coluna ereta e o queixo erguido sempre. Foque o olhar lá na frente o tempo todo e acione o teclado firmemente, usando somente a ponta dos dedos", aconselhou. A garota ao lado era Viviane Cardoso, de 19 anos.

De tecla em tecla, as duas jovens construíram uma amizade, enquanto nutriam seus anseios profissionais. Viviane queria se formar em engenharia, mas precisava urgentemente de um emprego para contribuir com as despesas domésticas. Por isso, estava fazendo o curso de datilografia. Nos momentos de lazer, Vivi, como preferia ser chamada, patinava sob a marquise do Ibirapuera ao lado de Chico Estrela, um homem "extremamente sensual". Num dia inesperado, a instrutora de datilografia não pôde comparecer e a aula foi cancelada. Com a tarde livre, as duas foram ao parque. Silvana foi apresentada a Chico Estrela. Os dois tiveram uma conexão instantânea, causando ciúme em Vivi.

— Vocês têm alguma coisa? — indagou Silvana, buscando um *insight*.

— Tenho interesse, mas falta coragem para me declarar — lamentou Vivi.

— Realmente ele é charmoso, mas não é exatamente o que procuro.

— Fiquei com a impressão de que ele flertou com você.

— Não precisa se preocupar. Da minha parte é apenas amizade — assegurou Silvana.

Várias mulheres tinham interesse em Chico Estrela na patinação do Ibirapuera, mas poucas lhe despertavam entusiasmo. Para alimentar o ego narcisista e exercer a sedução, ele interagia carinhosamente com todas, inclusive com Vivi. No entanto, com Silvana foi diferente. O patinador perguntava sobre a vida da garota, queria saber dos seus desejos e planos profissionais. "O que você quer estar fazendo daqui a dez anos?", questionava, provocando reflexões profundas sobre o futuro.

Silvana comentou sobre as dificuldades no curso de datilografia. Como arma de sedução, Chico prometeu ensinar a jovem a "escrever a máquina" e a patinar como uma profissional. "Fiz o curso de datilografia em São José do Rio Preto, no ano passado. Tenho certificado e tudo", vangloriou-se.

Vivi, obviamente, queimava-se de ciúme. Magoada, parou de frequentar o parque por um tempo, deixando o caminho livre para a amiga.

Silvana era uma garota atraente. Não era baixa nem alta. Tinha a pele clara, e os cabelos castanhos caíam em cascata abaixo dos ombros. Seu rosto exibia traços delicados e expressivos, com olhos grandes, claros e brilhantes. Sempre estava sorridente. No entanto, o traço mais marcante de sua personalidade era a austeridade. Dizia que não levava desaforo para casa. Certo dia, foi ao mercado fazer compras para a casa da madrinha. Na hora de receber o troco, a mulher do caixa lhe ofereceu algumas balas em vez de moedas. Silvana recusou veementemente e pediu que chamasse o gerente. "Se eu vier aqui comprar leite com balas, o senhor vai me vender? Não, né? Então só saio daqui com o meu troco completo", insistiu.

Nessa época, Chico montou um grupo de atletas conhecido no Ibirapuera como "Suicidas da Patinação". Para fazer parte da turma, Silvana comprou a prestação um par de patins profissionais. Chico ensinou a garota a deslizar sobre as rodinhas, e rapidamente ela estava habilidosa no esporte. À noite, após o curso de datilografia, Silvana e Vivi se juntavam aos "Suicidas". Liderados por Chico, cerca de vinte patinadores percorriam as ruas da Vila Mariana e do Paraíso, seguindo pela Avenida Paulista até alcançarem a Avenida Doutor Arnaldo. Esse percurso tinha mais ou menos quatro quilômetros. No final de um desses passeios, Chico tentou beijar Silvana, mas ela virou o rosto sutilmente para não magoar a amiga, que estava por perto. No dia seguinte, no intervalo da aula de datilografia, ela teve uma conversa franca com Vivi para desdizer o que havia dito antes:

— Parece que há um clima rolando entre mim e o Chico — começou Silvana.

— Vocês já se beijaram?

— Não, mas é mais uma questão de *timing*.

Vivi fechou a cara.

— Você ainda sente algo por ele? — perguntou Silvana.

— Se eu disser "não", estarei mentindo. Mas, no fim, ele escolheu você e não a mim — lamentou Vivi.

— Se isso te incomodar, eu pulo fora.
— Não precisa. Mas quero te fazer um alerta. Uma patinadora me contou umas coisas bizarras sobre o Chico. Você acredita que ele...
— Fica tranquila, sei me cuidar! — cortou Silvana, dizendo que odiava fuxico.

Com o tempo, Silvana e Chico transformaram os laços de amizade em um namoro sem compromisso. A dinâmica do relacionamento era mais ou menos assim: o casal ficava durante a patinação, mas não devia fidelidade. Apesar dessa modernidade, não faziam sexo. Mesmo assim, a relação não era fria. Os dois costumavam patinar de mãos dadas e trocavam beijos quentes sob a marquise. Enciumada, Vivi parou de frequentar a pista de patinação do parque de forma definitiva. Encontrava Silvana no curso, mas as duas evitavam falar sobre o líder do "Suicidas da Patinação" para não azedar a amizade de vez.

Nas aulas de datilografia, Silvana ficou para trás. Enquanto os demais alunos já estavam ágeis nos teclados, ela ainda se adaptava. Não conseguia usar a máquina sem olhar para as letras. A instrutora aconselhou a aluna a treinar em casa para se aperfeiçoar. Para ajudar a afilhada, Socorrinho levou do escritório da Caloi para casa uma Olivetti modelo Tropical verde-água que estava encostada no almoxarifado. A máquina precisava de uma revisão completa para funcionar plenamente. No dia seguinte, Silvana deixou o equipamento em uma assistência técnica da Rua Santa Ifigênia para manutenção. A Olivetti ficaria pronta dali a uma semana.

Certa noite, após um passeio com os "Suicidas da Patinação", Chico Estrela levou Silvana para o calçadão do Parque da Independência, uma área de 161 mil metros quadrados localizada no bairro do Ipiranga, zona sul de São Paulo. Ele vestia uma bermuda de *lycra* bege e uma camiseta regata preta, carregando uma mochila com os patins, uma garrafa de água e a corda de *nylon* branca. Silvana usava *legging fitness* e também estava com uma mochila de tecido jeans. Quando chegaram ao parque, já eram quase 22 horas. A garota estava preocupada por estar longe de casa. O casal se encostou numa mureta de concreto próxima à entrada do bosque, cujos portões estavam fechados, impossibilitando a visitação. Chico intensificou seus beijos, demonstrando claramente seu desejo de transar. "Aqui tem lugares onde podemos ficar mais à vontade", convidou. Silvana cedeu.

Os dois seguiram por um caminho rodeado por arbustos até alcançarem uma área deserta. O patinador agarrou-a firmemente. Silvana demonstrou incômodo com a pressa. "Na verdade, não sei se quero agora", alertou. Chico questionou se ela era virgem. Ao descobrir que não, ficou mais insistente. "Vamos fazer o seguinte: vou avançando devagar. Se você pedir para parar, eu paro", propôs. Ela aceitou. O atleta abaixou a bermuda e a cueca de uma vez. Silvana agachou-se para fazer sexo oral nele em pleno local público, expondo-se ao perigo. No entanto, o ato não se consumou. Silvana puxou a pele do pênis do patinador para expor a glande e se deparou com uma substância amarelada e fétida, conhecida como esmegma, formada por uma mistura de células mortas da pele, óleos naturais e outras secreções corporais, geralmente relacionada à falta de higiene. Com o forte odor, Silvana sentiu vontade de vomitar, mas disfarçou. Chegou a lacrimejar de tanto tossir. Sem explicar o motivo, a garota desistiu de transar e foi para casa às pressas, deixando o namorado para trás.

Na aula de datilografia, Silvana contou a Vivi sobre a experiência traumática ocorrida no Ipiranga. Indignada e fazendo caretas, relatou o fedor horrível que sentiu, meio rançoso e intenso. Enquanto datilografava, a amiga ouviu tudo sem tecer comentários. No dia seguinte, Vivi voltou a patinar sob a marquise do Ibirapuera. Na primeira oportunidade, contou a Chico que Silvana estava espalhando uma fofoca pesada sobre ele entre os integrantes dos "Suicidas da Patinação". O atleta ficou revoltado. À noite, ligou para a casa da namorada para tirar satisfação. Silvana pediu desculpas. Chico quis mais uma chance. Prometeu que, no próximo encontro, estaria de banho tomado e cheiroso. Silvana pediu a ele que ligasse no fim de semana.

No sábado, os "Suicidas da Patinação" apareceram no jornal local da TV Globo, na época intitulado São Paulo Já. A reportagem mostrava dezenas de atletas patinando em grupo pelas ruas da cidade. Enquanto as imagens eram exibidas na tela, um médico falava sobre os benefícios do esporte para a saúde. No final, foi mostrada uma entrevista rápida com

Chico Estrela, o líder dos "Suicidas", na qual ele falava sobre seu sonho de entrar para o livro dos recordes como o maior patinador do mundo.

Logo após a exibição da reportagem, por volta das 13h, Chico ligou para Silvana querendo conversar. Ela estava saindo de casa para buscar a máquina de escrever Olivetti na assistência técnica. O patinador se ofereceu para ir junto. De lá, seguiram para uma lanchonete no Centro. Chico pediu para ver a máquina. Silvana tirou da sacola e a colocou na mesa. Ele havia levado algumas folhas de papel ofício e mostrou à garota como realmente era habilidoso na Olivetti. Aproveitou que a máquina estava azeitada e datilografou várias frases em caixa alta para sua amada de olhos fechados. Uma delas perguntava: "PARA ALÉM DOS GESTOS MAIS SIMPLES, COMO TOMAR BANHO, O QUE MAIS DEVO FAZER PARA CONQUISTAR O SEU CORAÇÃO?". Rindo, Silvana arrastou a máquina para perto de si e escreveu como se estivesse catando as teclas: "EMBORA NÃO ESTEJA DISPOSTA PARA NAMORO NESTE MOMENTO, SAIBA QUE MINHA AMIZADE ESTÁ DISPONÍVEL, SE ASSIM VOCÊ QUISER..." Depois de brincarem, os dois pediram um misto-quente com refrigerante e conversaram mais sobre a vida.

Como sempre, Chico inventava histórias para enfeitar sua biografia. Costumava dizer que seus pais criavam gado em uma fazenda em São José do Rio Preto. "Mas não recebo ajuda financeira da família porque me recuso a trabalhar na zona rural. Meu sonho é ser atleta de patinação", enfatizava. Silvana aproveitou para falar sobre sua família simples. Seu pai era vendedor em uma pequena loja de tecidos, enquanto sua mãe batia ponto numa escola pública como merendeira. Embora não se sentisse obrigada a trabalhar para ajudar os pais, seu objetivo era conquistar sua independência financeira para não ser um fardo para a família. Chico se dispôs a ajudá-la a conquistar seus objetivos de vida. "Mesmo que a gente não aconteça como um casal, conte sempre comigo", prontificou-se.

Após o lanche, Silvana se despediu dizendo que iria para casa treinar datilografia até conseguir digitar de olhos vendados. Chico pediu a ela que esperasse um momento e solicitou a conta. Quando o garçom trouxe a nota, ele esperou Silvana se movimentar para pagar tudo sozinha. A jovem disfarçou, olhando para o lado como se estivesse distraída.

O patinador então propôs dividir, mas Silvana só tinha um tíquete de vale-transporte dado pela madrinha para retornar para casa.
— Então deixe que eu pago! — ofereceu ele, afável.
— Obrigada!
— Você está precisando de dinheiro, né? Estava aqui pensando...
— O quê? — perguntou Silvana, curiosa.
— Está rolando um campeonato de patinação na pista de gelo do Golden Shopping, em São Bernardo do Campo. O evento precisa de garotas para trabalhar na organização. O cachê é de 200 reais. É uma boa grana para quem está desempregada...
— Quando seria?
— Agora! Estou indo pra lá daqui a pouco porque vou competir. Como conheço todo o *staff*, posso encaixar você — sugeriu ele.
— Mas como eu iria? Estou com essa máquina de escrever pesada.
— Isso não é problema. Você pode deixar no porta-volume.
— Será? — titubeou a garota.
— Não perca essa oportunidade! Com o dinheiro, você faz compras para a casa da sua madrinha. Sobra até um troco para contratar um professor particular para te ensinar a datilografar sem olhar para as teclas — sugeriu o patinador.

Um dos maiores talentos de Chico Estrela era persuadir as garotas com habilidade. Ele sabia exatamente o que dizer no momento certo para convencê-las a aceitar convites incomuns, como o proposto a Silvana e anteriormente a Pituxa. No caso dessas duas garotas, a possibilidade de ganho financeiro era apenas a isca mais evidente. Ele alcançava os anseios, as fragilidades emocionais, os desejos e o objetivo de cada uma delas para pôr a vida nos trilhos e seguir em frente. Quando a vida de Pituxa se cruzou com a de Chico, por exemplo, ela estava emocionalmente fragilizada e com saudade da família. Sua autoestima tinha sido destruída pelas palavras amargas da ex-patroa sobre sua aparência física. Agora, com Silvana, a sensação de fracasso a tornava uma presa fácil, principalmente após o vexame de não poder pagar a conta da lanchonete por falta de dinheiro.

Fingindo gentileza, Chico pegou a sacola com a máquina de escrever das mãos de Silvana. Eram 15 horas quando entraram num ônibus em direção a São Bernardo do Campo. Os dois vestiam calça jeans e camiseta comum. Ao contrário de Pituxa, ela sabia o caminho que o coletivo deveria seguir para chegar ao Golden Shopping. Ao passar pela roleta, Silvana pagou a passagem com o seu único vale-transporte. Na viagem de volta, usaria o dinheiro a receber no evento. Quando o coletivo passou perto da passarela da Rua Alfenas, Chico deu o sinal para parar. Silvana estranhou, porque o destino ainda estava longe, mas desceu. Eles atravessaram a ponte de pedestres sobre a Rodovia dos Imigrantes apressadamente. A garota questionou:

— Chico, o shopping fica do outro lado...

— Estava pensando que essa máquina realmente vai atrapalhar. Meu irmão mora aqui perto. Vamos deixar a sacola com ele e depois a gente pega de volta — argumentou.

A máquina de escrever Olivetti modelo Tropical era conhecida no mercado por ser um equipamento profissional de alta performance. Robusta e feita quase toda de ferro, pesava 5 quilos. Com esse estorvo, Silvana concordou com Chico. De fato, seria melhor deixá-la na casa do irmão dele, já que iria trabalhar no campeonato de patinação. Na Rua Alfenas, já ao lado do muro do Parque do Estado, a garota avistou um telefone público. Como não havia avisado a madrinha sobre o trabalho em São Bernardo do Campo, resolveu telefonar. Em seguida, Chico teria ligado para o irmão, mas ninguém atendeu. "Não deve estar em casa. Mas sei onde posso encontrá-lo. Vem comigo!", convidou.

Depois de caminharem por alguns metros, chegaram ao buraco de acesso à floresta ainda com o sol brilhando. Sem dizer nenhuma palavra, Chico atravessou apressadamente, adentrando a mata feito uma ratazana. Silvana, sem entender nada, ficou do lado de fora. Enquanto se afastava, ele explicou que seu irmão estava jogando bola em um campo de futebol ali dentro do mato. Contrariada, a garota adentrou o parque com o único objetivo de pegar a sacola com a máquina de escrever e voltar para casa. O patinador começou a correr pela trilha, com Silvana em seu encalço. "Chico, me dá a sacola!", suplicou em vão. Em alguns minutos, ele passou pelos dois pés de cedro e começou a se transformar lentamente na besta-fera. Mais adiante, jogou a sacola com a Olivetti para o lado e encarou Silvana. Sua fisionomia já estava monstruosa. "Que diabos está acontecendo?!", exclamou ela. Imediatamente, a garota correu ofegante mata adentro.

— Não adianta, sua vagabunda! Você vai morrer! — anunciou ele, rindo.
— Chico, para com isso!
— Vai acabar como as outras piranhas: numa vala comum!
— Socorro! Alguém me ajude! — gritava, desesperada.
— É uma questão de tempo, ordinária!

Perdida, Silvana corria na direção oposta a ele, embrenhando-se ainda mais na floresta. De um segundo para o outro, percebeu que não estava mais sendo perseguida pela criatura do parque. Silêncio total. Ela deu alguns passos lentos, fez uma curva e concluiu: estava se deslocando em círculos, pois avistou sua máquina de escrever jogada no chão logo adiante. Prestes a pegar a sacola, Silvana foi agarrada violentamente por trás. O Maníaco do Parque segurou-a pelos cabelos e a obrigou a fazer sexo oral nele. "Coloca isso na sua boca, vaca!", ordenou. Enojada, Silvana deu uma mordida tão forte no pênis flácido do patinador que sua mandíbula ficou toda ensopada de sangue. Gritando de dor, ele começou a esmurrar o rosto dela para fazê-la soltar seu órgão sexual, mas Silvana não cedia. Quanto mais apanhava, mais ela apertava a mordedura e puxava o membro do seu agressor de um lado para o outro, como se quisesse arrancá-lo.

Para se livrar da dentada, o maníaco deu uma joelhada na mulher, jogando-a mais à frente. Ato contínuo, ele caiu no chão se contorcendo todo. Silvana se levantou rapidamente e pegou a máquina de escrever da sacola. Deitado em posição lateral, encolhido com as duas mãos no ventre, o estuprador já estava na versão Chico Estrela, gemendo fino de tanta dor. Em pé, perto dele, Silvana levantou a Olivetti Tropical para o alto usando as duas mãos e arremessou o equipamento pesado com toda a sua força na cabeça do agressor, estourando sua orelha esquerda e causando um novo derramamento de sangue. No momento em que a máquina acertou o patinador, foi possível ouvir o som afiado emitido pelo cilindro metálico indicando o fim da linha dali a cinco toques.

Com ar rarefeito e ainda se sentindo em perigo, Silvana pegou a Olivetti do chão e deu mais um golpe, dessa vez no tórax do rapaz. Em seguida, vasculhou a mochila dele com as mãos trêmulas em busca de dinheiro para a passagem de ônibus. Encontrou a corda de *nylon*. Pelo sim, pelo não, resolveu imobilizar as pernas de Chico. Para finalizar, Silvana pegou sua máquina do chão, colocou-a de volta na sacola e saiu do parque caminhando a passos largos, ainda à luz do dia. Antes de alcançar a rua pelo buraco no muro, deixou escapar uma mensagem enviada num sussurro sombrio: "Se você é louco, eu sou muito pior".

CAPÍTULO 2
PEIXE VIVO

Taubaté, 4 de setembro de 1998

Casa de Custódia e Tratamento Psiquiátrico Dr. Arnaldo Amado Ferreira

Avaliação neuropsicológica de Francisco de Assis Pereira

Psicóloga Cândida Helena Pires de Camargo — Francisco, tudo que for dito aqui será mantido sob o mais absoluto sigilo. Compreendeste?
Francisco — Sim, senhora.
Psicóloga — Fale-me da sua infância.
Francisco — Quando eu tinha 12 anos, uma tia de 24, chamada Diva, me pediu para beijar o seu sexo e chupar suas mamas. Ela era prostituta. Aos 9 anos, estava dormindo e um tio materno entrou no quarto e se deitou ao meu lado. Ele introduziu o pênis no meio das minhas pernas várias vezes até gozar. Nunca contei isso a ninguém. Nem à minha mãe, a quem tanto amo.

Batizado com o nome de um dos santos mais venerados do catolicismo, Francisco de Assis Pereira veio ao mundo às 18h do dia 29 de novembro de 1967. Em sua certidão de nascimento, consta que ele nasceu na Maternidade Nossa Senhora das Graças, em São José do Rio Preto. Atualmente essa instituição não realiza mais partos, tendo se transformado em um hospital-lar com o nome de Nossa Senhora das Graças na Providência de Deus, especializado em acolhimento e atendimento de pessoas idosas e portadoras de deficiências moderadas ou graves fora de possibilidade terapêutica (FPT). Curiosamente, em junho de 2024, a mãe dele, Maria Helena de Souza Pereira, contestou a informação escrita no documento oficial do filho. Segundo ela, Francisco nasceu no Hospital Santa Helena. "Quem pariu fui eu. Jamais me enganaria. Quem nasceu na Nossa Senhora das Graças foi o meu filho mais velho", disse a mãe, aos 77 anos.

"Lembro-me de cada detalhe como se fosse ontem. Descobri que estava grávida do Francisco já no quinto mês. Na época, meu outro bebê tinha apenas seis meses. Enjoada, eu vomitava constantemente. Mas achava que era por causa da amamentação, esse negócio chato que hoje em dia se chama puerpério, sei lá. Meu corpo inchava enquanto as tonturas aumentavam. Uma vizinha me olhou nos olhos e disse, cheia de certeza, que eu estava grávida de novo. Não acreditei nela até sentir algo se mexendo dentro de mim. Foi uma gestação muito difícil, pois cuidava sozinha de um bebê de colo enquanto esperava outro no ventre. Foi horrível, na verdade. Minha barriga cresceu tanto, mas tanto... Parecia que ia explodir. No dia do nascimento, as dores começaram de manhã cedo, mas o Francisco só chegou no fim da tarde, de parto normal. Ele veio enorme, com 4 quilos. Nunca tinha visto um bebê tão grande. Esse menino chegou de surpresa, enchendo meu coração de alegria e medo. Parece incrível dizer isso agora, mas senti na hora do parto que o Francisco seria especial", relatou Maria Helena, emocionada.

Quando Francisco nasceu, sua mãe tinha 20 anos. Na época, ela trabalhava como empregada doméstica, mas estava parada por causa dos filhos pequenos. O pai, Nelson Pereira, de 21 anos, era operário da construção civil. A gravidez de Maria Helena, uma mulher magra, baixa e de cabelos curtos, não teve complicações médicas registradas. No entanto, como Francisco nasceu pesado em comparação com o irmão, ele foi considerado um bebê "muito gordo" pela mãe. A princípio, consideraram o sobrepeso como a causa de obstáculos ao progresso das habilidades motoras da criança, como ficar em pé e andar. Preocupada com o desenvolvimento do filho, Maria Helena o levou ao pediatra quando ele tinha 1 ano. Na consulta, realizada no dia 18 de abril de 1969, o médico Oswaldo Lima Theodoro de Araújo diagnosticou um "discreto retardo" em seu desenvolvimento neuropsicomotor, conforme registrado em sua ficha médica arquivada na Unidade Básica de Saúde do Centro de São José do Rio Preto. Inicialmente, o especialista descartou a associação desse problema com o peso da criança. Francisco só conseguiu ficar de pé sozinho quando tinha 1 ano e 8 meses, enquanto bebês saudáveis geralmente conseguem se levantar por volta dos 9 meses e começam a dar os primeiros passos ao completar 1 ano.

Francisco também apresentou problemas de linguagem na primeira infância. Até os 6 anos, ele pronunciava apenas palavras isoladas, sem conseguir formar frases simples com sujeito, predicado e complementos. Ele não respondia às perguntas dos pais, pois não compreendia a entonação interrogativa no final das frases. Pedia algo emitindo gorjeios enquanto apontava insistentemente para o objeto desejado. Se quisesse água, por exemplo, mirava o dedo indicador para o filtro de barro da cozinha e balbuciava. Quando desejava um brinquedo, mirava para o armário e emitia gemidos graves como se estivesse se esforçando para dizer algo.

A capacidade de uma criança fazer solicitações verbalmente depende do desenvolvimento individual. Geralmente, os pequenos começam a pedir as coisas usando a fala quando têm entre 1 ano e meio e 2 anos. Nessa idade, desenvolvem habilidades de linguagem suficientes para formar frases simples e expressar suas necessidades e desejos básicos. No caso de Francisco, seus pais também atribuíam suas dificuldades de comunicação ao excesso de peso. Contudo, outra consulta ao pediatra revelou que a demora em andar e falar se devia à falta de estímulo. Segundo relatos de parentes, Maria Helena e Nelson não se esforçavam para caminhar com a criança segurando-a pelos braços, nem incentivavam a comunicação conversando com ele. Alegavam falta de tempo e paciência.

Com quase 2 anos e meio, Francisco finalmente começou a falar. Mas apresentou um problema classificado pelos especialistas como "inversão de fonemas". Esse fenômeno linguístico ocorre quando as unidades de som de uma palavra são trocadas de lugar de forma não intencional. É comum em crianças em idade pré-escolar substituir a posição dos sons dentro de uma palavra. Na casa de Francisco, havia um gato de estimação sem nome, ao qual ele se referia como "tato", trocando o "G" pelo "T". Com o tempo, ele adquiriu a habilidade linguística e a permuta fonética foi diminuindo, até desaparecer completamente por volta dos 12 anos. Alguns vizinhos perceberam as dificuldades de Francisco com a fala e o apelidaram de Hortelino Troca-Letras, em alusão ao personagem da Looney Tunes, cujo nome original é Elmer J. Fudd. Na década de 1970, a TV Globo exibia todas as manhãs o programa "Show do Pernalonga", em que Hortelino sempre aparecia com uma espingarda em punho tentando capturar o famoso coelho, ao mesmo tempo que falava invertendo as consoantes.

Maria Helena e Nelson tiveram três filhos homens da mesma faixa etária, todos registrados com nomes de santos católicos, atendendo a uma exigência do pai, um homem profundamente religioso. O primogênito, Luís Carlos Pereira, nasceu em 29 de novembro de 1966, em homenagem a São Luís, o patrono da Terceira Ordem Franciscana, venerado como protetor das famílias, dos pobres e da justiça. Por uma coincidência surpreendente, Francisco veio ao mundo no dia 29 de novembro do ano seguinte, e seu nome foi uma referência a São Francisco de Assis, o patrono dos animais, do meio ambiente e dos pobres.

Em 6 de agosto de 1969, nasceu o caçula, Roque Luiz Pereira, batizado em tributo a São Roque, o santo protetor contra epidemias e patrono dos doentes. Quando Francisco completou 6 anos, o mais velho tinha 7, e o mais novo, 4. Inteligente e saudável, Roque — o caçula — começou a falar antes de Francisco. Com 1 ano e meio, ele chamava o irmão do meio de "Fantin", uma tentativa carinhosa de dizer Francisco. Com o tempo, o apelido foi abreviado para Tim, como ele passou a ser chamado por toda a família.

Com três filhos para sustentar, Maria Helena e Nelson começaram a enfrentar dificuldades financeiras no início da década de 1970. Ambos eram analfabetos, o que limitava as oportunidades de emprego. Nelson trabalhava como operário da construção civil, uma atividade braçal e mal remunerada que não garantia as necessidades básicas do lar.

A família morava na zona rural, em uma casa simples de alvenaria, com telhado de barro, dois quartos, sala, cozinha e quintal. O banheiro ficava do lado de fora. Ao lado, funcionava uma escola municipal de pouca estrutura e sem muros, destinada à pré-escola. Os alunos e até os professores acabavam usando o banheiro da casa, deixando-o imundo e fedorento. Mas não havia como reclamar dessa invasão, até porque, a bem da verdade, a casa de Maria Helena e Nelson fora construída irregularmente no terreno da prefeitura. Tanto que, alguns anos depois, eles foram despejados desse imóvel por força judicial.

Trabalhando como ajudante de pedreiro em obras públicas do município em dias úteis e colhendo laranjas em plantações no fim de semana, Nelson conseguia o equivalente a 1 salário mínimo por mês. Sem a menor condição de ter babá, a mãe teve de abandonar temporariamente o trabalho em casas de família para cuidar dos filhos, pelo menos até eles começarem a frequentar a escola.

Em 1974, aos 7 anos, Francisco foi matriculado na 1ª série da Escola Estadual Voluntários de 32, localizada no Parque Industrial de São José do Rio Preto. A escola homenageia os civis que se alistaram voluntariamente para lutar armados na Revolução Constitucionalista de 1932. Esse movimento de guerrilha, liderado por São Paulo contra o governo provisório de Getúlio Vargas, contou massivamente com a participação de estudantes e agricultores de São José do Rio Preto. Entre os trabalhadores rurais alistados para esse combate estava o avô paterno de Francisco, José Pereira, que também havia atuado em extração de minério no município de Caetité, no alto sertão da Bahia, onde nasceu, e depois em canaviais de Fernandópolis, interior de São Paulo.

Com problemas na fala e dificuldades de concentração, Francisco foi reprovado na Escola Voluntários de 32 porque não aprendeu a ler e escrever. Também não conseguia fazer contas simples e apresentava discalculia verbal, dificuldade para nomear e compreender quantidades matemáticas, números e símbolos que são apresentados à criança verbalmente. No ano seguinte, 1975, a professora Palmira Eugênia de Freitas, de 25 anos na época, decidiu que ele ocuparia, todos os dias, uma cadeira bem à frente, a mais próxima da lousa. Na tentativa de promover o aluno à segunda série do primeiro grau, a educadora frequentemente pedia que ele se levantasse e tentasse ler em voz alta o que ela havia escrito no quadro ou fizesse contas de somar e subtrair. "Só vou largar do seu pé quando você estiver alfabetizado", dizia a professora, insistentemente.

Mista, a turma tinha 42 alunos. A estudante mais aplicada era uma garotinha extrovertida chamada Mônica, de 10 anos. Tinha bochechas grandes e rosadas. Os cabelos eram lisos e compridos, sempre trançados e amarrados para trás com fitas coloridas. Ela sentava-se ao lado de Francisco. Todas as vezes que alguém errava uma pergunta feita pela professora, era Mônica quem respondia corretamente. Francisco já estava com 8 anos quando foi submetido a uma atividade solo. A professora pediu silêncio, escreveu no quadro "4 + 2 = ?" e pediu para Francisco se levantar e dizer o resultado. O aluno ficou pensativo e respondeu "7". Com toda a paciência do mundo, Palmira tentou novamente usando outro recurso. Rabiscou no quadro "|||| + || = ?" e pediu que ele conferisse os pauzinhos. Francisco olhou fixamente para a lousa, apontou o dedo para contar um a um e insistiu que a soma dava 7. Um aluno chamado Elias, de 10 anos, outro repetente, debochou discretamente do colega: "O moleque é muito burro!" A turma inteira gargalhou. Dono da piada, Elias soltou uma risada mais sarcástica. A professora interveio imediatamente de forma ríspida:

— Elias, já que você está ridicularizando o seu colega, levante-se e fale o resultado correto para que toda a turma veja que você sabe fazer contas.

— Eu não sei, professora — confessou o menino, já sem graça.

— Ah, você também não sabe? Então aproveite que estava rindo do Francisco e ria de você também! — provocou a professora.

Em seguida, Palmira foi atrás da resposta correta:

— Mônica, quanto é 4 + 2?

— Seis! — respondeu rapidamente.

Palmira era uma educadora calma, porém enérgica quando necessário. Abria mão do uso de palmatória, instrumento comum em todas as escolas na época. Fazia questão de conversar individualmente com os pais dos seus alunos para tratar das dificuldades enfrentadas por eles. Maria Helena, mãe do menino Tim, foi chamada várias vezes à escola, mas nunca deu as caras por lá. "Nós só a víamos na época da matrícula. Não comparecia às reuniões, nem às festas do Dia das Mães", contou a professora em abril de 2024, aos 74 anos, já aposentada. "A família dele morava no curtume e ele tinha um problema na fala, o que despertava risos e apelidos jocosos dados pelos colegas", recorda-se Palmira. Ela também testemunhou um incidente grave envolvendo Francisco durante um exercício de classe, conforme consta dos registros arquivados na Voluntários de 32. A cena de horror descrita a seguir aflorou na memória da professora depois da descoberta, em 1998, que o Maníaco do Parque e o Menino Tim eram a mesma pessoa.

No dia 25 de agosto de 1975, uma segunda-feira, Palmira aplicou um "ditado de palavras" na classe, tarefa muito comum nas escolas públicas usada para avançar na alfabetização. A dinâmica era simples. Palmira pronunciava em voz alta uma série de palavras desconexas bem devagar para os alunos acompanharem cada sílaba. Eles ouviam com atenção e redigiam o vocábulo no caderno, usando lápis. Para dar dinamismo ao exercício, a professora mandava alguns alunos escreverem no quadro o substantivo ditado por ela para a classe acompanhar. Francisco foi um dos escolhidos. Palmira pediu que ele se levantasse, pegasse um giz e escrevesse a palavra "boneca". Nervoso, ele falou "toneca" e desenhou um "T" e depois o "O" na lousa. A professora interveio antes dele completar o termo. "Francisco, não é 'toneca'. É boneca, com 'B', de bola", orientou Palmira, dando ênfase à letra "B". Envergonhado, ele perguntou antes de voltar a escrever: "foneca"? Como já era de se esperar, nessa hora a turma inteira riu — exceto Elias, que já tinha levado uma bronca da professora em outra aula.

Francisco estava em pé, na mira de todos os olhares. A zombaria era ampliada pela acústica da sala, que reverberava os risos de escárnio. Austera, Palmira pediu silêncio. Ninguém obedeceu. Nervoso, ele fechou os olhos na esperança de que a caçoada coletiva se dissipasse logo. Incisiva, a professora sentou fortemente a palma da mão na mesa, provocando um estampido. Mandou os alunos parar de rir. O comando foi inócuo mais uma vez. Trêmulo, Tim largou o giz no chão. O impacto emocional foi tão forte que ele urinou no short. Sentada à sua frente, Mônica foi a primeira a perceber o short de tergal do colega ensopando lentamente. A turma ainda gargalhava quando ela apontou para o sexo de Francisco e gritou: "Olha, a 'toneca' está toda molhada!" Humilhado, ele cobriu a marca do xixi na roupa com as mãos e virou-se de frente para a parede, ficando de costas para a classe. O líquido quente escorreu pelas pernas e alcançou o chão de cimento queimado, fazendo uma pequena poça de água amarelada. Com isso, o riso explosivo dos alunos ganhou mais decibéis, a ponto de ser impossível ouvir os apelos de Palmira.

Numa fração de segundo, Francisco virou-se de frente. O filho de Maria Helena já não era mais o mesmo. O olhar estava fora de órbita por causa da instabilidade emocional. As pupilas dilataram-se. Uma micro-hemorragia ocular provocada pela irritabilidade manchou a parte branca dos seus olhos, que estavam completamente encharcados de lágrimas. A sobrancelha, extremamente arqueada, emprestou a ele um semblante ainda mais assustador. Na sequência, abriu a boca e começou a emitir um grunhido curto e agudo misturado a uns estalidos.

Ato contínuo, Francisco pulou em cima de Mônica de forma tão violenta que a cadeira virou para trás com ela sentada, espalhando o material escolar da menina de trança comprida pelo chão. Todo molhado de urina, ele segurou os braços da sua vítima para imobilizá-la. Àquela altura, o riso dos alunos diante daquela cena de terror já se desfizera completamente. Alguns, como Elias, saíram às pressas da sala para escapar daquela criatura medonha.

Palmira foi buscar ajuda na secretaria. Apavorada, Mônica se debatia e gritava no chão. Francisco encostou os lábios na bochecha da menina como se quisesse beijá-la. Acertou uma mordida tão forte na maçã do rosto da coleguinha que lhe arrancou sangue. Ao perceber que a vítima havia desmaiado, Francisco aliviou a oclusão dentária, soltando a face e os braços da garota. Suas papilas gustativas (pequenas saliências na língua com botões sensoriais) informaram-lhe que o sangue humano tem um gosto peculiar, meio metálico, meio salgado. Segundo especialistas, essa sensação ocorre devido à presença de ferro na hemoglobina, a proteína que transporta oxigênio nos glóbulos vermelhos. Além disso, o sangue tem sabor levemente salino devido à presença de minerais e eletrólitos, como sódio e potássio.

Uma ambulância levou Mônica ao pronto-socorro da Santa Casa de Misericórdia. A polícia foi chamada, mas os investigadores disseram que não podiam fazer nada porque a infração envolvia duas crianças. Maria Helena finalmente compareceu à escola. Francisco ainda estava com a boca vermelha quando foi expulso da Voluntários de 32. Sua matrícula era a de número 161. Na chamada, ele era o 11º da 1ª Série J-75. Seu nome consta nas páginas 16 e 41 do livro de registro da escola, referente aos anos de 1974 e 1975. Na lista, a maioria dos alunos da sua classe, entre eles, Mônica e Elias, aparece como "promovidos", ou seja, foram aprovados para cursar a 2ª série. Outros foram classificados como "reagrupados", porque não passaram de ano. O menino Tim e seus dentes constam no caderno da escola como "eliminado", um eufemismo para "expulso".

Da Voluntários de 32, Francisco foi parar numa classe especial da Escola Municipal Professor Ademir Adib, localizada no bairro Vila Zilfa. Lá ele foi matriculado aos 9 anos, pela terceira vez na 1ª série do primeiro grau, em 1976. Seu irmão, Luís Carlos, também estudava nessa escola, duas séries à frente. Francisco foi aluno da professora Janira Pacheco de Almeida, especializada em alunos com distorção idade/série, ou seja, quando a criança possui uma idade cronológica significativamente diferente da série escolar em que está matriculada. Esse fenômeno educacional pode ocorrer por diversos motivos, como excesso de repetência, avanço acelerado de série ou dificuldades de aprendizagem, entre outros fatores. O descompasso entre idade e série afeta diretamente o desenvolvimento educacional e social do aluno.

No início do ano letivo, quase nenhum aluno de Janira sabia ler, escrever ou fazer contas, embora alguns tivessem idade para estar até na 8ª série. No entanto, no final do semestre, a turma toda, inclusive

Francisco, estava totalmente alfabetizada. Mas o custo para passar de ano era alto. A professora usava em todas as lições uma palmatória de madeira idêntica a uma pequena raquete. O instrumento de tortura tinha uns furinhos na chapa para reduzir a resistência ao ar, permitindo um golpe mais rápido e, teoricamente, mais doloroso.

A rotina na sala de Janira era simples e comum naquela época. A professora perguntava algo. Se o aluno errasse, levava uma palmada na mão. Ela fazia a mesma pergunta logo em seguida. Se o estudante não acertasse, a força da pancada aumentava. E assim a violência progredia até a criança encontrar a resposta correta. Janira também usava o instrumento para aplicar castigo a alunos que insistiam em conversar durante a aula e aos que se levantavam da cadeira sem pedir autorização.

No final da manhã, havia uma sessão extra de espancamento na escola Ademir Adib. Para marcar o fim das atividades, soava uma sirene estridente na escola. Os estudantes deixavam as salas imediatamente, pois em quinze minutos chegaria a próxima turma. Nesse meio tempo, entrava em ação um exército de serventes com vassouras na mão para limpar todas as salas. Os alunos de Janira sempre ficavam mais um pouco. Sob gritos da professora, eles formavam duas filas indianas para passar um por vez pela porta. Meninas de um lado, meninos de outro. A "carrasca" ficava em pé com o seu instrumento na mão. Chamava o primeiro da fila e fazia uma pergunta sobre o que havia sido ministrado na aula. Se o aluno tivesse êxito, saía ileso. Se falhasse na resposta, a palmatória entrava em ação. Essa palmada era a mais forte do dia, provocando um estalo que podia ser ouvido na secretaria.

Francisco era um dos pupilos de Janira que mais apanhavam na sala de aula. Certa vez, no ritual da saída, a educadora perguntou a ele quanto era 2 x 4. Inseguro, respondeu "dois". A superfície da sua mão ainda estava avermelhada das palmadas recebidas ao longo da manhã. Mesmo assim, levou mais uma. A mestra perguntou novamente. Ele respondeu "três". Outra lapada, coitado. "Você só irá para casa quando der a resposta certa. Quanto é 2 x 4, Francisco?", insistiu Janira. O menino decidiu adotar a tática de aumentar a resposta em uma unidade a cada tentativa, esperando eventualmente acertar. Assim, chutou "quatro". Os alunos já olhavam com dó do colega. A professora intensificou a força do castigo e repetiu a pergunta. Tim aumentou mais um e disse "cinco". Janira moveu a cabeça para os lados em sinal de reprovação. Ele quis mudar de mão para distribuir a dor, mas a docente tirana não permitiu e aplicou outra pancada, ainda mais dolorosa. "Vamos de novo: quanto é 2 x 4?" Francisco já deixava algumas lágrimas escorrerem quando respondeu "seis". Dessa vez, ela bateu com o instrumento de tortura no dorso do seu pulso, onde o sofrimento é mais intenso. Na tentativa seguinte, ele arriscou "sete". Ao perceber que continuava errando, Francisco resolveu não estender a mão. A palmatória impiedosa atingiu violentamente a sua coxa. "Agora, preste atenção. Se você errar novamente, vou acertar o seu rosto. Quanto é 2 x 4?". Tim se abaixou e perguntou retoricamente com voz embargada: "oito?". Finalmente, depois de acertar a resposta, o filho de Maria Helena foi embora para casa tão rápido quanto um relâmpago, sob uma chuva de palmas dos colegas.

Nas mãos implacáveis de Janira, Francisco finalmente aprendeu a ler, escrever e fazer contas. Foi aprovado com louvor para a 2ª série, mas acabou abandonando os estudos na 6ª série. Anos depois, ele completou o ensino fundamental numa turma de supletivo da Secretaria Estadual de Educação, que também funcionava na Ademir Dib, apesar da escola ser municipal.

Em 1978, quando tinha 11 anos, Francisco voltava a pé da escola com o irmão mais velho, Luís Carlos, de 12 anos. No caminho, os dois garotos acharam uma nota de dois cruzeiros e passaram num bar para comprar uma garrafa pequena de Coca-Cola e um pão com manteiga. No balcão, tomaram o refrigerante usando canudinho. Um homem adulto, aparentemente bêbado, estava entornando cachaça ao lado. Sem noção, ele disse aos meninos que chupar canudinho era "coisa de maricas". Tim e Luís Carlos se entreolharam desconfiados. Constrangido, o primogênito desistiu do refrigerante e perguntou ao tal homem o que seria "coisa de macho". "Tomar branquinha", respondeu o estranho, oferecendo um gole. Os dois irmãos conseguiram beber juntos metade de uma dose e seguiram para casa trançando as pernas.

Sozinhos e embriagados, Luís Carlos e Francisco iniciaram uma brincadeira imprudente conhecida como guerra de fogo. Cada um pegou uma caixa de fósforos na cozinha. Eles riscavam o palito para acender a chama e o jogavam imediatamente contra o outro para ver quem ficava com mais marcas de queimadura. Luís Carlos jogou um pauzinho de fogo no uniforme do irmão, iniciando uma chama pequena, que foi apagada imediatamente. Para contra-atacar, Tim pegou, sem o irmão perceber, uma lamparina e jogou querosene nas costas dele, por cima da roupa. Rapidamente, riscou o palito e atirou contra Luís Carlos. A faísca do fósforo, em contato com o tecido embebido de líquido inflamável, produziu uma labareda enorme. Assustado, ele tirou a camiseta em chamas e a jogou no sofá. Um fogaréu tomou conta do móvel e já se estendia para o tapete. Tim saiu correndo. A casa foi salva de um incêndio pelos vizinhos, que fizeram um mutirão retirando água do poço para aplacar o fogo. À noite, quando os pais chegaram, Tim estava na rua. Luís Carlos aproveitou a ausência do irmão para pôr toda a culpa nele. Nelson prometeu a Maria Helena dar a primeira surra no filho do meio tão logo ele retornasse.

— Lembra que seu pai disse que o Tim não era nosso filho? — observou o pai.

— Não quero falar sobre esse absurdo. Isso foi um acidente com lamparina. (...) Se você encostar um dedo nele, eu passo a mão nos meus filhos e desapareço! — ameaçou Maria Helena.

— Eu acho que o Tim tem problemas mentais. Poderíamos considerar a possibilidade de interná-lo no Bezerra Menezes.

— Enlouqueceu? — encerrou a mãe.

Fundado em 1946, o Hospital Dr. Adolfo Bezerra de Menezes era uma casa de saúde mental famosa em São José do Rio Preto. Atualmente é uma instituição filantrópica com 209 leitos, sendo 160 destinados a pacientes do Sistema Único de Saúde (SUS) e 49 para atendimentos particulares e convênios médicos. O hospital é referência no atendimento a pacientes com transtornos mentais e dependência de álcool, cocaína, heroína, *crack* e outras drogas. No entanto, quando Nelson cogitou internar Francisco por lá, o hospital tinha um perfil bem diferente. Na década de 1970, o tratamento de transtornos mentais estava em um período de transição. Embora muitas práticas antiquadas e desumanas ainda fossem comuns, já estavam em implementação abordagens mais humanas, para tentar melhorar o cuidado e a integração dos pacientes à sociedade. Para se ter uma ideia, meio século atrás, a população inteira de São José do Rio Preto chamava o hospital psiquiátrico de "hospício". Hoje esse termo não é mais aceitável, por carregar conotações pejorativas, associadas a práticas cruéis e ao estigma contra pessoas com transtornos mentais.

Francisco tinha 12 anos em 1979, quando voltou a relaxar nos estudos. Mantinha a rotina de sair de casa uniformizado todos os dias bem cedo para ir à escola. Mas estava sem o menor estímulo para o confinamento da sala de aula. No caminho, ele passava em frente ao Bezerra de Menezes, onde havia um pátio enorme com muitas árvores, cercado por um muro baixo com grades de ferro. Diante da promessa recorrente do pai em interná-lo, ele vislumbrava a possibilidade de morar no hospital. A casa de saúde funcionava num casarão estilo colonial cedido pelo governo municipal. Originalmente, era um hospital de hansenianos. No entanto, na década de 1960, foi adaptado para atender pacientes com problemas psiquiátricos.

Como era o único hospital especializado em saúde mental em toda a região, o Bezerra de Menezes vivia sempre superlotado. Mesmo assim, muitas famílias viajavam por até 300 quilômetros, vindas de municípios vizinhos, e tentavam conseguir uma vaga para seus parentes na unidade. Com a negativa na internação, alguns doentes eram abandonados pelos parentes em frente ao casarão. Perambulando pelas ruas do bairro, alguns avançavam sobre as pessoas, instalando pânico e insegurança. Um deles, conhecido como Cirando, de 18 anos, havia atacado vários transeuntes sem motivo aparente. O jovem já tinha passado por diversas internações e sempre era devolvido para uma tia, que não o aceitava em casa pelo receio de novos surtos.

Cirando era um jovem magro e bem alto. Tinha rosto quadrado e os cabelos levemente cacheados e queimados de sol. Seu comportamento era dual. Alternava a personalidade violenta com comportamento pueril. No modo infantil, era alegre, brincalhão e generoso. Cultivava o hábito de cantar músicas pelas calçadas de São José do Rio Preto. A sua preferida era o clássico "Peixe Vivo", uma cantiga de autoria desconhecida cujo verso principal são duas perguntas: "Como pode o peixe vivo viver fora da água fria? Como poderei viver sem a tua companhia?". A letra pode ser vista como uma metáfora para a necessidade de amor e companhia, pois compara a dificuldade de um peixe respirar com o desafio de uma pessoa viver sozinha, passando também uma mensagem subliminar de dependência emocional.

Para sobreviver nas ruas, Cirando dependia da caridade alheia. Como era conhecido na vizinhança, recebia comida, roupas e brinquedos. Sensível, costumava estender a cadeia de generosidade distribuindo parte das doações que recebia a outros moradores de rua. Seus pertences eram levados num saco idêntico ao do Papai Noel, que ficava acomodado sob o coreto da praça. A outra personalidade fazia dele um homem extremamente violento, capaz de atos bárbaros, "beirando a carnificina" — segundo definições dos médicos.

Certa vez, ele caminhava pela Rua Oswaldo Aranha, por trás do Bezerra de Menezes, quando atacou uma garota de 14 anos sem motivo aparente. Primeiro deu-lhe uma rasteira, derrubando-a no chão. Segurando um cabo de vassoura, apertou fortemente o pescoço da adolescente. Quando ela abriu a boca desesperadamente para tentar respirar, o jovem sugou o olho da vítima com a boca como se quisesse arrancá-lo. A violência foi contida quando um homem acertou a cabeça de Cirando com um tijolo. A menina foi levada ao pronto-atendimento e liberada. Ele foi encaminhado ao Bezerra de Menezes, onde cuidaram do ferimento na cabeça. Na triagem, delirou dizendo que a vítima era a amante de seu pai. Como não havia leito disponível para tratamento de pacientes agressivos no hospital, Cirando ficou imobilizado na enfermaria, pois continuava em surto. Passou por uma avaliação completa: exames físicos, laboratoriais e avaliação psiquiátrica. A ideia era devolvê-lo para a rua logo após a alta médica, já que ele não tinha mais referência familiar.

Um psiquiatra e um enfermeiro amarraram Cirando a uma cama usando tiras grossas de tecido, conhecidas em manicômios como faixas de contenção. Em seguida, dispuseram no paciente um par de eletrodos envoltos em um pano embebido em solução salina. Esses terminais elétricos foram posicionados um de cada lado da cabeça, acima das têmporas. As outras duas pontas dos fios estavam conectadas a uma máquina de eletrochoque, por sua vez ligada a um interruptor de luz.

Por alguns segundos, foi disparada uma corrente elétrica diretamente no crânio de Cirando. O paciente se debateu por um minuto, mas pareceu durar uma hora. Vomitou e acabou engolindo o próprio vômito, quase se afogando com as secreções digestivas. Em seguida, foi posto em observação em uma cama de papelão estendida no chão do pátio interno do manicômio, sob o olhar curioso de outros pacientes.

É bom deixar claro: o eletrochoque foi ressignificado com o tempo. Atualmente é chamado pelos médicos de eletroconvulsoterapia (ECT). Polêmico, o tratamento surgiu no final dos anos 1930 como uma técnica de indução de convulsões para tratar transtornos mentais graves. Inicialmente era realizado sem anestesia, resultando em fraturas ósseas e outros efeitos adversos devastadores, como perda de memória e problemas cardíacos. Foi amplamente usado de maneira abusiva nas décadas de 1940 e 1950. Nos anos 1970, a ECT foi praticamente abandonada e estigmatizada devido ao uso inadequado e aos avanços da psicofarmacologia, ciência que investiga como os medicamentos influenciam o sistema nervoso e o comportamento humano, incluindo seus mecanismos de ação e efeitos terapêuticos e colaterais.

No Brasil, a ECT foi regulamentada novamente em 2002, estabelecendo condições rigorosas para o uso, como a aplicação em ambiente hospitalar, sob anestesia e com avaliação prévia das condições do paciente. Atualmente, a ECT é uma opção terapêutica considerada segura e eficaz para pacientes com depressão grave, transtorno bipolar, esquizofrenia e outras condições que não respondem a tratamentos convencionais. Ainda assim, essa prática continua controversa, devido ao seu histórico de uso abusivo, efeitos colaterais significativos e, principalmente, pelo estigma negativo perpetuado por filmes e pela literatura.

Quando acordou do eletrochoque, Cirando estava calmo, faminto, desidratado e sujo de fezes. Desorientado, não falava coisa com coisa. Ao alvorecer, levou um banho frio de mangueira no pátio do hospital e foi devolvido à rua vestindo apenas pijama de enfermo. Sozinho, caminhou pela Rua Major João Batista França e virou na Rua Abolição até encontrar uma pracinha, onde se acomodou num banco de cimento sob um oitizeiro até os primeiros raios solares esquentarem seu corpo. Uma senhora passou por lá e deu a ele café com pão francês e um copo d'água. Metade do pão foi picotada com as mãos até virar migalhas e distribuídas aos pombos que estavam ao seu redor. Alguns instantes depois, um garoto com uniforme escolar sentou-se ao seu lado. Cirando se levantou serenamente e abordou o menino:

— Como é seu nome?
— Francisco, mas meus irmãos me chamam de Tim.
— O que você está fazendo aqui?
— Estava indo para a escola.
— Não vai mais?
— Não!
— Por quê?
— Não gosto de lá.
— Por quê?
— Não sei explicar.
— Por quê?
— Sei lá!
— Por quê?
— Prefiro ficar na rua.
— Por quê?
— Me fala como é morar no hospital — quis saber Tim.
— Some daqui, moleque! Daqui a pouco vou me transformar num monstro horrível, arrancarei a sua cabeça com minhas próprias mãos e esmagarei seus ossos. Beberei todo o seu sangue até sua alma sair do corpo! — ameaçou Cirando, ainda sob os efeitos colaterais do tratamento agressivo.
— Jura? Vou esperar para ver como vai ser isso... — avisou Francisco, rindo.

No prontuário médico de Cirando constava que ele tinha esquizofrenia, transtorno de personalidade antissocial e transtorno explosivo intermitente, além de uma observação importante: "paciente extremamente agressivo sem protocolo de tratamento — histórico de homicídio". Um irmão contou que ele começou a adoecer aos 8 anos, depois de testemunhar o pai assassinando brutalmente sua mãe no chão da sala após descobrir uma traição, em 1968, na zona rural de Piracicaba, onde moravam.

Segundo relatos de familiares, Cirando acompanhou a dinâmica do crime desde o início. Viu a mãe sentada no sofá, lendo uma revista tranquilamente. Percebeu o pai pegando um machado de carpinteiro tamanho médio que ficava pendurado na parede da garagem. A lâmina fina da ferramenta com cabo de madeira estava afiadíssima. A criança levou um susto quando ele voltou à sala, puxou a esposa pelos cabelos sob gritos e a deitou no chão com selvageria. Para imobilizá-la, o homem pisou no ventre da vítima com um dos pés. A primeira machadada acertou o esterno, partindo os ossos do peito. Mesmo em estado de choque, Cirando se deitou por cima da mãe, na tentativa desesperada de salvá-la.

O pai retirou o filho com força e voltou a golpear a esposa, acertando a cabeça, o pescoço e o abdome. As machadadas mais fortes emitiam um som horripilante, meio sólido, meio oco. A mulher já estava morta quando Cirando, todo sujo de sangue e soluçando, a abraçou, implorando ao pai para cessar. Com receio de acertar o garoto, o assassino passou a talhar as pernas da mulher. Naquela época, o homem ainda podia matar a esposa adúltera em nome da honra. Com isso, o homicida nem sequer chegou a ser preso.

Durante oito anos, Cirando ficou mudo por causa do forte abalo emocional. Não emitia nenhum som. Nem quando comia. Não ria, não chorava. Não ia mais à escola. Não brincava. Não desenvolveu a sexualidade. Ficava a maior parte do tempo trancado no quarto. Tomava um banho por semana porque uma tia ia até lá cuidar dele à força. Em 1976, o pai anunciou que iria se casar com uma vizinha, a quem o filho teria de chamar de "mãezinha" tão logo voltasse a falar. Para vingar a morte da mãe biológica, Cirando, já com 15 anos, esperou o pai seguir até um canavial e foi atrás dele sorrateiramente, levando uma foice. Na primeira oportunidade, acertou o pescoço do assassino com um único golpe, decapitando-o. Em seguida, arrancou os olhos da vítima com as próprias mãos para ver o que havia por trás deles. Após matar o pai, Cirando finalmente voltou a falar. Mas fingia-se de mudo quando lhe era conveniente. Numa audiência no Juizado de Menores, por exemplo, ficou calado.

Cirando foi considerado inimputável por uma junta médica — ou seja, não tinha a menor noção do que havia feito nem por que seria julgado. Com isso, escapou de uma sentença que o manteria por dois anos num reformatório. No entanto, por determinação de um juiz, a família confinou o adolescente num manicômio judiciário, de onde sempre fugia. Com medo, nenhum parente o queria perto de casa. Por isso, tentaram interná-lo bem longe, em São José do Rio Preto, a 304 quilômetros de Piracicaba.

Francisco e Cirando estreitaram laços de amizade rapidamente, apesar da diferença de seis anos entre eles. A interação entre os dois fluía com facilidade porque o desenvolvimento mental do morador de rua foi interrompido na infância. Essa discrepância entre sua idade cronológica e sua capacidade cognitiva era mais uma consequência do trauma emocional irreversível causado pelo assassinato de sua mãe.

Quando Francisco encontrou Cirando pela primeira vez, fazia uma semana que ele não aparecia na escola Ademir Dib. Tim saía de casa cedo com uma pasta de plástico verde presa com elástico, contendo livro, caderno, lápis e borracha, e seguia até a pracinha repleta de pombos. Os dois ficavam juntos o dia inteiro. Subiam em árvores, jogavam bola, corriam pela rua, interagiam com outros garotos, acertavam pedras nas vidraças das casas e se aventuravam pendurando-se na carroceria dos caminhões em movimento, uma brincadeira perigosa conhecida como "pegar rabeira". Cirando chamava atenção no meio dos adolescentes porque era um adulto alto, de 1,85 m, enquanto os meninos eram bem mais baixos.

Depois do expediente de algazarras na rua, Francisco voltava para casa com o uniforme escolar imundo, mas ninguém notava e muito menos perguntavam por onde ele havia andado. Era como se Tim fosse invisível dentro da família. No dia seguinte, ele vestia novamente a mesma roupa suja e seguia até a pracinha dos pombos para encontrar o amigo.

Numa tarde ensolarada, Francisco e Cirando desceram para tomar banho num curso d'água chamado Piedade, que seguia em direção ao córrego Canela — um afluente do rio Preto, que cortava o município ao meio. O ponto em que eles mergulharam era apinhado de peixinhos coloridos, que nadavam na correnteza tão rápido quanto pequenos torpedos. A água era cristalina, mas ficava avermelhada quando dezenas de funcionários dos matadouros de boi chegavam para se lavar após o turno de trabalho. Os homens geralmente desciam cobertos de sangue, tiravam toda a roupa e mergulhavam no córrego antes de voltarem para casa. Quando a água mudou de cor, Cirando se lembrou da imagem trágica do corpo da mãe caída no tapete da sala e começou a chorar. Curioso, Francisco perguntou por que ele estava triste. O amigo contou com detalhes como sua mãe foi assassinada e como ele matou seu pai. No final, deixou claro que chorava porque sentia falta dos dois e do seu único irmão.

No meio do banho, Cirando percebeu que Francisco não entrava completamente no riacho. Ele parava de caminhar quando a água batia em sua cintura. Sem cerimônia, Tim revelou que não sabia nadar. O amigo então falou de um truque capaz de fazer uma pessoa aprender a nadar com desenvoltura em menos de meia hora. "Basta você pegar uma grande quantidade de peixinhos e engolir. Mas não pode mastigar. Bota eles na boca e já manda para o estômago", ensinou Cirando. Acreditando nesse folclore, Francisco pegou o primeiro e deglutiu rapidamente. A pele oleosa do peixe, de cerca de dois centímetros, facilitou. Mas ele sentiu um arrepio com o bicho se debatendo em sua boca e deslizando vivo pela garganta. Em seguida, veio uma vontade de regurgitar. "Não vomita! Não vomita! É assim mesmo! Engole outros de cor diferente!", ordenou o instrutor de natação. Tim pegou mais e mais. Cirando ajudava a capturar os peixes para o amigo pôr na boca.

Depois de engolir uma dezena de peixes minúsculos, Tim se deparou com um lambari enorme oferecido pelo amigo. Esse peixe tem corpo alongado e comprimido lateralmente. A coloração varia de prateada a dourada, com escamas pequenas. O animal estava se debatendo. "Não tem como comer isso tudo", esquivou-se Francisco. "Se não engolir, você vai morrer afogado no riacho. Aí você vai encontrar minha mãe toda esquartejada junto com meu pai sem cabeça lá no céu", ameaçou Cirando. Com medo, Francisco pegou o peixe e pôs na boca. Tentou passá-lo para o esôfago junto com uma golada de água. No entanto, o peixe ficou preso em sua garganta. Com as vias aéreas entupidas, o fluxo de ar que tentava inspirar não chegava mais aos pulmões. Francisco ficou pálido. Queria gritar, mas não conseguia. Cirando ficou apavorado e começou a chorar.

Um funcionário do matadouro, que tomava banho no córrego, percebeu a agonia do adolescente e correu para acudi-lo. Ele abriu a boca de Francisco e deu-lhe um murro nas costas, fazendo o lambari saltar como se fosse arremessado para o alto. O peixe caiu na água e nadou para bem longe. Tim vomitou outros peixes vivos. Cirando pediu desculpas. Recuperado, Francisco quis saber do amigo se ele já sabia nadar. "Com certeza!", garantiu. O funcionário do matadouro que salvou o menino era José Roberto da Costa, de 18 anos, conhecido como Marrom. Ele fixou o olhar em Tim e perguntou: "Você não é filho da Maria Helena e do Nelson?". "Eu não!", respondeu Francisco rapidamente, já prevendo encrenca mais tarde com os pais. Antes de voltar para casa, ele pegou um saco plástico transparente, encheu-o de água e colocou seis peixinhos dentro. Seu plano era montar um aquário em seu quarto reutilizando uma lata grande de tinta.

Tim chegou em casa no final da tarde segurando o saco com peixinhos numa mão e a pasta escolar embaixo do braço. Nelson o esperava na porta, segurando um pedaço de fio elétrico de cobre dobrado ao meio, formando um arco suave. As duas pontas estavam firmemente presas em sua mão direita. Havia um motivo para essa recepção nada amistosa. Luís Carlos havia levado naquele dia um bilhete da secretaria da escola endereçado à mãe, dizendo o seguinte: "Seu filho Francisco não aparece na aula há uma semana. Se ele não vier amanhã, sua vaga será dada a outro estudante". Como Maria Helena e Nelson eram analfabetos, a mensagem foi lida em voz alta por Luís Carlos.

Naquele dia, Nelson só havia recebido notícias ruins. Fora dispensado tanto do cargo de catador de laranjas quanto da função de pedreiro, nas obras da prefeitura, por causa de problemas com álcool. Maria Helena trabalhava em casa de família em troca de um ordenado equivalente a meio salário mínimo. Era com esse dinheiro que teriam de viver, pelo menos temporariamente.

Para variar, o pai havia entornado meia garrafa de aguardente para aplacar o fracasso. Bêbado, mandou Francisco ficar nu em frente de casa. Luís Carlos pegou o saco com os peixinhos e o material escolar das mãos do irmão. Enquanto o menino tirava o calção escolar, Nelson iniciava um sermão:

— Aqui em casa, apenas o seu irmão sabe ler, sabia? O resto é tudo ignorante, como meus irmãos, meus pais, cunhados, tias, primos. Por isso, levamos uma vida miserável. Sua mãe não teve oportunidade de estudar... E eu? Não sou nada, pois nem emprego tenho mais para comprar um sofá novo...

— Eu fui ao rio aprender a nadar... — justificou-se Tim.

— Cala a boca!

— Não bate nele — pediu a mãe.

Nelson, que se dizia religioso, fechou os olhos e desferiu vinte chibatadas no filho, atingindo-lhe os braços, as pernas, as costas, as nádegas e o rosto, deixando marcas não lineares na pele do menino. Assustado, Tim correu para dentro de casa. Mas a violência continuou na sala, diante de todos. Nessa época, Luís Carlos tinha 13 anos, Roque, 10 anos, e Francisco, 12 anos. Os dois irmãos correram para se esconder no quarto. Nunca antes alguém havia sido espancado na família.

Maria Helena tinha uma vizinha que trabalhava na roça e havia sido recrutada pelo Partido Comunista para atuar distribuindo marmitas aos jovens que lutavam contra a ditadura militar, em busca de um governo democrático no Brasil. Capturada pela polícia do Departamento de Ordem Política e Social (DOPS), acabou sendo levada para o mato, onde teve os cabelos raspados. Foi torturada com pontas de cigarro acesas, estuprada por uma tarde inteira e depois espancada até perder os sentidos. Isso tudo porque ela se recusou a identificar os estudantes subversivos. Ao ouvir os relatos dramáticos da vizinha, Maria Helena criou aversão a violência e prometeu a si mesma jamais tocar em seus filhos.

Nelson havia acatado a decisão da esposa de não bater nos meninos. Mas resolveu mudar de ideia por considerar Tim incorrigível. Depois de espancá-lo, o pai confessou para a companheira que aproveitara a agressão para descarregar uma energia reprimida. De fato, ele só parou a surra quando bateu o cansaço. No epílogo de Francisco naquela casa, Nelson pendurou o fio de cobre na parede, virou mais um copo de cachaça, e passou um comando definitivo a Maria Helena: "Livre-se desse estorvo ainda hoje!"

* * *

Para entender o universo particular de Francisco de Assis, é necessário explorar sua árvore genealógica galho a galho, começando pelos avós e descendo pelos ramos até chegar a seus pais e tios. Maria Helena, a mãe, era filha de João Francisco de Souza (Altinópolis-SP, 22/8/1909), autointitulado feiticeiro, e da dona de casa Cinira Fernandes de Souza (18/10/1926). Ela tinha cinco irmãos: Rubens Ataíde de Souza (30/5/1952), Diva Aparecida das Graças de Souza (11/5/1955), Nair Fernandes de Souza (23/2/1942), Luiz Marques de Souza (26/5/1944) e José Carlos de Souza (4/6/1965), que fora adotado. José, na verdade, entrou para a família Souza de forma dramática. Recém-nascido, ele foi jogado, todo ensanguentado, dentro de um tanque de roupas sujas no quintal da casa. Comovida, Cinira pegou o bebê para cuidar com o intuito de entregá-lo a um orfanato. No entanto, ela acabou se apegando à criança e foi até o cartório registrá-lo como se fosse filho legítimo. A única indicação de que José não é filho biológico vem da sua pele, que tem um tom bem mais escuro, se comparado com a pele dos seus irmãos.

Nenhum dos filhos de João e Cinira envergonhou a família como Diva: aos 14 anos, ela fugia de casa à noite para se prostituir num beco perto da rodoviária de São José do Rio Preto, conhecido como "boca de lobo". Expulsa de casa pelos pais, morava pelos bordéis da cidade. Às vezes, Diva pedia abrigo na casa de Maria Helena. Certa vez, segundo relato de Francisco, a tia, considerada a laranja podre da família, chegou à casa da irmã para descansar. Tim estava com 12 anos, Diva com 24.

A garota de programa seguiu para o quarto principal e refestelou-se na cama macia de Maria Helena. Aproveitou para atender um cliente no leito da irmã. Francisco percebeu que a porta estava entreaberta. Curioso, ficou espiando a sessão de sexo mercantil. Uma hora depois, o cliente saiu e Diva continuou nua no quarto. Ao perceber que o sobrinho estava em pé na entrada do cômodo, a tia pediu para ele entrar e beijar seu sexo. Depois, Tim chupou os seios da mulher, sentando-lhe uma mordida violenta no final do ato. A prostituta então deu um tapa no sobrinho e o expulsou da cama. Quando o escândalo sexual foi descoberto, Diva sustentou que a história era fantasia da cabeça de Francisco. No dia 17 de agosto de 1998, aos 43 anos, ela deu uma entrevista ao repórter Edmilson Zanetti, da *Folha de S.Paulo*, na qual rechaçou a acusação. "Isso é uma coisa assombrosa. Estou impressionada com essa acusação. O Francisco só pode ser louco. Se existir, o rabo do Satanás bateu na vida dele. (...) Se tivesse que ter alguma coisa com um parente, eu teria com um primo que é fotógrafo e muito bonito, e não com uma criança. (...) Na verdade, acho que o Francisco queria me possuir, me ter como namorada...", disse.

Em 1994, Diva teve uma filha, fruto de uma relação com um cliente nunca identificado. A família inteira se apegou à menina. Para escapar da sina de uma vida desgraçada, porém, ela se mudou para São Paulo aos 18 anos sem dizer o que faria na cidade grande. Logo começaram os rumores de que a garota estava se prostituindo, assim como a mãe. Em 2024, já com 30 anos, a filha de Diva ligou para o tio Rubens, implorando pela sua presença com urgência em São Paulo. Ele pegou o carro e foi em disparada, acreditando se tratar de um problema de saúde. Maria Helena foi junto, pois não via a sobrinha fazia uma década. Ao chegarem ao local onde a jovem estava morando, os dois quase desmaiaram de emoção. Ela estava iniciando um processo religioso para se tornar freira. Para isso, no entanto, a candidata a noviça teria de provar que fora batizada na Igreja Católica. Acontece que Diva não fizera o batismo da filha. Foi para a realização desse sacramento que a jovem suplicou pela presença dos tios, transformados em padrinhos na cerimônia religiosa.

Francisco também acusou de abuso sexual um outro elemento da sua árvore genealógica. Segundo ele, certa noite, em 1976, estavam na sala da sua casa dois tios maternos: Rubens, de 24 anos na época, e Luiz Marques, de 32. Com 9 anos, Tim foi para o quarto dormir. À noite, no meio do sono, um desses dois tios teria entrado no cômodo, no escuro, sem falar nada. O abusador, segundo seus relatos, deitou-se por trás e puxou seu short. Em seguida, introduziu o pênis ereto por entre as pernas de Tim até ejacular e sem consumar a penetração no ânus. Esse relato consta em conversas que ele teve com a psicóloga Cândida Helena Pires de Camargo, do Hospital das Clínicas de São Paulo, em 1998. Rubens Ataíde nega veementemente ter abusado do sobrinho. "O Tim vive até hoje no mundo da imaginação. Nada do que ele fala é verdade. Nada!", reforçou Rubens, em abril de 2024, aos 72 anos. O outro tio suspeito, Luiz Marques, com 80 anos, acamado por causa do Parkinson em estágio avançado, também refutou enfaticamente o palpite. "Esse menino nunca foi muito bom da cabeça. Nem sei por que ainda dão ouvidos ao que ele fala", comentou. Maria Helena acredita no filho, mas preferiu não levantar falso testemunho.

Em uma ramificação da árvore de Francisco está seu pai, Nelson Pereira (30/10/1946), nascido em Fernandópolis (SP). Nelson era filho do agricultor José Pereira (3/11/1919), oriundo do município baiano de Caetité, e da dona de casa Georgina Carlos Pereira (Ribeirão Preto-SP, 10/9/1924). Na outra ponta está Maria Helena (São José do Rio Preto-SP, 11/4/1947), a mãe.

Outro documento revela como os frutos da árvore genealógica de Francisco apodreceram no pé com o tempo. No dia 4 de dezembro de 1998, o juiz José Ruy Borges Pereira, do Tribunal de Justiça de São Paulo, nomeou dois médicos para realizar o relatório chamado de "incidente de insanidade mental" em Francisco, de 31 anos na época. Trata-se de um procedimento jurídico utilizado para avaliar a estabilidade emocional do réu num processo criminal. A Justiça lança mão desse expediente quando há dúvidas sobre a capacidade do acusado entender e responder pelos seus atos, tal como ocorreu com Cirando logo após matar o pai no canavial. O relatório de insanidade mental de Francisco tem 72 páginas e foi realizado pelos psiquiatras Henrique Rogério Cardoso Dórea e Paulo Argarate Vasques. No quesito "antecedentes familiares", os médicos escreveram o seguinte:

"Na constelação familiar de Francisco de Assis são descritas diversas patologias psiquiátricas, entre as quais podemos citar casos de farmacodependência (tio materno usuário de drogas injetáveis no passado); surtos de natureza psicótica e de características esquizofreniformes (tios maternos, tia e primas paternas); alcoolismo (pai, irmãos, avôs materno e paterno); epilepsia (primas paternas e prima materna) e oligofrenia (prima materna com transtorno mental)". E prossegue o relatório falando dos seus avôs: "O avô paterno [José Pereira] era dependente químico, tendo falecido com quadro de abstinência alcoólica após várias internações psiquiátricas. Merece particular consideração o fato de que o avô materno [João Francisco] seria uma pessoa extremamente violenta, sendo-lhe imputadas várias agressões a familiares, inclusive uma tentativa de homicídio a foice contra a própria esposa e vários homicídios não devidamente esclarecidos".

Em 1979, quando Nelson ordenou que Maria Helena se livrasse de Francisco após a surra de fio elétrico, ele foi levado justamente para a chácara do avô materno, João Francisco, de 70 anos[1]. O local ficava no meio de uma floresta, no distrito de Baguaçu, entre São José do Rio Preto e o município de Guaraci. Era uma casa de seis quartos, toda de madeira e cercada por um varandão, onde redes ficavam estendidas. No meio da floresta, afastada da casa, havia uma edícula de madeira nos fundos do terreno. Quando Tim chegou em casa com o saco de peixinhos, Cinira, de 53 anos, pediu ao neto que não se aproximasse da edícula sob qualquer hipótese. "Faça de conta que aquele lugar não existe", aconselhou a avó. Na época, os pais de Maria Helena recebiam muitas pessoas em casa, inclusive uma vizinha muito próxima, chamada

---

[1] Maria Helena Pereira contestou a informação de que o filho tenha morado com o avô João Francisco em algum momento da vida. No entanto, como Francisco relatou em diversas ocasiões detalhes da convivência com João a psiquiatras e psicólogos dentro da prisão, a narrativa foi mantida conforme descrita pelos especialistas forenses nos laudos criminológicos e no inquérito do teste de Rorschach. N. do A.

Clementina, de 35 anos. Boa parte dos visitantes era cliente de João e seguia para atendimento na edícula.

Desde que Maria Helena estava grávida de Tim, João falava a Cinira que o neto estava sendo enviado do inferno ao mundo por uma criatura cultuada por ele chamada Asmodeus. No dia do nascimento do bebê, ele fez questão de ir até a maternidade dar as boas-vindas. Católica, a esposa não dava a mínima para as crenças do marido. No batismo de Francisco, João comentou com Maria Helena sua profecia funesta, na qual sustentava que o menino teria uma profusão de "emoções sombrias" ao longo de sua jornada pela Terra:

— A nossa família não está preparada para conviver com essa criatura — alertou João.

— Do que você está falando, meu pai?

— Filha, escute: o Francisco é filho de Asmodeus.

— Filho de quem?

— Do Diabo! — resumiu João, assustando a família.

Segundo o livro *Ars Goetia*, um dos maiores manuais de ocultismo do mundo, Asmodeus é uma figura recorrente na teologia dos demônios. É descrito como um homem forte, inteligente e manipulador, com três cabeças presas no mesmo tronco. A principal é humana e fica no meio, representando a inteligência, a astúcia e a racionalidade. A outra é de touro, em alusão à força bruta, virilidade, poder e resistência, características atribuídas a um demônio específico de alto escalão no inferno. A terceira cabeça, de carneiro, simboliza a teimosia e os rituais de sacrifício. Asmodeus tem ainda pés de galo e cauda de serpente, conferindo-lhe uma natureza monstruosa e complexa.

João também mantinha na cabeceira da cama, ao lado de duas velas vermelhas, o livro de São Cipriano. A publicação era considerada a bíblia demoníaca da pastora e ex-deputada federal Flordelis, condenada em 2022 a 50 anos de prisão por ter mandado matar o marido, o também pastor Anderson do Carmo, em Niterói. A publicação de capa preta é um famoso grimório de feitiçaria e ocultismo atribuído a São Cipriano de Antióquia, um bruxo convertido ao cristianismo. Com múltiplas edições e variações, o livro inclui uma vasta coleção de cerimônias satanistas, feitiços, exorcismos e práticas de adivinhação. Entre seus conteúdos, destacam-se instruções para invocar espíritos, obter proteção, atrair amor e sorte, além de sessões de cura e rituais para chamar e repelir entidades malignas. Assim como Flordelis, João não tinha nenhum conhecimento para mexer com esse tipo de crença.

Sem Francisco por perto, Maria Helena e Nelson começaram a estabilizar a vida familiar no final da década de 1970. Primeiro, ela foi contratada para trabalhar em uma pequena fábrica de farinha de mandioca em São José do Rio Preto, enquanto ele encontrou vaga de catador em uma plantação de laranjas na zona rural do município. Alguns meses depois, Maria Helena conseguiu trabalho de motorista na mesma fazenda em que o marido trabalhava. Ela assumiu a função de dirigir a Kombi que transportava os catadores da entrada da empresa até a plantação. O trabalho árduo do casal foi crucial para reorganizar as finanças domésticas, já que a casa estava sem energia elétrica devido à falta de pagamento, e o aluguel atrasado havia gerado uma ordem de despejo iminente.

Aplicada, Maria Helena logo foi promovida a um cargo melhor na fazenda de laranjas. Ficava num galpão selecionando os melhores frutos, ou seja, os que seriam encaminhados para exportação. Dando um tempo na bebida, Nelson também prosperou profissionalmente. Tornou-se fiscal dos catadores, ganhando comissão em cima do que os outros produziam. Sua função era verificar quais trabalhadores colhiam menos frutos. Classificados por ele como "preguiçosos", esses funcionários eram substituídos no final do dia por outros mais espertos. Nos finais de semana, Nelson ainda atuava como pescador no Rio Preto juntamente com Luís Carlos, o filho mais velho.

Com a vida da família nos eixos, as contas da casa foram postas em dia. Nelson passou a atribuir a fase ruim do passado a uma "energia pesada" emanada por Francisco. "Sempre achei o seu pai um charlatão com aquelas bruxarias. Mas estou começando a acreditar que o Tim realmente tem algo a ver com as trevas. Ele carregava uma energia pesada. Só foi a gente deixá-lo para trás que a nossa vida prosperou", comentou com a esposa. Maria Helena reprovou o comentário do marido e garantiu que ela não iria deixá-lo com o pai para sempre. No entanto, Tim ficou na casa do avô por quatro anos.

Com o tempo, Maria Helena e Nelson prosperaram mais um pouquinho. Seguiram com Luís Carlos e Roque para São Paulo. Na capital, foram contratados pela União de Transportes Intermunicipais (Util), do empresário Nenê Constantino, fundador da Gol Linhas Aéreas. Naquela época, os ônibus de Nenê faziam viagens de São Paulo para Brasília, Belo Horizonte, Goiânia, Uberlândia e Ribeirão Preto. Na empresa, ela começou como faxineira, e ele como lavador de ônibus. Mas logo Nelson deixou a Util e foi trabalhar como cortador de carne no açougue Marilu, no bairro do Jabaquara, zona centro-sul de São Paulo.

Dedicada ao trabalho, Maria Helena foi rapidamente subindo na empresa, assumindo as funções de bilheteira, fiscal e secretária na empresa de Nenê Constantino. "Eu tinha tanto poder na Util que podia até demitir as pessoas", vangloriou-se Maria Helena, em junho de 2024.

* * *

Como o ano já estava quase acabando, Tim não foi mais à escola em 1979. Ele passava o dia inteiro brincando na chácara dos avós maternos. Certo dia, pegou carona com um vizinho e foi parar na pracinha dos pombos, onde costumava se encontrar com Cirando. Os amigos fizeram uma festa quando se viram, por volta das 17h. Aproveitaram o resto da tarde para "pegar rabeira" na carroceria dos caminhões. À noite, Tim decidiu dormir na pracinha com o amigo, pois não tinha como voltar para casa. Assim, eles passariam a manhã seguinte inteira na vadiagem. Cirando tinha uma novidade importante para contar ao amigo. Marrom, o funcionário do matadouro que havia impedido Tim de morrer afogado com o lambari, conseguiu um emprego para ele no Frigorífico Bordon, um complexo localizado no bairro Esplanada, que abatia cerca de 400 bois por dia. Tim ficou curioso:

— O que você faz lá?

— Eles matam muitos animais com marretadas na cabeça, depois

cortam um a um para tirar a carne e estendem o couro no muro para pegar sol — explicou Cirando.
— Você também mata?
— Não. Minha função é limpar o chão várias vezes ao dia. O piso fica muito sujo de sangue.
— Posso ir com você para ver como é? — pediu Tim.

Os dois amigos dormiram lado a lado no mesmo banco da praça, dividindo uma coberta grossa. Bem cedinho, em jejum, seguiram a passos apressados até o matadouro. Tim estava ansioso para ver aquele show de horrores. O local era grande e movimentadíssimo. A cada 15 minutos, chegava um caminhão-boiadeiro com cerca de trinta animais na carroceria. Na década de 1970, esse transporte não tinha fiscalização rigorosa como acontece na atualidade. As carretas eram robustas e básicas, com carrocerias de madeira reforçada e laterais abertas ou com barras para ventilação. Internamente, a gaiola era precária. Faltavam divisões adequadas e pisos antiderrapantes. Com essa estrutura rudimentar, os animais sofriam lesões graves durante as viagens das fazendas até os matadouros, principalmente quando o motorista pisava no freio. Muitos bichos já desciam sangrando do caminhão.

Francisco ficou impactado com a quantidade de bois agrupados no curral à espera da morte. Antes, eles passavam por uma rápida inspeção sanitária. Na sequência, eram conduzidos por um corredor estreito. Nesse trajeto, alguns sentiam cheiro de sangue e empacavam, com medo do abate. Para seguir o fluxo, levavam choque elétrico. Mais adiante, os animais passavam por baixo de um chuveiro preso em canos suspensos e tomavam um banho coletivo — a instalação lembrava as câmaras de gás usadas pelos nazistas em campos de concentração na Alemanha e na Polônia para exterminar judeus durante o Holocausto, entre 1941 e 1945. No matadouro, o banho era dado para relaxar o gado e, assim, deixá-lo com a carne macia e avermelhada. Se estivesse estressado na hora do abate, o boi ficaria com a carne dura e arroxeada, perdendo valor de mercado.

Cirando procurou pelo chefe para assumir seu posto de trabalho. Naquele dia, ele foi chamado pelo supervisor. Um marreteiro havia faltado e alguém precisava assumir seu lugar para não comprometer a produção. Nessa época, o frigorífico tinha vinte funcionários nessa função. Meio apreensivo, Cirando pegou o martelo de ferro grande com cabo longo e bigorna pontiaguda, cujo peso chegava a 5 quilos. Nervoso, ele se posicionou no final de um corredor estreito de alvenaria chamado de "pelourinho", onde os bois — todos molhados — davam seus últimos passos em fila indiana. O supervisor apontou o dedo no meio da testa do animal e deu a seguinte instrução a Cirando: "Posicione-se em frente ao boi. Acerte uma marretada forte e precisa bem aqui, na região frontal do crânio, três centímetros acima da linha dos olhos. Essa é a área mais vulnerável, permitindo acesso direto ao cérebro".

Cirando seguiu a instrução à risca. Fechou os olhos, levantou a marreta e desferiu uma pancada colossal na cabeça do primeiro boi. Atordoado, o animal perdeu a força somente nas pernas dianteiras, ficando com a cabeça caída no chão e elevando a parte traseira, onde se encontram as peças de lagarto e coxão duro. Mugindo como se implorasse pela vida, o boi mantinha os olhos caídos, a boca aberta e derramava muito sangue pelo nariz.

O supervisor mandou Cirando dar mais um golpe. Ele aplicou tanta força na segunda marretada que o crânio do boi se abriu, expondo massa encefálica. Francisco assistiu a todo o processo, inebriado pela atrocidade. No final do turno, Tim confessou ao amigo que ficou excitado ao ver o ânus do boi arrebatado. Assexuado, Cirando não teve sua libido alterada pela cena grotesca. Segundo contou, em sua estreia na função de marreteiro, ele só conseguiu abater dezenas de bois porque, ao olhar nos olhos dos animais, projetava o rosto do pai. "Por isso os golpes eram tão certeiros", afirmou.

No dia seguinte, Tim voltou para a casa dos avós. Assim como ocorria com os pais, ninguém perguntou por onde ele andava, apesar de ter ficado três dias seguidos na rua. Cinira o mandou tomar banho e continuou na sala jogando baralho com a amiga Clementina, uma solteirona que reclamava sem parar da falta que um homem fazia na vida de uma mulher. Francisco tomou banho, trocou de roupa, jantou e foi sentar-se ao lado das duas. A avó o mandou dormir, pois não queria o neto ouvindo conversas de gente grande.

Em vez de seguir para o quarto, Tim foi para a varanda. De lá, enxergou a edícula de João escondida entre as árvores do quintal. Era possível ver uma luz amarela incandescente bem fraquinha vinda do interior da casa misteriosa. Curioso, o garoto desceu até lá. Dentro do imóvel havia pelo menos dez pessoas, todas vestidas de branco. A parede da edícula era feita de tábuas largas de madeira. Por uma fresta, Francisco conseguiu espiar o finalzinho de um ritual macabro. Seu avô cortou a cabeça de um bode com um facão e despejou todo o sangue do animal numa bacia. Em seguida, duas clientes dele ficaram nuas e foram inteiramente banhadas pelo líquido vermelho.

De repente, Francisco ficou com a sensação de ter sido flagrado. Correu de volta para casa e escondeu-se embaixo do lençol da sua cama. No dia seguinte, acordou urinado. Durante o café da manhã, João foi taxativo:

— Francisco, já que você não quer estudar, a partir de hoje você vai trabalhar toda noite na edícula.

— Fazendo o quê, meu avô?

— Na hora certa você saberá...

CAPÍTULO 3

A CHÁCARA DO DIABO

Itaí, 20 de agosto de 2005

Penitenciária Cabo PM Marcelo Pires da Silva

Orientação espiritual do pastor da Igreja Universal do Reino de Deus, Carlos Hilário de Gouvêia

Pastor — Francisco, você acredita em Deus?
Francisco de Assis Pereira — Desde pequeno, algo sombrio me envolvia. Eu sabia que uma criatura maligna se aproximava. O medo me levou a buscar algo além da realidade, algo que me confortasse nas trevas.
Pastor — Eu perguntei se você acredita em Deus!
Francisco — Não!

Em 1979, João Francisco, pai de Maria Helena, era um homem alto e esguio, com 70 anos e cinco décadas de envolvimento em práticas de magia macabra. Seus cabelos curtos e grisalhos contrastavam com a barba selvagem, entremeada por fios brancos. Os dentes pequenos, tortuosos, pontiagudos, amarelados e quebradiços eram uma característica distinta, presente nele e em seus descendentes. Outro detalhe marcante em sua aparência sinistra era a profusão de pelos grossos nas sobrancelhas, no interior das narinas e nas orelhas. Sua pele bronzeada e o rosto profundamente vincado eram resultado dos anos de trabalho árduo nos canaviais, onde ficava exposto ao sol sem nenhuma proteção.

João vestia-se invariavelmente com roupas de linho ou algodão em tons neutros, usava camisas de manga longa e calças largas, presas por um cinto de couro desgastado, e sempre calçava sandálias franciscanas. No cotidiano, exalava um forte cheiro de álcool, reflexo de seu hábito excessivo de beber aguardente. Exibia duas personalidades distintas: geralmente, mostrava-se sereno e falava de maneira cadenciada, com uma voz grave que inspirava confiança. Contudo, sua família conhecia bem seu lado monstruoso, conforme será mostrado adiante.

O bruxo costumava trabalhar à noite e dormir quando o dia estava clareando. Saía da cama por volta das 14h, faminto. Seu horário alternativo de sono causava um desalinho com a esposa, Cinira, que se recolhia por volta das 20h e se levantava bem cedo. Com esse desencontro na maior parte do dia, a mulher acabava tendo pouco contato com as atividades obscuras do marido, desenvolvidas com maior potencial dentro da edícula, na madrugada. No entanto, cabia a ela agendar os atendimentos do bruxo. "A Cinira sabia muito bem o que acontecia naquela chácara, mas ela fazia vista grossa porque todo o sustento da casa vinha do dinheiro do João", contou um dos filhos do casal, em outubro de 2022.

Havia outro hábito peculiar na rotina semanal de João. Dia sim, dia não, uma adolescente chamada Suely, de 14 anos, chegava na casa vestida de branco, como se fosse uma enfermeira. Ela era paga para dar um banho demorado no líder da seita. Suely entrava com uma valise no banheiro e realizava uma espécie de defumação. Alguns minutos depois, o bruxo entrava, tirava a roupa e Suely esfregava um sabonete com cheiro de enxofre em todo o corpo dele, enxaguando-o em seguida. Era comum Cinira ouvir gemidos vindos lá de dentro, mas ela nunca se atreveu a perguntar detalhes sobre a dinâmica dessa ducha, classificada por João como uma "lavagem sagrada".

Na época em que Maria Helena deixou Francisco na chácara de João, moravam lá, além do bruxo, Cinira e seu filho adotivo, José Carlos de Souza, encontrado ainda bebê no tanque de roupa suja. José era da mesma faixa etária de Francisco, mas os dois não conviviam porque não se davam muito bem. Os demais filhos de João e Cinira já estavam casados. Faziam visitas esporádicas somente nos fins de semana. Diva era solteira, mas fora expulsa de casa por causa do seu envolvimento com prostituição.

As atividades satânicas de João na chácara eram amplamente conhecidas em São José do Rio Preto e nas localidades adjacentes. Como ele não estava vinculado oficialmente a nenhuma instituição religiosa, não se sabia ao certo como havia desenvolvido seus supostos "poderes" sobrenaturais. João possuía uma vasta clientela e atendia de segunda a sábado, a qualquer hora da tarde ou da noite, mediante pagamento antecipado. Fiado, nem pensar. A freguesia buscava serviços para uma variedade de demandas, como eliminar inimigos, fortalecer ou desfazer relacionamentos, destruir negócios concorrentes, atração amorosa, proteção contra inimigos, quebra de maldições, melhoria da saúde, prosperidade financeira, encantamentos de proteção, adivinhação e previsão, harmonização espiritual, vingança e retribuição, sucesso em exames e provas, rituais de fertilidade, trazer alguém de volta, purificação espiritual, feitiços de poder pessoal, afastamento de influências negativas e conexão com guias espirituais.

O feiticeiro se orgulhava de ter sido um dos escolhidos por Satanás para representá-lo no oeste do estado de São Paulo. Ele se dizia integrante de uma seita com templos espalhados em outras cidades estratégicas. O mais próximo da sua chácara ficava em Ribeirão Preto, e era comandado por um sujeito chamado Benvindo, de 65 anos. Os dois bruxos eram concorrentes, apesar de cultuarem o mesmo demônio. Para evitar conflitos, João e Benvindo estabeleceram uma divisão territorial rigorosa: João atendia São José do Rio Preto e dez municípios adjacentes (Bady Bassitt, Cedral, Guaraci, Ipiguá, Mirassol, Monte Aprazível, Nova Granada, Onda Verde, Potirendaba e Uchoa), enquanto Benvindo ficava com Ribeirão Preto e seus arredores (Bonfim Paulista, Brodowski, Cravinhos, Dumont, Guatapará, Jardinópolis, Pontal, Santa Rosa de Viterbo, Serrana e Sertãozinho). Se o cliente viesse de outras cidades, como Barretos, localizada no meio do caminho entre São José do Rio Preto e Ribeirão Preto, poderia ser atendido por qualquer um dos dois. Além deles, havia outras seitas operando em municípios como Campinas, Sorocaba, Marília e Presidente Prudente.

A divisão territorial era levada muito a sério pelos satanistas, funcionando quase como uma zona eleitoral. A disputa por áreas era intensa, semelhante à forma como os bicheiros disputam territórios nos grandes centros. A invasão do território alheio era severamente punida. O zoneamento, segundo os bruxos, inspirava-se na forma como a Igreja Católica dividia seus fiéis em paróquias, assegurando a cada um seu próprio espaço de atuação e influência. Por trás da concorrência estava o lucro.

Certa vez, um trabalhador rural chamado Natanael, de 28 anos, morador do município de Mirassol, procurou João para resolver um problema conjugal. Ele trabalhava o dia inteiro na plantação de soja da Fazenda Santa Clara, na zona rural do município. Por volta das 11h, sua esposa, Teresinha, conhecida pelo apelido carinhoso de Teca, de 21 anos, saía de casa pedalando uma bicicleta com o almoço do marido. Logo ela percebeu uma oportunidade de empreender na lavoura. Para ganhar um dinheiro extra, Teca passou a levar na garupa da sua magrela uma caixa com refeições e vendia aos agricultores. O cardápio geralmente era o mesmo: arroz, feijão e ovo cozido, tudo preparado por ela. Quando os homens acabavam de comer, ela recolhia os potes de plástico vazios e voltava para casa. No dia seguinte, repetia a tarefa. Com o tempo, Teca passou a ganhar mais dinheiro do que o companheiro.

Com o tempo, também, começaram a circular comentários maliciosos na lavoura de soja a respeito da companheira de Natanael. Segundo mexericos, Teca estaria interessada em um jovem bonito, de 18 anos, da equipe de semeadura. Com corpo atlético, ele costumava trabalhar sem camisa. Volta e meia, Teca era flagrada olhando de um jeito diferente para o agricultor. Incomodado, Natanael confrontou a companheira em casa, mas ela refutou a acusação, atribuindo o suposto flerte a fofoca de roça. No dia seguinte, a cozinheira levou novamente a marmita de arroz, feijão e ovo aos trabalhadores. Mais atento, Natanael não percebeu nenhum clima entre a mulher e o tal sujeito. No entanto, para sua surpresa, na marmita do jovem havia também alguns pedaços de guisado. Irritado, quis saber se outros colegas tinham sido contemplados com nacos de carne, mas logo ficou esclarecido que o rapaz havia pagado pelo adicional de proteínas.

Uma semana depois, as desconfianças de Natanael aumentaram. Na segunda-feira, o moço chegou à plantação todo perfumado e com goma no cabelo, algo incomum quando se trabalha o dia inteiro sob o sol escaldante. Nesse dia, como sempre fazia, Teca distribuiu as marmitas aos agricultores, esperou todos comerem, recolheu os potes de plástico vazios, pegou sua bicicleta e foi embora. Porém, o bonitão atlético também havia sumido.

Nervoso, Natanael largou o seu posto — ele atuava na irrigação — e seguiu o caminho que sua esposa faria até alcançar o portão da fazenda. Depois de caminhar por quase uma hora, o agricultor encontrou a bicicleta de Teca caída no chão. Alguns passos para dentro do corredor da plantação, Natanael viu a companheira que ele tanto amava completamente nua, agarrada ao jovem. Eles transavam intensamente no meio da soja.

Num ímpeto, Natanael puxou a mulher pelos cabelos e a arrastou pela lavoura até um descampado. Sentou-lhe uma série de chutes no corpo e no rosto. O rapaz, com receio de apanhar, fugiu rapidamente da cena. Natanael se livrou do seu algoz, mas não da chacota dos demais trabalhadores rurais. Teca, toda machucada, arrumou suas coisas e foi embora de casa. Alguns meses depois, foi revelado pelos fofoqueiros da roça que ela havia se mudado para a casa do amante, no município de Onda Verde, ou seja, na jurisdição do satanista João Francisco.

Humilhado no trabalho e revoltado por ter sido substituído no relacionamento, Natanael queria vingança. Aconselhado por uma vizinha, foi parar na chácara de João. Nessa época, Francisco, o menino Tim, já com 14 anos, era o braço direito do avô na edícula. Trabalhava basicamente auxiliando-o nas tarefas dos rituais e limpando o local após os atendimentos. Ganhava o equivalente a um quarto do salário mínimo por mês.

Na primeira visita de Natanael à chácara, o bruxo não falou quase nada. Deixou o agricultor contar seu drama amoroso de frente para trás e de trás para frente, sem ser interrompido. Quando ele finalmente parou de falar, João perguntou ao cliente como pretendia resolver a questão. Ele foi categórico: queria eliminar o inimigo. Posteriormente, desejava ver Teca rastejando aos seus pés, implorando para voltar. João pegou uns trocados de Natanael e mandou que ele retornasse à chácara às 2h da madrugada, todo vestido de preto e trazendo cinco galinhas brancas bem gordas e vivas. O feiticeiro deu até o endereço da granja onde os animais deveriam ser comprados. Corria à boca pequena na vizinhança que o aviário era do próprio João.

Na hora marcada, Natanael estava lá com as cinco galinhas brancas, todas presas dentro de um paneiro de palha trançada, conforme o recomendado. A edícula de João estava iluminada somente com velas, deixando o ambiente sombrio. Vestindo uma bata bege, Francisco estava a postos. De túnica cinza, o bruxo ergueu os braços e começou um canto esquisito para anunciar o início do ritual. Em seguida, Natanael repassou as galinhas ao bruxo, que as colocou num viveiro pequeno feito de madeira e arame, instalado num canto do salão. O cliente estava nervoso e sentia calafrios com tudo aquilo. Tim parecia familiarizado com as práticas do avô. "O poder do Demônio é infinito. Ele vai interceder a seu favor, mas você tem de fazer a sua parte para que as coisas saiam exatamente como deseja", anunciou João, enfático.

O bruxo gritou "Salve Satã!" três vezes, abriu o livro de São Cipriano e leu em voz alta um trecho sobre "feitiços de retribuição", no qual descreve supostas magias feitas para causar mal a inimigos, incluindo rituais para trazer azar, doenças ou até mesmo a morte do oponente. Na sequência, Francisco pegou a primeira ave do viveiro e a repassou a Natanael juntamente com um canivete afiado.

"Para recuperar sua mulher e se vingar do homem que a levou, você deve sacrificar este bicho e beber todo o seu sangue. Tenha em mente o seguinte: o animal representa seu inimigo; o sangue contém a essência vital necessária para invocar as entidades que garantirão sua retaliação. Esse ato simbólico não só fortalecerá seu poder espiritual, mas também atrairá as forças ocultas que transformarão sua vontade em realidade", pregou João, usando uma voz cavernosa.

Natanael petrificou-se como se encarasse Medusa, a lendária górgona da mitologia grega. "Eu não consigo nem chegar perto dessa galinha, mestre. Me desculpe", esquivou-se o agricultor. "É justamente por causa desse tipo de frouxidão que a sua mulher foi procurar abrigo na relva de um homem jovem e valente", diagnosticou o feiticeiro, soltando um riso cínico de canto de boca.

Instruído por João, Francisco demonstrou com detalhes a dinâmica do ritual a Natanael. Tim decapitou a galinha com um único golpe de faca, enquanto encarava o cliente com semblante de predador. Com medo daquela cena de terror, Natanael tapou os olhos com as mãos. Num grito, o feiticeiro ordenou que o jovem não deixasse de ver a liturgia, sob o risco de a feitiçaria não vingar. Para não perder nenhuma gota de sangue, Tim apertou fortemente o coto da garganta do animal. Em seguida, levou a ponta do pescoço até a própria boca e foi soltando devagar, até beber todo o sangue, uma quantidade de aproximadamente 75 mililitros.

Natanael teve ânsia de vômito e quase desmaiou. "Veja como as penas da ave continuam alvas como a neve, ou seja, sem nenhuma mancha vermelha", elogiou o bruxo. Sentindo-se acuado, Natanael começou a chorar. Francisco abateu a segunda galinha e despejou o sangue num prato de barro. João determinou que o cliente bebesse, caso contrário seria amaldiçoado. O bruxo, então, entoou o cântico "Deus está morto!". Com a letra em mãos, escrita numa folha de papel, Tim repetia o louvor satânico quase em uníssono com o avô, como um solista repetidor. Enquanto isso, Natanael bebia, a muito custo, o "líquido sagrado" da galinha. O agricultor ainda despertou risos ao perguntar se podia adicionar açúcar para melhorar o gosto do sangue.

A afirmação "Deus está morto!", popularizada pelo filósofo Friedrich Nietzsche, simbolizava o declínio da influência da religião tradicional e da moralidade cristã na sociedade moderna decorrente do avanço da ciência e do pensamento crítico. João não sabia nada disso, mas gostava de repetir a frase a todo momento, por considerá-la impactante e assustadora.

Como era de se esperar, Natanael bebeu o sangue da galinha em vão. Felizes, Teca e seu novo companheiro foram morar no interior do Paraná. O cliente ainda quis tirar satisfação com o feiticeiro, alegando que nada havia surtido efeito. João culpou o cliente, dizendo que ele não tinha fé suficiente para alcançar uma graça tão especial quanto aquela.

João era um charlatão de mão cheia, segundo disseram seus amigos e familiares em 2023. As três galinhas sobreviventes do ritual feito para beneficiar Natanael, por exemplo, foram levadas de volta para a granja, onde seriam novamente comercializadas. As duas sacrificadas por Tim seguiram da edícula para a geladeira e da geladeira à panela, onde foram servidas desfiadas com arroz nos dias seguintes. No entanto, nada parecia abalar a credibilidade do feiticeiro.

Em outro momento da carreira, João foi chamado para ajudar a resolver um problema de família. E que problema! Um irmão de Cinira chamado Benjamim de Souza, de 55 anos, tio-avô de Francisco, estava no centro de um escândalo sexual. Ele morava no casarão de uma fazenda enorme, na zona rural do município de Onda Verde (SP). Era casado com Mariella, de 35, e tinha uma filha adolescente chamada Lilla. Desde que a menina completou 10 anos, Benji, como o patriarca era chamado pelos íntimos, passou a transar com a própria filha.

Quando a mãe descobriu, a garota tinha 15 anos. Mariella enfrentou o marido, dizendo que aquele enlace, além de incestuoso, era vergonhoso, criminoso, pecaminoso e monstruoso. "Deixa de ser besta, mulher. A nossa filha tem o rosto que você tinha vinte anos atrás. Por isso fiquei encantado. Encare esse amor como uma homenagem a você. Tem coisa mais bonita numa família do que isso?", questionou, deixando Mariella ainda mais escandalizada. Benji ainda teve a ousadia de dizer que estava apaixonadíssimo pela garota, apesar de terem o mesmo sangue. "Eu quero que você fique, pois a família é sua também. Mas, se você estiver com ciúmes, é melhor ir embora", sugeriu o fazendeiro. O estuprador disse ainda que Lilla havia consentido com todas as relações sexuais. Mariella ficou desesperada quando ouviu da filha que era tudo verdade.

A família de Benjamim era um poço sem fundo de loucura e devaneios. Com o tempo, Mariella passou a aceitar o romance do esposo com a filha, principalmente porque o fazendeiro continuava dormindo com ela na suíte do casal. O monstro frequentava o quarto da filha esporadicamente e durante o dia. No entanto, Mariella começou a questioná-lo com perguntas inconvenientes. Queria saber se o amor que o fazendeiro nutria pela filha era maior do que o sentido por ela, se o sexo com a menina era melhor, se ele pretendia se mudar para o quarto da filha. Para manter a relação harmoniosa com as duas, Benjamim só dava as respostas que a esposa queria ouvir.

Mariella também atormentava a filha, dizendo que ela era nova e bonita demais para ficar com um homem velho como seu pai. Havia uma horda de rapazes com quem ela poderia se relacionar. Mas Lilla batia o pé: amava o pai mais do que tudo e ficaria com ele para todo o sempre, caso a mãe não se importasse. Mariella suportou aquela insanidade até onde pôde. Numa visita à chácara de João, ela desabafou. "Uma energia muito mais forte que o Diabo se instalou em minha casa. Me ajude!", pediu, desesperadamente.

João ficou de queixo caído quando ouviu o relato da mulher. O bruxo pegou seu Tarô de Thoth, com cartas associadas ao ocultismo, e jogou para a cunhada sobre uma mesa coberta com uma toalha vermelha, iluminada por duas velas pretas. Lá pelo meio, ele tirou a carta da Morte (XIII), que mostra um esqueleto segurando uma foice, rodeado por um cenário aquático com peixes e símbolos alquímicos, representando mudança e renovação. "Vai haver grandes transformações na sua família. O pior ainda está por vir", anunciou João.

Na crença do bruxo, um outro tipo de demônio estava se instalando na fazenda de Benjamim. No dia seguinte, João foi até o casarão e falou a sós com o patriarca. "Vim prestar solidariedade, pois o que está acontecendo aqui não tem conserto", profetizou o feiticeiro. Nesse dia, eclodiu outro escândalo. Lilla, já com 16 anos, estava grávida do próprio pai. A menina reiterou ao bruxo que estava apaixonada e pretendia se casar com o patriarca.

Num ritual feito na sala do casarão para desfazer o laço afetivo entre pai e filha, João disse a toda a família que o bebê vindouro seria uma criatura muito mais poderosa do que Satanás. E a única forma de ele ser eliminado seria se a garota abortasse ou se Benjamim se suicidasse. Se as duas ações fossem feitas, seria melhor ainda. "As duas opções estão fora de cogitação. Quero estar vivo para ver meu filho-neto nascer", respondeu o fazendeiro.

No outro dia, um policial bateu à porta da fazenda. Ele queria investigar uma denúncia anônima sobre uma menina grávida do próprio pai. A princípio, o policial acreditava que o crime se dava entre os agricultores da fazenda. A empregada que atendeu a porta disse que não havia ninguém em casa. Corrupto, o investigador recebeu da funcionária uma saca de café e ficou de voltar, talvez na semana seguinte.

Durante duas semanas, João levou uma espécie de vitamina para Benjamim tomar, alegando que era um tônico de ervas indispensável para a sua saúde mental. Já que ele não estava disposto a tirar a própria vida, precisava se fortalecer. Sem contestar, ele bebia. A mistura parecia uma gemada, mas tinha gosto terroso e herbáceo. Lentamente, o fazendeiro perdeu o apetite e afundou-se em depressão, acreditando que realmente era pai de um bebê satânico.

O telefone do casarão tocou. Era o delegado da cidade avisando que não podia mais segurar o escândalo, pois o juiz criminal de São José do Rio Preto mandou perguntar que história tenebrosa era aquela. A imprensa também já comentava o caso. Sem forças, Benjamim argumentou com um fiapo de voz: "Seja o que Deus quiser. Ou o Diabo, sei lá..."

João deu mais uma "vitamina" para o fazendeiro beber. No auge da melancolia do paciente, o bruxo foi até seu quarto. Teve uma longa conversa com Benjamim e fez diante dele um ritual envolvendo o sacrifício de uma cabra. "O mundo é como uma locomotiva. Há a hora de entrar. E há o momento de descer. Chegou a sua vez. Dê o sinal e saia", convenceu o feiticeiro.

Na manhã seguinte, Benjamim construiu uma engenhoca para tirar a própria vida. Ele pegou uma espingarda armada pronta para atirar, amarrou a ponta de uma corda no gatilho, fixou a arma num tripé e sentou-se numa cadeira de frente para a mira. Ele manteve nas mãos a outra ponta do barbante, que fazia uma volta na arma para acionar o tiro por trás.

Em seguida, Benjamim chamou a esposa e a filha para se despedir. "Só estou fazendo isso para salvar a minha reputação e a alma do nosso filho", frisou o fazendeiro. Mariella disse que era a melhor coisa a ser feita. Lilla, já com a gravidez no nono mês, implorou para o pai não se matar. No meio daquela cena dramática, Benjamim puxou o barbante e atirou no próprio rosto, espalhando massa encefálica pelo chão, morrendo instantaneamente. Parte da família de Francisco conta essa história dizendo que o fazendeiro se matou, na verdade, enforcando-se. Mas é unânime a teoria de que foi João quem incentivou o suicídio do fazendeiro.

Não se sabia se Cinira, mãe de Maria Helena e avó de Francisco, fazia vista grossa para as barbáries do marido ou se era cúmplice. Ela cuidava da chácara, cozinhava, agendava atendimentos, mas nunca fora vista na edícula. Clementina, sua vizinha e melhor amiga, era sua confidente. As duas passavam horas conversando na varanda que rodeava a chácara. Certa vez, as duas testemunharam uma cena que marcaria a vida de João para sempre.

Por volta das 10h da manhã, um comerciante adentrou a propriedade com sua caminhonete, freando bruscamente. O homem desceu com dois capangas armados procurando pelo bruxo. Assustada, Cinira falou que o marido ainda estava hibernando para repor as energias. Os intrusos invadiram a casa, seguiram até o quarto onde ele dormia e arrombaram a porta com um tiro de carabina na fechadura. Clementina, desesperada, pediu que não assassinassem o João. Com toda aquela confusão, o feiticeiro acordou e logo entendeu o destempero. O tal homem havia encomendado um serviço para eliminar um concorrente comercial, mas João havia falhado. Cinira propôs devolver o dinheiro e os animais sacrificados no ritual. Mas não houve acordo. O cliente deu o prazo de uma semana para seu inimigo falir nos negócios; caso contrário, voltaria para matar o bruxo.

Tão logo o comerciante e seus capangas saíram da chácara, João começou a arrumar suas coisas dentro de caixas de papelão, incluindo itens de feitiçaria. Francisco pediu para seguir com o avô, mas foi ignorado. Cinira precisava de mais tempo para fazer as malas, pois ainda tinha que arrumar o caçula. "Não vou levar nenhum filho. Nem legítimo, nem bastardo", gritou João. Estranhamente, Clementina chorava copiosamente. Naquele corre-corre, foi revelado que João e a vizinha mantinham um caso amoroso havia mais de cinco anos. Era ela quem administrava a granja onde os animais eram comprados para sacrifício na edícula.

Na frente de Cinira, o bruxo ordenou a Clementina que arrumasse suas coisas naquele momento, pois ele passaria lá de carro para apanhá-la em menos de uma hora. A esposa traída ficou paralisada, vítima da incredulidade. O casal de amantes fugiu. Uns dizem que os dois montaram juntos uma edícula satânica no município de Uchoa. O que se sabe com 100% de certeza é que João nunca mais foi visto pelos lados de São José do Rio Preto e arredores.

Uma semana após perder o marido para a vizinha, Cinira enfrentou outro golpe. Recebeu a visita de um corretor de imóveis e de um oficial de Justiça. João havia vendido a chácara sem avisá-la, apesar de o imóvel estar no nome de ambos. Ao verificar os documentos do corretor, ela descobriu uma procuração assinada há um ano, conferindo plenos poderes ao marido para administrar os bens do casal. Desesperada, Cinira solicitou uma semana para se mudar, pois não tinha para onde ir com o filho caçula e Francisco.

Implacável, o oficial de Justiça apresentou uma ordem de despejo de execução imediata. Enquanto ela lia a decisão judicial de São José do Rio Preto, um caminhão chegou com a mudança dos novos proprietários. Cinira precisou da ajuda dos vizinhos para colocar os móveis na calçada. No dia seguinte, ela se mudou com Francisco e José para uma casa de três quartos em Guaraci. Na mesma época, a mulher descobriu que João havia retirado todo o dinheiro do banco. Cinira reiniciou a vida como feirante, vendendo as aves que o ex-marido deixou para trás. Também contou com o apoio dos filhos. Diva, a filha que trabalhava como garota de programa e causava constrangimento à família, foi quem mais colaborou. Ela também dava conselhos à mãe com coisas que aprendia na rua. "Meta uma coisa na sua cabeça: homem nenhum presta, nem marido, nem pai, nem filho... Eles não merecem uma lágrima. Pense que a senhora se livrou de um demônio e siga sua vida de cabeça erguida", dizia.

* * *

A tragédia na família de Cinira levou Maria Helena a retornar a São José do Rio Preto, em 1983, para buscar Francisco. Aliás, feito nômade, a família de Tim se mudou oito vezes de São Paulo para São José do Rio Preto e de São José do Rio Preto para Guaraci, num intervalo de cinco anos. Nem sempre Francisco era levado nesse vaivém. Quando ele estava com 15 anos, toda a família trabalhava na unidade do Center Castilho, na Praça da Árvore, bairro da Saúde, zona sul de São Paulo. A mãe fazia faxina, o pai recolhia carrinhos vazios no estacionamento, Luís Carlos e Roque eram repositores. Nessa época, a rede de varejo de materiais de construção estava em plena expansão, contratando praticamente toda semana. A empresa iniciou suas atividades num estacionamento de caminhões de areia, onde vizinhos começaram a comprar mercadorias. Com o tempo, expandiu seu negócio, chegando a oferecer 65 mil itens em suas lojas de conceito de *home center*, onde havia uma variedade de produtos para construção, reforma, decoração e manutenção de residências, tudo em um único local.

Bem relacionada no Departamento de Recursos Humanos, Maria Helena conseguiu uma colocação para Francisco como remarcador, aquele funcionário que alterava os preços usando uma máquina conhecida como etiquetadora. Tim entrava no trabalho pela manhã e saía no final da tarde exausto de tanto reajustar preços. Em 1983, a economia brasileira enfrentava uma crise severa, caracterizada por uma alta de preços exorbitante. A inflação mensal frequentemente atingia a casa dos 10%, e a taxa anual ultrapassava os 100% — segundo dados do Instituto Brasileiro de Geografia e Estatística (IBGE), fechou o ano em

164,01%. O cenário de hiperinflação refletia a instabilidade econômica e a dificuldade do governo de João Baptista Figueiredo, o último presidente do regime militar, em controlar os preços e a moeda.

No Center Castilho, Tim fez amizade com um jovem chamado Lourenço, de 23 anos, que costumava cobrir parte do rosto com um lenço preto — o tecido de poliéster amarrado atrás da cabeça passava sobre o nariz e a boca, logo abaixo dos olhos, e também tapava as orelhas, indicando uma deformidade facial. Lourenço trabalhava no almoxarifado e tinha uma ordem expressa da gerência de não adentrar o salão onde os clientes circulavam, sob qualquer hipótese. Se isso ocorresse, seria sumariamente demitido. Quando os consumidores começavam a entrar, ele já estava recolhido à área restrita. No final do expediente, Tim e seu amigo iam juntos ao Parque Ibirapuera para observar as pessoas andando de patins pelas pistas asfaltadas.

No Natal de 1983, Maria Helena e Nelson deram a Francisco um par de patins baratinhos, feitos de plástico resistente, da marca Patin-Carrinho, comprados de um camelô na Rua 25 de Março. Esse modelo era bastante popular no Brasil nos anos 1980. Leves e resistentes, com uma base ajustável para diferentes tamanhos de pés, possuíam quatro rodas pequenas dispostas em pares, além de freios frontais de plástico para facilitar a parada. As correias com fivelas de metal ou plástico garantiam que os patins ficassem firmemente presos aos pés.

Foi o melhor presente que Tim havia recebido até então. No momento em que ele estava rasgando a embalagem de presente, porém, a mãe tomou o brinquedo da mão do filho e fez um pedido sério. Tim, então com 16 anos, tinha um hábito infantil: todas as manhãs, seu colchão estava molhado devido às várias vezes em que urinava na cama durante a madrugada. Nessa época, sua família morava no Jardim Miriam, zona sul, um dos bairros mais violentos de São Paulo.

A casa tinha dois quartos, um dos quais precisava ser compartilhado entre Tim, Luís Carlos e Roque. Como o forte odor da urina impregnava o ambiente, a presença de Francisco na casa tornou-se uma questão entre os irmãos. A primeira solução foi colocar Tim para dormir no sofá da sala, que passou a ficar ensopado. O mau cheiro, antes no quarto, passou a proliferar pela sala. Para tentar reduzir o odor, Maria Helena colocava o móvel ao sol todos os dias antes de sair para trabalhar. "Filho, a mamãe comprou esses patins porque são o seu sonho desde criança. Mas prometa que você vai parar de urinar enquanto dorme, por favor", implorou Maria Helena. Francisco pegou o presente de volta e jurou jamais fazer xixi à noite novamente. "Vou parar de beber água", prometeu. No entanto, essa promessa era impossível — e até perigosa — de ser cumprida. Na verdade, a solução desse problema de saúde não dependia apenas da vontade dele.

Tim nunca foi levado ao médico para tratamento da enurese noturna, condição em que crianças e adolescentes urinam involuntariamente durante a noite após a idade em que se espera o controle da bexiga, geralmente a partir dos 5 anos. A enurese noturna pode ser primária, quando o adolescente nunca teve um período prolongado de noites secas; ou secundária, quando ocorre após um período significativo de controle. As causas incluem fatores genéticos, produção excessiva de urina noturna, capacidade reduzida da bexiga, desequilíbrios hormonais, distúrbios do sono e questões psicológicas ou emocionais. O tratamento varia conforme a causa e pode envolver medidas comportamentais, alarmes de enurese, medicação e aconselhamento psicológico. É essencial tratar o problema com sensibilidade e buscar orientação médica adequada. Como Tim nunca visitou um especialista, não foi possível determinar a origem do seu distúrbio.

Rejeitado pelos irmãos em casa, Francisco passou a ficar mais tempo na rua do que com a família. Nas noites de sexta-feira, após sair da loja de materiais de construção, ia com Lourenço ao Parque Ibirapuera e ficavam andando de patins. À medida que os dois estreitavam os laços de amizade, a intimidade aumentava e, curioso, Tim perguntou:

— O que aconteceu com o seu rosto?

— Um dia eu te conto — desconversou.

— Ah, não! Fala agora! — implorou Tim.

— Não, porque essa história me deixa triste — respondeu Lourenço, já emocionado.

— Vamos fazer o seguinte. Eu te conto um segredo, e você me conta outro segredo.

— Qual é o seu?

— Eu faço xixi na cama todas as noites.

— Sério? Então estamos empatados, porque passei a mijar na cama todos os dias desde os 14 anos — confidenciou o jovem.

Lourenço escondia o rosto devido a uma queimadura de terceiro grau que desfigurou seu queixo, nariz, lábios, bochechas, orelhas e parte da pele do pescoço. Em 1974, ele era office-boy no 20º andar do Edifício Joelma. Em uma manhã fatídica, combinou de tomar café com sua namorada, Clarissa, às 7h, numa lanchonete da Praça da Bandeira, um terminal de ônibus espremido entre as avenidas 9 de Julho e 23 de Maio, no coração pulsante da cidade de São Paulo, quase vizinho ao prédio. Dali, Clarissa seguiria para a escola de inglês e, à tarde, daria expediente como recepcionista em um consultório de psicologia, também no Joelma.

Às 8h, Lourenço deveria auxiliar uma reunião importante dos advogados do escritório onde trabalhava. Aplicado, chegou meia hora antes do previsto para arrumar a sala. Às 8h, todos estavam prontos. Ele ficou na antessala com duas secretárias, aguardando qualquer solicitação. Durante a manhã, Clarissa ligou para ele de um telefone público, com uma mensagem inquietante. "Não sei por que, mas meu coração apertou na hora em que tomamos café. Está tudo bem por aí?", perguntou ela, visivelmente preocupada. Lourenço riu da intuição da garota.

Às 8h45, houve um curto-circuito no aparelho de ar-condicionado externo do 12º andar. Quase todas as salas do Joelma eram divididas por madeira e fórmica, com cortinas de tecido e forros internos de fibra sintética. O chão estava coberto com carpete, artigo de luxo nessa época. No entanto, todo esse material era altamente inflamável. A faísca rapidamente atingiu o piso e o fogaréu tomou conta; primeiro do pavimento onde se originou, dando chance de escapar a quem estava abaixo do 12º piso, mas isolando os pavimentos superiores.

As chamas subiram numa velocidade assustadora. Quando chegaram ao 20º andar, era impossível salvar-se descendo pelas escadas de incêndio. A única chance de sobrevivência era chegar à cobertura e conseguir ser içado por cordas lançadas por helicópteros. As escadas Magirus das carretas do Corpo de Bombeiros só alcançavam até o 15º andar. Dos seis advogados do escritório onde Lourenço trabalhava, dois morreram carbonizados porque preferiram tentar salvar documentos, em vez da própria vida. Outros três desceram pelas escadas e morreram na metade do caminho devido à asfixia causada pela falta de oxigênio e à intoxicação por gases presentes na fumaça, como monóxido de carbono e cianeto.

Pela janela do 20º andar, Lourenço e as secretárias olharam para a rua. Era possível ver um aglomerado de pessoas desesperadas, fazendo sinais com os braços para o alto. Algumas pegaram roupas brancas e batom e escreveram mensagens do tipo "tenham calma!", "não façam isso!". O office-boy só entendeu os apelos dramáticos dos populares quando se deparou com pelo menos dez corpos despencando um atrás do outro dos andares superiores, passando rente à sua janela.

Para não perderem mais tempo, Lourenço e as secretárias cobriram o rosto com tecidos para filtrar o ar. Ele pegou um paletó que viu pendurado numa cadeira do escritório. Os três alcançaram o terraço do edifício, onde havia dezenas de pessoas disputando uma corda para serem resgatadas. Da cobertura, o office-boy ouviu uma senhora gritando desesperadamente da janela do banheiro do 24º andar. Ele voltou para salvá-la. A mulher estava presa. Ao abrir a porta da escada de acesso ao penúltimo pavimento, saiu de dentro uma labareda fina e comprida que atingiu o rosto de Lourenço. A queimadura se agravou porque o tecido sintético do paletó potencializou a chama, derretendo o tecido cartilaginoso do nariz, atingiu os lábios e parte das orelhas, deformando ainda as maçãs do rosto. Mesmo com a face em chamas, ele entrou no escritório e salvou a senhora.

Por volta das 11h30, Lourenço foi içado. O fogo ainda destruía o prédio. De lá, ele foi levado ao Hospital das Clínicas, onde ficou internado por um mês. Mas seu rosto só poderia ser totalmente reconstituído por meio de cirurgias plásticas caríssimas; mesmo assim, ele nunca mais teria a aparência próxima do que era antes.

O incêndio provocou a morte de 187 pessoas e deixou cerca de 300 feridos, tornando-se um dos maiores desastres desse tipo na história do Brasil. Desde então, Lourenço desenvolvera uma série de traumas psicológicos. Quase dez anos depois, ele não conseguia pegar nenhuma linha de ônibus que passasse em frente ao edifício. Tinha pesadelos frequentes com as pessoas se jogando lá do alto. Mas seu maior choque emocional foi perder a namorada. Quando esteve internado, Clarissa foi visitá-lo no hospital várias vezes. No último encontro, Lourenço tentou beijá-la. Ela afastou o rosto. Aos prantos a garota pôs um fim no namoro, pronunciando quatro palavras: "Desculpa, mas não consigo".

* * *

Em meados de 1984, Tim deixou a família para trás sem nenhum tipo de aviso. No meio da madrugada, ele simplesmente pôs suas roupas numa mochila e saiu de casa na ponta dos pés sem se despedir. Na Rodoviária do Tietê, entrou num ônibus rumo a São José do Rio Preto. Voltou a morar com a avó Cinira, que havia retornado para o município. Uma semana depois, Lourenço também largou o emprego e foi atrás do amigo. Na cidade, alugou uma casa no conjunto da Cohab, dentro do curtume.

Por intermédio de Cirando, então com 23 anos, Francisco e Lourenço começaram a trabalhar no abate de gado do frigorífico Bordon. José Roberto da Costa, o gerente conhecido como Marrom, pôs o filho de Maria Helena na função de faxina. Cabia a ele limpar o piso constantemente sujo de sangue nas áreas onde o boi era abatido e depois desmembrado. Lourenço ficou encarregado de dar o choque elétrico todas as vezes que o animal empacava no corredor da morte a caminho do "pelourinho", onde dava os últimos suspiros. Nessa época, Cirando morava dentro do frigorífico, numa casa na área do curtume, abaixo de uma linha férrea.

No fim do expediente, como de costume, os funcionários da empresa desciam para se lavar no córrego Canela, afluente do Rio Preto, o mesmo lugar onde Francisco havia engolido um peixe vivo seis anos antes, na tentativa de aprender a nadar. O banho dos trabalhadores era essencial para remover do corpo o sangue e pedaços de vísceras dos animais abatidos. Os trabalhadores da seção de esquartejamento eram os mais sujos e alguns chegavam ao riacho completamente vermelhos. Ao final do banho coletivo, a água ficava escura de tão suja. Cirando aproveitou a oportunidade para fazer chacota de Tim, pois ele ainda não sabia nadar. Com paciência, Lourenço ensinou o amigo a flutuar e a se mover na água para evitar afogamento. Em poucas semanas, Francisco finalmente aprendeu a nadar o suficiente para se manter seguro no rio.

Era comum os trabalhadores dos frigoríficos tomarem banho completamente nus, o que deixava o trio de amigos mais à vontade para se despir. Em uma dessas ocasiões, o pênis de Francisco chamou atenção por uma peculiaridade. A glande ficava completamente coberta por uma pele enrugada e espessa. Constrangido, Tim preferiu continuar o resto do banho de cueca. No entanto, ele passou a observar o pênis de todos os homens no riacho para comparar com o seu. Notou que alguns trabalhadores puxavam completamente a pele para lavar a glande, o colo e o prepúcio. Ao tentar fazer a mesma higiene, sentia dor e desistia.

Existem dois tipos de fimose: a fisiológica e a secundária. A fisiológica é uma condição natural e comum em bebês e crianças pequenas, onde a abertura do prepúcio que cobre a glande é estreita, dificultando sua retração completa. "Geralmente não é considerado um problema sério, pois costuma melhorar com o tempo conforme a criança cresce, não necessitando de tratamento específico na maioria dos casos. No entanto, é importante monitorar se houver alteração significativa, para evitar complicações", explicou o médico Marcelo Cerqueira, titular da Sociedade Brasileira de Urologia.

Francisco apresentava fimose secundária, considerada um problema mais importante. Essa condição é diagnosticada quando o prepúcio não pode ser puxado para trás sobre a glande devido a um estreitamento anormal causado por inflamação, infecção ou cicatrização malsucedida na região genital. A fimose secundária geralmente é dolorosa e causa dificuldade durante a micção e principalmente nas relações sexuais. Pode ser tratada com medidas conservadoras, como o uso de cremes corticoides ou antifúngicos. Em casos mais severos, são indicados procedimentos cirúrgicos, como a circuncisão.

Apesar de não haver evidências de transmissão hereditária da fimose, Francisco tinha parentes de primeiro grau com o mesmo problema. Seu pai, Nelson, foi submetido a cirurgia durante a adolescência devido ao acúmulo excessivo de esmegma. Ao conhecer Maria Helena em 1962, aos 16 anos, Nelson já estava circuncidado. Aos 14 anos, Luís Carlos, o filho mais velho, relatou ter sentido dor ao tentar iniciar uma relação sexual com uma colega de escola, levando Maria Helena a procurar assistência médica para ambos os filhos, Luís Carlos e Roque. Três meses após a consulta, eles foram circuncidados, resultando em uma vida sexual satisfatória. Na época, a família residia em São Paulo. Tim, por viver com a avó em São José do Rio Preto, não teve a oportunidade de realizar a intervenção. Em fevereiro de 2024, Maria Helena foi questionada sobre a razão pela qual Francisco não foi submetido à mesma cirurgia que os irmãos. Ela deu a seguinte justificativa: "Luís Carlos e Roque manifestaram desconforto logo cedo. Tim era mais reservado e não mencionou esses problemas. Por isso, não imaginei que ele necessitasse do procedimento".

Ainda no riacho, os três amigos aproveitaram a intimidade para trocar confidências. Tim começou confessando sentir desconforto na hora de se masturbar. Também falou do avô satânico, assumiu que não acreditava em Deus e contou sobre os abusos sexuais sofridos na infância. Cirando falou para Lourenço que havia matado o pai para vingar a morte da mãe, detalhando que não havia sido julgado porque tinha sido considerado "louco". Nessa hora, eles gargalharam. Lourenço aproveitou a sessão de verdades secretas para finalmente retirar o lenço do rosto e mostrar como era a sua aparência. Com a aceitação dos amigos, Lourenço decidiu nunca mais cobrir o rosto. "Foi a coisa mais libertadora que aconteceu em toda a minha vida", comentou, em outubro de 2023.

A amizade entre os três fluía bem, mas havia um pequeno empecilho devido à idade mental de Cirando, equivalente à de uma criança de 8 anos. Quando Francisco e Lourenço conversavam sobre mulheres, por exemplo, Cirando sentia um misto de vergonha e curiosidade. Como os dois não tinham a menor noção do transtorno mental do amigo, consideraram a possibilidade de ele ser gay.

No entanto, Cirando simplesmente não tinha orientação sexual definida porque não sentia desejo por homens ou mulheres, como é comum em crianças na fase de latência. Nesse período, que vai dos

6 anos até o início da puberdade, indivíduos em torno dos 8 anos, como ele, estão mais focados em atividades escolares, no desenvolvimento social e cultural e na construção de amizades com colegas.

Com 17 anos, Francisco era um jovem bonito. Já fazia musculação e andava de patins todos os dias com Lourenço. Como os interesses de Cirando eram outros — ficava a maior parte do dia em casa brincando com carrinhos e soltando pipa —, ele foi sendo deixado de lado pelos rapazes. Os dois amigos frequentavam festas e bares, sempre atrás de garotas. Quase simultaneamente, começaram a namorar. Lourenço engatou romance com uma funcionária do frigorífico encarregada da inspeção sanitária dos bois. Francisco se apaixonou por uma adolescente de 14 anos chamada Rebeca.

No início, a relação de Tim era um mar de rosas. No entanto, em seis meses, surgiram os primeiros conflitos. O patinador queria fazer sexo com a menina, mas ela se recusava. Rebeca sonhava em se casar virgem e ter uma família, como via nos filmes da televisão. Ele, então, propôs que pelo menos ela fizesse sexo oral — caso contrário, iria atrás de diversão no prostíbulo onde sua tia Diva trabalhava. A garota aceitou. Os dois seguiram para a casa onde Cirando morava, dentro do frigorífico. Para ficar a sós com a namorada, Tim pediu ao amigo que fosse dar uma volta e só retornasse dali a uma hora.

Nem precisou de tanto tempo. Nos primeiros minutos, Tim beijou Rebeca e tirou a parte de cima da roupa dela. Ele também tirou a camiseta, mostrando o dorso definido. Em seguida, retirou a calça jeans, ficando somente de cueca. Até então, a jovem correspondia bem a todas as investidas. Quando Tim abaixou a cueca, o clima azedou, literalmente. A menina sentiu um odor forte vindo do sexo do namorado. Ele pediu para ela chupá-lo. "Não tem a menor condição", encerrou Rebeca, vestindo-se.

Francisco tentou outras vezes transar com a namorada, mas era ignorado sob a justificativa de que ela não sentia mais interesse. O namoro nunca teve um término oficial. Os dois foram se afastando. Lourenço chegou a perguntar ao amigo por que a relação não tinha engrenado. Tim respondeu que a menina não gostava de homens. Numa festa junina em São José do Rio Preto, ele viu Rebeca com outro rapaz. Depois de tomar bastante quentão, uma bebida feita de cachaça, gengibre, canela e cravo-da-índia, Francisco foi confrontar Rebeca:

— O que você está fazendo com esse cara?
— Nós estamos juntos — respondeu a jovem.
— Não estamos mais namorando?
— Sério que você está perguntando isso? — encerrou a garota.

O rapaz que estava com Rebeca pediu a Tim que se afastasse. Lourenço tentou levar o amigo dali para evitar confusão. Bêbado, Francisco gritou para todo o mundo ouvir que havia "comido" a menina algumas semanas atrás. Para revidar a informação falsa, ela gritou ainda mais alto que "isso nunca tinha acontecido, até porque ele tem um pênis fedorento". Possesso, Francisco largou o copo de bebida e avançou sobre Rebeca, derrubando-a no chão. Tentou morder o pescoço da garota, mas foi impedido por um segurança. O jovem que estava com Rebeca começou a esmurrar Tim. Para defender o amigo, Lourenço entrou na briga. Em poucos minutos, se deu uma pancadaria generalizada na festa de São João. A polícia levou oito pessoas para a delegacia, entre elas, Francisco, Lourenço, Rebeca e o seu pretendente. Como só Lourenço era maior de idade, foi detido e fichado por arruaça. Os demais acabaram liberados. Essa foi a primeira vez que Tim pisou numa delegacia por agredir uma mulher.

Não se sabe se por preconceito ou falta de referência familiar, Lourenço ficou preso por seis meses devido à confusão armada na festa junina. Foi levado para a Penitenciária Dr. Paulo Luciano de Campos, em Avaré, a 300 quilômetros de São José do Rio Preto. Tim sentiu-se culpado e tentou visitá-lo, mas foi impedido por não ser parente de primeiro grau. Quem conseguiu soltar o jovem foi Marrom, o gerente do frigorífico. Lourenço saiu revoltado pela zombaria dos presos e até dos policiais penais em relação à sua aparência. Ele não via a mãe havia quase um ano. Após essa experiência, ele decidiu voltar para São Paulo e viver ao lado dela. Marrom pediu a ele que esperasse pelo menos uma semana, pois estava prevista a chegada de um carregamento especial de gado no matadouro com quase mil cabeças, e ele precisaria da ajuda de todos os funcionários.

Após o incidente com a polícia, Cinira pediu a Tim que procurasse outro lugar para morar. Nem foi preciso. Como ele estava prestes a completar 18 anos, foi obrigado a se alistar nas Forças Armadas. Seu sonho era servir no Exército e seguir carreira militar. No dia do exame médico básico, o profissional da saúde que o atendeu diagnosticou fimose e sugeriu que ele fizesse a operação o mais rápido possível. Tim saiu decidido a procurar uma consulta no posto médico de São José do Rio Preto.

Uma semana depois, ele acordou cedo, pegou uma senha no posto de saúde no Centro da cidade e esperou por três horas para ser atendido. A médica, uma clínica geral conhecida de sua avó, o deixou envergonhado. Ele fingiu estar com febre e, após ter a temperatura medida, foi mandado embora do posto sob a justificativa de não ter nenhuma doença.

Na semana seguinte, determinado a resolver seu problema de saúde, Francisco entrou em um ônibus na rodoviária de São José do Rio Preto e seguiu até Ribeirão Preto, percorrendo quase 300 quilômetros pela Rodovia Washington Luís (SP-310). Na madrugada, pegou uma senha e finalmente foi atendido por volta das 11h por um médico que nunca tinha visto na vida. Enquanto Francisco falava, o médico fazia anotações numa folha de papel. A porta do consultório estava aberta. O paciente falou que seus irmãos haviam sido operados de fimose na rede pública e gostaria de ser submetido ao mesmo tratamento.

O médico continuava fazendo cara de paisagem. O paciente contou ter se deslocado de São José do Rio Preto em busca de atendimento e que a cirurgia havia sido uma indicação do médico das Forças Armadas. Nem assim ele teve a atenção merecida. Tim se levantou, fechou a porta, desabotoou a calça enquanto perguntava se o doutor poderia olhar o seu pênis. Imediatamente, o médico saiu da sua cadeira, deu a volta pela mesa e abriu a porta. "Não vou olhar pau de macho a essa hora da manhã. Procure um urologista na capital e veja se seu caso é de indicação de cirurgia. Agora saia do meu consultório porque tenho mais de 100 pessoas com problemas de saúde mais importantes para atender até o final do dia", esquivou-se o "profissional".

Caminhando de cabeça baixa pelo Centro de Ribeirão Preto, Francisco encontrou seu avô João, que estava sendo procurado pela polícia sob suspeita de assassinar dois clientes por inadimplência e um agiota em São José do Rio Preto. Os dois almoçaram juntos nos fundos de um restaurante. João estava escondido em Ribeirão Preto não por ter supostamente cometido o crime, mas para prospectar clientes do feiticeiro local, que vinha prosperando.

Tim tentou falar com o avô sobre seu problema médico, mas foi interrompido. João tinha algo mais importante para dizer. Ele afirmou que Tim era filho de Asmodeus, uma criatura demoníaca destinada a matar mulheres. Aqui, cabe uma observação: no bíblico Livro de Tobias, Asmodeus é descrito como um demônio cujo papel é atrapalhar a consumação do casamento de Sarah, filha de Raquel — isto é, não está associado ao feminicídio.

Quando João mencionou assassinato de mulheres, Tim desabafou sobre o vexame que sofreu com Rebeca. O bruxo, enfático, disse que "as mulheres não valem o chão imundo que pisam" e explicou que Francisco veio ao mundo por encomenda do Demônio, por isso era rejeitado por sua própria família. Tim perguntou ao avô se havia algum trabalho que pudesse fazê-lo parar de urinar à noite, uma condição considerada vexatória. João riu e disse que Tim era especial e poderia fazer qualquer coisa que quisesse. Ele instruiu o neto a ir até a chácara onde moravam para encontrar uma pedra de calcita enterrada atrás da edícula, aos pés de um cedro verdadeiro, a cerca de vinte passos da janela dos fundos. Esse amuleto seria seu símbolo de iniciação, guia espiritual, proteção e poder. Na despedida, João pediu que o neto sumisse de Ribeirão Preto, fingindo nunca terem se encontrado. "Esqueça a sua família e caia no mundo. Você é uma pessoa iluminada e ainda será muito famoso", profetizou o feiticeiro.

O encontro de Tim com o avô em Ribeirão Preto teria sido o último. Os detalhes dessa conversa derradeira foram narrados por Francisco durante um encontro com psicólogos e psiquiatras dentro do sistema penal de São Paulo. O universo macabro também aparece nos laudos de seus testes de Rorschach. No entanto, seus familiares — mãe, irmãos e tios — contestam essas histórias contadas por ele e amplamente difundidas em apensos anexados ao seu processo de execução penal.

Na mesma semana em que Tim desenterrou a pedra de calcita do pé de cedro verdadeiro, aconteceram duas coisas marcantes em sua vida. A primeira foi a prisão do seu irmão mais velho, Luís Carlos, ocorrida pela primeira vez no final de 1985, quando estava prestes a completar 19 anos. Nessa época, ele estava morando em Guaraci com os pais, e Tim nem sabia da mudança da família para a cidade vizinha, de tanto que era desprezado.

Religioso, Luís Carlos se envolveu com os preparativos da quermesse da Paróquia Senhor Bom Jesus, organizada pelo padre José Ramos para confraternizar com os fiéis. Ele e outros jovens estavam armando barracas, estendendo bandeirinhas, enchendo balões e ajudando a descarregar mercadorias. A expectativa era de que a festa reunisse quase mil pessoas na Rua Casemiro César. No último dia do evento, segundo prometera o padre, quem havia trabalhado receberia pagamento. Desconfiado, Luís Carlos não aceitou e exigiu o dinheiro tão logo terminasse a arrumação. O religioso achou o comportamento do filho de Maria Helena afrontoso.

Faltando meia hora para a quermesse começar, Luís Carlos não havia sido remunerado. Para não ficar no prejuízo, ele e mais três homens foram até o depósito e furtaram todo o estoque de cerveja gelada que seria vendida na festa religiosa. Padre Ramos entrou em desespero quando soube que não havia bebida alcoólica, um dos carros-chefes da atração. Por telefone, o religioso encomendou um novo carregamento de cerveja diretamente da distribuidora.

Progredindo no crime, Luís Carlos, armado, interceptou o novo carregamento de bebidas em uma rua próxima à paróquia juntamente com dois comparsas. Indignado, padre Ramos foi até a delegacia e registrou queixa contra o irmão de Francisco, que foi preso em flagrante com a carga roubada. Essa não foi a única vez que Luís Carlos se envolveu com a polícia. Ele também foi preso, julgado e condenado por tráfico de drogas em 2000, quando Francisco já era conhecido como um dos maiores assassinos em série do Brasil. O primogênito de Maria Helena foi preso em flagrante pela Polícia Rodoviária Estadual em São José do Rio Preto portando duas pedras de *crack* durante uma *blitz* na Rodovia Assis Chateaubriand. Ele admitiu ser viciado e, devido à condenação anterior pelo furto da cerveja da paróquia, não teve direito a fiança.

Luís Carlos também teve passagem pela polícia por falsificação de documentos públicos e receptação. Nem Roque Luiz, o caçula, escapou das garras da lei. Ele tem registros por brigas em bar e lesão corporal, ocorridas em 2009, com o registro feito na delegacia de Guaraci. Em junho de 2024, Luís Carlos disse que não devia mais nada à Justiça. Roque Luiz não quis comentar seu passado.

O segundo fato marcante na vida de Francisco ocorrido na semana em que ele pegou a pedra de calcita veio do matadouro. Marrom havia convocado todo mundo para ajudar no abatimento daquelas mais de mil cabeças de gado em um único dia. A maioria da carne oriunda desse abate seria enviada para o exterior, ou seja, quase todas as cabeças eram de gado nobre. Marrom pedia aos funcionários pressa e cuidado com a mercadoria.

As carretas formavam uma fila quilométrica na entrada do frigorífico. Tim e Lourenço aproveitaram o último dia de trabalho para se despedir. Francisco fora convocado para ingressar no Tiro de Guerra (02-33), uma unidade do Exército em São José do Rio Preto. Sua apresentação na instituição militar, chamada de "seleção geral", estava marcada para dali a um mês. Como iria voltar para São Paulo, Lourenço estava emotivo. Abraçava os colegas de trabalho a todo momento, dizendo ter sido muito feliz no matadouro, principalmente por causa da aceitação. Os três amigos marcaram uma farra no tradicional banho de riacho após o expediente e festejos em um bar mais à noite.

Uma sirene de som agudo, penetrante, alto e contínuo anunciou a abertura do matadouro às 6 da manhã em ponto. Mais de 100 funcionários estavam espalhados em diversos postos da empresa, que começou a funcionar a todo o vapor. As carretas despejavam os animais no curral. Eles logo seguiam às pressas e espremidos pelo corredor estreito até alcançar o chuveiro. Alguns bichos sentiam tanto medo que urinavam no caminho. Outros machucavam os cascos nas pequenas ondulações de concreto construídas para evitar escorregões e quedas que atrapalhavam o fluxo do abatimento. Os ferimentos deixavam um rastro de sangue pelo caminho.

Mais à frente, os animais tomavam banho para se acalmar e manter a carne macia e vermelha. Na sequência, entravam um a um no "pelourinho" e seguiam para o compartimento chamado *box*, onde finalmente eram sacrificados a golpes de marreta. De lá, os bois eram jogados por uma caçamba basculante para o lado direito. Seguiam pendurados por ganchos até serem esquartejados em escala industrial. Uma equipe de dez pessoas limpava o chão para não acumular sangue e detritos orgânicos.

Nesse dia, Marrom havia feito uma alteração no posto de trabalho de alguns funcionários. Tim e Cirando ficaram na tarefa de marretar a cabeça do boi, juntamente com outros oito homens. Lourenço estava no posto de sempre, segurando a haste com ponta eletrificada para dar choques no gado que empacasse ou escorregasse no corredor. Ele dividia essa tarefa com mais um funcionário. A dupla ficava numa plataforma suspensa, ao lado da passarela por onde os animais caminhavam.

Como era o último dia de convivência, os três amigos estavam com a emoção à flor da pele. Pela primeira vez, Lourenço chorou ao ver centenas de bois enfileirados para morrer. Cirando e Tim foram repreendidos diversas vezes pelo supervisor, porque suas marretadas não estavam sendo letais o suficiente para abater o animal rapidamente. Essa morosidade poderia atrasar a cadeia de produção. Lado a lado, os dois amigos ainda arrumavam brecha para conversar, enquanto tiravam a vida dos animais.

— E agora, quando você acerta a cabeça do boi, em quem você pensa? — perguntou Tim.

— Antes eu pensava no meu pai. Agora não penso em ninguém. E você?

— Na Rebeca, aquela filha da puta escrota! — respondeu, raivoso.

Francisco aproveitou para mostrar ao amigo a pedra poderosa que havia ganhado de presente do avô. "Ele me disse que, com esse amuleto, eu posso tudo. Só quero ver se é verdade", comentou, rindo. Cirando pegou a calcita do amigo, levou ao nariz e reclamou do cheiro de enxofre. Mais risadas.

Lentos e distraídos com papo-furado, Tim e Cirando foram retirados do posto principal por um supervisor e levados para uma área lateral, onde ocorria um abate clandestino, pois os animais encaminhados para lá não passavam pela inspeção sanitária obrigatória. Os bois eram guiados manualmente e tinham a cabeça amarrada em um tronco de concreto. Nesse lugar, o processo poderia ser mais demorado porque a carne desse gado seria distribuída pelo comércio local.

Um funcionário amarrou a cabeça do primeiro bicho para ele não escapar. Tim pegou a marreta, levou ao alto e acertou o crânio com toda a força. Uma torrente de sangue escorreu pelo nariz enquanto o animal mugia com dor. Se estivesse ali como um marreteiro profissional, Francisco daria a segunda pancada imediatamente, para acabar com o sofrimento. Mas não. Ele baixou a bigorna e passou a apreciar a finitude da vida como se gostasse daquilo. O boi foi apagando lentamente, encarado por seu algoz. Cirando apressou o amigo, pois havia ali uma fila com outros vinte animais. Finalmente, Francisco deu a segunda marretada, matando sua presa.

No meio do processo, aconteceu um contratempo. Um boi conseguiu escapar do corredor onde Lourenço estava com a haste elétrica. A cena foi impressionante. Decidido a não morrer, o animal saltou o mais alto que pôde e caiu por cima dos companheiros. Aproveitando o impulso, deu um segundo pulo, passando dessa vez por cima da cerca de quase dois metros de altura. Desesperado, o boi correu numa velocidade inimaginável. Alcançou a rua e sumiu em disparada pelo matagal. Era raro acontecer, mas volta e meia um escapava. Solto na cidade e estressado, muitas vezes o boi só era capturado com a ajuda de tranquilizantes. Isso quando a população não o pegava e o abatia, para dividir a carne.

A fuga do boi irritou o dono do frigorífico, que responsabilizou Lourenço. "Você faz ideia de quanto custa um animal desses, seu imbecil?", esbravejou. O chefe ainda deixou claro que, se o boi não fosse capturado, o valor dele seria descontado da folha de pagamento de quem estava na etapa de produção de onde o bicho havia escapado. Esse anúncio gerou instabilidade entre os marreteiros e os encarregados de alinhar o gado no curral.

De repente, outro boi se armou para pular do cercadinho estreito. Deu o primeiro salto, mas não foi suficiente para escapar. Lourenço ficou nervoso, pois o animal o encarava bem próximo. O movimento inesperado desse bicho fez os demais recuarem, causando uma obstrução na passagem e atraso no abate mais à frente. Cirando e Tim viram o sufoco do amigo de longe. Adiante, no ponto onde os animais eram cortados, os funcionários já tinham parado de trabalhar, justamente porque não chegava nenhum boi. Mais experiente, Cirando gritou para Lourenço não eletrocutar o animal, pois isso poderia estimulá-lo a pular a cerca e escapar, como fez o outro.

Cirando aproveitou que a passarela dos bois estava vazia e desceu na área restrita para puxar o animal pelos chifres, algo não recomendado. Pelo menos o bicho andou mais alguns passos e chegou até o chuveiro. No entanto, naquele momento, uma carreta despejou mais trinta bois no corredor e eles entraram se debatendo e com toda a força rumo ao "pelourinho". Cirando tentou subir rapidamente pelo muro, mas escorregou e caiu no piso molhado. Foi pisoteado brutalmente pela manada e morreu ali mesmo por esmagamento. Não haveria mais banho no riacho nem festa de despedida. A morte de Cirando, querido no frigorífico por todos os funcionários, fez a produção encerrar o expediente no meio da manhã.

Revoltado, Marrom queria saber qual animal havia assassinado seu amigo, para matá-lo com mais crueldade. Mas a identificação era impossível, assim como seria tolice se vingar. Lourenço nunca havia chorado tanto em toda sua vida. Nem quando viu a morte de perto no incêndio do Joelma. Sentia-se culpado. Tim ficou apático. O mais triste foi ver o jovem de 23 anos com coração de criança ser enterrado como indigente no cemitério de São José do Rio Preto porque ninguém sabia onde seus parentes moravam. O sepultamento foi marcado por muitas lágrimas, uma salva interminável de palmas e até estouros de fogos de artifício.

CAPÍTULO 4
OLHOS SEM ALMA

Iaras, 28 de março de 2012

Penitenciária Orlando Brando Filinto

Entrevista de Francisco de Assis Pereira ao jornalista Marcelo Rezende

Marcelo Rezende — Quando foi que você sentiu pela primeira vez a compulsão de estuprar e violentar alguém?

Francisco — Estava no Parque Ibirapuera. Tinha entre 28 e 29 anos. Aconteceu com uma garota chamada Pituxa. Senti aquele desejo maldito dentro de mim. O demônio me dizia: "Essa não escapa. Se ela disser 'sim', você vai devorá-la viva". Não era nem algo sexual. Sentia uma vontade avassaladora de morder a carne, de sentir o gosto do sangue na boca. Era um impulso canibal. Aí eu a levei para o Parque do Estado...

Marcelo Rezende — Você pensa em ser pai?
Francisco — Sonho em ter filhos e tenho paixão por ser pai de uma menina.
Marcelo Rezende — E se uma das suas vítimas fosse sua filha? Como você reagiria?
Francisco — E se eu fosse seu filho?
Marcelo Rezende [silêncio]

* * *

São Paulo, 17 de julho de 1998

Departamento de Homicídios e de Proteção à Pessoa (DHPP)

Francisco de Assis está foragido.

Depoimento de Nelson Pereira ao delegado Sérgio Luís da Silva Alves

Meu nome é Nelson Pereira, nasci no dia 30 de outubro de 1946. Sou pai de Francisco de Assis Pereira, suspeito da prática de homicídio de Selma Pereira Queiroz e de outras mulheres. Pelo que sei, meu filho estava na casa do meu irmão Dorcílio Pereira, em Ponta Porã, no Mato Grosso do Sul, mas ele já deixou aquela localidade e eu não sei mais do seu paradeiro.
Francisco sempre foi uma pessoa alegre, sem nenhum tipo de anomalia em sua personalidade. Ele não tem vícios, como cigarros, bebidas ou entorpecentes. Para dizer a verdade, ele é apaixonado por patins, motivo pelo qual tem uma ótima forma física. Inclusive, ele serviu nas Forças Armadas, onde quase atingiu a graduação de cabo. A princípio, ele não queria ir para o Exército porque tinha medo de não ser aceito. No entanto, acabou completamente atraído pelas atividades militares. Fez treinamentos e sobrevivência na mata. Temos um álbum cheio de fotos do Francisco no Exército para provar que estou falando a verdade.
Como patinador, o sonho do meu filho era seguir de São Paulo até São José do Rio Preto pela Rodovia Washington Luís. Inclusive, por diversas

vezes, ele viajava por várias cidades patinando como treinamento para realizar essa vontade.

Francisco sempre foi extrovertido, tendo muita facilidade no mundo feminino, talvez por sua boa conversa e também pelo seu tipo físico, pois as mulheres elogiam bastante suas pernas, que são musculosas. Essas garotas ligavam a todo momento lá em casa atrás dele. Seu apelido era Tim, mas depois começou a ser chamado de "Zé Galinha".

Fui tomado por surpresa com a notícia do envolvimento do meu filho nessa investigação de assassinato. Soube na quarta-feira passada que Francisco estava sendo procurado porque a minha esposa Maria Helena e meu filho Luís Carlos telefonaram para contar. Eu não acredito em nada disso.

Outro dia, entrei em contato com Francisco querendo saber por que a polícia estava tão empenhada em encontrá-lo. Ele respondeu que era por causa de um cheque de uma ex-namorada, o qual ele havia passado e não tinha fundos. Achei esquisito tantos policiais atrás dele por causa de um cheque. Soube que os investigadores haviam procurado por ele em São José do Rio Preto e em Guaraci. Francisco disse para eu não me preocupar, pois iria se apresentar na próxima segunda-feira, e, em seguida, desligou o telefone.

Estou completamente disposto a auxiliar nas investigações para saber a verdade sobre o envolvimento do meu filho nos casos de homicídios em série. Tanto que não me oponho a me dirigir ao IML para que seja coletada uma amostra de sangue para exame de DNA, pois sou o maior interessado em saber a verdade, seja ela qual for.

Francisco, por um tempo, usou um brinco, mas atualmente apresenta apenas um buraquinho cicatrizado na orelha. Ele já fez apresentações públicas de patinação no Parque Ibirapuera, inclusive em programas de televisão, e temos muitas fotos desses eventos para provar. Meu filho possui dentes separados, pequenos e bastante careados. Acho que ele fez tratamento dentário, mas não sei exatamente onde.

Ele não tem muitos pelos no corpo. Para dizer a verdade, tem um corpo quase liso e possui sardas no rosto e no peito. Por último, queria dizer que o Francisco teve problemas com uma ex-namorada chamada Jaqueline, que engravidou dele. O meu filho não aceitou a paternidade, pois julgava que o bebê não era seu. Então, a garota casou-se com outro rapaz. Mais tarde, esse moço revelou que a criança realmente era dele, pois Jaqueline havia traído Francisco. Na época em que namorava o meu filho, ela era uma mulher nova, cabelos pretos na altura dos ombros, lisos, morena clara e magra.

* * *

Tão logo completou 18 anos, em 1985, Francisco tentou ingressar na Unidade 02-33 do Tiro de Guerra, em São José do Rio Preto. Na primeira entrevista, o médico fez um exame rigoroso. O excesso de pele no pênis do recruta chamou a atenção do profissional da saúde, mas ele fez um comentário *en passant* do tipo "tem de operar isso aí, rapaz". Ao ser questionado se havia algum histórico de saúde importante a ser relatado, Tim contou de forma verborrágica e gestos afetados um episódio pitoresco ocorrido um mês antes. Quando estava passando perto do curtume Bordon, ele foi atropelado violentamente por um carro em alta velocidade. Com o impacto da batida, seu corpo foi arremessado para o alto, despencando sobre um terreno baldio a metros de distância. Depois da queda, teria rolado por uma ribanceira até parar no leito de um córrego. O médico olhou para o paciente desconfiando da narrativa meio fantástica, já que ele estava sem ferimentos.

Segundo Francisco relatou, nesse acidente ele teria batido a cabeça fortemente na lataria do carro e, desde então, passou a ter alucinações. Pelo sim, pelo não, o médico fez um exame simples. Apalpou o crânio do paciente para identificar possíveis lesões. Essa avaliação física inicial visava detectar possíveis fraturas, hematomas, inchaços, áreas de sensibilidade ou dor e deformidades. Não havia nada. No final da consulta, o doutor quis saber se havia outro evento importante a ser mencionado. Francisco fez mais um relato extraordinário, conforme consta em seu prontuário médico:

"Quando eu era criança, estava soltando pipa com o meu amigo Cirando num terreno baldio perto do frigorífico Bordon. Fizemos um combate no céu com outra pipa. Mas a nossa foi cortada e começou a enchinar [cair] – a nossa linha não estava encerada com vidro. Para tentar pegar de volta, corri loucamente atrás da pipa, entrando no matagal. Levei uma queda e rolei ribanceira abaixo. Lá no fundo do barranco havia uma serralheria cheia de madeira cortada. Minha cabeça bateu nesse monturo e entrou uma farpa enorme no meu ouvido direito. No entanto, levantei e não senti nenhuma dor. Quando subi de volta, o Cirando disse que havia muito sangue saindo da minha orelha. Fui correndo para casa e minha mãe me levou ao hospital. Fiquei internado por algum tempo. Os médicos operaram e reviraram minha orelha, mas não encontraram nada lá dentro. Na semana seguinte, eu já estava jogando bola na grama com meus amigos. Um deles, sem querer, virou a mão para trás, bateu no meu ouvido e estourou os pontos da cirurgia. Saiu muito sangue novamente, mas pelo menos saiu o pedaço de madeira. Minha mãe viu aquilo como um milagre. Então, ela fez uma promessa. Como a farpa saiu do meu ouvido, ela se comprometeu com São Francisco de Assis. Em seu dia, 4 de outubro, iria me vestir com o mesmo hábito franciscano de cor marrom e o cinto em forma de corda com três nós. Ela fez essa promessa chorando, mas até hoje não cumpriu".

Em março de 2024, Maria Helena, mãe de Francisco, confirmou a história da farpa no ouvido, mas disse não se lembrar do atropelamento. "Achava que meu filho ficaria surdo, pois o pedaço de madeira era do tamanho de um palito de fósforo", contou. Ela também referendou a informação da promessa não cumprida. "Até guardei a farpa. Mas acabei convivendo pouco com o Tim porque, depois desse acidente, eu e o meu marido passamos a levar uma vida cigana. E também tinha outra questão. Meu filho era ateu. Não fazia muito sentido vesti-lo de santo para agradecer por algo que ele nem acreditava", ponderou Maria Helena. Ela também fez outra observação importante: "Não é porque sou mãe que vou esconder a verdade: o Francisco inventa, fabrica narrativas fictícias. Habita em um universo imaginário".

Ainda na consulta médica para tentar ingressar no Exército, Francisco relatou o incômodo de fazer xixi na cama, que persistia numa escala menor. Com tantos problemas de saúde, o médico preferiu indeferir o recrutamento do jovem. Entretanto, por uma razão não explicada, não foi entregue a ele o certificado de dispensa do serviço militar. Em seu prontuário, há o seguinte registro desse atendimento médico: "Francisco de Assis Pereira, após avaliação realizada na segunda-feira, 10 de julho de 1985, foi considerado inapto para o ingresso no serviço militar. Durante a consulta, foram identificados problemas de saúde que comprometem sua capacidade de cumprir as exigências militares, incluindo um histórico de alucinações após um suposto acidente de carro, enurese noturna persistente até a idade adulta e um evento traumático na infância envolvendo uma farpa de madeira no ouvido. Recomenda-se que Francisco procure acompanhamento com psicólogo e psiquiatra para tratamento adequado e reavaliem sua situação de saúde após o tratamento".

Com a negativa do Exército, Francisco tornou-se melancólico. Inconformado, o pai dele, Nelson Pereira, foi até a sede do Tiro de Guerra tirar satisfação com os militares. Saiu de lá ainda mais arrasado. De forma educada, um capitão repassou uma informação sensível sobre Tim. O médico que o avaliou identificou nele um "comportamento com inclinação para a homossexualidade", algo incompatível com o serviço militar. "Segundo os regulamentos vigentes, esse problema impede o ingresso do seu filho na nossa instituição para defender os interesses da nossa pátria", justificou o capitão, no maior polimento, para não ofender Nelson, segundo relatos de familiares.

Três meses depois de Francisco ser barrado no Tiro de Guerra, a família se mudou mais uma vez para São Paulo. Dessa vez, foi morar na Avenida Ângelo Cristianini, bairro de Cidade Júlia, zona sul da capital. Nelson conseguiu arrendar um açougue na Vila Mariana e finalmente começou a ganhar dinheiro. Mas ele nunca chegou a prosperar, porque era viciado em jogos. Ganhava e perdia dinheiro na mesma proporção, em loterias, bingos, rifas, bicho, raspadinhas, baralho e até rinha de galos.

Certa vez, no mês de abril, Nelson caminhava pela rua e começou a ver inúmeras imagens de coelhos em *banners* de lojas, panfletos e painéis de propaganda nas laterais dos ônibus. Chegou em casa, ligou a TV e viu um comercial de ovos de Páscoa com mais coelhinhos. Acreditando tratar-se de um sinal, correu ainda pela manhã até a banca de jogo do bicho administrada por um vizinho. Às 9h, apostou 1.000 cruzeiros no coelho (10), na cabeça, e acertou em cheio, conforme sorteio realizado às 11h30. Convertendo para os dias atuais, o valor investido seria mais ou menos 5 reais. Com o êxito, Nelson ganhou 4 milhões de cruzeiros, o correspondente, hoje, a cerca de 20 mil reais. Para uma família carente, tratava-se de uma pequena fortuna.

Na hora de retirar o prêmio, Nelson compareceu à banca com uma sacola grande de viagem, acompanhado de toda a família. Para repartir o dinheiro de forma prática, foram utilizadas cédulas de 100, 50, 10 e 5 cruzeiros. Essa distribuição refletia como era a operação do jogo, que pagava quantias elevadas utilizando muitas notas de valores menores.

Em casa, Nelson se trancou no quarto com a esposa e fez questão de empilhar o seu prêmio em cima da cama para conferir nota por nota, amarrando os maços em ligas de elástico. As cédulas mais altas ele fazia questão de cheirar e beijar. Com tanto dinheiro no bolso do marido, Maria Helena sugeriu colocar todo o valor na caderneta de poupança para, mais tarde, quem sabe, dar como entrada no financiamento da casa própria pela Caixa Econômica Federal, pois ainda moravam de aluguel. Compulsivo e eufórico, Nelson descartou essa ideia. Decidiu pôr o capital para girar naquele mesmo dia, numa dinâmica classificada por ele de "roda da sorte, giro da fortuna". Na hora do almoço, Maria Helena chamou o companheiro de louco, mas ele não deu a menor bola. Ainda rebateu a ofensa com sabedoria bíblica. "O meu dinheiro vai render mais e mais, tal qual fez Jesus Cristo no milagre da multiplicação dos peixes descrito na Bíblia, nos Evangelhos de Mateus, Marcos, Lucas e João", apostou.

Cautelosa, Maria Helena tentou mais uma vez amortizar o suicídio financeiro do marido. Implorou para ele apostar só a metade e guardar o resto no banco. Obtuso, o jogador refutou a proposta, dizendo que a sorte era como o vírus da gripe: chega rápido, fica por um tempo curto impregnado no organismo e depois vai embora às pressas para o corpo de uma pessoa próxima. "Quer saber? Faça o que você quiser. O dinheiro é seu mesmo. Só não venha chorar no meu colo depois", alertou a esposa, bem brava.

A compulsão de Nelson por jogos era motivo de brigas constantes entre o casal. Maria Helena atribuía o fracasso da família à irresponsabilidade do marido. Depois de discutirem bastante sobre o que fazer com o prêmio do bicho, ela foi totalmente vencida pela quimera do companheiro. Nelson decidiu arriscar o que ganhou de manhã em diversas modalidades de jogos em funcionamento na parte da tarde. A estratégia era pulverizar as apostas para diminuir os riscos. "O bom jogador nunca deposita todos os ovos na mesma cesta", justificou.

Segundo contava em casa, Nelson se aventurava por intuição. Precisava de sinais ao longo do dia para escolher estratégias, quantias e o tipo de jogo. Logo depois do almoço, ele pôs todo o seu dinheiro numa sacola de feira e foi até uma lotérica. No balcão, pegou pelo menos trinta volantes, aqueles papéis onde se marcam os jogos. Apostou metade do que tinha na loteria esportiva, loteria federal, loto, sena e tele sena, além de levar vinte raspadinhas para a esposa se divertir em casa. "Quem sabe minha mulher tenha pegado de mim a gripe da sorte", comentou com o atendente.

Na saída da lotérica, Nelson caminhou pelo bairro e viu uma cadela no cio rodeada de cachorros tentando cruzar. Para ele, era mais um sinal de que a sorte gargalhava em sua direção. Voltou à mesa do bicho por volta das 17h e apostou uma grande quantia no cachorro, escolhendo o milhar 1017, na esperança de ganhar mais uma fortuna. O amigo apontador da banca do bicho, como é chamado o funcionário que recebe as apostas, ainda sugeriu que ele pelo menos dividisse o palpite em outros animais com a letra C: cabra, camelo, carneiro, cavalo, coelho, cobra. Assim, teria mais chances. Teimoso, o apostador descartou a ideia. "Nem pensar! Tantos cães juntos diante dos meus olhos só pode ser uma premonição. Tudo no cachorro! É uma ordem!", determinou o apostador com empáfia.

No final da tarde do mesmo dia, obstinado, Nelson ainda arriscou num bolão para tentar acertar o resultado de uma partida de vôlei pelo campeonato brasileiro, marcada para a noite. No final da maratona de jogatinas, não sobrou um único centavo. Mas ele estava contente. Às 18h30, saiu a quarta apuração do jogo do bicho pelo rádio. Deu burro na cabeça. Nelson teve a primeira derrota do dia. Sua euforia foi, aos poucos, transformando-se em uma combinação de ansiedade e depressão. Afogou-se em *shots* de cachaça.

Bêbado, o jogador decidiu esperar o resultado da partida de vôlei em outro palco de apostas. Sem dinheiro, ele pegou emprestado com um agiota 10 mil cruzeiros, o equivalente hoje a mais ou menos 50 reais. Comprometeu-se a pagar no dia seguinte com 200% de juros. "Quando o sol raiar, estarei tão rico quanto Salomão", comentou na hora de assinar uma nota promissória.

O vício em jogos, conhecido como "jogo patológico", brota da dificuldade de estabelecer limites na atividade de apostar dinheiro, levando à dependência emocional e comportamental. Esse transtorno é causado pelo impacto dos riscos no sistema de recompensa do cérebro, que libera dopamina, gerando motivação para continuar jogando. As consequências incluem prejuízos sociais, profissionais e financeiros, como problemas de relacionamento, desempenho no trabalho e dificuldades econômicas. O vício pode se manifestar tanto em jogos de azar, nos quais há apostas financeiras, quanto em jogos eletrônicos, em que o tempo excessivo é a principal questão.

A associação entre alcoolismo e compulsão por jogos, como ocorria com Nelson, origina-se de mecanismos comportamentais e genéticos compartilhados. Indivíduos predispostos a condutas impulsivas e de risco são mais vulneráveis a ambos os vícios. Fatores como histórico familiar de dependência e busca de alívio para problemas emocionais, como estresse e ansiedade, são comuns em ambas as condições. Nessa toada, o uso de álcool pode agravar a falta de controle sobre o jogo, enquanto o vício em apostas pode levar ao consumo excessivo de álcool como uma forma de lidar com expectativas, perdas e frustrações. Esses fatores geram uma ciranda viciosa, intensificando os dois problemas de saúde.

Ao contrário do marido, Maria Helena nunca esperou a sorte brilhar para tentar vencer na vida. Sempre arregaçou as mangas e partiu para a luta. Em alguns momentos, chegou a acumular três empregos. Tinha o hábito de fazer amizade com os chefes e, com esse conchavo, conseguia cargos melhores. Foi assim quando entrou na fazenda em São José do Rio Preto como catadora de laranjas. Em alguns meses, foi promovida a selecionadora e motorista, porque era vizinha de um supervisor de plantação. Na Viação Planalto Transportes, ela começou como bilheteira, subiu para o posto de fiscal, e logo depois ocupou o cargo de secretária. Só saiu de lá ao voltar para São José do Rio Preto para acompanhar o marido, que tinha metido na cabeça a ideia de ficar rico pescando em grande escala no Córrego dos Macacos.

No retorno a São Paulo, Maria Helena foi contratada pela Motoplay, uma concessionária de motocicletas em plena expansão. Entrou na empresa como faxineira, limpando o chão e as vidraças da fachada da loja. Bastou ela bajular a gerente durante três meses para fazer um teste e ser promovida a vendedora de consórcio de motocicletas. Nos fins de semana, ainda fazia um extra operando cronômetro nas competições de motovelocidade promovidas pela empresa.

A matriarca também cobrava esforço dos filhos. Dizia que não ia sustentar marmanjos para o resto da vida. Como nenhum deles teve vocação para os estudos, Maria Helena exigiu trabalho de todos os três. Luís Carlos conseguiu emprego de serviços gerais numa agência dos Correios, e Roque voltou para o Center Castilho, onde assumiu a função de empacotador. "Meu marido e eu nunca tivemos uma casa no nosso nome porque ele era um apostador doente. Se deixasse, ele gastava até o meu salário em todo tipo de jogo. Mas era um excelente pai, ótimo marido, um homem carinhoso e excelente amante", resenhou Maria Helena em novembro de 2023.

Com o dinheiro emprestado do agiota, Nelson foi a uma rinha de galos localizada clandestinamente no Jardim Ângela, na zona sul de São Paulo. A dinâmica desse tipo de aposta começava com a apresentação das aves. Os donos destacavam as habilidades e o histórico de vitórias de cada bicho. O público avaliava os galos e fazia suas apostas, que eram registradas por um comissário. O dinheiro era recolhido antes do combate. Durante a luta, os galos se enfrentavam até um deles se tornar incapacitado ou morto. Após a luta, o vencedor era anunciado por um juiz. Na mesma noite, os ganhos eram calculados e distribuídos aos apostadores que escolheram o animal vencedor. Esse ciclo se repetia várias vezes durante o evento, proporcionando múltiplas oportunidades de apostas.

Um amigo de Nelson, também compulsivo para jogos de azar, havia falado de um galo de briga chamado Apolo, considerado imbatível pelos amantes desse tipo de atração. Com estilo marcante, a ave iria se apresentar pela primeira vez naquele ringue. As penas eram vermelhas e brilhantes, principalmente na região do pescoço. Os olhos pequenos e intensos combinavam com o bico curvado. Já as garras, suas armas de combate, estavam sempre afiadíssimas. O dono do animal usava uma serra de unha para deixá-las ainda mais letais. A marca registrada do atleta era uma área sem penas no flanco direito, onde a pele viva estava sempre exposta, resultado de batalhas anteriores.

Quando o adversário de Apolo foi apresentado, Nelson ficou em dúvida. Titanis era um galo de briga robusto, coberto com penas azul-profundo e toques de verde cintilante à luz do sol. Parecia bem maior do que seu oponente. Os olhos grandes e calculistas estavam sempre nervosos. O bico reto e incrivelmente forte parecia ideal para aniquilar seu antagonista. Uma cicatriz no peito revelava a experiência em batalhas e capacidade impressionante de recuperação. Depois de analisar os dois competidores, Nelson resolveu arriscar tudo em Titanis, pois seu epíteto anunciado ao microfone pelo narrador era "ave do terror". "Impossível um galo perder para esse monstro", avaliou. O amigo manteve seu palpite e apostou em Apolo.

Localizada nos fundos de uma casa de alvenaria, a arena onde os galos brigavam era um espaço circular de terra batida, delimitado por uma cerca baixa de madeira. O solo, marcado por lutas anteriores, estava manchado de sangue seco e penas espalhadas. Ao redor do ringue, uma multidão de espectadores se aglomerava, alguns em pé e outros em bancos de plástico. Próximo à cerca havia mesas onde era manuseado o dinheiro e registradas as apostas. Um segurança armado ficava de sentinela. A atmosfera estava sempre tensa e carregada de expectativa, enquanto gritos de incentivo começavam a ecoar pelo local.

Enquanto Apolo e Titanis eram aquecidos para o combate, Nelson, alcoolizado, comentava com os outros apostadores que logo mais, às 22h, estaria rico, pois ganharia no bolão do jogo de vôlei. Quando saísse o resultado das apostas feitas na lotérica, estaria milionário. "Estou aqui só passando o tempo", justificava, soluçando enquanto bebia cerveja. De repente, um sino tocou para anunciar que a luta iria começar. O juiz soprou um apito e a plateia foi ao delírio. Nelson gritava o nome de Titanis como se isso o incentivasse.

A batalha entre as aves foi um espetáculo brutal e sangrento. No momento em que foram soltos, os dois animais se lançaram um contra o outro com uma fúria incontrolável. Já nos primeiros minutos de combate, foi revelado por que Apolo realmente era imbatível, apesar de ser menor do que seu adversário. Seus pés escondiam um segredo. As esporas camuflavam lâminas de metal afiadíssimas, tornando-o um competidor letal. O acessório fora instalado na parte traseira do tarso-metatarso, abaixo da sua canela (tibiotarso). Em algumas rinhas, esse recurso questionável era terminantemente proibido. Mas naquela arena ilegal valia tudo.

Rapidamente, Apolo acertou Titanis com seus esporões assassinos, rasgando a carne do coitado. Houve derramamento de sangue. Quem apostou no galo mortal ovacionou. A "ave do terror" ainda tentou revidar, mas as investidas de Apolo eram implacáveis. Em mais alguns minutos, Titanis se rendeu. Ficou estático. Seu dono já estava se preparando para socorrê-lo quando o demônio do Apolo partiu para cima de forma definitiva, cortando a garganta do adversário. O juiz soprou o apito pela última vez, anunciando Apolo o vencedor da rodada e, consequentemente, decretando a derrocada de Nelson. Ele também fracassou em todas as apostas feitas na lotérica e no bolão do vôlei. Até as raspadinhas levadas para casa foram só frustração. Ao retirar com a unha a superfície de tinta dos bilhetes, surgia a mensagem "tente outra vez".

* * *

No passado, as competições de galos eram uma prática comum em várias partes do mundo, inclusive no Brasil. A origem dessas disputas remonta a tempos antigos, com registros históricos indicando a atividade na Grécia, em Roma e em diversas culturas asiáticas. As rinhas se popularizaram durante o período colonial, influenciadas por colonizadores europeus que as trouxeram para as terras tupiniquins. As lutas se tornaram entretenimento popular, especialmente em áreas rurais e em comunidades onde o acesso a outras formas de diversão era limitado.

A falta de regulamentação e fiscalização permitiu que as rinhas se proliferassem por muitos anos, ocorrendo inclusive em praças públicas das capitais. Um decreto (Nº 50.620) de 18 de maio de 1961, assinado pelo então presidente Jânio Quadros, marcou o início das medidas contra essa prática, proibindo todas as lutas entre animais e estabelecendo que as autoridades deveriam fechar imediatamente os locais de brigas de galos e punir os infratores. No entanto, a atividade continuou proliferando em locais clandestinos, porque não havia fiscalização.

Em 1998, as rinhas passaram a ser consideradas crime de maus-tratos a animais, conforme previsto na lei de crimes ambientais (Lei 9.605), podendo resultar em pena de detenção de três meses a um ano, além de multa. A fiscalização tornou-se mais rigorosa, com operações regulares realizadas pela Polícia Militar Ambiental e pelo Instituto Brasileiro do Meio Ambiente e dos Recursos Naturais Renováveis (Ibama), visando proteger os animais e coibir a crueldade envolvida nesses eventos.

* * *

No retorno para São Paulo, Francisco passou a frequentar o Parque Ibirapuera praticamente todos os dias, inclusive nos fins de semana. Saía de casa logo depois do almoço, com bermuda de *lycra* colada ao corpo, e só retornava à noite. Às vezes, patinava com o amigo Lourenço, que estava trabalhando em um açougue no Jardim Anália Franco. No primeiro encontro dos dois amigos, as novidades foram postas em dia. Tim contou que não havia sido admitido na unidade do Exército de São José do Rio Preto por problemas de saúde, mas não entrou em mais detalhes.

Francisco notou uma melhora no rosto de Lourenço, que estava com as queimaduras suavizadas. Ele havia sido levado por uma organização não governamental (ONG) de médicos à Unidade de Queimados do Hospital das Clínicas da Faculdade de Medicina da Universidade de São Paulo (HCFMUSP). A instituição pública atendia uma clientela variada, incluindo crianças e adultos com queimaduras de diferentes graus de gravidade. Lourenço e outros sobreviventes do Joelma vinham fazendo cirurgias para enxertos de pele e tratamentos para cicatrizes e sequelas das queimaduras. "Seu rosto está ficando bonito", elogiou Tim.

A amizade dos dois era carinhosa. Lourenço era heterossexual, mas um homem carente. Tim o cumprimentava com abraços apertados e foi uma das primeiras pessoas a beijar o seu rosto após a tragédia do Joelma. O gesto marcou o jovem. Certa vez, Francisco chegou ao parque vestindo uma calça de *lycra* muito colada ao corpo. Lourenço aproveitou a deixa para fazer uma pergunta íntima:

— Você é gay?
— O quê?! — espantou-se o patinador.
— Você gosta de homens? — insistiu.
— Me sinto atraído por mulheres. Por quê?
— É que você tem um jeito meio delicado, usa essas roupas muito apertadas.
— Eu não sou gay, gosto de mulheres!
— Tim, nós somos amigos. Podemos trocar segredos, se quiser.

Enquanto conversavam, Francisco e Lourenço caminhavam pela pista do Ibirapuera a pé. O papo foi fluindo, e eles entraram espontaneamente numa trilha no meio do parque em busca de um pequeno curso d'água chamado Córrego do Sapateiro, próximo ao portão 4, onde era possível ver aves aquáticas e pequenos roedores. Já estava quase escurecendo e o local estava deserto. Os dois se sentaram lado a lado, à beira do riacho, olhando para a margem oposta. No silêncio da floresta, Francisco se abriu. A conversa se deu sem eles se encararem:

— Lourenço, eu não sou gay. Posso te garantir. Eu sei o que eu estou falando porque a minha mãe tem um irmão homossexual. Ele namora com mulheres só para disfarçar. Quando eu era criança, ele tentou transar comigo, mas não curti. Se fosse gay, eu teria feito sexo com ele. Sinto-me atraído por garotas. Mas eu tenho uma confusão dentro de mim. Tenho vontade de ser uma mulher. Você entende?

Não, Lourenço não entendia. Ele também aproveitou a sessão íntima para contar um segredo:

— Sempre gostei de meninas. Namorava bastante antes do acidente no Joelma. Depois que o meu rosto ficou deformado, elas se afastaram. Comecei a sair com prostitutas. Mas as bonitas custam caro. E eu não gosto de mulher feia. (...) Outro dia, aqui no parque, um gay me pediu para fazer sexo oral e eu deixei. Foi bom demais. Desde então, passei a ficar confuso, assim como você.

Os amigos pareciam fazer uma terapia mútua para tentar entender seus dilemas sexuais. Nesse encontro, a intimidade evoluiu. Tim contou que era virgem. Não tinha conseguido transar com penetração até aquele momento por causa do excesso de pele no pênis. Lourenço revelou ter feito a cirurgia de fimose aos 12 anos. Curioso, Tim pediu para olhar o sexo do amigo. Lourenço prometeu que mostraria depois. A conversa fluiu mais um pouco e ele falou da rejeição no Exército, ocorrida por ele ser "afeminado", segundo havia dito seu pai. Lourenço riu. "Porra, você poderia ter se comportado como homem pelo menos na hora do recrutamento", ironizou. Mas Tim havia traçado uma estratégia. Ele não soube explicar, mas no momento em que foi dispensado no Tiro de Guerra, a instituição não lhe deu o certificado de dispensa de incorporação (CDI). Como ele tinha 18 anos recém-completados, tentaria se alistar novamente em outra cidade.

Por volta das 18h30, Lourenço se levantou. Num gesto natural, abriu o zíper da calça e urinou. Tim observou o pênis do amigo. "Tá vendo como é? Quando você fizer a cirurgia, é assim que vai ficar", previu. Apesar de ter acabado de fazer xixi, Lourenço manteve o órgão sexual à mostra. Francisco, então, fez sexo oral até ele ejacular em sua boca. No final, Lourenço fechou a calça e saiu caminhando como se nada de importante tivesse acontecido. Essa foi a única vez que os dois mantiveram contato sexual. Continuaram patinando no Ibirapuera todas as tardes como sempre fizeram, sem tocar no assunto.

Tim passava por um sufoco quando voltava do Ibirapuera para o Jardim Ângela no início da noite. Na década de 1980, a linha de ônibus (675K-10) que seguia do parque até sua casa era operada pela extinta Companhia Municipal de Transportes Coletivos (CMTC). No horário de pico, os carros dessa linha paravam no ponto já apinhados de gente. As portas se abriam, mas o veículo estava tão lotado que era impossível entrar mais um passageiro. Alguns se arriscavam até a seguir pendurados nas escadas do coletivo.

A viagem durava pelo menos uma hora e meia. Tim fazia quase todo o percurso esmagado pela massa humana. A linha 675K-10 era crucial para trabalhadores, estudantes e moradores da periferia porque interligava diversas áreas da cidade e facilitava o acesso ao Centro de São Paulo e a outras regiões importantes. O trajeto incluía vias, como as avenidas Pedro Álvares Cabral, 23 de Maio, Rubem Berta, Washington Luís, Interlagos, Guarapiranga e M'Boi Mirim, passando por paradas estratégicas, como o Aeroporto de Congonhas, Shopping Interlagos, Terminal Santo Amaro e Hospital Campo Limpo.

No aperto do coletivo, Francisco encontrou um meio arriscado e nada católico de obter prazer. Como sempre viajava em pé, o patinador se aproveitava da lotação para sarrar o corpo das passageiras incautas paradas à sua frente. Estrategicamente, ele caminhava bem devagar pelo corredor com a sua bermuda de *lycra*, tentando vencer o aglomerado compacto. Seus braços seguiam seguros nas barras de ferro fixadas no teto do ônibus, como se estivesse tentando acessar a dianteira do veículo. Nessa época, os passageiros subiam nos coletivos da cidade de São Paulo pela porta traseira e desciam pela dianteira. Atualmente essa dinâmica é inversa.

Geralmente, Francisco escolhia o perfil físico de suas presas dentro dos ônibus. Tinha preferência pelas mulheres jovens de pele clara, cabelos escuros cacheados ou ondulados, baixa estatura e magras, com quadris bem definidos e pernas torneadas. Segundo os laudos dos seis testes de Rorschach aplicados ao longo de uma década em Francisco dentro da Penitenciária de Iaras (SP), ficou claro por que ele escolhia esse tipo de garota. Quando Tim confidenciou a Lourenço no Ibirapuera que, no fundo, desejava ser uma mulher, o amigo pediu a ele que se descrevesse nessa outra *persona*. O patinador citou exatamente essas características físicas.

O primeiro teste de Rorschach de Francisco foi aplicado em três sessões, em setembro de 1998, pela psicóloga Cândida Pires Helena de Camargo, diretora do Instituto de Psicologia do Hospital das Clínicas da Faculdade de Medicina da Universidade de São Paulo (USP). Esse exame foi desenvolvido pelo psiquiatra suíço Hermann Rorschach (1884-1922), no começo do século passado. É composto por dez pranchas com imagens abstratas de diversos formatos, parte delas em preto e branco, parte coloridas. Cabe ao paciente examiná-las uma a uma, sob orientação do aplicador, e dizer o que enxerga durante uma sessão de duas horas. Em casos complexos, como o de Francisco, são realizados outros encontros. Geralmente, o laudo do teste fica pronto em até 60 dias após a aplicação.

Em tese, as respostas dadas pelo paciente durante o exame projetam aspectos do caráter, inclusive as características que o paciente não deseja trazer à luz. Exemplos: agressividade camuflada, ciúme excessivo, comportamentos manipuladores, desejos sexuais, depressão ou ansiedade não revelada, baixa autoestima, falsidade, fantasias, fetiches, frustração, imaturidade afetiva, impulsividade, insensibilidade, inveja, medos irracionais, ódio, personalidades dissociativas, tendências obsessivas, traumas e vícios ocultos.

O teste revela ainda a organização básica da estrutura da personalidade do indivíduo, como características da afetividade, sensualidade, vida interior, recursos mentais, energia psíquica e traços gerais e particulares do estado intelectual.

No teste de Rorschach, o desejo oculto de Francisco ser uma mulher ficou evidenciado inicialmente no momento em que ele analisou a prancha VII. Essa lâmina contém uma mancha de tinta simétrica em preto e branco, frequentemente interpretada como duas figuras humanas de pé, frente a frente, conforme pode ser observado abaixo:

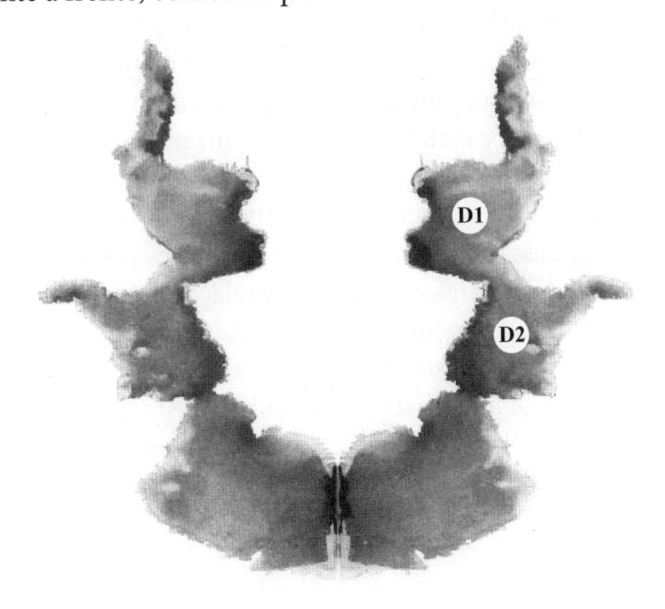

A imagem da prancha VII é frequentemente usada para explorar questões relacionadas à sexualidade, relações interpessoais e principalmente para revelar os desejos ocultos do paciente. A natureza ambígua da mancha permite uma ampla gama de respostas, refletindo os aspectos únicos da psique do paciente e fornecendo *insights* sobre sua personalidade, conflitos internos e características emocionais. Ao olhar a imagem como um todo, Francisco deu respostas globais, a maioria delas associadas à figura feminina. Disse ter visto duas bailarinas, um cinto de mulher, uma coisa peluda, exame ginecológico, borboletas, mulher em posição de exame ginecológico, aranha, um busto sobre uma pedra, gêmeos unidos pelas costas, garotas dançando, vagina com a vulva aparente, ossos da bacia e duas senhoras usando um vestido comprido.

Em seguida, a psicóloga pediu a Francisco que olhasse para áreas específicas da prancha, começando pela parte mais alta, à direita, denominada terço superior (D1). Nesse campo, ele teria visto mais figuras femininas, além de diversos animais: ave cantando, bezerro, uma boneca, busto de mulher, rabo de cavalo (penteado), cabeça com chifres, cara de macaco, máscara, morcego, pessoas pelejando, pássaro fantástico, serpente enrolada, tigre, veado e duas senhoras conversando. No terço médio da imagem (D2), Francisco enxergou mais bichos e figuras femininas: brincos, vagina com a vulva aparente, nádegas, sutiã, maquiagem, bolsa de mulher, cabeça de boi, carneiro, macaco, pato e o diabo.

Em determinado momento, a psicóloga perguntou como Francisco se sentia olhando para a prancha VII. "Não sei dizer... talvez... alguma coisa nelas que me chama a atenção. Acho que é a forma como se parecem... Não sei te explicar", respondeu, meio confuso. No laudo desse teste de Rorschach, a terapeuta escreveu especificamente o resultado das impressões de Francisco em relação a essa lâmina: "Correlação com figuras femininas: paciente identifica claramente duas figuras femininas na prancha e projeta nelas um reflexo de si mesmo. Interesse oculto: Francisco de Assis expressa um desejo latente de ser uma mulher, destacando características específicas, como cabelos cacheados, baixa estatura e delicadeza".

Quando concluiu que o desejo de Tim era ser do sexo oposto, a psicóloga abordou o tema com ele, conforme consta do processo de execução penal (VEC: 0.470.740). "Tenho grande admiração pelas mulheres. Se pudesse me transformar em uma mulher, eu me transformaria", disse Francisco. A psicóloga, então, perguntou por que ele tinha esse desejo. Eis a sua resposta: "Pelas qualidades que percebo nelas, apesar de considerá-las ingênuas e fáceis de serem enganadas e abusadas. No fundo, gostaria de ser dominado por elas".

Depois de ouvir a confissão de Francisco, a psicóloga escreveu o seguinte no relatório de Rorschach, concluído em 6 de outubro de 1998: "Expressão de inclinação secreta: paciente verbaliza pela primeira vez um desejo profundo e oculto, indicando uma identificação com o gênero feminino que não havia sido previamente discutida no exame anterior. Emoções associadas: a resposta revela um conflito interno significativo relacionado à identidade de gênero e à autoimagem, possivelmente indicando uma dissonância entre a identidade de gênero percebida e a identidade de gênero desejada. Projeção e reflexão: Francisco de Assis usa a figura VII como um meio de projetar e refletir sobre suas vontades internas, indicando a presença de ânsia de transformação e reduzida identificação com o sexo oposto. Importância da descoberta: a revelação espontânea e clara desse desejo oculto durante a sessão sugere que a prancha VII foi eficaz em evocar conteúdos significativos e profundos da psique do paciente".

"Conclusão preliminar: a resposta de Francisco à prancha VII do teste de Rorschach indica uma ambição secreta relacionada à identidade de gênero. Sua identificação com as figuras femininas e a expressão de uma intenção de ser como elas revelam um conflito interno significativo, sugerindo uma dissonância de gênero. Recomenda-se explorar esses sentimentos em sessões futuras para compreender melhor a extensão e o impacto desse traço da sua personalidade na vida futura e no comportamento criminoso do paciente registrado no passado, motivo pelo qual se encontra privado de liberdade."

A psiquiatra Ana Beatriz Barbosa, autora do best-seller *Mentes Perigosas*, citou Francisco de Assis em sua obra. Em julho de 2024, ela fez a seguinte análise sobre os resultados do seu teste de Rorschach: "O psicopata é um invejoso mais intenso. Em sua lógica, o Maníaco do

Parque acreditava que tinha o direito de ser aquelas mulheres, e o fato de elas existirem tirava dele o lugar que deveria ser seu. Nesse caso, isso poderia ser a vontade de ele ser uma garota com aquelas características. Daí tanto ódio frente à frustração de não ter sua aspiração realizada. Por não poder concretizar essa vontade, Francisco acabou por matar as mulheres que despertavam esse anseio de ser quem elas eram. Comparei essa visão disfuncional com Hitler, que tinha uma inveja profunda dos homens arianos: altos, de olhos azuis e cabelos lisos e claros. Mas, nesse caso, resolveu 'ser um deles', criando o conceito de uma raça pura, denominada ariana. Como ele criou o conceito, se atribuiu essas 'qualidades' e resolveu eliminar todos que não correspondiam a esse ideal. Um psicopata megalomaníaco e sem limites para realizar suas loucuras perversas".

De acordo com o perfil psicológico de Francisco, traçado pelos especialistas do Hospital das Clínicas que o avaliaram durante sua permanência na cadeia, fica evidente que ele apresenta características de transtorno de personalidade antissocial, ou seja, trata-se de um sujeito psicopata. A primeira a dar esse diagnóstico foi a psicóloga Candida Helena Pires de Camargo, em outubro de 1998. Segundo ela, foram identificados déficits significativos na percepção e avaliação de situações sociais complexas. Além disso, ele demonstra desordens de linguagem e habilidades visuoespaciais comprometidas. Ou seja, é incapaz de perceber, interpretar e manipular informações visuais e espaciais, essenciais para a navegação, o reconhecimento de objetos e a coordenação motora. "Estes problemas específicos são frequentemente mencionados na literatura médica relacionada à psicopatia, especialmente quando associados a comportamentos impulsivos e violentos", escreveu a psicóloga.

As dificuldades de Francisco na interpretação de interações sociais e suas limitações linguísticas são indicativas de um padrão consistente com a psicopatia. Essas características sugerem que ele possui uma visão distorcida das normas de convivência e incapacidade de compreender adequadamente os contextos, o que contribui para suas ações impulsivas e violentas.

Nos laudos assinados pelos psiquiatras Henrique Rogério Cardoso

Dórea e Paulo Argarate Vasques, também há o diagnóstico de psicopatia em Francisco. Os dois médicos o examinaram na cadeia por determinação da Justiça. "No caso do paciente, os exames de audição dicótica (método que apresenta sons diferentes simultaneamente a cada ouvido para estudar como o cérebro processa e lateraliza informações auditivas) sugerem uma lateralização da linguagem para o hemisfério esquerdo do cérebro. Embora a ressonância magnética (RM) tenha revelado uma assimetria discreta dos lobos temporais (sendo o esquerdo menor), é possível que haja uma relação entre a desordem de linguagem pervasiva (como falar tarde, falar errado e ter dificuldades acadêmicas) e essa peculiaridade estrutural cerebral. Mesmo que tal relação não exista ou não seja causal, uma anomalia de linguagem foi claramente identificada."

Nos laudos, os dois psiquiatras esclareceram que os tratamentos do transtorno antissocial de personalidade, como no caso em questão, são ineficazes. "Pode-se afirmar que, no momento atual, não se dispõe de meios terapêuticos eficazes para modificar favoravelmente a conduta dessas personalidades. Essa assertiva implica necessariamente em reconhecer que o prognóstico é desfavorável e, no entendimento desses médicos, não há tratamento curativo especial."

Outro laudo de Rorschach, assinado por seis psicólogas, ajuda a entender o perfil de Francisco. Esse estudo foi realizado em 2015, quando ele foi transferido da Penitenciária II de Guarulhos para o Centro de Progressão Penitenciária (CPP) de Mongaguá. Segundo essa análise, Tim apresenta uma personalidade introvertida e ativa, pontuada por conflitos internos. "Esse dilema interior se manifesta através de sentimentos de oposição direcionados a si próprio, possivelmente relacionados a questões sexuais. Isso pode levar a comportamentos caracterizados por sentimentos intensos de inferioridade e autodesconfiança. Apesar disso, o paciente demonstra uma vida interior rica, com uma imaginação vívida e potencial criativo, embora essas capacidades possam estar suprimidas pelo conflito interno que está enfrentando."

"No campo afetivo, há uma manifestação de desejos de adaptação, embora o objeto de sua libido não esteja claramente definido, indicando uma possível dificuldade na identificação sexual, como evidenciado nas pranchas de Rorschach. O paciente também sofre de inibições fortes e sentimentos de inferioridade, algo que fica evidente na prancha VIII, onde ele se identifica com um animal pequeno e diferente dos outros."

"A sensualidade do paciente é forte, mas nem sempre está sob controle. Paradoxalmente, ele é muito sensível, o que o torna mais suscetível ao sofrimento devido ao conflito e às problemáticas apresentadas. (...) O paciente também revela traumas no setor afetivo e necessidades afetivas primárias não resolvidas de maneira satisfatória."

"Essa combinação de fatores desencadeia uma ansiedade que é, em grande parte, livre e flutuante, não completamente sistematizada. As respostas de sombreado dadas pelo paciente sugerem uma tentativa de controlar a ansiedade por meio da supressão motora, possivelmente indicando traços autopunitivos, como representado pelas respostas em espaço em branco e a fórmula vivencial introvertida."

"Resumo: o paciente possui uma personalidade introvertida e ativa, com uma sensibilidade acentuada e enfrentando conflitos internos significativos, particularmente no setor sexual. Ele demonstra uma revolta relacionada à sua orientação homossexual. Apesar de possuir desejos de adaptação e potencial criativo, essas qualidades estão inibidas pelos conflitos atuais. O paciente também revela desejos violentos, manifestando um comportamento perigoso e potencialmente violento."

* * *

Dentro do ônibus da linha 675K-10, lotado, Francisco estava a caminho de casa. No corredor, posicionou-se com sua bermuda de *lycra* por trás de uma mulher cuja aparência estava entre seus desejos. Em seguida, começou a se encostar nela sorrateiramente. O abuso se intensificava à medida que o coletivo dava freadas bruscas e balançava. Por incrível que pareça, algumas mulheres correspondiam a esse tipo de investida vulgar e acabavam descendo com ele do ônibus. Tim as levava para tomar sorvete, falava de patinação, dava uns beijos, mas não avançava além disso, apesar de sempre ficar excitado com o contato físico. Despedia-se da menina e, no dia seguinte, embarcava novamente na jornada de assédio no transporte público.

Certa vez, na hora do *rush*, Tim foi até o ponto de ônibus localizado em frente ao Shopping Eldorado, no bairro de Pinheiros, na zona oeste. Nessa época, ele já estava viciado em assediar passageiros dentro dos coletivos e agia como Solange, a personagem-título do clássico *A dama do lotação*, do escritor Nelson Rodrigues. Ficava nos pontos esperando um ônibus lotado. Quanto mais abarrotado, melhor. Algumas vezes, ele fitava os passageiros do lado de fora do veículo para ver se havia alguém do seu interesse. Se nenhum lhe apetecesse, ele não embarcava. Esperava pelo próximo coletivo. Para ele, já nem interessava qual a linha, muito menos o destino do ônibus. Seu critério era a lotação e a aparência dos passageiros.

Depois de muito escolher, Francisco embarcou no ônibus lotado da linha 8700 (Pinheiros/Paraíso). O veículo subiu a Avenida Rebouças, passando por pontos importantes, como o Hospital das Clínicas, e seguiu pela Avenida Paulista. No meio do trajeto, foi a vez de ele ser assediado com seu próprio *modus operandi*. Um homem alto, com roupa social, de mais ou menos 30 anos, também se aproveitou da superlotação e fingiu não ter saída a não ser se esfregar nas nádegas do patinador, que estava com 18 anos e usava a inseparável bermuda colante. Quando sentiu a investida por trás, Francisco virou o rosto, encarou o passageiro e decidiu corresponder à cantada. Os dois desceram juntos na Avenida Paulista e caminharam pela Avenida Brigadeiro Luís Antônio, até chegar a uma área verde hoje chamada de Parque Jaú.

Sentaram-se em um banco, em plena via pública, no início da noite. O passageiro tentou beijar Tim, mas ele se esquivou. Queria conversar mais. O estranho propôs irem a um hotel na Rua Augusta. Mais uma recusa. Da praça, os dois pegaram um ônibus e foram até o Parque Ibirapuera. O tal homem conhecia um local camuflado embaixo do Viaduto dos Imigrantes, um complexo viário que ligava a Avenida 23 de Maio ao Ibirapuera e à Rua Sena Madureira. Debaixo da ponte, Tim fez sexo oral no estranho e foi penetrado pela primeira vez. Com a descoberta desse *point* de pegação (*cruising*), ele tornou-se assíduo do lugar.

À medida que Francisco se envolvia sexualmente com homens,

sua expressão de gênero tornava-se mais feminina. Os irmãos, Luís Carlos e Roque, passaram a fazer *bullying* com ele dentro de casa. Na época, o programa de humor do Jô Soares, *Viva o Gordo*, na TV Globo, tinha um personagem icônico chamado Capitão Gay. Ele era um super-herói cômico, sempre acompanhado por seu fiel escudeiro, Carlos Suely, interpretado pelo ator Eliezer Motta. A dupla parodiava os clichês de histórias de super-heróis, proporcionando muitas risadas aos espectadores. Na abertura do quadro, a dupla entoava uma música cujo verso dizia: "Ele é o defensor das minorias, é sempre contra as tiranias, é avião ou passarinho sem rabicho, ou se parece mais com outro bicho". A música passou a ser cantada dentro de casa pelos irmãos para zombar de Tim. Diante daquela chacota, Nelson concluiu que só as Forças Armadas seriam capazes de devolver a masculinidade ao filho.

Em 1986, pressionado pelo pai, Francisco tentou mais uma vez ingressar no Exército. Procurou uma unidade de serviço militar em São Paulo e conseguiu fazer novo exame médico. Dessa vez, forçou uma postura máscula e evitou falar dos seus problemas de saúde, fossem físicos ou mentais. "Quero servir no Exército porque tenho dever patriótico e quero muito contribuir para a defesa do nosso país. Além disso, acredito que fazer parte dessa tropa me proporcionará oportunidades de crescimento como indivíduo", escreveu em seu formulário.

Quando saiu a convocação, Tim pulava e gritava histericamente pela rua. Nelson pediu ao filho que se comportasse como homem. "Esse negócio de andar de patins está transformando o nosso filho. A cada dia que passa, ele fica mais entendido", comentou Nelson com Maria Helena, citando uma gíria típica da década de 1980 para classificar um homem como gay ou bissexual.

De fato, andar de patins mudou o corpo e a atitude de Francisco. Seus glúteos foram ficando rígidos e avantajados. As roupas coladas destacavam seu traseiro e marcavam a protuberância de seu pênis. Quando patinava no Ibirapuera, costumava fazer agachamentos, chamando a atenção para as nádegas. Com isso, os questionamentos sobre sua verdadeira orientação sexual ganharam força.

Nelson chegou a indagar o filho, querendo saber se ele era gay. Tim sempre negou. Para aplacar essas desconfianças, Francisco começou a se relacionar com mulheres com uma frequência acelerada. Toda semana ele beijava uma garota diferente no Parque Ibirapuera. Algumas, levava em casa para mostrar que não era gay. Quando o pai passava na sala e Tim estava com uma menina, ele lhe dava um beijo de novela, deixando-a descabelada. Bastava Nelson virar as costas que a demonstração exagerada de afeto cessava, segundo relatos de familiares. Quando queria transar com homens, seguia para o viaduto do parque.

Em meio à alta rotatividade de garotas, Francisco engatou namoro com a estudante Leandra, de 17 anos. A garota andava de patins com ele no Ibirapuera e ambos se apaixonaram perdidamente. Ela tinha pele clara, cabelos cacheados, era baixinha e um pouco acima do peso. No terceiro mês de relacionamento, os dois ainda não haviam transado. Tim não fazia qualquer movimento que indicasse interesse em fazer sexo. Em uma das vezes em que estavam sozinhos na casa dos pais dele, Leandra levou o namorado para o quarto e tirou a parte de cima da roupa, mostrando os seios. Ainda assim, Francisco não demonstrou vontade. Irritada, a menina começou os questionamentos:

— Você é gay? Fala a verdade!

— Não. Nunca tive nada com homens.

— Por que você não quer transar?

— Vou te falar a verdade. Tenho um problema no pênis. Sinto dores quando fico excitado. Preciso fazer uma cirurgia — confidenciou.

Leandra pediu para ver o órgão genital do namorado. Francisco tirou a roupa toda e Leandra perdeu completamente o interesse. Não havia a menor condição de ocorrer uma penetração satisfatória com um pênis coberto por tanta pele. Tim perguntou se ela poderia chupá-lo, o que foi negado. Ele então acariciou e beijou os seios da namorada e começou a se masturbar. Leandra percebeu que a fimose dele era grave. A glande não ficava aparente nem com o movimento contínuo da masturbação. No meio do ato, Francisco fez uma confissão: se fosse uma mulher, queria ter seios tão bonitos quanto os da namorada. No meio desse devaneio, ele pegou a mão da jovem e pôs em seu sexo, indicando que ela continuasse a masturbação. Leandra obedeceu. No meio do ato, porém, ela fez um movimento brusco com as mãos para tentar ver a glande. Tim sentiu uma dor tão forte que caiu ajoelhado no chão. A garota se desculpou e vestiu-se rapidamente.

No dia seguinte, Francisco procurou a namorada no Ibirapuera para impor novos parâmetros para a relação. Ele prometeu que faria a cirurgia de fimose no Hospital do Exército tão logo ingressasse na corporação. Leandra topou. Os dois, então, começaram a ter uma vida sexual sem penetração, até que ela voltou a desconfiar da sexualidade do parceiro. Num domingo ensolarado, Leandra foi ao Ibirapuera com uma bermuda de *lycra* verde-limão e um top branco. Tim usava uma bermuda do mesmo tecido, azul-marinho. O patinador elogiou o figurino da namorada e fez um pedido inusitado:

— Posso experimentar a sua bermuda? Achei a cor linda.
— Como?
— Quero usar a sua *lycra* — insistiu Tim.
— Minha bermuda é feminina. Ela tem um corte diferente da sua.
— Não tem problema. O tecido estica e se ajusta ao corpo.

Francisco só sossegou quando os dois foram até um banheiro do parque. No mictório, eles trocaram de bermuda. Com a *lycra* verde-limão extremamente colada ao corpo, o patinador se transformou. Acelerou nos patins, rodopiou de braços abertos pela pista e fez piruetas para chamar a atenção. Leandra ficou incrédula. No final do passeio, ela pediu a roupa de volta, pois não estava confortável com a bermuda dele. Tim insistiu para devolver no outro dia. Leandra achou aquilo tão esquisito que resolveu esquecer da *lycra* e do rapaz de sexualidade indefinida. Nunca mais o procurou.

Três meses depois, Tim encontrou Leandra com um jovem chamado André, de 23 anos, numa pista de patinação no gelo montada dentro do Shopping Eldorado, no bairro de Pinheiros. Os dois se cumprimentaram e não engataram conversa. Em 1985, o shopping realizou um evento para comemorar seu aniversário de cinco anos e convidou dezenas de patinadores para se apresentar aos clientes. Francisco e Leandra estavam entre os atletas contratados. No entanto, quem roubou a cena foi o novo namorado da jovem, patinador profissional.

André começou com uma entrada suave e controlada na pista de gelo, seguida por uma série de saltos, incluindo um conhecido como Axel, no qual o patinador decola para a frente e faz uma volta e meia no ar, e um Lutz, realizado a partir de uma borda externa traseira com a ajuda do *toe pick* (ponteira do patim usada para dar impulsos). O atleta executou ainda uma manobra chamada de pirueta camel, em que se gira em um pé com a outra perna estendida horizontalmente ao corpo, deixando a plateia impressionada. Tim já havia se apresentado, mas sua performance ficara aquém daquela que estava assistindo.

No final do evento, Leandra e André foram até a praça de alimentação fazer um lanche. Francisco seguiu o casal e ficou observando de longe. Alguns minutos depois, a garota se levantou para ir ao banheiro e Tim abordou o patinador. Iniciou uma conversa dando parabéns pela apresentação. Em seguida, de pé, tirou da mochila a *lycra* verde-limão de Leandra e jogou sobre a mesa onde o atleta estava sentado.

— Sua namorada esqueceu essa bermuda em casa. Entregue a ela, por favor! — pediu Francisco em voz alta e levemente debochado.

Para não ficar por baixo, André se levantou, pegou a bermuda e a jogou contra o peito de Francisco, falando ainda mais alto:

— Ela me contou que você pediu emprestado e não devolveu porque gostou. Agora fica para você!

— Ela também te contou que nós transamos?

— Não! Pelo contrário. Ela me disse que vocês nunca fizeram sexo porque você é veado e tem um pênis todo deformado! — gritou André.

Depois de ouvir um dos seus segredos mais íntimos revelados em voz alta em plena praça de alimentação lotada, Francisco se transformou. Ele avançou sobre o rapaz, segurou-o pelo pescoço e tentou mordê-lo. André ficou tão surpreso com aquela investida que não teve reação. Rapidamente, dois seguranças afastaram Tim de seu rival. Leandra chegou a tempo de ver o final da confusão. Os três foram expulsos do shopping. André estava decidido a ir até uma delegacia registrar uma queixa de lesão corporal, mas foi desencorajado por Leandra. "Não vale perder tempo com esse cara. Esquece isso e vamos para casa", aconselhou a jovem. Ao se olhar no espelho, ele percebeu que estava com um pequeno hematoma no pescoço decorrente da tentativa frustrada de Tim alcançá-lo com sua mandíbula.

Na noite do mesmo dia, Francisco ficou de tocaia na entrada da vila onde Leandra morava, no bairro do Paraíso. Por volta das 22h, a rua já estava deserta. Meia hora depois, ele percebeu a porta da casa da garota se abrindo. O casal saiu e ficou no pátio se beijando. Mais alguns minutos, eles se despediram. André arrumou a mochila nas costas, saiu da vila e caminhou pela calçada até um ponto de ônibus. Tim deu alguns passos para alcançá-lo segurando uma marreta idêntica à usada para abater gado no matadouro Bordon. O patinador estava em pé, sozinho, fumando um cigarro e aguardando o coletivo.

Tim soltou um grito de raiva enquanto erguia a marreta com intenção mortal. Num reflexo, André se esquivou da bigorna, que caiu no chão. Num contra-ataque, o patinador profissional derrubou seu oponente com uma rasteira e imobilizou-o com um mata-leão. A respiração de Francisco tornava-se mais difícil enquanto recebia pressão no pescoço. Soltando-o brevemente, André lançou um soco forte no rosto de Francisco, quebrando alguns dentes frontais e fazendo seus lábios sangrarem. Houve ainda uma sequência de pancadas no abdome. Tim pedia para André parar, mas não era ouvido. Atordoado, tentava se defender.

Num movimento brusco, André arremessou Tim contra a parede. Ele lutava para respirar e já pedia para não morrer. Mas não houve trégua. Mais socos violentos se sucederam, atingindo o rosto e as costelas de Francisco, até que ele já não conseguia mais se mover. A surra só cessou quando uma viatura da polícia passou perto, acionando a sirene e o rotolight com luzes azul e vermelha. Os dois foram algemados e levados ao 36º Distrito Policial, na Vila Mariana. Por causa dos ferimentos, Francisco foi levado ao pronto-socorro do Hospital das Clínicas.

Em depoimento, André detalhou como a briga começou no shopping e terminou no ponto de ônibus. Como já era madrugada quando ele contava a história a um investigador, foi dispensado. "Achávamos que era um assalto ou algo do tipo. Mas como é briga de macho por causa de mulher, não vale a pena nem gastar papel e tinta da máquina de escrever", encerrou o policial.

Uma semana depois, Tim recebeu uma carta do Exército marcando o seu ingresso no 39º Batalhão de Infantaria Motorizado (39º BIMtz), em Osasco, para dali a 30 dias. No início, teria de ficar confinado por 30 dias fazendo uma espécie de imersão. Como ainda estaria com ferimentos aparentes da surra que levou de André, ele apresentou um atestado médico e conseguiu adiar sua apresentação. Em seguida, articulou um plano de vingança. Procurou por Lourenço, que estava trabalhando como vigilante armado de um galpão de alimentos na Marginal Tietê. Francisco pediu ao amigo uma arma emprestada calibre 38 para fazer uma emboscada.

Os dois tiveram uma discussão, pois o plano de Tim era muito arriscado. Acertaram ir juntos ao encontro de André no ponto onde ele esperava o ônibus quando saía da casa de Leandra, mas apenas para dar um susto. No dia seguinte, folga de Lourenço, os amigos seguiram de madrugada para a tocaia e ficaram escamoteados atrás de um arbusto, numa rua deserta.

Mas o relógio marcou 2h e nada. André ainda estava na casa de Leandra, namorando. "O bom é que eu já estou treinando camuflagem e tiro. Vou ingressar no Exército sabendo o básico", disse o futuro soldado. Com a arma na cintura, Lourenço riu. "É apenas um susto, lembra? O plano é o seguinte: quando ele estiver no ponto de ônibus, eu vou até lá e anuncio o assalto. Mas é uma simulação, porque não vou pegar as coisas do cara", premeditou.

Tim concordou. Quinze minutos depois, André saiu da casa e, como sempre fazia, ainda deu uns beijos na garota para se despedir no portão. Francisco espumou de ciúme. O rapaz foi até a parada esperar pelo último ônibus, chamado naquela época de "corujão".

Lourenço estava se preparando para ir até lá. Tim foi mais rápido. Num ímpeto, pegou a arma da cintura do amigo e correu ao encontro do rival com ela em riste. Lourenço tentou impedir e seguiu atrás. André se assustou com o movimento de ambos na rua e saiu correndo, tropeçando numa quina de calçada. A confusão chamou atenção dos vizinhos. Francisco aproveitou que o rapaz estava caído, mirou a arma no rosto dele e apertou o gatilho três vezes.

CAPÍTULO 5

OS MONSTROS DE FRANCISCO

Itaí, 24 de abril de 2001

Penitenciária Cabo PM Marcelo Pires da Silva

Entrevista de Francisco de Assis Pereira ao apresentador Gugu Liberato

Gugu — É verdade que você é igualzinho ao seu avô João?

Francisco — Minha mãe e minha avó diziam que sim. O meu avô era mulherengo, assim como eu. Ele não mantinha relacionamento com nenhuma mulher por muito tempo. Era um homem violento. Inclusive, quando fui preso, perguntei à minha mãe mais detalhes sobre a vida do meu avô, pois sempre há um lado oculto dentro da família.

Gugu — Como assim?
Francisco — Meu avô era feiticeiro e masoquista. Ele agredia as mulheres. Tinha um lado cruel, algo monstruoso, entende? Aí houve uma maldição.
Gugu — Pode explicar isso?
Francisco — Pela misericórdia de Deus, essa maldição foi quebrada em mim, Gugu, em nome de Jesus Cristo! Meu avô se manifesta em mim. É uma herança maligna.

* * *

Francisco de Assis tinha 18 anos quando sua família enfrentou uma reviravolta em São Paulo, em meados de 1985. A casa de três cômodos no Jardim Ângela estava com o aluguel atrasado havia seis meses. Nelson gerenciava um pequeno açougue sem nome em uma esquina da Vila Mariana, além de trabalhar de madrugada na Casa de Carnes Giza, na Vila Guarani, zona sul de São Paulo. Nos finais de semana, ele ia com Luís Carlos até a Represa Billings. Por volta das 16h, os dois alugavam um pequeno barco a remo e seguiam até uma margem, onde armavam uma rede de pesca. A armadilha ficava lá a noite inteira. Por volta das 6h da manhã seguinte, a dupla voltava e a rede geralmente estava abarrotada. Essa técnica é conhecida como "pesca de espera". Nessa labuta, Nelson conseguia capturar entre 15 e 20 quilos de uma variedade de peixes: tilápia, lambari, traíra, bagre, carpa, piau, cascudo, mandi, muçum e corvina. O pescado era vendido nas horas seguintes em feiras livres.

Enquanto isso, Maria Helena foi promovida ao cargo de gerente na Motoplay, onde ganhava dois salários mínimos por mês. Cumpria expediente de segunda a sexta, das 8h às 18h, com intervalo exíguo de vinte minutos para o almoço. Aos sábados e domingos, ainda fazia extra como caixa no Center Castilho, por onde já havia passado. Roque continuava nos Correios, trabalhando como carregador. Sua principal função era levar caixas e pacotes das agências para dentro dos caminhões de distribuição. Segundo a matriarca, a dificuldade financeira da família estava diretamente ligada à irresponsabilidade do marido, que perdia em apostas tudo que ganhava. Esperando ser chamado pelo Exército, Tim trabalhava cedo no açougue Giza com o pai. Sua função era ajudar a receber a carne e limpar o local onde as peças eram cortadas. Ganhava meio salário mínimo por mês. Passava o resto do dia patinando, alimentando o sonho de ser um atleta famoso e de entrar no *Guiness Book*, o livro dos recordes, com o título de esportista a percorrer a maior distância sobre rodinhas.

Quando o proprietário da casa bateu à porta para cobrar os aluguéis atrasados, Maria Helena implorou por um prazo de três meses para quitar todo o débito. "Estou trabalhando feito uma mula de carga para juntar esse dinheiro. Pelo amor de Deus, me dê mais esse tempo", suplicou. Na época, a locação da casa custava 1.350 cruzeiros, equivalente a mais ou menos 800 reais atuais. Essa era a maior despesa da família. A dívida em cruzeiros dos seis aluguéis, naquele momento, se equipararia hoje a 4.800 reais. Em mais três meses, somando os novos aluguéis, o casal teria que arrumar o correspondente a 7,2 mil reais. Tratava-se de uma quantia pesada para uma família com recursos financeiros limitados. O proprietário do imóvel concordou em esperar, desde que fossem acrescidos juros de 100%. Para não perderem o teto, todos da casa decidiram trabalhar nos próximos meses "feito loucos" para quitar a dívida.

Mesmo com o esforço conjunto da família, a quantia arrecadada era insuficiente, ainda mais num tempo tão curto. Faltando uma semana para o vencimento do prazo, Maria Helena estava uma pilha de nervos. Havia conseguido juntar o que hoje seriam cerca de 8 mil reais — ou seja, faltava o montante dos juros. Seu plano era entregar tudo ao proprietário e pedir mais um mês para pagar o restante. Foi então que Nelson teve uma ideia desastrosa. Sem que a esposa soubesse, ele pegou o dinheiro e apostou em diversos jogos da loteria federal. O açougueiro vivia na ilusão de que ganharia o suficiente para cobrir a dívida total, ou até mais. Perdeu quase tudo. Maria Helena teve um princípio de infarto e foi hospitalizada na Santa Casa de Misericórdia ao descobrir a irresponsabilidade do marido e a iminência de despejo.

Na data combinada, o proprietário bateu à porta da inquilina às 6h da manhã. O dia ainda estava escuro. Na cintura da calça jeans do credor era possível ver o cano de uma arma. Já recuperada, Maria Helena deu a ele tudo o que tinha na bolsa. Reuniu até moedas. O valor não chegava ao equivalente a um aluguel. Nelson chegou bem na hora da cobrança com uma quantia emprestada de um agiota a juros de 2.000%. Sem dizer uma palavra, o proprietário pegou todo o dinheiro do casal e foi embora sem se despedir.

Nelson chorava feito uma criança, enquanto Maria Helena se mantinha firme, deixando transparecer um sentimento de vergonha. Na segunda-feira seguinte, todos saíram para trabalhar. Por volta das 10h da manhã, um caminhão parou em frente à casa. De dentro dele desceram o proprietário do imóvel e capangas carregando marretas de demolição. Como a porta de madeira estava fechada, foi derrubada a golpes implacáveis. Os carregadores fizeram uma limpa em todos os cômodos. Levaram móveis, eletrodomésticos, panelas, roupas e até documentos, deixando tudo completamente vazio. Em seguida, os homens marretaram as paredes de tijolos aparentes até que o imóvel todo viesse ao chão. Antes de sair, o proprietário ainda afixou por perto uma placa onde se lia "vende-se este terreno". Maria Helena chegou ao endereço à noite e teve outro ataque cardíaco quando percebeu que, a partir daquele momento, só tinha a rua para andar. Mas dela não se viu escorrer uma única lágrima. Nelson, por sua vez, estava quase desidratado de tanto chorar.

Para enfrentar a vida de "sem nada", a família teve de se dividir mais uma vez. Maria Helena, Nelson e Roque voltaram para São José do Rio Preto e se abrigaram com Cinira. Luís Carlos, de 19 anos, foi para a casa de Isabel, de 21, com quem namorava sério. Ambulante no Centro de São Paulo, ela vivia na periferia de Diadema, cidade da Grande São Paulo. Tim, à espera de ser chamado para o Exército, foi junto. A casa tinha um cômodo com sofá, televisão, cama de casal, geladeira e fogão. Uma cortina meio transparente dividia a suíte da sala. O patinador dormia no sofá. Quando Luís Carlos e Isabel precisavam de privacidade, expulsavam Tim da residência. Nessas horas, ele ia patinar no Ibirapuera ou passear pelo bairro Campanário. Fazendo amizade nessa vizinhança, pisou pela primeira vez no Parque do Estado. Uma das paredes que cercavam a área verde dava para a Rua Alfenas, a menos de 200 metros da casa onde Tim estava morando com o irmão. Naquela época, os jovens usavam um buraco no muro para entrar no parque.

O pedaço do Parque do Estado acessado clandestinamente tinha vegetação de Mata Atlântica, um bioma rico e já ameaçado naquela época por causa do avanço urbano sobre ele. Uma densa floresta ombrófila dominava a paisagem com árvores, como jequitibás-rosa, figueiras e cedros, que formavam um dossel fechado. Num terreno mais baixo, havia um bosque menor com palmeiras-juçara e cabreúvas, enquanto o solo era coberto por samambaias, bromélias e orquídeas. As epífitas e trepadeiras, como cipó-de-são-joão, completavam a flora, criando um ambiente selvagem. Além disso, áreas de cerrado com ipês-amarelos e paus-santos adicionavam variedade ao cenário do parque.

O papel daquela vegetação na regulação do clima de São Paulo era importantíssimo, ajudando a manter a umidade e a temperatura em níveis estáveis. As árvores e plantas atuavam como filtros naturais, purificando o ar e facilitando a infiltração no solo, contribuindo para a recarga dos aquíferos e a manutenção dos cursos d'água. Esse ecossistema fornecia hábitat para uma fauna variada, com aves, mamíferos e répteis promovendo a biodiversidade.

A imponência do parque e a melodia da natureza davam paz a Francisco. Em certos dias, ele varava o buraco do muro, adentrava a floresta e passava mais de seis horas lá dentro. Certa vez, caminhando por uma trilha de quase 1 quilômetro, avistou um campo de futebol. Passou um tempo se divertindo com um grupo de jovens disputando pelada. Explorando o local, ele também se deparava com resquícios de rituais religiosos feitos por líderes de diversos tipos de congregações, inclusive seitas.

Mas a falta de uma pista de patinação fez com que Tim perdesse temporariamente o encanto pelo Parque do Estado. Passou, então, a explorar outras áreas verdes da cidade para encontrar uma que tivesse a mesma estrutura do Ibirapuera. Com seus patins e a inseparável bermuda de *lycra*, começou a visitar todos os bosques de São Paulo.

A cidade tinha parques famosos e bastante frequentados. Enquanto morava em Diadema, nos meses seguintes Tim foi ao Horto Florestal, inaugurado em 1896 e um dos maiores da cidade, com áreas de preservação da Mata Atlântica e trilhas com espaços para lazer. Depois, visitou o Parque da Aclimação, fundado em 1939. Conhecido pelo lago central, áreas de piquenique, *playgrounds* e pista para corrida, também era excelente para patinar. Outra área pública de lazer explorada por Francisco foi o enorme Parque do Carmo, inaugurado em 1976, na zona leste da cidade. Ali conheceu Sandrinho, um patinador de 17 anos. Os dois visitaram juntos o parque mais antigo da cidade, o Jardim da Luz, criado em 1825, ao lado da Pinacoteca do Estado, no Centro da cidade. Em todos esses lugares, Tim andou de patins.

Alto, magro e extrovertido, Sandrinho trabalhava numa das oito bancas de revistas do pai, na Avenida Paulista, perto da Brigadeiro Luiz Antônio. O jovem era fissurado por histórias de crimes reais. Quanto maior a atrocidade, mais intrigante para ele. Tinha preferência por crimes passionais, assassinatos em série e chacinas. Colecionava caveiras em tamanho real — e tinha, no meio do acervo, um crânio humano comprado de uma quadrilha que violava cemitérios.

Logo cedo, Sandrinho lia, na banca em que trabalhava, os cadernos policiais de todos os jornais populares de São Paulo. Em seguida, escolhia as páginas com as fotos mais explícitas, como corpo decapitado e atropelamentos violentos com vítimas esmagadas, e pendurava com pregadores de roupa num varal, na entrada da banca. A ideia era chamar a atenção de quem passava na calçada. O truque, comum nos grandes centros, funcionava. Os periódicos esgotavam-se antes do meio-dia.

Na década de 1980, jornais como *Notícias Populares*, *Diário Popular* e *Folha da Tarde* destacavam-se em São Paulo por seu perfil sanguinário e sensacionalista na cobertura de crimes. Esses veículos de imprensa traziam manchetes chocantes e detalhadas, frequentemente adornadas com fotos gráficas das cenas de crime, dos corpos e dos ferimentos feitos à bala e à faca. As reportagens enfatizavam os aspectos mais violentos e brutais das histórias do cotidiano, com descrições vívidas e chocantes. A abordagem espetacular não apenas relatava os fatos, mas também amplificava o horror e a morbidez dos eventos, transformando crimes violentos em espetáculos midiáticos, capturando o imaginário popular e alimentando a curiosidade macabra do público.

Patinador do Ibirapuera, Sandrinho também colecionava quadrinhos com histórias violentas. Seu preferido era *The Punisher* (O Justiceiro), que narrava a jornada de Frank Castle, um ex-fuzileiro naval cuja família fora brutalmente assassinada por mafiosos após testemunhar uma execução no Central Park, em Nova York. Devastado pela perda, Castle assume a identidade do Justiceiro, dedicando sua vida a exterminar o crime em todas as suas formas, usando métodos violentos e implacáveis. Ele se diferencia de outros heróis da Marvel por sua falta de superpoderes e sua abordagem extremamente brutal para combater atos criminosos, empregando uma vasta gama de armas e táticas militares. Criado por Gerry Conway, Ross Andru e John Romita Sr., o personagem fez sua primeira aparição na 129ª edição de *The Amazing Spider-Man*, em 1974. No Brasil, as histórias do Justiceiro foram publicadas pela Editora Abril a partir dos anos 1980, em revistas como *Heróis da TV* e *Superaventuras Marvel*. As narrativas sombrias e o estilo anti-herói de Frank Castle fizeram de *The Punisher* uma série emblemática e popular entre os fãs de quadrinhos de ação e violência.

Imediatamente, o universo medonho de Sandrinho atraiu Francisco. E a relação dos dois se consolidou depois de ele contar ao novo amigo, com a maior riqueza de detalhes, suas experiências horripilantes vividas no matadouro Bordon e na edícula do avô:

— Bebia sangue de galinha, de cabra e até de cavalo! — contou o patinador.

— Sério? E qual o gosto? — quis saber.

— Meio salgado, meio doce...

* * *

A dupla passava horas e horas contando histórias escabrosas envolvendo sacrifício de animais e crimes violentos. Ficaram fãs da série *Faces da Morte*, uma coletânea de filmes documentais lançada originalmente em 1978, criada pelo diretor Conan LeCilaire, cujo nome verdadeiro era John Alan Schwartz. A obra é famosa por seu conteúdo gráfico e perturbador, apresentando uma coleção de cenas que retratam mortes reais e simuladas, inclusive acidentes, execuções, autópsias, rituais e outros eventos sinistros. O objetivo era explorar a fascinação mórbida das pessoas pelos aspectos mais sombrios da existência humana.

Inicialmente proibidas de circular no Brasil, as fitas VHS do programa *Faces da Morte* eram alugadas por Sandrinho e Tim clandestinamente em uma locadora nos porões da Galeria do Rock, no Centro. Os dois costumavam se reunir na madrugada de sábado na casa de três andares e quintal amplo do revisteiro, na Aclimação, para assistir às imagens perturbadoras. Sandrinho era filho único e órfão de mãe. O pai nunca explicou direito a causa da morte da esposa. A história que ele contava era que a mulher havia falecido enquanto dormia, quando o filho tinha 3 anos. No fundo, porém, o jovem acreditava que ela havia sido assassinada pelo pai. Tim reforçou a desconfiança do amigo ao contar a história de Cirando, seu amigo de infância, que deu fim ao pai para vingar a mãe, morta por ele. No final de uma dessas sessões de terror, Francisco entrou em um terreno arenoso ao fazer uma pergunta complexa a Sandrinho:

— Para onde sua mãe foi depois de morrer?

— Para o cemitério — brincou o revisteiro.

— Não, seu tonto. Onde está a alma dela?

— Não saberia dizer. Nem acredito nessas coisas de alma e espírito. Acho que minha mãe simplesmente desapareceu.

— Você acredita em Deus? — provocou Tim.

— Não, e você? — devolveu.

— Também não!

— Mas minha tia, que é espírita, disse que tenho que acreditar em algo, em algum criador.

— Tipo o quê? — quis saber Francisco.

— No sol, na lua, nas estrelas, no infinito do universo, sei lá. Em algo que nos guie aqui na Terra.

Tim ficou pensativo, pois a mãe já cobrava dele apego a alguma religião ou crença, mesmo sendo ateu. Mas o patinador só tinha olhos para as criaturas cultuadas pelo avô, que ainda povoavam seus sonhos.

— E você? Acredita em quê? — perguntou Sandrinho.

— No diabo. No poder satânico...

Em seguida, Tim falou ao amigo sobre as criaturas que o assombravam desde criança.

— Todas as noites, eu tenho pesadelos horríveis. Quando era

pequeno, o medo era tão grande que eu me escondia no quarto dos meus pais. Uma noite, tive um sonho terrível com um garoto de pele escamosa, olhos vermelhos, dentes afiados, um rabo longo e chifres tortos. Acordei tremendo e todo mijado.

Diante da narrativa envolvente do amigo, Sandrinho fez uma confissão em voz baixa, tão perturbadora quanto fascinante para Francisco, cuja personalidade assassina já estava em construção:

— Vou te contar um segredo. Tenho uma obsessão de saber como é matar alguém. Não é que eu queira machucar alguém especificamente, mas a ideia de sentir o poder e o controle sobre a vida de outra pessoa me encanta de um jeito que não consigo explicar.

— Eu já matei um homem com um tiro no meio da cara! — revelou Francisco.

— Sério? O que ele fez? Conta como foi. O que você sentiu na hora de apertar o gatilho?

Empolgado, Tim contou como ele foi atrás de André no ponto de ônibus, tomou a arma de Lourenço numa ação cinematográfica e disparou três vezes no rosto da vítima. Relatou a história contextualizando o triângulo amoroso formado entre eles e Leandra, a garota pela qual os dois estavam apaixonados. Sandrinho vibrou por finalmente ter um amigo homicida. "Assassino! Assassino! Assassino!", gritava o revisteiro no meio da sala enquanto dava pulos de felicidade.

Perturbado, Francisco saiu da casa do amigo às pressas, sem dar satisfação. Três dias depois, ele passou na banca de revistas em que o amigo trabalhava. Os jornais do dia, pendurados no varal, estampavam os crimes do Maníaco do Trianon. Como estavam perto do parque onde a história dos assassinatos começava, pegaram seus patins e deslizaram até lá para fazer uma espécie de "turismo macabro", prática disseminada nos Estados Unidos, onde locais de homicídios de repercussão viram atração. Inaugurado em 1892 e localizado na Avenida Paulista, o Trianon era famoso pela vegetação tropical e trilhas tranquilas em meio à agitação da cidade — mas não só por isso.

O nome verdadeiro do *serial killer* do Trianon era Fortunato Botton Neto. Nascido em 1967, tinha a mesma idade de Francisco. Começou a matar em 1986, quando era garoto de programa e fazia ponto nas imediações do Trianon tanto à noite quanto de dia. Preso, assumiu o assassinato de pelo menos sete homens, com idade entre 30 e 50 anos. Segundo a polícia, ele seguia para a casa do cliente e costumava embebedar, imobilizar, estrangular e esfaquear as vítimas. Em seguida, fazia uma limpa no apartamento delas. No auge da investigação, o jornal *Notícias Populares* fez um perfil completo do Maníaco do Trianon. A reportagem era tão extensa que ocupava várias páginas. Fissurado pela novela policial, Tim resolveu comprar um exemplar para ler com calma num banco de praça.

De acordo com o *Notícias Populares*, Fortunato nasceu em São Paulo e fugiu de casa ainda criança. Viveu nas ruas pedindo esmola. Aos 8 anos, foi estuprado por um caminhoneiro, e, segundo seu relato, isso desencadeou nele um ódio mortal por homens. No início dos anos 1980, começou a se prostituir para sobreviver, fazendo ponto justamente no Trianon. Logo começou a usar drogas e enfrentou problemas financeiros. Contraiu HIV. Em agosto de 1986, Fortunato fez sua primeira vítima em um programa com o decorador José Liberato, conhecido como Zezinho, encontrado morto e completamente nu em seu apartamento. As pernas estavam amarradas com um lençol branco, as mãos foram atadas ao peito com um fio elétrico e uma longa echarpe enrolava sua boca. Segundo laudo do Instituto Médico Legal (IML), a causa da morte foi asfixia, pois havia um pedaço de *nylon* amarrado em seu pescoço. O cenário do crime era de extremo horror, indicando que a vítima havia sido torturada e violentamente espancada antes do assassinato.

Depois do decorador, o Maníaco do Trianon foi contratado pelo psiquiatra Antonio Carlos Di Giacomo. O método era sempre o mesmo: embebedar, imobilizar, estrangular e esfaquear. A vítima também foi brutalmente assassinada após manter relação sexual com o michê. Sua empregada foi quem encontrou o corpo. Formado pela Escola Paulista de Medicina e integrante do quadro clínico do Hospital do Servidor Público, o médico estava com os pés e as mãos amarrados e com uma meia enfiada na boca.

O Maníaco do Trianon foi preso em junho de 1989 por ter mantido relações sexuais com um estudante de 17 anos, noivo de uma garota. O assassino viu na vítima uma oportunidade de extorsão financeira e passou a chantageá-lo, ameaçando revelar o segredo sobre sua sexualidade para seus pais. O jovem, então, decidiu contar a verdade à família, e a polícia armou uma cilada para capturar o criminoso.

Em seu depoimento inicial, Fortunato descreveu o ato de matar como um vício semelhante ao de tomar sorvete, afirmando que sentia necessidade de continuar sem parar. Ele explicou aos policiais sua metodologia, que consistia em atrair homens ricos para o parque, onde o contratavam para relações sexuais. Posteriormente, Fortunato os levava para suas residências, onde os drogava até ficarem vulneráveis. Então ele os amarrava, amordaçava e assassinava por estrangulamento, golpes de faca ou com uma chave de fenda. Após os assassinatos, revistava os apartamentos em busca de objetos de valor para depois vender sem levantar suspeitas.

Embora tenha confessado dez assassinatos, a polícia atribuiu a Fortunato a responsabilidade por treze mortes. No entanto, ele foi condenado a apenas oito anos de prisão. Durante o tempo na cadeia, desenvolveu diversos distúrbios mentais e sofreu surtos frequentes. Faleceu na prisão de Taubaté em fevereiro de 1997, aos 30 anos, por complicações de broncopneumonia decorrente da aids.

No processo penal do Maníaco do Trianon, há um parecer comportamental assinado pelo psicólogo forense Alvino Augusto de Sá e mais seis acadêmicos da Universidade de São Paulo. "Após seis entrevistas realizadas dentro da Casa de Custódia de Taubaté e uma análise aprofundada de Fortunato Botton Neto, foi possível traçar o seu perfil psicológico. (...) Diversos fatores foram identificados como tendo influenciado suas ações criminosas, resultando em uma série de assassinatos que chocaram a sociedade. Fortunato Botton Neto demonstra sinais de possíveis transtornos mentais não diagnosticados, como distúrbios de personalidade ou psicopatia, que podem ter contribuído para a sua falta de empatia e remorso em relação aos seus atos hediondos. Traumas ou abusos também parecem desempenhar um papel significativo em sua formação, aumentando sua propensão para comportamentos violentos", diz parte do relatório.

Visionário, Alvino de Sá entrevistava homicidas dentro das cadeias nas décadas de 1980 e 1990, para tentar entender se o desejo assassino do indivíduo tem origem num instinto ou se é construído ao longo dos anos pelo ambiente. "A motivação para os crimes cometidos por Fortunato é multifacetada. Além de possíveis questões financeiras, o prazer emocional e o poder obtidos por meio da violência e do controle sobre suas vítimas também parecem ser fatores motivadores. Seu padrão comportamental demonstra uma seleção cuidadosa de vítimas, além de repetição de padrões de crimes ao longo do tempo. A psicologia criminal revela a importância de compreender a mente do agressor para traçar estratégias eficazes de reabilitação e prevenção. A avaliação de risco é crucial para determinar a probabilidade de reincidência criminosa e para direcionar medidas de segurança apropriadas. Ademais, a análise detalhada do caso pode contribuir para a elaboração de políticas de prevenção de crimes semelhantes no futuro. Em conclusão, uma abordagem psicológica aprofundada do caso de Fortunato é essencial para compreender suas motivações e seus padrões de comportamento e para buscar soluções que visem à justiça, reabilitação e prevenção de comportamentos criminosos tão perturbadores", relata o laudo.

* * *

Com o tempo, Tim e Sandrinho passaram a compartilhar outras histórias de crimes reais. O revisteiro sonhava com o dia em que pudesse ficar frente a frente com um assassino em série para entrevistá-lo, como fazia Alvino de Sá. "A minha primeira pergunta seria sobre o momento do ato. O que será que uma pessoa sente na hora em que está matando alguém?", questionava-se. "Quando eu via os bois sendo mortos, eu ficava excitado. Mas se estivesse abatendo, eu sentia um alívio, como se a minha alma estivesse descansada", contou o amigo. "Mas não é a mesma coisa, pois o gado estava encurralado, esperando a morte. Com o *serial killer* é diferente. Ele tem que sair para caçar, seduzir a presa. Tem que ter uma estratégia...", discorreu Sandrinho. Apesar de ter desdenhado da dinâmica do matadouro Bordon, o revisteiro fez o amigo prometer levá-lo até lá nos dias subsequentes.

Um dos casos criminais preferidos da dupla era a história do lendário Chico Picadinho, xará do filho de Maria Helena. Nascido em 27 de abril

Francisco de Assis: o Maníaco do Parque

de 1942, Francisco Costa Rocha era filho de um exportador de café e de uma garota de programa. Foi abandonado por ambos. Quando tinha 4 anos, um casal de empregados da empresa do pai seguiu as ordens do patrão e levou o menino para um sítio. Sozinho, Francisco passava mais tempo na mata, na companhia de animais. Na adolescência, praticava rituais sádicos com gatos para saber se eles realmente tinham sete vidas, matando-os de diversas maneiras e esquartejando-os em seguida. Foi nesse tempo que Francisco, assim como Tim, passou a ter pesadelos noturnos com criaturas demoníacas.

Quando Chico tinha 12 anos, a mãe o resgatou do sítio e o colocou num colégio interno ligado à Igreja Católica. Lá ele teria presenciado abusos sexuais de padres contra crianças. Para escapar dos religiosos, fugiu do internato. Na rua, sofreu estupro. Resolveu procurar pela mãe, que se prontificou a acolhê-lo até completar 18 anos. Chico, então, tentou ingressar nas Forças Armadas, mas não foi aceito. Aos 19, começou a trabalhar como corretor de imóveis e passou a dividir um apartamento no Centro de São Paulo com um amigo médico.

Chico dizia que não gostava do ritual da conquista. Com isso, viciou-se em prostitutas, gastando boa parte do salário no baixo meretrício. Bissexual, também contratava rapazes. Em agosto de 1966, ele conheceu Margareth Suida, uma bailarina austríaca de 38 anos. Após beberem em um bar, convidou-a para ir a seu apartamento. Os dois fumaram um maço de cigarro na sala e depois foram para o quarto, segundo descreveram os peritos do Instituto Médico Legal (IML). Na cama, transaram. No meio do ato sexual, Chico apertou o pescoço da bailarina. Ela conseguiu sair do cômodo, mas não escapou. O assassino pegou um cinto e a enforcou. Em seguida, arrastou o corpo da vítima até o toalete, colocando-a na banheira. Usando uma lâmina de barbear, esquartejou o corpo da mulher. Segundo a perícia, a vítima foi atingida nas regiões dorsal direita, glútea direita, perianal, parte anterior do pescoço, torácica, abdominal, pubiana, coxa esquerda, braço e antebraço esquerdo. Para se livrar do corpo, Chico picotou os órgãos e jogou as vísceras no vaso sanitário. Os órgãos maiores e os ossos ele acomodou em uma sacola de viagem. Toda a ação, segundo contou em depoimento, durou quatro horas.

Chico também contou que ficou cansado depois da empreitada.

Pela manhã, seu amigo chegou em casa e percebeu uma certa bagunça no apartamento. O corretor de imóveis confessou o crime, mas fez um pedido: queria visitar a mãe em Taubaté antes de ser denunciado e precisava de tempo para contratar um bom advogado. Três dias depois, em 5 de agosto de 1966, Chico se entregou. Réu confesso, foi julgado e condenado a 18 anos de prisão por homicídio qualificado e mais dois por destruição de cadáver. Como naquela época a Justiça brasileira já era benevolente com assassinos, a pena foi reduzida para 14 anos. Elize Matsunaga, por exemplo, em 2016, foi sentenciada a 19 anos e também teve redução no castigo, que encolheu para 16 anos. Nos dois casos, o abatimento da pena ocorreu em instâncias superiores, porque os dois assassinos confessaram o crime e ajudaram na investigação.

Na Casa de Detenção de São Paulo, o antigo Carandiru, Chico Picadinho estudou, fez amizades, trabalhou na diretoria da penitenciária e até se casou com uma mulher que conheceu por cartas. Também fez exames com médicos e psicólogos, mas não foi diagnosticado com transtorno mental. Em 1974, oito anos após ter matado a bailarina, foi solto graças à precariedade das regras da execução da pena, ditadas na época pelo Código Penal de 1940 e pelo Código de Processo Penal de 1941.

Em liberdade, a vida conjugal de Chico Picadinho não vingou. A esposa ficou grávida, mas o assassino não tinha vocação para ser pai. Alguns anos depois, largou a família e se casou com uma prostituta de calçada. A nova relação era aberta, ou seja, a companheira não se importava que o marido frequentasse bordéis. Nesse vaivém, o assassino entregou-se à promiscuidade e às drogas. No sexo, aderiu a práticas sádicas cada vez mais agressivas.

Depois de cinco anos em liberdade, Chico cometeu o segundo homicídio. Ele estava tomando um pingado com pão na chapa no balcão de uma lanchonete, na Rua Santa Ifigênia, quando conheceu Ângela, uma prostituta de 34 anos e 1,80 m de altura. Ele a levou a seu apartamento e mantiveram relações sexuais. No meio do ato, estrangulou a mulher. Em seguida, imprimiu sua assinatura: pegou uma faca de cozinha, um canivete, uma lâmina de barbear, uma tesoura e um serrote. Primeiro, extirpou os seios da vítima. Depois, abriu o abdome e arrancou as vísceras. Cortou-as em pedaços bem pequenos e jogou tudo no vaso sanitário. Voltou ao cadáver e retirou os olhos. Retalhou a boca e arrancou o maxilar para diminuir o tamanho da cabeça. Pegou um martelo e desfigurou o crânio para retirar o couro cabeludo e a massa encefálica. Os ossos e os órgãos foram postos em sacos plásticos e em malas.

Para se livrar do que havia sobrado do cadáver, Chico procurou um assassino egresso do Carandiru, com quem havia dividido a cela. Quando viu o corpo da vítima completamente destruído, o ex-detento vomitou, abandonou a cena do crime às pressas e ainda ligou para a polícia. Chico foi preso novamente. No segundo julgamento, a defesa alegou que seu cliente era "louco" e não tinha noção do que havia feito. Após ser examinado por uma junta médica, foi considerado portador de "personalidade psicopática de tipo complexo". Na sequência, os especialistas o classificaram como "semi-imputável". O conselho de sentença do Tribunal do Júri condenou o assassino a 22 anos de reclusão.

Em 1994, em um exame psiquiátrico mais detalhado, foi constatado que Chico Picadinho apresentava um grave transtorno mental que o tornava insano e inimputável, ou seja, incapaz de entender e responder por seus atos no momento do crime e do julgamento. Em seguida, ele foi transferido para a Casa de Custódia e Tratamento de Taubaté, onde cumpriu pena no regime fechado da ala psiquiátrica.

Chico é um *case* jurídico no sistema penal de São Paulo. Embora sua pena tenha sido extinta em 7 de junho de 1998, inclusive com expedição de alvará de soltura, ele permanece até hoje sob custódia do Estado por força de uma decisão judicial. Recentemente, a defesa do assassino tentou libertá-lo sob o argumento de que ele estaria sendo punido com prisão perpétua, modelo de sentença inexistente no Brasil. O pedido foi julgado improcedente em primeiro grau. No julgamento do recurso, o Tribunal de Justiça de São Paulo, em 25 de novembro de 2015, entendeu que a interdição de um preso com gravíssima patologia não se equipara à prisão perpétua, uma vez que não se busca punir pela prática de infrações, mas sim privar da liberdade uma pessoa que oferece riscos à sociedade.

O assassino preferido de Sandrinho era conhecido como Monstro do Morumbi, um *habitué* das páginas policiais e até de revistas importantes, como *Veja* e *IstoÉ*. O dono do apelido era José Paz Bezerra, um dos criminosos em série mais cruéis da história do Brasil. A ele são atribuídas as mortes de mais de vinte mulheres nos estados de São Paulo e do Pará. Bezerra foi condenado a mais de 60 anos de prisão e cumpriu a pena máxima brasileira – de 30 anos – no Presídio São José, em Belém (PA). No final dos anos 1960 e começo dos anos 1970, sete mulheres foram brutalmente assassinadas por estrangulamento e seus corpos abandonados em terrenos baldios no bairro do Morumbi, em São Paulo. A polícia não tinha pistas do criminoso. As vítimas surgiam da mesma forma: nuas ou seminuas, com pés e mãos amarrados com uma corda improvisada feita com pedaços de suas roupas (meias de *nylon*, sutiãs, calcinhas, lenços, blusas, saias), boca, nariz e ouvidos tampados com pedaços de jornal e papel amassados e uma tira de tecido que servia de mordaça e enforcador. De cada uma delas o assassino levava o dinheiro, as joias e uma peça de roupa, que dava de presente à companheira, o que a levou a denunciá-lo à polícia. Ele fugiu para o Pará, onde matou mais três mulheres antes de ser preso.

Segundo o exame criminológico, Bezerra se tornou um *serial killer* por causa de sua infância conturbada. Desde muito cedo, cuidava do pai com hanseníase, higienizando-o e retirando as partes necrosadas das lesões causadas pela doença. Sua mãe era prostituta e o levava em alguns programas, que ele acabava assistindo. Com isso, Bezerra passou a odiá-la.

Para ganhar a confiança das mulheres que matava, Bezerra criava um vínculo afetivo, convidando-as para sair ou pedindo para namorar. Pesquisas indicam que o Monstro do Morumbi buscava vítimas que tivessem semelhança com sua mãe. Teve problemas nos relacionamentos sexuais, pois suas companheiras eram espancadas. Quando preso, afirmou que só sentia prazer se tivesse relação com uma parceira inerte, motivo pelo qual ele só transava com elas após matá-las, prática conhecida como necrofilia.

Na cadeia paraense, onde aguardava julgamento, Bezerra foi ameaçado de morte pelos colegas de cela. Tentou acabar com a própria vida diversas vezes ingerindo vidro moído e pedaços de lâminas. Ao relatar seus crimes, demonstrava absoluta indiferença. Foi diagnosticado com "personalidade psicopática do tipo sexual" (necrófilo, sadomasoquista e fetichista). Em um laudo assinado por três psiquiatras, o Monstro do

Morumbi era descrito assim: "O comportamento criminógeno (crime induzente) do delinquente é raro e inusitado nos anais da criminalidade. Trata-se de um indivíduo frio, calculista e cruel. Liquidando suas presas à semelhança animalesca e transcendendo a dignidade da pessoa. Aviltando a sua inteligência e contrariando a lei de Deus e dos homens, em um autêntico festim singular de matança continuada".

Apesar de ter confessado 24 mortes, o Monstro do Morumbi foi condenado por apenas quatro crimes, saindo do tribunal com uma sentença de 100 anos. Cumpriu apenas 30, conforme previa o código penal na época.

Em uma das sentenças condenatórias, assinada em 24 de outubro de 1979, o juiz Manoel José Abrantes Veiga de Carvalho, do Tribunal de Justiça de São Paulo, escreveu: "José Paz Bezerra foi denunciado pelo Ministério Público e condenado pelo homicídio qualificado de Wilma Negri, ocorrido em torno de 25 de julho de 1970, num matagal próximo à Avenida José Joaquim Seabra, Estrada do Rio Pequeno, Parque São Domingos, em São Paulo. A materialidade do crime foi comprovada pelo laudo necroscópico, que indicou morte por estrangulamento. A autoria foi confirmada por vários indícios, incluindo objetos da vítima encontrados com a amásia do réu, que relatou a confissão do acusado. As qualificadoras de motivo torpe, meio cruel e impossibilidade de defesa foram demonstradas nos autos. Considerando a semi-imputabilidade do réu, José Paz Bezerra foi pronunciado como incurso nas penas do artigo 121, § 2º, I (motivo torpe), III (meio cruel) e IV (recurso que dificultou a defesa da vítima) do Código Penal. Em razão da gravidade dos crimes cometidos e das circunstâncias qualificadoras, condeno José Paz Bezerra a 30 anos de reclusão, para serem cumpridos inicialmente em regime fechado". O Monstro do Morumbi foi solto em 2001. Em 2024, tinha 78 anos e gozava de boa saúde.

No início do século XX, São Paulo teve outro monstro assombrando a cidade. Chamava-se Benedito Moreira de Carvalho. Sua mãe teve doze filhos e morreu durante seu parto, em 10 de agosto de 1908, em Tambaú (SP). Acusado pela família de ter matado a matriarca, ele passou a ser rejeitado pelo pai e por todos os irmãos, que o chamavam de assassino. Para punir o filho ainda na infância, o pai espancava o caçula diariamente. Quando completou 12 anos, Benedito foi levado ao quintal e apanhou com um pedaço de madeira até desmaiar. A intenção do genitor era surrá-lo até a morte. Mas a criança sobreviveu após uma internação de 60 dias. No entanto, ficou com sequelas: vomitava, tinha constantes desmaios e sonhava com criaturas demoníacas.

No meio do inferno familiar, Benedito foi adotado pela irmã mais velha. Ela o levou de casa quando se casou e cuidou dele com o marido como se fosse um filho. Mas as perturbações continuaram no novo lar. Na adolescência, ele dizia conversar com o diabo em seus sonhos. Por causa dessas alucinações, foi expulso de casa aos 16 anos. A convite de uma tia materna, Benedito mudou-se para Araçatuba. Quando completou 18 anos, ingressou na Força Pública como bombeiro. Cinco anos depois, cometeu seu primeiro crime sexual. Ele abordou uma menina de 11 anos numa praça pública e levou-a até um matagal com a promessa de presenteá-la com brinquedos. Na sequência, o criminoso amarrou a criança num tronco de árvore. A intenção, conforme disse em depoimento, era estuprá-la, mas a penetração não se consumou porque Benedito ejaculou logo que tirou a roupa.

A mãe da vítima foi até o Corpo de Bombeiros denunciar Benedito, que acabou expulso da corporação. Preso e julgado, pegou 1 ano de cadeia. Aos 33 anos, voltou a cometer crime sexual contra outra criança: abordou uma menina de 8 anos na porta de uma escola, no bairro da Penha, em São Paulo, e a levou a um descampado. Lá, amarrou a vítima, mas não consumou a penetração por causa da disfunção erétil. Preso novamente, foi condenado a mais 1 ano de cadeia. Pedófilo contumaz, Benedito ficava na porta das escolas masturbando-se dentro do carro enquanto observava as crianças. Em 1943, já com 35 anos, dava expediente numa gráfica operando máquinas industriais de cortar papel. Certo dia, sofreu um acidente de trabalho e a guilhotina decepou as duas primeiras falanges de seu dedo indicador da mão esquerda. O abusador quase morreu por causa da hemorragia e em decorrência de uma gangrena que o manteve internado por seis meses.

Aos 38 anos, sua carreira de estuprador ganhou contornos ainda mais assustadores. Em julho de 1946, ele agarrou uma jovem de 16 anos. A vítima ofereceu resistência e Benedito a esganou. Em seguida, arrastou a garota para o mato e a estuprou violentamente. Quando seu pênis perdeu a rigidez, ele usou um pedaço de madeira para penetrá-la. Preso pela terceira vez, identificou-se com nome falso, Joaquim Moreira de Carvalho. Foi condenado a 6 anos de reclusão, pena depois reduzida pelo Tribunal de Justiça para 3 anos e seis meses. Saiu em liberdade condicional em dezembro de 1949. Dois anos depois, tentou estuprar mais uma adolescente. A menina escapou porque usava um cadeado no botão da calça jeans e a chave ficava com a mãe. E assim ele seguiu atacando garotas.

No início da década de 1950, a polícia de São Paulo descobriu, analisando boletins de ocorrência, que a cidade vivia um surto de sadismo e crimes sexuais — principalmente no bairro de Guaianases. Os casos chegavam a acontecer até cinco vezes por semana, índice extremamente alto para a época. Iniciou-se então uma investigação nos arquivos da Delegacia de Costumes, na Penitenciária do Estado, na Casa de Detenção e nas delegacias distritais, pesquisando criminosos sexuais postos em liberdade condicional ou que já tivessem concluído a pena. Dessa peneira, foi feita uma lista com doze suspeitos. Numa outra filtragem, cruzaram-se depoimentos das vítimas com as características físicas e o *modus operandi* dos possíveis delinquentes. Benedito tinha 1,70 m, era magro, loiro e usava um chapéu de aba larga para, estrategicamente, cobrir parte do rosto. No final dessa investigação, sobrou na lista somente o nome dele, a quem foram atribuídos todos os casos de estupro sem solução em andamento nas delegacias da cidade.

Curiosamente, Benedito usava vários documentos falsos, pois tinha pelo menos doze certidões de nascimento diferentes expedidas em cartórios, todas com a mesma data de nascimento. Com tantas identificações, a polícia ficou confusa a ponto de não saber mais qual era o nome verdadeiro do criminoso. Para se ter uma ideia, chegou-se ao cúmulo de o pedófilo ter quatro condenações com nomes diferentes, o que é considerado uma aberração jurídica, mesmo num passado longínquo. Quando concluiu que Benedito era o estuprador em série mais procurado de São Paulo, a polícia não fazia ideia do seu paradeiro, nem por qual dos nomes procurá-lo. Até que, um dia, o pedófilo atacou uma criança e a violentou até matá-la. Um grupo de populares o prendeu e tentou linchá-lo. Ele escapou minutos antes da viatura policial chegar, mas uma das testemunhas sabia que o criminoso era empregado de uma serraria localizada no bairro da Penha.

Em 29 de agosto de 1952, aos 44 anos, Benedito foi preso definitivamente. Interrogado, resolveu confessar todos os seus crimes. Pelas suas contas, estuprou dezenove crianças e adolescentes, sendo que dez delas ele matou por estrangulamento. Disse estar cansado de viver entre a caça de suas presas e a fuga da polícia. Colaborou com a investigação, mostrando com exatidão os locais dos crimes, os caminhos pelos quais passou, os pontos em que encontrara as vítimas, para onde costumava levá-las e como as violentava. Foi nesse instante que ganhou o apelido de Monstro de Guaianases.

O dedo mutilado de Benedito também ajudou a elucidar o caso, já que algumas vítimas relataram essa peculiaridade do pedófilo. Ele teve nova prisão preventiva decretada em 12 de setembro de 1952 e foi direto para o Manicômio Judiciário de São Paulo, hoje chamado Hospital de Custódia e Tratamento Psiquiátrico Professor André Teixeira Lima, em Franco da Rocha. Examinado, recebeu dos psiquiatras atestado de psicopata e pedófilo de alta periculosidade. Um dos médicos concluiu que seu transtorno mental tinha origem numa lesão cerebral. O Monstro de Guaianases foi absolvido de seus crimes em razão da inimputabilidade e mantido o resto de seus dias internado no manicômio. Faleceu em 1976, aos 68 anos, vítima de infarto fulminante ocorrido durante o jantar.

Na sentença derradeira de Benedito, assinada pelo juiz Darcy Arruda Miranda, do Tribunal de Justiça de São Paulo, em 6 de dezembro de 1955, consta o seguinte relatório: Benedito Moreira de Carvalho foi acusado de haver constrangido Mercília de Oliveira Souza a manter conjunção carnal consigo mediante violência. Para assegurar a execução do estupro, Benedito matou a ofendida por asfixia, utilizando-se de tiras de lona e borracha, conforme constatado no laudo necroscópico. A perícia médica revelou que a ofendida estava grávida de três meses e apresentava escoriações generalizadas pelo corpo, além de dois sulcos horizontais em torno do pescoço. O acusado confessou a autoria dos delitos, relatando com detalhes como abordou a ofendida, a atacou e a levou ao local do crime.

Durante a instrução criminal, ouviram-se testemunhas e foi realizado um exame psiquiátrico no acusado. As investigações confirmaram a ausência de esperma nas vestes e na vagina da ofendida, fato que pode ser explicado pelo intervalo de oito dias entre o crime e a realização das pesquisas. Em Juízo, Benedito afirmou não se lembrar do ocorrido, embora tenha sido reconhecido por uma testemunha. O laudo psiquiátrico constatou que Benedito era absolutamente irresponsável no momento do crime, indicando uma condição de inimputabilidade.

Diante das evidências e do laudo psiquiátrico, o Ministério Público opinou pela absolvição do réu, aplicando-lhe medida de segurança. O tribunal julgou a denúncia improcedente, absolvendo Benedito Moreira de Carvalho da imputação sofrida e determinando sua internação em manicômio judiciário pelo prazo de 6 anos, conforme o art. 22 do Código Penal (inimputabilidade por coação irresistível e obediência hierárquica), devido à sua "incapacidade de responder por seus atos".

***

Tim e Sandrinho também gostavam de contar as histórias do mítico Febrônio Índio do Brasil, um assassino nascido em 14 de janeiro de 1895 no município de Jequitinhonha (MG). Ele já tinha ouvido o avô João comentar por alto sobre esse criminoso. No entanto, foi Sandrinho quem lhe emprestou uma edição antiga da revista *Cruzeiro* com o perfil completo do fora da lei, tão famoso quanto Madame Satã.

Segundo a publicação, Febrônio cresceu em uma família numerosa e disfuncional, marcada pela violência doméstica e pelos abusos de seu pai alcoólatra. Aos 12 anos, fugiu de casa e passou por várias cidades, como Belo Horizonte e Rio de Janeiro, onde iniciou sua trajetória criminosa praticando inicialmente furtos em lojas.

Seu nome verdadeiro era Febrônio Ferreira de Mattos. Quando tinha 25 anos, foi preso pela primeira vez, acusado de roubo à mão armada. Levado para a Colônia Correcional Dois Rios, disse ter visto dentro de sua cela uma entidade mística que o escolhera como "Filho da Luz". A partir desse evento, ele começou a tatuar presos com as letras DCVXVI, supostamente representando palavras como vida, virtude, caridade, Deus, santidade e ímã (da vida).

Solto, Febrônio continuou na carreira criminosa, incrementando seus desmandos com estupro, tortura e tatuagens forçadas em garotos. Com isso, passou a entrar e sair do sistema prisional diversas vezes. Durante uma dessas passagens, alegou que uma entidade satânica era quem determinava seus atos. Foi solto pela enésima vez.

A jornada de Febrônio só parou quando ele começou a cometer assassinatos em série, aos 30 e poucos anos. Na maioria dos casos, atraía as vítimas com falsas promessas de emprego. Em agosto de 1927, levou uma criança de 11 anos e um adolescente de 17 para a Ilha do Ribeiro, em Jacarepaguá, dizendo que havia trabalho para eles numa roça no meio da mata. Os corpos das duas vítimas foram encontrados com marcas de estrangulamento e sinais de mutilação.

Em outra ocasião, Febrônio se passou por motorista de uma empresa de ônibus e ofereceu um emprego de cobrador a um jovem de 18 anos. Na sequência, levou a vítima à Ilha do Caju, onde a estrangulou com um cipó. Para outro garoto, o assassino fingiu ser funcionário de um restaurante e ofereceu-lhe trabalho de copeiro. No dia seguinte, o corpo dele foi achado na praia do Retiro Saudoso com sinais de tortura.

Na época, os crimes de Febrônio aterrorizaram o Rio de Janeiro. Os jornais faziam uma cobertura de fôlego por causa do aspecto místico. Não demorou muito para ele ser identificado como o responsável por mortes envoltas em rituais satânicos. Preso, foi diagnosticado por dois psiquiatras renomados, Juliano Moreira e Henrique Roxo, como portador de psicopatia e "delírios místicos". Submetido ao Tribunal do Júri, acabou absolvido por insanidade e internado no Manicômio Judiciário do Rio de Janeiro. Outro psiquiatra, Heitor Carrilho, descreveu Febrônio como portador de uma psicopatia constitucional, caracterizada por desvios éticos e esquizofrenia, recomendando sua internação vitalícia para proteção social. Em 1935, Febrônio escapou do hospital, mas foi recapturado no dia seguinte. Viveu internado até sua morte por enfisema pulmonar, em 27 de agosto de 1984, aos 89 anos. Seu corpo foi enterrado discretamente no Cemitério do Caju.

***

Francisco e Sandrinho souberam, por um patinador do Ibirapuera, que a Biblioteca Mário de Andrade, uma das mais tradicionais de São Paulo, mantinha uma estante com publicações sobre crimes emblemáticos disponíveis para leitura. A dupla foi até lá e se deparou com uma obra encadernada cheia de fotos do famoso crime da mala, ocorrido em 1928. O assassinato mexe com o imaginário dos brasileiros até hoje.

Aos 30 anos, o italiano Giuseppe Pistone esganou a esposa, Maria Mercedes Fea, de 25, grávida de seis meses. O crime ocorreu no apartamento do casal, no bairro paulistano da Luz, por um motivo torpe: ela havia escrito uma carta à mãe, que morava na Argentina, dizendo desconfiar do caráter do marido, acusando-o de aproveitador. A carta foi interceptada pelo italiano.

Giuseppe trabalhava como negociante de vinhos. Em outra carta escrita pela mulher, ela relatava à mãe que havia feito uma descoberta chocante. O marido aplicava golpes na praça e já havia sido até condenado por estelionato. Mais uma vez, o italiano pegou o envelope que a mulher colocara na caixa dos Correios.

Furtivo, Giuseppe resolveu não confrontar Maria. No dia seguinte, saiu de casa e comprou uma mala tipo baú, que ficou guardada embaixo da cama do casal. Na madrugada, ele esganou a esposa. Ato contínuo, usou uma navalha para seccionar as pernas — só assim o cadáver caberia dentro da mala. Para anular o mau cheiro, jogou duas caixas de pó de arroz sobre a mulher.

Quatro horas depois, seguiu de carro até o porto de Santos, onde o navio "Massília" estava atracado, pronto para seguir viagem até a Itália. A embarcação transportava passageiros e cargas. Em 7 de outubro de 1928, o italiano despachou a mala no armazém nº 14 do cais para que fosse embarcada no navio.

Mas os marinheiros logo perceberam que a bagagem estava suja de sangue e chamaram a polícia portuária. Ao abrir o baú, os investigadores se depararam com o corpo mutilado de Maria Fea. O caso chocante repercutiu no mundo todo, principalmente no Brasil e na Itália. O Ministério Público denunciou Giuseppe por homicídio e profanação de cadáver.

Ao pedir a condenação do réu, os promotores de acusação escreveram o seguinte: "O réu causou a asfixia de Maria Mercedes Fea, resultando na morte dela; cometeu o crime movido por motivo reprovável; tinha superioridade de sexo, impedindo que a vítima pudesse se defender efetivamente; e possuía superioridade de força, tornando impossível para a ofendida repelir a agressão".

No Tribunal do Júri, Giuseppe, que no processo aparece com o nome de José, foi condenado a 31 anos de reclusão. Em segunda instância, os advogados do assassino conseguiram emplacar a tese de que Maria havia morrido de mal súbito após uma discussão acalorada com o marido, e não por asfixia. Giuseppe, então, ganhou um novo julgamento, que resultou em uma condenação de 26 anos de prisão celular, regime caracterizado pelo isolamento dos presos em celas individuais para evitar interação e promover a disciplina. Depois, esse tipo de confinamento passou a ser chamado de solitária.

Na verdade, o julgamento de Giuseppe virou uma novela jurídica. Dez anos depois de ter matado a esposa, o Tribunal de Justiça cancelou a segunda sentença. Um terceiro julgamento foi realizado, e o italiano pegou 31 anos de reclusão, decisão até então sem direito a recurso. No entanto, o presidente Getúlio Vargas comutou a pena dele para 20 anos por meio de um decreto. Giuseppe cumpriu parte da sentença e foi solto em 3 de agosto de 1944 por ordem do Juízo da Vara das Execuções Criminais. Faleceu em 28 de junho de 1956, aos 58 anos, vítima de um infarto fulminante. Maria Mercedes Fea foi sepultada no Cemitério do Saboó, em Santos, e seu jazigo é visitado por milhares de pessoas que lhe atribuem graças alcançadas.

Com um acervo tão vasto de crimes famosos na Biblioteca Mário de Andrade, Francisco e Sandrinho passaram a frequentar o lugar todos os dias. Uma bibliotecária separava os *clippings* com as melhores histórias. Uma das mais procuradas era a do Bandido da Luz Vermelha. Seu nome real era João Acácio Pereira da Costa, natural de Joinville (SC). Tornou-se órfão ainda criança e, depois de sofrer maus-tratos de um tio, morou durante bom tempo na rua. Foi preso diversas vezes por pequenos delitos, quase sempre assaltos com arma branca. No início da década de 1960, chegou a São Paulo e se estabeleceu em Santos. Nessa época, já havia desenvolvido uma série de obsessões, sendo a mais forte a cor vermelha, que ele associava a uma força demoníaca poderosa. Seu pequeno apartamento, na zona portuária da cidade, era todo decorado nesse tom. Era tido pelos vizinhos como um jovem afável que, no auge da Jovem Guarda, gostava de se vestir como Roberto Carlos. Nesse período, começou a viajar de ônibus para assaltar na capital paulista.

Segundo registros da biblioteca, João Acácio se inspirava no norte-americano Caryl Chessman, criminoso executado na câmara de gás de uma prisão na Califórnia pela prática de vários crimes sexuais. Chessman foi acusado de ser o temido *Red Light Bandit*, um estuprador que costumava usar uma lanterna vermelha para amedrontar suas vítimas. Enfeitiçado pela história, João Acácio resolveu assumir a identidade do criminoso e passou a carregar um acessório idêntico em seus assaltos. Durante os roubos, usava terno escuro, chapéu de feltro, um lenço vermelho cobrindo o rosto e dois revólveres. Os primeiros ataques do Bandido da Luz Vermelha caracterizaram-se pela cordialidade. Ele entrava nas casas de famílias ricas pedindo licença, rendia as vítimas dizendo "por favor" e roubava principalmente joias. Não usava força física, apenas mostrava as armas. No final do assalto, ainda dizia "muito obrigado".

A excentricidade do bandido ia além. Alguns dias depois de invadir as residências, costumava mandar bilhetes para as vítimas dizendo não ter gostado do tipo de roupa que vestiam durante o assalto. Suas ações, relatadas pelos jornais, deixavam São Paulo em pânico. Das páginas policiais, o Bandido da Luz Vermelha saltou para as manchetes da primeira página, principalmente porque o lado educado foi dando lugar a um perfil mais violento.

O primeiro homicídio ocorreu em 3 de outubro de 1966, quando estava entrando pelo quintal de uma casa, no bairro do Sumaré, e foi surpreendido pelo estudante Walter Bedran, de 19 anos. Impiedoso, o bandido alvejou o jovem no peito e na cabeça. Dez dias depois, a segunda vítima foi o operário José Enéas da Costa, de 23 anos, durante uma briga de bar, no bairro da Bela Vista. Em 7 de junho de 1967, no Jardim América, foi a vez do industrial Jean Von Christian Szaraspatack ser assassinado após trocar tiros com o bandido, numa tentativa imprudente de reagir ao assalto.

No mês seguinte, em 6 de julho, o Bandido da Luz Vermelha assassinou o vigia José Fortunato, que tentou impedir sua entrada na mansão em que fazia guarita, no Ipiranga. Sua carreira de assassino só parou quando foi preso, ainda em 1967, no Paraná. Até então, havia cometido 77 assaltos, dois homicídios, dois latrocínios e sete tentativas de homicídio num período de dois anos, quando tinha entre 18 e 20 anos. Calcula-se que tenha estuprado mais de 100 mulheres, mas as vítimas nunca deram queixa por medo ou vergonha.

Em 25 de setembro de 1967, o promotor público Alberto Carlos de Saboia e Silva Costa denunciou o Bandido da Luz Vermelha à Justiça. Na peça, escreveu: "Consta de incluso do inquérito policial que, em 6 de julho de 1967, por volta das 5h, no jardim de uma residência situada à Rua Costa Aguiar nº 975, no bairro do Ipiranga, em São Paulo, João Acácio Pereira da Costa, também conhecido como 'Bandido da Luz Vermelha', efetuou disparos de revólver contra José Fortunato, vigia noturno, produzindo-lhe ferimentos que ocasionaram sua morte. O crime foi motivado por torpeza, visando assegurar a execução de outro crime, pois o acusado, ao tentar furtar a residência, foi surpreendido pela vítima, que descobriu seu par de sapatos vermelhos escondido no jardim, irritando-se e decidindo matá-la.

Após o homicídio, o acusado arrombou uma porta lateral e penetrou na residência, onde encontrou Adelaide de Oliveira Leite, empregada doméstica. Após breve diálogo, desferiu pontapés em sua coxa, causando ferimentos. Em seguida, dirigiu-se à parte residencial, arrombando a porta do quarto onde dormia Ingrid Yazbek Assad, a quem interpelou sobre joias e dinheiro. Ao receber uma resposta negativa, sob ameaça de revólver, tentou constrangê-la a manter relações sexuais, chegando a agarrá-la à força, mas diante da reação desesperada da vítima, que o golpeou com um cinzeiro, desferiu disparos de arma de fogo, causando-lhe ferimentos graves. A execução do homicídio não se consumou devido à pronta intervenção médica que salvou a vítima. O crime foi caracterizado por motivo torpe, causado pela desenfreada lascívia do acusado. Aproveitando-se do ambiente de terror, o acusado fugiu, levando consigo a arma utilizada nos crimes".

Pela infinidade de delitos, o Bandido da Luz Vermelha foi condenado a 351 anos de prisão, mas cumpriu menos de 10% da pena: sete anos em tratamento na Casa de Custódia e outros 23 na Penitenciária de Taubaté.

Em liberdade, voltou para a sua terra natal, Joinville. Lá, chamava a atenção porque andava nas ruas usando roupas vermelhas. Popular, tinha tantos fãs que dava autógrafo nas ruas. Foi morto por um pescador, em 1998, aos 55 anos. No tribunal, o assassino do bandido icônico foi inocentado porque ficou provado ter matado em legítima defesa.

* * *

Na pré-adolescência, Francisco adquiriu o hábito de mentir. No início, eram mentirinhas simples, inocentes. Quando voltava da escola, por exemplo, contava à mãe detalhes de como tinha sido a aula. No entanto, ele nem sequer havia pisado na classe, pois passava o dia na rua brincando com Cirando. Mesmo assim, Tim relatava histórias mirabolantes supostamente ocorridas no recreio, na hora da saída e até no caminho de casa. Na maioria dos seus relatos fantasiosos havia brigas, tumultos, acidentes e até explosão do botijão de gás na cozinha da escola. Na adolescência, as histórias inventadas se perpetuaram. Francisco gostava de conversar com a avó Cinira. Os dois se sentavam na varanda da chácara e passavam horas falando de assuntos sobrenaturais. Com o tempo, ela percebeu a grande capacidade do neto em criar narrativas com tantos pormenores que pareciam reais. Maria Helena e Nelson não acreditavam nos "causos" do filho. Essa descrença fez com que a família não confiasse quando Francisco denunciou uma tia e um tio maternos de terem abusado sexualmente dele. "Esse que é o problema de quem mente muito. Quando a pessoa fala a verdade, sempre paira uma dúvida", comentou Maria Helena, em novembro de 2023.

A compulsão para mentir do patinador se acentuou na adolescência e se intensificou na fase adulta. Em seu processo de execução penal, há um parecer assinado pelo psicanalista Alvino de Sá diagnosticando Francisco com mitomania. Durante as sessões, foi identificado um padrão persistente de mentiras, desde detalhes triviais até histórias elaboradas, sem um motivo aparente ou benefício claro. "Em muitos casos, o paciente parecia acreditar em suas próprias criações, indicando uma desconexão significativa com a realidade. Recomenda-se a continuidade do acompanhamento psicológico, com ênfase na Terapia

Cognitivo-Comportamental (TCC), para ajudar o paciente a reconhecer e modificar seus padrões de pensamento e comportamento. Considera-se também a necessidade de uma avaliação psiquiátrica para determinar se é necessária a intervenção medicamentosa, especialmente se houver comorbidades, como ansiedade ou depressão", destacou o especialista.

A mitomania é uma condição psicológica complexa, na qual o indivíduo mente de forma habitual e descontrolada. Diferentemente das mentiras ocasionais, esse fenômeno é marcado pela necessidade constante de inventar histórias, muitas vezes sem um propósito claro, mas para manipular percepções, evitar consequências negativas ou ganhar atenção. Essa compulsão pode estar ligada a diversos transtornos de personalidade, como o narcisismo, no qual a mentira serve para engrandecer o próprio ego; e a psicopatia, na qual a manipulação é uma característica central. Além disso, a mitomania geralmente está associada ao transtorno de personalidade *borderline*, que envolve instabilidade emocional e comportamentos impulsivos; e principalmente à psicopatia, caracterizada pela ausência de empatia e pela tendência a manipular as pessoas. Fatores como baixa autoestima, traumas na infância e pressão social também podem contribuir para o desenvolvimento desse comportamento. Aqui, vale relembrar, em 1998, quando tinha 30 anos, Francisco foi diagnosticado com transtorno dissocial (psicopatia) pela psicóloga Cândida Pires Helena de Camargo, do Hospital das Clínicas, e pelo psiquiatra forense Guido Palomba.

As consequências da mitomania são amplas e com frequência devastadoras. Relacionamentos interpessoais, em geral, são prejudicados, pois a confiança, base de qualquer relação saudável, é constantemente quebrada com as descobertas de relatos falsos. No ambiente profissional, mentiras repetidas podem levar à perda de emprego e a problemas legais, sobretudo se envolverem fraudes. O indivíduo que mente de maneira compulsiva também sofre emocionalmente, enfrentando sentimentos de culpa, vergonha e ansiedade.

Uma mentira colossal contada por Tim foi desmentida quando ele apresentou Sandrinho a Lourenço no Parque Trianon. O revisteiro logo se lembrou da história extraordinária do tiro dado pelo patinador no rosto de André, no ponto de ônibus. Na mesma hora, Lourenço rebateu o fato. "Ninguém deu tiro em ninguém. O Francisco conta essa história desse jeito para a narrativa dele ficar mais interessante, mas isso nunca aconteceu", denunciou o jovem. Na verdade, conforme havia combinado, Lourenço estava disposto a apenas dar um susto em André. Para garantir que ele não seria ferido, a arma calibre 38 foi descarregada bem antes. Lourenço abriu o cilindro, retirou as balas com a haste de ejeção, certificou-se de que as câmaras estavam vazias e fechou o cilindro novamente. Ou seja, quando Tim puxou o gatilho para tentar executar André à queima-roupa, o "cão" da arma realmente se moveu para a frente, mas sem disparar, pois não havia cartucho na câmara para ser percutido, resultando em um "disparo a seco".

Antes de entrar no Exército, Tim foi três vezes a São José do Rio Preto para visitar os pais, que lutavam para se reerguer do revés sofrido com o vício em jogo de Nelson. Maria Helena havia voltado a trabalhar como catadora de laranjas, e o marido arrendou um barco para pescar nos córregos da região. Na última viagem, Francisco e Lourenço levaram Sandrinho para conhecer o matadouro Bordon — ele estava ansioso para dar uma marretada no gado e finalmente conhecer a "sensação de matar alguém". Os três planejaram fazer o percurso de 443 quilômetros entre São Paulo e São José do Rio Preto de patins, mas só tiveram fôlego para completar 60 quilômetros. Cansados, puseram os patins na mochila, pegaram um ônibus da Viação Cometa em Jundiaí e seguiram até o destino final.

Os três amigos foram recebidos no matadouro por Marrom, que havia sido promovido a gerente-geral e conseguiu vagas temporárias para eles na linha de produção. Lourenço ficou encarregado de eletrocutar o gado a caminho do pelourinho. Tim e Sandrinho disputaram uma marreta para abater os animais. Porém, Marrom não permitiu que o revisteiro assumisse a função. "Esse rapaz é muito mauricinho para serviço pesado", justificou. Em seguida, o gerente-geral colocou o jovem para trabalhar no curtume, onde as peles dos bois passavam por um processo rigoroso para se transformar em couro utilizável: depois de recebidas, selecionadas e curadas com sal para evitar decomposição, eram reidratadas, depiladas e tratadas com soluções alcalinas para remover pelos e proteínas indesejadas. Sandrinho atuou na etapa seguinte, com as peles desencaladas, desengorduradas e submetidas ao curtimento com agentes, como sais de cromo ou taninos vegetais, para estabilizar as fibras.

No último dia de trabalho temporário no matadouro, Sandrinho implorou para Tim deixá-lo usar a marreta pelo menos uma vez para tentar matar um boi. Discretamente, o amigo passou o instrumento ao revisteiro. Esperto e traumatizado com a morte acidental de Cirando, Marrom estava de olho e impediu. Deu um esporro nos dois. Com a negativa, Sandrinho ficou ao lado do patinador, observando com muita atenção os bichos serem mortos com brutalidade. Os dois tentavam identificar o exato momento em que o animal perdia a vida. "Será que morre com a primeira marretada? Ou quando vai ao chão? Ou a vida se esvai definitivamente quando ele é todo esquartejado", perguntava-se Sandrinho.

Mesmo frustrada, a experiência do revisteiro no Bordon marcaria para sempre a vida dele e a de Francisco. Um dos últimos animais abatidos naquele dia não morreu facilmente. Um boi marrom e branco, amarrado com força num poste, lutava freneticamente para se libertar. "Repara o terror no olhar dele", observava Sandrinho. Os mugidos sem fim do animal ecoavam, criando uma sinfonia de desespero. Um marreteiro desferiu um golpe desumano na cabeça do bicho. O impacto foi devastador, mas não fatal. O boi cambaleou, suas pernas tremeram sob o peso de quase uma tonelada do próprio corpo. O sangue começou a escorrer pelo buraco aberto no crânio e pelo nariz, enquanto seus olhos se reviravam em agonia. O animal resistia, movendo-se de maneira lenta e descoordenada, como se lutasse contra uma maré invisível de dor.

Para acabar com aquela angústia terminal, Marrom pegou uma lança de ferro de 1,5 metro de comprimento e fincou na jugular, a veia que transporta o sangue da cabeça de volta para o coração. Com golpe tão devastador, o boi finalmente sucumbiu, arrancando palmas de quem assistia àquele tormento, inclusive de Tim e de Sandrinho.

De volta a São Paulo, os dois amigos se transformaram em monstros. Irritado, Sandrinho se dizia enganado por ter ido a São José do Rio Preto e não ter vivido a experiência de abater um animal. Para se livrar da cobrança incessante do amigo, Francisco pegou um cachorro vira-lata de rua, de porte médio, em Diadema, e o levou para a casa do revisteiro. Lá, eles amarraram o animal numa árvore do quintal. Sandrinho pegou um martelo e deu a primeira pancada na cabeça do bicho. Foi um golpe leve, mas suficiente para machucá-lo com extrema violência. O cachorro emitiu um som incessante, parecido com uma mistura de gemido e uivo. O barulho era tão alto que os dois assassinos ficaram preocupados, com medo de serem descobertos pela vizinhança. Sádico, Sandrinho sentou-lhe mais uma martelada de leve. O animal começou a se debater, gemendo ainda mais intensamente. Rápido, Tim pegou o martelo e desferiu três golpes fatais no crânio do bicho, matando-o imediatamente. "Você é louco. A marretada tem de ser certeira. Pensa que no matadouro são abatidos mais de 500 animais por dia. Não dá para ser algo macio. Sem falar que o cachorro grita muito mais alto do que o boi", explicou Tim. "Não gostei da experiência. Esperava outra coisa", reclamou o revisteiro.

Na semana seguinte, Sandrinho foi até um terreno baldio na Vila Sônia, zona sul de São Paulo. O jovem tinha lido no caderno Cotidiano do jornal *Folha de S.Paulo* que o local era usado para abandonar cavalos doentes que não serviam mais para puxar carroça nas ruas da cidade. Primeiro, fez uma espécie de reconhecimento da área. Era um descampado deserto do tamanho de um campo de futebol. Depois de avistar alguns equinos no local, o moço voltou para casa. No dia seguinte, Sandrinho foi com Tim a uma loja de artigos agropecuários e comprou uma marreta de 5 quilos idêntica à usada no matadouro Bordon. À noite, os dois seguiram até o terreno onde os animais eram abandonados em condições precárias. Os bichos mal conseguiam caminhar de tão debilitados. Ingênuos, três cavalos se aproximaram dos rapazes, acreditando que ganhariam feno. Francisco segurou o maior deles pelo cabresto, a corda que fica amarrada ao redor da cabeça do animal, passando pelo focinho e pela nuca, permitindo que ele seja guiado ou controlado. Possuído, Sandrinho se posicionou em frente à vítima e mirou seu crânio. O assassino levantou a marreta e deu um único golpe, matando o coitado instantaneamente. Com a pancada, uma grande quantidade de sangue esguichou em seu rosto, escorrendo pelo nariz até passar pela boca. Sandrinho passou a língua no líquido quente, concordando com Francisco. De fato, o gosto era meio metálico e terroso. Meio salgado, meio doce.

CAPÍTULO 6
SOLDADO 998

São Paulo, 6 de agosto de 1998

Departamento de Homicídios e de Proteção à Pessoa (DHPP)

Auto de qualificação e interrogatório de Francisco de Assis Pereira

Delegado Sérgio Luís da Silva Alves — Me fale sobre a Janete.

Francisco de Assis Pereira — Como eu amei essa mulher, meu Deus do céu! Como eu amei... Nosso primeiro beijo foi mágico. Aconteceu durante seu aniversário. Enquanto dançávamos, nossos olhares se encontraram e, de forma espontânea, nos beijamos apaixonadamente. Esse momento marcou o início de uma relação forte de amor e respeito, caracterizada por um sentimento ingênuo e sem malícia. Valorizava muito essa pureza e sinceridade no amor que compartilhávamos.

(...) Janete era diferente das outras garotas. Sua ingenuidade e inocência a tornavam extremamente atraente para mim. Ela era sedutora de uma maneira especial, não por ser fogosa, mas por sua simplicidade e ternura. Ela era caseira e raramente saía comigo, mas sempre me recebia com um sorriso caloroso e um carinho sincero quando eu voltava para casa. Esse gesto de acolhimento e afeto é algo de que sinto muita saudade. Acredito que uma família deve se constituir com respeito e amor, sem malícia, e lamento não ter valorizado isso o suficiente na época.

* * *

Quatro meses depois de se mudar para Diadema, na casa de Isabel, namorada do irmão Luís Carlos, Francisco finalmente foi selecionado para as Forças Armadas. Essa conquista mereceu a comemoração de toda a família, pois ele não tinha emprego fixo nem perspectivas de carreira. Tim havia concluído o ensino fundamental em São Paulo com dificuldade, em turmas do supletivo, hoje conhecido como Educação de Jovens e Adultos (EJA). Sem nunca ter se adaptado a nenhuma atividade laboral, ele viu na carreira militar uma oportunidade de encontrar estabilidade e um propósito de vida. Seu ingresso no Exército Brasileiro, em 1986, começou com o alistamento obrigatório. Ele já havia tentado entrar no Tiro de Guerra no ano anterior, em São José do Rio Preto, mas saiu de lá sem o certificado de reservista. Por isso, conseguiu mais uma vez passar pela seleção geral, fazendo um exame médico menos rigoroso. Teve ainda outro facilitador: naquela época, o Exército recrutava em massa jovens de todo o estado de São Paulo e distribuía a maioria dos recrutas em unidades localizadas em quarenta municípios ao redor da capital. Havia um motivo político por trás dessa estratégia militar. Em meados da década de 1980, na região do antigo ABC Paulista (Santo André, São Bernardo do Campo e São Caetano do Sul), o líder sindical Luiz Inácio Lula da Silva (PT) vinha consolidando suas atividades políticas com discursos inflamados contra o governo.

Francisco foi designado como recruta para o 39º Batalhão de

Infantaria Motorizado (39º BIMtz), em Osasco, iniciando o Curso de Formação de Soldado numa turma com 89 jovens. Esses grupos do Exército eram responsáveis por realizar operações de combate, defesa e patrulhamento com o uso de veículos, como caminhões e tanques, o que lhes proporcionava alta mobilidade e rápida reação. Além disso, participavam de missões de assistência em desastres naturais, oferecendo transporte e apoio logístico.

O 39º BIMtz não existe mais. Em 1995, uma portaria ministerial o transformou no 4º Batalhão de Infantaria Leve (BIL). Na época em que Francisco esteve lá, a unidade era um batalhão de infantaria tipo 2, composto por duas Companhias de Fuzileiros, uma Companhia de Comando e Serviço e uma Companhia de Apoio, com efetivo aproximado de 480 militares.

No curso de formação, Tim foi batizado de recruta Assis, seu nome do meio. A remuneração era de dois salários mínimos mensais, o equivalente à soma dos rendimentos de Nelson e Maria Helena em um mês. No primeiro dia, o novato levou um choque de realidade. Antes do dia clarear, apresentou-se juntamente com os outros 88 praças no pátio do batalhão, num frio de 5ºC. Um oficial superior, coronel Carrilho, falava aos gritos a respeito do funcionamento do 39º BIMtz, do propósito de servir a pátria, dos comícios revolucionários dos movimentos de esquerda nos arredores de São Paulo e, principalmente, das regras rígidas do Exército. Na apresentação, chamou os grevistas e seus líderes de "baderneiros" e "agitadores".

A rotina do 39º BIMtz era marcada por uma disciplina rigorosíssima e atividades com hora marcada no relógio para começar e terminar. O dia principiava bem cedo, às 5h, ao toque de uma corneta assombrosa. Em fração de minuto, o pelotão tinha de arrumar a cama do alojamento, fazer a higiene pessoal, raspar a barba e vestir-se, além de realizar uma inspeção no prédio. Seguiam em marcha até o rancho, batendo palmas sincronizadas e entoando em coro a cantiga "Acorda Maria Bonita", cujo refrão diz: "Acorda, Maria Bonita / Levanta, vai fazer o café / Que o dia já vem raiando / E a polícia já está em pé". A música, na verdade, é associada ao cangaceiro Lampião e seu bando.

Reza a lenda que ele e seu exército entoavam essa cantiga para acordar a esposa, Maria Bonita.

O café da manhã dos recrutas do 39º BIMtz consistia em pingado e pão com manteiga. Dependendo da atividade do dia, os rancheiros também serviam um mingau bem grosso de amido de milho ou aveia. Em seguida, os jovens do curso de formação seguiam enfileirados até a frente do prédio para hastear a bandeira do Brasil, cantando o Hino Nacional. Então, partiam para as atividades físicas. Se o instrutor estivesse de bom humor, começavam com uma corrida de 15 quilômetros, seguida de 200 flexões de braço, 200 abdominais tradicionais e 200 polichinelos. Em alguns dias da semana, os paraquedistas do Exército atuavam como preparadores físicos, multiplicando esses números com alguns incrementos: corrida de 30 quilômetros, 400 flexões de dois tempos, mais 200 flexões diamantes, flexão isométrica sustentando o corpo no máximo tempo possível, 400 abdominais oblíquos e 400 polichinelos. E ai de quem reclamasse dos excessos.

Às 11h era servido o almoço: arroz, feijão, macarrão e carne de segunda moída. Após a refeição, os recrutas tinham meia hora para "torar", gíria usada pelos aquartelados para "tirar um cochilo" ou "descansar". À tarde eram realizados treinamentos práticos, como manuseio de armas sem munição e simulações de combate. Às 17h, as sobras do almoço viravam jantar. À noite, faziam revisão dos estudos. Havia ainda um lanche simples antes das luzes se apagarem, pontualmente às 22h. A partir desse horário, o silêncio era obrigatório no batalhão. Segundo os instrutores, a rigidez dessa rotina era essencial para desenvolver nos recrutas a disciplina, a obediência e o espírito de corporação, essenciais para a vida militar.

Com o preparo físico adquirido na patinação, Tim vinha se saindo bem no Curso de Formação de Soldados. Ficou magro e musculoso rapidamente. Nessa etapa da vida militar, ele fez amizade com os recrutas Paniago e Farinelli, ambos com 18 anos. Os três estavam empenhados em seguir a carreira militar, participando juntos de praticamente todas as atividades. Àquela altura da vida, Tim já havia experimentado muitas emoções: avançara sobre uma coleguinha da escola para tentar lhe arrancar um pedaço da bochecha, abatera animais a golpes de marreta, bebera sangue de galinha nos rituais satânicos do avô João, testemunhara seu amigo Cirando ser pisoteado por bois, disparara uma arma a seco achando que assassinaria um jovem, e até peixes vivos tinha engolido na esperança de aprender a nadar. Mas foi no Curso de Formação de Soldados que ele teve uma excitação avassaladora. Quase no final do treinamento, um instrutor avisou à turma que no dia seguinte eles finalmente treinariam tiros com um fuzil. Os recrutas Assis, Paniago e Farinelli quase desmaiaram de tanta emoção e ansiedade.

Na hora marcada, bem cedo, o pelotão de novatos estava a postos numa trincheira no meio da mata. Assis era o mais nervoso. Naquela época, os recrutas do Exército recebiam treinamento rigoroso para manusear suas armas. O instrutor de tiro orientava quanto a verificar a posição de segurança, empunhar o equipamento com firmeza e a adotar uma postura estável, com o armamento pressionado contra o ombro, e o corpo ligeiramente inclinado para a frente. A visada correta — um dos fundamentos mais importantes do tiro com armas de fogo — envolvia alinhar os pontos de mira e concentrar-se, mantendo os olhos bem abertos e a atenção redobrada. O disparo requeria uma pressão suave no gatilho, coordenada com a respiração controlada para evitar desvios. Após o tiro, era essencial manter o controle e seguir os comandos subsequentes. A prática constante desses procedimentos seria crucial para garantir a eficácia e a segurança no uso das armas.

O instrutor explicou aos recrutas que, apesar de o carregador do fuzil ter capacidade para vinte cartuchos, cada aspirante só poderia dar um único disparo. Do grupo de Assis, Farinelli foi o primeiro a atirar. O alvo eram placas de aço com uma circunferência no meio. Quanto mais perto do centro, mais eficiente seria o disparo. Farinelli acertou a placa, mas não conseguiu atingir o alvo principal. Mesmo assim, foi ovacionado com palmas e ainda recebeu um elogio do instrutor pela firmeza com que segurou a arma. Meticuloso, Paniago teve mais habilidade. Seu tiro ficou dentro do círculo. Mais palmas dos demais recrutas.

Na sua vez, Assis começou a suar frio. Ele estava sendo observado por mais ou menos 100 pessoas, entre recrutas e instrutores. Tremendo, ele ajeitou o equipamento no corpo, posicionando-se na linha de tiro com o Fuzil Automático Leve (FAL). O instrutor percebeu a falta de estabilidade emocional do iniciante e pediu a ele que não continuasse. Assis não obedeceu. Pelo contrário. Rapidamente ergueu a arma, verificou o seletor de tiro, adotou uma postura firme, alinhou a mira e pressionou o gatilho diversas vezes. Ao disparar, perdeu a precisão devido ao recuo e a bala desviou completamente, errando o alvo e indo para a trincheira lateral.

Por causa da desobediência grave, Assis ficou detido por uma semana na cadeia interna do Exército, estreando no regime fechado de uma prisão. Na saída, foi avisado por um sargento sobre sua possível expulsão. O recruta chorou copiosamente, dizendo que o sonho de seguir na carreira militar era um propósito de vida. O oficial achou aquelas lágrimas estranhíssimas, mas resolveu dar uma segunda chance ao rapaz, amenizando a indisciplina. Na semana seguinte, Assis formou-se soldado com a decisão superior de jamais pegar numa arma enquanto estivesse no 39º BIMtz.

Francisco de Assis Pereira, o jovem Tim, foi rebatizado como soldado Assis e recebeu o número 998. Cabia aos militares dessa patente executar tarefas operacionais básicas, podendo ser recrutados para combate e apoio. Os soldados Farinelli e Paniago foram lotados no pelotão de ordem. Faziam sentinela armada dentro da corporação e na vila militar, onde moravam os oficiais superiores. Punido pela desobediência na instrução de tiro, Assis foi alocado como rancheiro na cozinha. Tinha de acordar uma hora antes da corneta tocar. Sua função era passar manteiga no pão que cerca de 200 cabos e soldados comeriam às 5h. Por volta das 8h, ele seguia para as atividades físicas e voltava para descascar batatas na cozinha junto com outros soldados, cuja função era preparar o almoço do batalhão.

A vida de um soldado no Exército era rigorosa e exigente, marcada por intenso treinamento físico e mental, disciplina estrita e uma rotina imutável. No 39º BIMtz, eles enfrentavam perigos reais com frequentes deslocamentos e longos períodos longe da família, o que era emocionalmente desgastante. Apesar dos benefícios, como estabilidade, saúde e educação, os sacrifícios pessoais eram significativos. A resiliência, a camaradagem e o desenvolvimento de habilidades eram fundamentais para lidar com os desafios diários, tornando a vida militar pesada, mas também repleta de propósito e dedicação. Acontece que nem todo mundo que entra no Exército tem vocação para isso. Tim, por exemplo, nunca escondeu que seu ingresso nas Forças Armadas funcionava como uma tábua de salvação, pois suas perspectivas profissionais eram praticamente nulas quando ele chegou à maioridade. Ainda sonhava tornar-se um patinador famoso, mas isso parecia uma ideia distante.

Dois tenentes — Marques e Santiago — perceberam a falta de vocação do soldado Assis já nos primeiros dias de trabalho. Seus gestos delicados chamaram a atenção dos oficiais e dos demais novatos que atuavam no rancho. Tim parecia não se encaixar. Após o almoço, durante uma "torada", ele comentou com o soldado Paniago sobre os olhares de desconfiança que recebia na caserna:

— Você acha que os tenentes não gostam de mim por causa da merda que fiz na aula de tiro? — perguntou Tim.

— Não, não é isso. Outros recrutas já fizeram coisas piores e foram para o pelotão de obras — respondeu Paniago.

— Então o que há de errado comigo?

— Quer a verdade?

— Claro.

— Seu jeito.

— Como assim?

— Você é muito delicado para os padrões daqui. Eles esperam que todo mundo seja mais durão, entende? Seus trejeitos chamam atenção. Por isso te colocaram no rancho, onde ficam as bichonas.

— Você está exagerando!

— É só minha opinião. Tem gente que evita tomar banho quando você está no chuveiro coletivo. Dizem que você fica olhando para eles. Acham que você é homossexual.

— Isso é um absurdo! Eles não sabem do que estão falando!

— Mas você é?
— Não! Nunca! Jamais! Nem em sonho!
— Tem certeza?
— Tenho, porra!
— Mas, se você for, guarde isso só para você, para evitar problemas aqui dentro — sugeriu Paniago.

Quando o assunto era sua orientação sexual, Tim fechava-se como uma ostra. Sua família — tios, primos, sobrinhos —, amigos, namoradas, psicólogos, psiquiatras, policiais, promotores e juízes, todo mundo chegou a perguntar se ele se identificava como homem gay ou bissexual, já que admitira ter se relacionado sexualmente com homens e mulheres. Ele sempre sustentou que é heterossexual.

É fato que a sexualidade do indivíduo é algo privado. No entanto, debater a orientação sexual de um assassino em série que mata exclusivamente mulheres é relevante por diversas razões, especialmente no contexto de investigações criminais e da compreensão mais ampla de motivações e padrões de comportamento. Segundo especialistas, tentar definir a orientação sexual de um assassino ajuda a criar um perfil psicológico mais preciso, fornecendo pistas sobre suas motivações, fantasias e possíveis traumas que podem estar relacionados aos crimes. Por exemplo, a identidade sexual pode influenciar a escolha das vítimas e o *modus operandi* do criminoso, revelando se os crimes são motivados por ódio, raiva ou outros sentimentos complexos ligados à sexualidade do perpetrador.

"Ao compreender a sexualidade do criminoso, os investigadores podem identificar padrões de comportamento e conexões entre casos que, de outra forma, poderiam parecer desconexos. Isso é particularmente útil para prever possíveis ações futuras do assassino, ajudando a prevenir novos crimes", explicou o psicanalista Alvino Augusto de Sá, da Universidade de São Paulo, em maio de 2019. Além disso, a análise da orientação sexual do *serial killer* pode fornecer pistas sobre a dinâmica de poder e controle exercida sobre as vítimas. Um assassino com conflitos internos sobre sua sexualidade costuma projetar esses sentimentos em suas vítimas, resultando em um comportamento criminoso específico. "No entanto, é essencial abordar esses debates com sensibilidade, evitando estigmatizar ou fazer generalizações sobre grupos específicos com base nas ações de determinados indivíduos. A orientação sexual de uma pessoa jamais deve ser usada para justificar ou explicar completamente seu comportamento criminoso", ponderou Alvino de Sá.

No rancho do 39º BIMtz havia um militar gay. Chamava-se soldado Ézio, de 18 anos. O figurino do Exército era composto principalmente pelo tradicional uniforme conhecido como "farda camuflada", uma padronagem com tons de verde, marrom, preto e bege. Quem atuava no rancho, como Ézio e Assis, vestia camiseta branca de mangas curtas. Todos os rancheiros mantinham as mangas soltas, seguindo um padrão. Para realçar os músculos dos bíceps, os dois jovens dobravam as mangas o máximo que podiam. O cabo supervisor da cozinha já havia chamado a atenção deles, mas Ézio peitou o superior: "Onde está escrito que não se pode dobrar as mangas da camiseta? Onde?", desafiava, exibindo os músculos dos braços.

Ézio não tinha trejeitos femininos tão acentuados quanto Assis. Para se preservar, ele nunca verbalizou em público sua orientação sexual. No entanto, se alguém perguntasse se era gay, o rancheiro falava a verdade. Segundo contava, ele nunca teve planos de servir nas Forças Armadas. Alistou-se por obrigação e, na hora do recrutamento, já declarou ser homossexual, na tentativa de ser dispensado. Não adiantou. Tentou entrar na Marinha Mercante. Ouvira dizer que, naquela época, havia muitos marinheiros "homossexuais enrustidos" confinados em navios, em alto-mar. No entanto, a alta demanda de recrutas do Exército na Região Metropolitana, por causa das agitações políticas dos sindicalistas do ABC, o empurrou para o 39º BIMtz. "A única orientação que eu tive foi 'seja discreta', ou melhor, 'discreto', e eu fiquei lá por seis anos", contou o ex-combatente em fevereiro de 2024.

No rancho, Ézio era considerado o melhor cozinheiro. Pegava leve no sal e manuseava temperos com mãos de fada, segundo ele mesmo definia. "Ninguém fazia um feijão melhor do que o meu. Refogava o alho e a cebola no óleo de soja, adicionava louro durante o cozimento e finalizava com cheiro-verde picado. Um cabo levava bacon ou linguiça para dar um toque extra. Os milicos sabiam quando eu estava de folga pelo sabor da comida", relembra.

Com o tempo, os soldados Assis e Ézio estreitaram laços de amizade. Passavam os dias de folga juntos. Iam a festas e patinavam no parque da cidade. Tim apresentou o soldado a Lourenço e a Sandrinho. O santo do rancheiro não bateu com o do revisteiro. "Acho esse seu amigo esquisito. Tem cara de assassino, de psicopata, sei lá", justificou. "Realmente ele é estranho, mas é só o jeito dele", ponderou Tim.

Ézio se empolgou tanto com a patinação que comprou todos os equipamentos usados no esporte: capacete, joelheiras, cotoveleiras, protetores de punho, luvas, óculos de proteção, colete reflexivo, patins de alta qualidade, rádio de comunicação e cinto de utilidades. Nem Assis tinha tantos apetrechos. "Naquela época, o soldado Assis não lidava muito bem com a sexualidade. E não cabia a mim ficar questionando, até porque o Exército não era lugar para esse tipo de assunto. Mas havia um sinal que identificava os gays no 39º BIMtz. A maioria trabalhava no pelotão de serviços, lotado no rancho, na enfermaria ou na secretaria como telefonista. Nós éramos poupados de trabalhos pesados, como ficar de sentinela no sol quente por doze horas. Nossas missões eram mais tranquilas, como pintar o meio-fio da calçada de branco, cuidar da horta e do jardim e arrancar o mato que nascia entre os paralelepípedos", destacou Ézio.

Quando viu os dois amigos deitados lado a lado, descansando sob um pé de jequitibá-rosa, o soldado Paniago foi até lá jogar conversa fora. Depois de alguns minutos de prosa, o militar comentou, em tom de queixa, que ele e um colega fariam sentinela na vila dos militares. Segundo contou aos rancheiros, havia umas casas abandonadas onde conseguiria fazer algo mais privado. Em seguida, afastou-se. Esperto, Ézio logo entendeu o recado. "Ele quer que a gente vá até lá fazer sexo oral nele", elucubrou. "Na verdade, ele está me testando. Acha que sou gay como você", comentou Assis.

Soldado Paniago era um homem atraente. Alto, cabelos enroladinhos, porte físico trabalhado na musculação. O rosto parecia desenhado, de tão simétrico. Como sempre estava de sentinela nas vilas de militares e nos portões externos do 39º BIMtz, acabava chamando a atenção das mulheres que passavam pelas proximidades a pé e de carro. Atrevidas, algumas davam a ele um papelzinho com o número do telefone. Outras, ainda mais proativas, iam até ele cumprimentá-lo. Viam seu nome na tarjeta do bolso direito do peito e, na sequência, ligavam no batalhão para marcar um encontro com o jovem. Nessa toada, Paniago era o militar que mais recebia chamadas de garotas, segundo a estatística dos soldados lotados na central telefônica. Dependendo do posto em que estivesse, o praça poderia seguir até a secretaria do batalhão para falar ao telefone, desde que não demorasse muito.

Embora o soldado Assis tivesse entrado no Exército na mesma turma de Paniago, o sentinela conseguiu primeiro a promoção a cabo. A ascensão meteórica ocorreu por uma série de fatores. Desde os primeiros dias de treinamento, Paniago demonstrou um desempenho excepcional, destacando-se em exercícios físicos e táticos, além de sempre manter uma postura exemplar perante os superiores.

Na vida militar, Tim seguia na contramão de Paniago. Foi punido diversas vezes por não raspar a barba, por não se apresentar com o coturno engraxado e até por ser flagrado patinando no pátio do 39º BIMtz em pleno expediente. Seus superiores implicavam tanto, que o rancheiro chegou a ser advertido formalmente pelo coronel Carrilho porque ele insistia em chamar as munições do Exército de "bala", termo considerado inapropriado na vida militar. "Vou te falar pela última vez. A terminologia específica é vital para garantir precisão e clareza na comunicação. Chamar a munição de 'bala' é inadequado porque 'munição' é o termo técnico que inclui o projétil, o estojo, a carga de pólvora e a espoleta. Falar corretamente demonstra profissionalismo, evita confusão e garante que todos compreendam exatamente o que se está dizendo, reduzindo o risco de erros em operações militares. Isso é parte essencial do seu treinamento e da segurança nas atividades. Se errar novamente, será aberto um procedimento disciplinar que poderá culminar na sua expulsão", explicou.

Logo após ter sido repreendido, Assis procurou o coronel Carrilho em seu gabinete para se desculpar. Nessa visita, o soldado levou ao superior uma cesta com itens tirados sem autorização da despensa do rancho. Havia pães frescos, bolos, bolachas Maria, frutas frescas, como maçãs e laranjas, suco natural de uva, café em pó, amendoim torrado, além de latas de carne em conserva. Carrilho pegou a cesta, agradeceu e a escondeu embaixo da mesa. Para retribuir tamanha generosidade, o coronel falou um pouco sobre os meandros da vida no batalhão. "Assis, no Exército Brasileiro, as regras de conduta e disciplina são regidas pelo Regulamento Disciplinar do Exército (R-4) e pelo Código Penal Militar (Decreto-Lei nº 1.001, de 21 de outubro de 1969). Esses regulamentos estabelecem que a desobediência às ordens superiores, a insubordinação e a falta de profissionalismo no uso da terminologia técnica são infrações graves que comprometem a eficácia e a segurança das operações militares", explicou pacientemente.

Em novembro de 1986, Assis se envolveu em uma briga séria durante uma missão de combate ao desmatamento ilegal. Um pelotão de sessenta homens do 39º BIMtz foi deslocado para uma área nos arredores do Parque Estadual da Cantareira. Como a tropa ficaria por dez dias no meio da mata, uma base temporária foi montada no local. Os soldados ergueram quatro barracas de lona para descanso, outras duas onde funcionavam o rancho e um posto de enfermagem para primeiros socorros e uma para acolher os comandantes da operação.

A confusão começou durante o deslocamento, dentro do caminhão usado para transportar a tropa. No interior da carroceria, havia bancos de madeira dispostos ao longo das laterais, permitindo que os soldados ficassem sentados de frente uns para os outros. Assis estava sentado ao lado do cabo Gonçalves. No sacolejar do veículo, os dois acabavam se esbarrando. Incomodado com o que considerou um assédio, o cabo levantou-se e se acomodou no banco em frente. De lá, apontou discretamente o fuzil para o rosto de Assis, estampando uma expressão intimidadora no rosto.

No desembarque, a tensão entre os dois continuou. Gonçalves chamou Assis para uma área reservada e fez uma ameaça explícita: "Se você me encarar mais uma vez com esse olhar de veado, eu meto um tiro de fuzil no meio da sua testa e enfio uma granada no meio do seu cu". Com medo do cabo, Tim passou a andar o tempo todo com uma faca de cortar carne na mão, mesmo quando estava fora do rancho improvisado.

Durante um treinamento intensivo de sobrevivência, Gonçalves voltou a apontar o fuzil para o rosto de Assis, fingindo puxar o gatilho. Num ataque de fúria, o soldado pulou sobre o cabo com a faca em riste. Mais forte, Gonçalves conseguiu desarmá-lo. Aproveitando que o comandante não estava por perto, os praças formaram um círculo em volta dos dois, incentivando a luta corporal. O cabo esmurrava o rosto de Assis quando este, num ataque de fúria, conseguiu se desvencilhar e ficou por cima. Rapidamente, Tim mordeu fortemente o pescoço de Gonçalves, movimentando a mandíbula para os lados sucessivamente, na tentativa de rasgar a pele. Dois tenentes intervieram e separaram os lutadores. Gonçalves foi levado para o posto de enfermagem, e Assis acabou preso mais uma vez. Na barraca de primeiros socorros, os profissionais da saúde constataram o poder da mordedura de Tim. A pele do pescoço da vítima estava rompida em vários pontos, resultando em pequenos sangramentos. Gonçalves prometeu se vingar de Assis tão logo se recuperasse e encontrasse o soldado na caserna.

A revanche do cabo veio a cavalo. Gonçalves ainda tinha no pescoço as marcas da dentada de Assis quando recebeu a notícia de sua aprovação no vestibular para Administração na Universidade de Campinas (Unicamp). Antes de pedir baixa no Exército, o militar de 19 anos juntou uns amigos de farda para "aprontar uma" com seu inimigo. Até então, ninguém desconfiava do que estava sendo armado.

Era comum os militares saírem em missão de treinamento na selva. Geralmente, cerca de cinquenta homens do pelotão do 39º BIMtz eram levados para uma mata em São José dos Campos, distante 100 quilômetros da base, e soltos somente com uma lanterna, pão e água. O exercício tinha como função desenvolver habilidades de caça, pesca e coleta de frutos. No matagal, o comandante da missão distribuiu a tropa em grupos de dez militares. A instrução era a seguinte: todas as vezes que a corneta tocasse, o grupo iria se dividindo. A ideia era deixá-los sozinhos por dez dias embrenhados numa região montanhosa. À noite, o cenário era horripilante.

O soldado Assis estava em companhia dos cabos Joel e Gemaque quando a corneta tocou no meio da madrugada, determinando a separação do trio. A partir dali, seria cada um por si. Na missão, os militares usavam um facão tipo machete, uma arma branca de lâmina longa e curva, feita de aço carbono resistente, ideal para cortar vegetação densa. Também carregavam uma faca menor e um canivete de bolso.

Apesar de o sinal sonoro ter avisado que os três deveriam se separar, Joel fez uma proposta a Tim e a Gemaque: "Vamos ficar juntos, porque esta selva é perigosa. Tem onça, cobra, aranha, morcego e toda sorte de animais peçonhentos. Já fiz treinamento aqui outras vezes e sei onde é mais seguro pernoitar", justificou. Em seguida, guiados por ele, Assis e Gemaque seguiram pela escuridão, por uma trilha iluminada pela luz da lua e pelo feixe tênue das lanternas, que tinham de ser discretas para não chamar a atenção. Pássaros noturnos piavam de forma sinistra, aumentando a atmosfera de suspense. Depois de caminharem por uma hora e meia, chegaram a uma clareira deserta.

Tim havia caído numa armadilha. Joel e Gemaque o levaram a um ponto da floresta onde o cabo Gonçalves estava acompanhado de outros dez militares. Era difícil saber quem era quem naquele breu. Além do mais, os praças estavam com pintura de camuflagem no rosto e usavam um gorro conhecido como balaclava, métodos comuns entre os militares em missões no mato. A pintura facial ajudava a quebrar o contorno da face, enquanto a balaclava cobria a maior parte da cabeça, deixando apenas os olhos expostos.

O grupo avançou sobre o soldado 998, arrancando-lhe as facas e toda a roupa. Não havia a menor chance de Assis escapar ileso daquele ataque selvagem. Completamente nu, ele tentou cobrir o sexo com as mãos. Armado com um fuzil, Gonçalves amarrou as mãos do inimigo por trás da cabeça. Um foco de lanterna iluminou o pênis totalmente enrugado de Tim, evidenciando sua fimose secundária. Houve gargalhadas de escárnio. Cruel, um deles puxou a pele para baixo na tentativa de expor a glande. "Bora ver se tem alguma coisa escondida aqui dentro", debochou. Mais zombaria. Assis tentou dar uma joelhada no rosto do soldado. Não houve força suficiente. Ato contínuo, foi jogado ao chão. Levou uma série de socos e chutes no abdome e no rosto. Teve as pernas também amarradas. Na sequência, Tim foi estuprado violentamente por cinco homens não identificados. Os praças que não o estupraram masturbaram-se sobre ele. Após cerca de 40 minutos de violência sexual, Assis foi abandonado no meio do mato com a ameaça de que, se revelasse a alguém aquele "segredo", seria executado por "acidente" durante uma missão qualquer.

Sem coragem de retornar ao batalhão, Assis ficou na mata por três dias até conseguir voltar para Diadema. Sofreu lesões graves no ânus, lacerações extensas, hematomas, edemas e hemorragia intensa. O trauma causou uma ruptura parcial do esfíncter anal, resultando em incontinência fecal temporária. Com o tempo, ele desenvolveu prolapso retal e fístulas anorretais. Em casa, foi socorrido pela cunhada, Isabel, companheira de Luís Carlos. Vinte dias depois, quando chegou ao quartel, foi preso sob acusação de indisciplina, já que teria "abandonado" uma missão e se evadido do batalhão. Envergonhado e traumatizado, Tim apagou da memória aquela experiência devastadora. Pelo menos por um tempo.

Em três entrevistas feitas com psicólogos dentro do sistema penitenciário de São Paulo, Francisco mencionou superficialmente a violência sofrida no meio da mata quando tinha 19 anos. Nos laudos de Rorschach, o impacto dessa brutalidade foi relacionado ao desenvolvimento de sua personalidade assassina, que se consolidou definitivamente dez anos após o episódio traumático na floresta. "O ambiente de violência e intimidação, combinado com o estupro coletivo e a constante repressão sexual, gerou traumas físicos e psicológicos severos, exacerbando sentimentos de raiva, vergonha e isolamento social. A necessidade patológica de controle e poder sobre suas vítimas pode ser vista como uma tentativa de compensar a humilhação e a impotência vivenciadas durante o tempo nas Forças Armadas. Seus repetidos conflitos com figuras de autoridade e a indisciplina refletem uma tendência antissocial e desprezo pelas normas sociais, características comuns em assassinos em série. Assim, esses eventos críticos teriam contribuído significativamente para a formação de sua identidade violenta e predatória", ressalta um dos laudos.

Um tempo depois do trauma, o soldado Assis matriculou-se no Curso de Formação de Cabos (CFC) para tentar subir de patente. No entanto, tinha tantos antecedentes incriminadores no 39º BIMtz que a promoção foi brecada por um superior. Atrevido, ele procurou o coronel Carrilho para saber os motivos pelos quais havia estagnado. O oficial elencou todas as indisciplinas cometidas por ele, inclusive o uso inadequado do fuzil e a mordida dada no cabo Gonçalves. O coronel ainda pontuou que seus "trejeitos femininos" não combinavam com o Exército, conforme um outro militar havia dito ao pai dele, um ano antes, na unidade Tiro de Guerra, em São José do Rio Preto. "Mas eu não sou gay. Não sei por que vocês chegaram a essa conclusão", protestou Francisco, irritado. "Todo mundo comenta pelos corredores. Os soldados da sua turma contam que nunca viram você com mulheres nos dias de folga. E ainda fica para cima e para baixo com o soldado Ézio, aumentando ainda mais as suspeitas", frisou. "Há até rumores de um sexo grupal organizado por você no meio da mata durante um treinamento de sobrevivência", finalizou o coronel, equivocadamente.

Mesmo depois de ouvir "verdades" indigestas do coronel Carrilho, Assis deu a ele, no dia seguinte, mais uma cesta com artigos furtados da despensa do batalhão. Dessa vez, o mimo estava mais incrementado. Tinha queijos variados, embutidos, como presunto, salame e mortadela; geleias de frutas, goiabada e doce de leite, barras de chocolate, bombons, azeite de oliva e mel, além de uma variedade de pães. Carrilho pegou a cesta, agradeceu e ainda deu três tapinhas nos ombros do soldado.

Para reverter as desconfianças sobre sua sexualidade, Assis bolou um plano. Numa das vezes em que saiu do batalhão em licença de descanso para passar o fim de semana em casa, ele fez um pedido a Isabel, sua cunhada. Ela e suas amigas deveriam ligar de um telefone público de uma em uma hora para o 39º BIMtz, perguntando pelo soldado Assis. Tim fez o mesmo pedido às patinadoras do Ibirapuera. Na semana seguinte, conforme o combinado, uma penca de meninas ligou para Assis. Eram tantas mulheres que os telefonistas ficaram admirados. Curiosas, algumas das garotas foram até o 39º BIMtz visitar o soldado "garanhão". A partir desse momento, quando Paniago lançava suspeitas sobre a sexualidade de Assis, os telefonistas, que eram militares chegados a uma fofoca, diziam que o soldado 998 era quem mais recebia telefonemas de mulheres no batalhão. Desde então, Tim ganhou o apelido de "Zé Galinha", sepultando as suspeitas de que fosse gay.

Para chamar a atenção das mulheres nas ruas, Assis vestia o uniforme camuflado do Exército o tempo todo. Passeava pelo Parque Ibirapuera e andava pelas vielas de Diadema com o nariz empinado. A estratégia dava certo. Ele sempre estava enrolado com uma, duas e até três mulheres simultaneamente. Nessa época, dizia que não estava com energia para namorar. Algumas garotas aceitavam a relação sem exclusividade, algo semelhante ao que hoje é chamado de relacionamento aberto, já que ninguém era enganado. Esse estilo de vida começou a consolidar a alcunha de "Zé Galinha". Quando batiam na porta da casa do Luís Carlos atrás do "garanhão", as garotas não perguntavam pelo Tim, muito menos pelo soldado Assis. Chamavam pelo "Zé Galinha". No Parque Ibirapuera, os patinadores também passaram a chamá-lo pelo apelido.

A vida louca do soldado Assis só cessou quando ele foi preso numa festa no Capão Redondo, zona sul de São Paulo, na madrugada de um sábado para domingo. Zé Galinha, com o uniforme camuflado do Exército, estava na pista de dança às 3h da madrugada, completamente embriagado de cerveja, na companhia de uma menina de 14 anos e do amigo Lourenço. Por volta das 5h da manhã, a garota já estava beijando outro rapaz. O soldado foi tirar satisfação, dizendo ser autoridade das Forças Armadas. O outro jovem, armado, pertencia a uma gangue de criminosos especializada em assaltar supermercados. Mesmo assim, Tim o chamou para uma luta corporal. Houve um quebra-quebra generalizado no baile, culminando com a chegada da polícia. Da casa noturna, o soldado foi levado de camburão para o 39º BIMtz, onde ficou preso por trinta dias.

Na saída do castigo, Assis levou uma carraspana do coronel Carrilho. O soldado havia violado regras importantes, como uso indevido do uniforme em eventos sociais e consumo de álcool em público, comprometendo a imagem e a disciplina da instituição. Tim prometeu jamais usar a roupa camuflada indevidamente. No entanto, um mês depois ele foi novamente preso por indisciplina, dessa vez juntamente com Ézio e outros dois soldados. No meio da madrugada de um plantão noturno, os praças deram um jeito de levar um engradado de cerveja para dentro do batalhão. Fizeram um churrasco na área interna da caserna. Flagrado pela ronda, o grupo ficou quinze dias detido.

Na prisão por causa da festinha, Assis dividiu cela com dois colegas de caserna. Certa noite, Paniago estava de sentinela na guarita da vila dos militares, localizada a poucos metros do 39º BIMtz. De tanto ser convidado para dar uma passadinha por lá na calada da noite, Ézio resolveu fazer uma visita surpresa ao amigo. Em tom de comando, o militar ordenou que o rancheiro fizesse sexo oral nele. Apesar de não haver relação hierárquica entre os dois, já que eram dois soldados, Ézio se submeteu aos caprichos sexuais de Paniago. Para surpresa dos dois, um jipe do Exército virou a esquina rapidamente com os faróis altos e encostou na guarita onde os soldados estavam. De dentro do carro, desceram um cabo e um sargento. Segurando lanternas, os militares anunciaram a ronda de rotina. Apesar de Paniago e Ézio não terem sido flagrados em pleno ato sexual, a situação soou estranhíssima. Os praças que fizeram a ronda registraram a ocorrência ao comando do 39º BIMtz e ambos foram presos por dez dias. Na cela, Assis não perdeu a oportunidade de confrontar o colega. "Agora fala quem é o gay aqui do batalhão. Quem?", espezinhou.

Certa noite, todas as luzes do alojamento do batalhão apagaram uma hora antes do previsto por causa de uma explosão no transformador de energia elétrica. Por ordem do comandante, todos foram dormir mais cedo. O soldado Assis fechou os olhos e viu Tim correndo com Cirando pelas ruas desertas de São José do Rio Preto. A noite estava escura e uma chuva torrencial caía como se o céu estivesse desabando. Os dois amigos se depararam com um muro que separava a calçada da mata. Por um buraco, eles adentraram pelo terreno de acesso ao matadouro Bordon. A tempestade se intensificou. Raios e trovoadas cortavam o céu com estrondos que faziam o chão tremer. Tim seguia à frente por uma trilha tortuosa. Com medo, Cirando parou e sugeriu que saíssem da mata fechada e ameaçadora naquele instante. Teimoso, Francisco seguiu como se recebesse um chamado. Sem escolha, Cirando foi junto.

Ao chegarem ao córrego em que os funcionários do matadouro tomavam banho, levaram um susto. O riacho estava apinhado de criaturas humanas escuras com cabeça de boi. Assustados, os dois deram meia-volta e correram para escapar daqueles monstros que mugiam desesperadamente, como se pedissem para não morrer. No caminho, havia no chão uma abertura usada no passado como poço. A escuridão era tão densa que Tim não viu o buraco, camuflado pela vegetação, e caiu. Não despencou ao fundo porque se agarrou desesperadamente num cipó. Ele gritou por ajuda, mas Cirando não ouviu seus apelos por causa do barulho ensurdecedor da tempestade. Com muito esforço, Tim começou a sair lentamente da armadilha.

De repente, uma figura grotesca e deformada emergiu das profundezas do poço desativado e agarrou sua perna esquerda. Era seu avô João, mas não como ele se lembrava. O bruxo estava transformado em uma criatura infernal, com chifres retorcidos e dentes proeminentes. Sua gengiva era tão espessa e vermelha que parecia estar em carne viva. Os olhos brilhavam com uma malevolência diabólica. "Tim, ajude-me! Pelo que há de mais sagrado nesta Terra! Ajude-me!", murmurou o velho de aparência centenária. O garoto ficou mudo e boquiaberto. "Fui assassinado pelos enviados do diabo", murmurou.

Tim tentou ajudar seu avô, mas o pavor o paralisava. João, com um sorriso sinistro, conseguiu tirar do bolso do menino a pedra de calcita desenterrada do terreno da edícula. Após pegar o amuleto de proteção, João começou a ser puxado de volta ao inferno. O garoto se desequilibrou e foi arrastado junto. O avô conseguiu dizer ao neto, com uma voz gélida e cheia de maldição, que o diabo tomaria conta da alma dos dois.

Quando estavam prestes a cair numa caldeira fervente, envolvidos pelo calor sufocante e pelo cheiro de enxofre, Tim deu um grito desesperado e acordou, suado e ofegante, assustando todo o alojamento do 39º BIMtz. Sua cama estava ensopada de urina. Ele nunca mais esqueceu o delírio aterrador que anunciava a morte do avô, um terror que parecia mais real do que qualquer fantasia noturna. Para completar, o soldado Assis acabou punido com prisão por ter molhado o colchão.

Depois de quase dois anos no 39º BIMtz, Tim continuava estagnado na patente de soldado. Como não havia mais questões em debate relacionadas à sua sexualidade, ele finalmente começou a se convencer de que realmente não tinha vocação para a vida militar. Ézio, por exemplo, já havia sido promovido a cabo. Tinha como missão liderar pequenos grupos de soldados e recebia de superiores ordens para executar missões. Paniago tornara-se terceiro sargento, exercendo tarefas operacionais e administrativas. Farinelli, da mesma turma de Assis, estava em uma patente ainda mais alta depois de ser promovido, por mérito, a segundo-sargento, com a função de auxiliar na instrução dos cabos.

No dia 1º de fevereiro de 1988, ocorreu o último ato do soldado Assis no 39º BIMtz, marcando sua despedida. O batalhão promoveu uma festa para comemorar o Dia do Quadro de Sargentos da Saúde. A cerimônia contou com quase mil militares, incluindo autoridades, que fizeram discursos de exaltação aos profissionais da saúde e da "pátria amada idolatrada". Houve hasteamento de bandeira, apresentação da banda do Exército e entrega de medalhas e certificados a sargentos-médicos destacados. Cabos e soldados de outros batalhões também marcaram presença. A festa era realizada em frente ao prédio principal com uma arquibancada para os praças e seus parentes e, do outro lado, um palanque para acomodar os oficiais de patentes mais altas.

As maiores atrações da celebração estavam estacionadas na lateral: um tanque de guerra modelo M41 Walker Bulldog, conhecido por sua mobilidade e poder de fogo, equipado com um canhão de 76 mm, e um veículo EE-11 Urutu, usado como ambulância pelo Exército Brasileiro. Blindado e versátil, o veículo estava equipado com compartimentos internos para macas, assentos para paramédicos e espaço para equipamentos médicos essenciais. Para entrar na festa do 39º BIMtz, o público passava por entre os dois veículos, que chamavam a atenção principalmente das crianças e dos adolescentes filhos de militares.

Em um dos intervalos, houve uma surpresa. Os militares comiam bolo e tomavam refrigerante enquanto a banda oficial tocava clássicos da MPB em versões orquestradas. De repente, soou um apito de escola de samba, daqueles usados pelos mestres de bateria para marcar o ritmo e a evolução do desfile. Do nada, entre os veículos blindados, surgiu um grupo de patinadores do Ibirapuera em fila indiana, deslizando em disparada. Como abre-alas, Assis e Ézio seguiam na frente com um sorriso estampado no rosto. Os dois usavam a famosa bermuda de *lycra* colante e meio transparente, nas cores verde e amarelo fluorescente. Para chocar ainda mais, não usaram roupa de baixo, ressaltando as partes íntimas. No total, o grupo tinha doze atletas do Ibirapuera, metade deles mulheres.

A atração não estava no *script*, o que irritou o cerimonial do 39º BIMtz. Diante dos milicos, os atletas executaram manobras variadas usando patins *quad*, um modelo tradicional com duas rodas na frente e duas rodas atrás, formando um arranjo retangular. Planavam na pista em formações diferentes, alternando entre movimentos rápidos e lentos, realizando giros, saltos e piruetas. Quem comandava o pelotão de patinadores era o soldado Assis, que passava instruções ao resto da tropa pelo apito. Em determinado momento, o líder se agachou suavemente, deslocando-se sobre as rodinhas, alinhando com habilidade dez cones pequenos e coloridos no chão. Sincronizados, os demais patinadores fizeram um movimento de ziguezague em volta deles. Parte da plateia aplaudiu entusiasmada. Os oficiais fecharam a cara por causa da vestimenta dos artistas, considerada ousada para aquele tipo de cerimônia.

Do chão, o soldado Tim começou a paquerar uma moça da plateia de mais ou menos 30 anos. Enquanto passava sobre os patins, olhava fixamente para ela. Em determinado momento, a mulher pareceu corresponder ao galanteio com um sorrisinho discreto. Foi a deixa para o soldado levar a mão até os lábios, jogando no ar um beijo em direção à arquibancada. Após a apresentação surpresa, os patinadores ficaram circulando pela festa militar. O soldado Assis abordou a mulher observada da pista. Conversaram sobre patinação e, na hora de se despedir, ele pediu o telefone da pretendente. Discretamente, a mulher repassou a ele um pedaço de papel com o número e a instrução de só ligar em horário comercial.

Como era de se esperar, no dia seguinte Assis foi chamado ao gabinete do comandante do 39º BIMtz para dar explicações sobre tamanha ousadia. O praça justificou que teve permissão de um coronel para fazer a apresentação no intervalo das comemorações, desde que os patinadores vestissem roupas nas cores da bandeira do Brasil. No entanto, o problema nem era a patinação em si, mas o fato de Tim ter xavecado a esposa de um general de outro batalhão, convidado de honra da festa. Para evitar um escândalo maior, o comandante pediu ao soldado que solicitasse baixa do Exército — melhor do que ser expulso por indisciplina e ato indecoroso. Ézio levou apenas uma advertência por causa da bermuda colante ao corpo.

Segundo informações oficiais do Exército, Francisco de Assis Pereira integrou o efetivo do 39º BIMtz de 3 de fevereiro de 1986 a 1º de março de 1988. Consultada, a instituição não soube informar se ele foi desligado como reservista — alguém que completou o serviço militar obrigatório e passou a fazer parte do contingente, podendo ser convocado em caso de necessidade — de 1ª ou 2ª categoria. Reservistas de 1ª categoria são aqueles que tiveram treinamento completo e participaram de todas as atividades exigidas, enquanto os de 2ª categoria receberam alguma instrução, mas não completaram o serviço militar da mesma forma, podendo ter sido dispensados por excesso de contingente ou realizado um serviço militar alternativo.

A passagem de Tim pelo Exército foi extraordinária e até surreal — e levanta várias questões que a instituição não respondeu. Como é possível um soldado cometer tantas faltas graves e permanecer na corporação? A resposta está na página 443 do seu processo de execução penal, num relatório intitulado "incidente de insanidade mental", feito em 1998. O documento contém um item resumindo sua vida militar: "Durante dois anos, serviu no Exército Brasileiro, no 39º Batalhão de Infantaria Motorizado, sediado em Quitaúna – Osasco (SP). No primeiro ano, cumpriu a obrigação constitucional. No segundo, atuou como soldado engajado por opção, visando prosseguir na carreira militar como cabo. Durante esse período, sofreu mais de duas dezenas de sanções disciplinares, motivadas desde a má apresentação pessoal até embriaguez dentro das instalações militares, chegando a importunar a esposa de um superior. Conseguiu permanecer todo esse tempo no Exército em razão de ocupar a função de rancheiro, o que lhe permitia usufruir e propiciar regalias (fornecer porções alimentares extras e diferenciadas aos seus pares e superiores). Tudo isso evitou sua expulsão, substituída pela recomendação de solicitar voluntariamente sua baixa".

Questionado por este autor, o Comando Militar do Sudeste (CMSE) informou não existir nenhum registro sobre o estupro coletivo que Francisco relatou ter sofrido durante o treinamento em São José dos Campos. "Em caso de denúncia, medidas para averiguar o fato teriam sido tomadas, à luz dos regulamentos do Exército Brasileiro. O CMSE ressalta que repudia veementemente qualquer tipo de violência por parte de seus militares e que os ilícitos e desvios de conduta são sempre responsabilizados nos rigores da lei", afirma a nota enviada a respeito do caso.

* * *

Quando Francisco de Assis saiu do Exército, em 1988, seus pais já estavam de volta a São Paulo. Haviam alugado uma casa no Jardim Miriam, na mesma vizinhança anterior. Nelson voltou a trabalhar como pescador na represa Billings, enquanto Maria Helena conseguiu ser recontratada como supervisora de caixa no Center Castilho da Saúde, zona sul de São Paulo. Roque, o filho caçula, ficou em São José do Rio Preto por causa de uma namorada.

Com o retorno da família à capital, Tim deixou a casa do irmão Luís

Carlos, em Diadema, e foi morar com os pais. Fez curso de datilografia e de torneiro e ajustagem mecânica, processo de fabricar, montar, ajustar e reparar componentes de máquinas e equipamentos. Acabou conseguindo emprego de borracheiro em uma oficina em Aricanduva, zona leste de São Paulo, com a função de consertar pneus furados. Mas aquilo estava longe dos seus anseios: queria se tornar atleta profissional de patins e ainda sonhava entrar no *Guinness Book* como o maior patinador do mundo.

No Jardim Miriam, Tim tentava se manter colado à imagem de soldado do Exército. Andava pelas ruas com a calça verde-oliva, camiseta branca com mangas enroladas e coturno. Só não usava o uniforme completo porque seu pai o advertiu, dizendo que era crime usar as roupas oficiais das Forças Armadas sem pertencer a elas. De fato, vestir indevidamente a farda do Exército pode resultar em detenção de até um ano ou multa, conforme o Artigo 46 do Código Penal Brasileiro. Sendo assim, ele abria mão da gandola, a camisa camuflada de botões, por achar que chamaria muita atenção. Mas manteve uma delas no guarda-roupa. Na lapela do bolso, substituiu a identificação "Soldado Assis" por seu apelido, "Zé Galinha". Usava a peça somente em ocasiões especiais.

Fora do Exército, Francisco abandonou definitivamente o apelido Tim, considerado infantil por ele. Na rua e em casa, exigiu ser chamado de Chico ou, de preferência, Zé Galinha. Nessa fase, continuava saindo com muitas mulheres, conquistadas na vizinhança de casa e da oficina em que trabalhava e no Ibirapuera. Àquela altura, a fama de gay disseminada no 39º BIMtz havia sido sepultada de forma definitiva. "O Francisco sempre foi o filho mais bonito, o mais educado, o mais talentoso, o pegador, o mais "garanhão" dos três. Todo dia tinha uma mulher atrás dele lá em casa. Era impressionante. Parecia que tinha um ímã. Até hoje não sei de onde tiraram essa conversinha de que ele poderia ser gay, que sonhava em ser mulher", declarou Maria Helena, em julho de 2024.

A fama de conquistador de Chico, iniciada no Exército, de fato se cristalizou fora da caserna. Até os irmãos, que antes zombavam dele chamando-o de "Capitão Gay", passaram a chamá-lo de "Zé Galinha". Mas, verdade seja dita, bonito, mesmo, ele nunca foi. Seus dentes vinham sofrendo de um problema conhecido como "erosão odontológica". Trata-se da perda de tecido dental causada por ácidos não originários de bactérias. Eles podem vir de alimentos e bebidas, como refrigerantes e sucos cítricos, ou de condições fisiológicas que causam refluxo gástrico ou vômito frequente. A erosão desgasta o esmalte dos dentes, tornando-os mais sensíveis, frágeis e suscetíveis a cáries e outros problemas.

Na boca, Chico também tinha um problema grave chamado "amelogênese imperfeita". É uma condição genética rara que afeta a saúde dos dentes, causando esfarelamento. À medida que o tempo passava, era comum ele se deparar com fragmentos dentários na comida que mastigava. Incomodado com o sorriso, procurou um dentista no Centro de São Paulo. Mas o tratamento para restaurá-los era caríssimo para seu bolso. Ele também tinha muitas cáries, tártaro — inclusive nos incisivos — e sofria dores por causa do excesso de sensibilidade, principalmente com alimentos gelados, como sorvetes.

Para compensar a falta de beleza na boca, Chico começou a intensificar os exercícios físicos, hábito adquirido no Exército. Fazia musculação numa academia em Aricanduva, perto da oficina em que trabalhava. Corria no Ibirapuera e ainda patinava por cerca de quatro horas diárias. Ele andava com uma mochila nas costas e, quando descia dos ônibus, já calçava os sapatos de rodinhas e deslizava pelas calçadas, ajudando a fortalecer a musculatura das pernas e melhorando a capacidade cardiovascular do organismo.

Na oficina, Chico fez amizade com todos os mecânicos e borracheiros. No final do expediente, cerca de dez funcionários tomavam banho completamente nus em chuveiros instalados no quintal, exceto o lanterneiro, que ficava sempre de cueca. Numa dessas intimidades, um funcionário olhou para o pênis de Chico e identificou a fimose. Ao ver que o patinador ia pegar a toalha para se enxugar, fez um comentário indiscreto, mas muito útil:

— Chico, você tem fimose. Precisa puxar a pele para lavar, senão vai acumular secreção e você poderá ter problemas de saúde. Tive um irmão que trabalhava na roça. Ele teve fimose, nunca lavou o pau direito e teve de amputá-lo por causa de um câncer.

Chico não gostou da abordagem e reagiu, talvez porque o comentário tenha sido feito na frente dos outros.

— Eu te perguntei alguma coisa, seu veado filho da puta?

— Cara, só quis ajudar!

— Porra nenhuma! Você fica aí olhando para o pau de todo mundo, seu manja-rola!

A discussão engrossou. Os dois se engalfinharam sem roupa, rolando pelo chão molhado. A luta corporal só acabou com a intervenção do gerente. Os dois receberam uma advertência e, no dia seguinte, o lanterneiro pediu desculpas, dizendo ter tido o mesmo problema na adolescência, quando iniciou a vida sexual. O patinador, então, pediu para ver o resultado da cirurgia do amigo, como havia feito com Lourenço no Ibirapuera, quatro anos atrás. Ao ver o órgão sexual do lanterneiro, Chico ficou horrorizado: o pênis tinha uma cicatriz espessa e elevada, conhecida como "queloide". O problema ocorre devido à produção excessiva de colágeno durante o processo de cicatrização. Diferentemente das cicatrizes normais, os queloides ultrapassam os limites da lesão original, podendo crescer de forma contínua e desordenada. São frequentemente pruriginosos (coçam) e podem ser dolorosos, sendo mais comuns em pessoas com predisposição genética e em peles mais escuras.

O lanterneiro estava coberto de razão quando fez o alerta de saúde sexual para Chico. Entre 2012 e 2022, o Brasil registrou mais de 20 mil casos de câncer de pênis e uma média anual de 645 amputações do órgão, segundo dados do Ministério da Saúde. Esse tipo de doença, embora raro, pode ser prevenido com medidas simples, como asseio correto e vacinação contra o HPV. A Sociedade Brasileira de Urologia (SBU) alerta que a falta de informação, o diagnóstico tardio e práticas inadequadas de higiene são fatores que contribuem para a alta ocorrência da condição no país.

No processo penal de Francisco de Assis, há um laudo assinado pelo urologista Marjo Perez, confirmando a fimose do patinador. Mas o especialista contesta a informação de que o excesso de pele fosse capaz de impedir uma penetração plena. O exame foi realizado a pedido do Tribunal de Justiça de São Paulo. "O examinado apresenta desenvolvimento normal dos genitais. A pilificação é normal em sua quantidade e distribuição. Os testículos, epidídimo, e cordão inguinal apresentam desenvolvimento normal. Não há presença de hérnia inguinal pelo exame dos anéis inguinais externos. O pênis tem comprimento de 12,5 cm, medido da base até o terço médio da glande durante tração. Esse comprimento é normal para um indivíduo adulto. O prepúcio mantém a glande totalmente coberta e se estende por mais 2 centímetros além de sua extremidade. Ao movimento de retração do prepúcio em direção à base do pênis, a glande se exterioriza totalmente, sem dificuldade. Não há sinais macroscópicos de processo inflamatório na glande ou no sulco balanoprepucial. Concluímos que o examinado tem prepúcio redundante, sem dificuldade de exteriorização da glande. Essa alteração pode causar algum incômodo durante a penetração na relação sexual, mas não há impedimento sob o ponto de vista anatômico", diz a íntegra do laudo médico.

Depois de ver o pênis do lanterneiro, Chico resolveu jamais operar sua fimose. Quando tinha 21 anos, em 1989, ele estava no auge da vida de "pegador". Seus pais tinham orgulho do filho por causa dessa característica. Certa vez, numa manhã de domingo, Nelson e Maria Helena viram uma garota saindo do quarto do filho, enquanto outra chegava. "Vai namorando quantas mulheres você puder, Chico. Mostre que você é sem-vergonha mesmo. Esse é o papel do homem neste mundo. A culpa nem é nossa. É da natureza, que nos fez assim, um comedor. (...) No meio dessa putaria, você vai encontrar a mulher certa", disse Nelson.

A previsão do patriarca não demorou para se concretizar. Passando pelas ruas do bairro onde morava, Chico conheceu uma menina chamada Janete, de 12 anos. A mãe da adolescente, Ana Júlia, era funcionária da Companhia de Saneamento Básico do Estado de São Paulo (Sabesp) e sabia quem era Maria Helena por causa da confusão no despejo da família, ocorrido três anos antes. Segundo relatos da garota, no início, Chico passava pela calçada em frente à sua casa e a cumprimentava apenas com um "oi", seguindo caminho sem dizer mais nada. Uma semana depois, ele parou e perguntou o nome da adolescente. Um tempo depois, ofereceu-lhe balas. Como Janete aceitou, o patinador encarou o gesto como um "sim" e deu um beijo no rosto da menina. A diferença de idade entre os dois era de quase dez anos. E a disparidade tornava-se gritante porque Janete era magra e baixa, enquanto Chico era forte e alto, com quase 1,80 m de altura.

Uma das investidas de Chico em Janete foi testemunhada pela mãe. "O que você está fazendo com a minha filha?", questionou, brava. A garota se antecipou, dizendo que eles estavam apenas conversando. Precavida, Ana Júlia mandou a filha entrar em casa e pediu que Chico nunca mais a abordasse na rua, caso contrário chamaria a polícia. Na noite do mesmo dia, Maria Helena foi até a casa da vizinha tentar tranquilizá-la. A mãe de Chico disse que os dois estavam apaixonados e que não adiantaria nada Ana Júlia se interpor entre o casal. As duas discutiram. "Minha filha só vai namorar após completar 15 anos. Não faz nem um mês, ela ainda brincava com as bonecas", argumentou a mulher. Na saída, Maria Helena ainda debochou da vizinha: "Pois é, agora sua criança quer brincar com outro tipo de coisa".

Duas semanas depois daquele embate de mães, Chico andava de mãos dadas com Janete na rua e tomavam sorvete juntos numa pracinha. Ana Júlia era mãe solo. Pensou em ir à delegacia, mas acabou batendo na porta de Maria Helena, com quem voltou a discutir. Dessa vez, Nelson tentou apaziguar. "Minha senhora, até eu sou contra. Sua filha é muito criança, mas não há nada que possamos fazer. A paixão aconteceu. Se proibirmos, eles vão namorar escondido e poderá ser bem pior", argumentou. Ana Júlia estava pensativa quando Maria Helena perguntou sua idade. "Tenho 26, por quê?", respondeu. "Então você engravidou na adolescência, né? Que moral você tem para tentar impedir que sua filha namore?", argumentou a mãe de Chico.

Ana Júlia já estava de saída quando Maria Helena cantarolou os versos de uma música escrita por Gonzaguinha, popular na época, cuja letra trata de uma menina que se apaixona no forró por um homem mais velho. Um trecho cita os conselhos dos pais para a filha: "Mãe falou pra eu ter cuidado. Pai falou: É tentação. Mãe falou: Não vá na dança. Pai falou: É perdição. Mãe falou: Isso é pecado. Pai falou: Faça isso não. Mãe falou: Ruim pra diabo. Pai falou: Até que é bom. Mãe gritou: Isso vicia e esse vício só traz dor. Pai falou: De dor se chega ao céu. É o gosto do amor". Desde então, Chico e Janete passaram a namorar.

Nos anos 1980, era comum e socialmente aceito no Brasil que homens mais velhos se relacionassem com meninas muito novas, devido às expectativas sociais e culturais da época, quando o casamento precoce era visto como uma forma de garantir alianças familiares e segurança econômica. As mulheres eram predominantemente direcionadas a papéis domésticos e a diferença de idade não era um impedimento, e sim uma garantia de estabilidade. Além disso, a legislação permitia às pessoas casarem-se com menos idade, muitas vezes com o consentimento dos pais, refletindo uma visão diferente da maturidade e das transições para a vida adulta. Atualmente, leis mais rigorosas protegem crianças e adolescentes desse descalabro. Se um homem de 21 anos namorar uma menina de 12, como ocorreu com Chico e Janete em 1989, ele estaria cometendo crime de estupro de vulnerável, punível com oito a quinze anos de prisão, conforme o Código Penal Brasileiro. As mudanças refletiram um progresso significativo em termos de direitos humanos e de proteção infantil.

Depois de autorizado, Chico deu o primeiro beijo na boca de Janete. O ato ocorreu na sala da casa dela. Na semana seguinte, a relação entrou em crise. A menina começou a ficar incomodada com o apelido do namorado. O patinador ainda era chamado, inclusive pelos pais, de Zé Galinha. Numa última tentativa de demover a ideia da filha de namorar, Ana Júlia havia revelado em tom de catástrofe que Chico dormia todo dia com uma mulher adulta diferente em sua cama. Janete não deu a mínima para o alerta da mãe. Mas, pelo sim, pelo não, resolveu confrontar o "patinador garanhão":

— Que história é essa de você dormir com mulheres na sua cama?
— Amor, eu falei para você que sou o Zé Galinha, lembra?

— Mas eu achava que você seria uma galinha só minha.

— Vou contar um segredo para você ficar tranquila. Eu realmente durmo com muitas mulheres. Mas, acredite, não acontece nada. Eu ainda sou virgem.

Por incrível que possa parecer, Chico estava falando a verdade. Ele nunca havia transado plenamente com uma mulher. Com algumas garotas da patinação no Ibirapuera, até tentou ter uma experiência sexual com penetração, mas não havia dado certo. Ora o obstáculo era a falta de ereção suficiente para ocorrer a conjunção carnal, ora o excesso de pele que escondia a glande do pênis. Em outras ocasiões, a negativa partia da parceira, que desistia do ato nas preliminares tão logo se deparava com o excesso de esmegma, substância sebosa comum em quem tem fimose. Até então, além de ter sofrido abuso do tio e da tia maternos, Chico tinha uma experiência sexual limitada ao sexo oral em Lourenço, aos homens que conhecia dentro do ônibus — quando assumia papel de passivo — e ao estupro coletivo no 39º BIMtz.

Depois de um ano de namoro, Chico e Janete enfrentaram mais uma crise, culminando num término temporário da relação. Nessa época, os dois já dormiam um na casa do outro, mas sem sexo. Com 13 anos, Janete tinha desejo de transar. Suas colegas da escola já haviam perdido a virgindade, enquanto ela nem sequer havia visto o namorado nu. Numa festa, os dois beberam cerveja e ficaram embriagados. O patinador levou a garota em casa. Tentaram transar. Chico tirou a roupa, tentou penetrá-la sem sucesso e ejaculou sobre o sexo da menina. Depois daquela tentativa desastrosa, o casal se afastou.

O rompimento do namoro coincidiu com a dispensa de Chico da oficina. Nesse período, ele recebeu um convite de Alexandre, patinador profissional que treinava no Ibirapuera. O Shopping Bauru, inaugurado em 1989, iria abrir uma pista de patinação de 400 metros quadrados. A direção do estabelecimento contratou Alexandre para criar a apresentação inicial e depois assumir a pista como instrutor permanente do espaço. Chico foi convidado para o show de abertura e também para trabalhar como instrutor. Emocionado, aceitou na hora.

Chico pegou todo o dinheiro que tinha juntado como borracheiro, pediu mais algum emprestado dos pais e comprou o melhor par de patins profissionais à venda no Brasil, o Rollerblade. Na época, o modelo custava 300 dólares — um equivalente, hoje, sairia por 4.500 reais. Destacava-se pelo *design* inovador e pela funcionalidade aprimorada, tornando-se um símbolo da cultura *pop*. Tinha quatro rodas em linha reta, proporcionando maior velocidade e boa capacidade de manobra em comparação com os patins tradicionais de quatro rodas, usados por ele até então. As botas do Rollerblade eram rígidas, oferecendo suporte robusto ao tornozelo, e os freios traseiros facilitavam a desaceleração segura. Os rolamentos de alta qualidade garantiam um movimento suave.

Até aquele momento, Maria Helena nunca havia visto o filho tão contente em toda a sua vida. Emocionado, Chico chorava copiosamente enquanto arrumava a bagagem. Afinal, sua vida estava fazendo um movimento de 180 graus. Na sala, o atleta se despedia calorosamente da mãe, com os patins profissionais novos na mochila e toda a sua roupa numa sacola de viagem. "Você será para sempre o meu Tim, esse ser iluminado. Viva a vida, meu menino", afagava a mãe. "A senhora não faz ideia do que estou sentindo. Finalmente vou viver do sonho de patinar profissionalmente. Como havia dito, serei famoso. A senhora vai ter muito orgulho de mim. O Brasil inteiro vai ouvir falar de Chico Estrela, meu nome." Mãe e filho estavam abraçadinhos, derramando as últimas lágrimas, quando a campainha tocou. Maria Helena abriu a porta e quase caiu para trás. Eram Ana Júlia e Janete, de mãos dadas. A mãe da garota foi objetiva:

— Minha filha está grávida desse monstro! Ou você assume o bebê ou vou agora mesmo à delegacia contar que você estuprou a menina, seu maníaco!

CAPÍTULO 7
ESCURIDÃO INTERIOR

São Paulo, 30 de novembro de 2002

Querido Francisco,

Quando esta carta chegar às suas mãos, espero que esteja em paz. Acompanhando o noticiário, soube da sua trajetória. Desde então, passei a sentir algo profundo e inexplicável por você. Mesmo conhecendo as acusações, meu instinto me diz que sua alma é bonita, apesar dos erros que o levaram à prisão.

Sou uma mulher experiente, tenho posses, mas sou sozinha. Minha vida me ensinou a valorizar a empatia e a compreensão. Talvez pareça loucura, mas acredito que todos têm justificativas, segredos e complexidades. Minha mente não consegue aceitar que você seja apenas o que dizem. Sinto uma vontade incontrolável de conhecê-lo, de conversar, olhar no seu olho, tocar em seu rosto.

Anseio profundamente poder visitá-lo na penitenciária. Não tenho medo de ser julgada por querer ter contato com você. Quero oferecer amizade, carinho e o que tenho de melhor para dar: o meu amor. Quero te levar um pouco de conforto e ouvir seu coração. Ou, então, vamos só jogar conversa fora. Se você também sentir algo por mim, peço que escreva de volta. Sua carta-resposta será um "sim", o sinal que esperarei ansiosamente.

Com afeto e esperança,

Jussara Gomes Glashester

* * *

São Paulo, 12 de agosto de 2000

O relógio marcava aproximadamente 1h da madrugada. Depois de tomar três doses de tequila, a dona de casa Jussara Gomes Glashester, de 60 anos, vestiu-se com roupas de inverno, entrou em seu Toyota Corolla e pegou a Rodovia Anhanguera (SP-330) em disparada rumo a Ribeirão Preto, a 317 quilômetros da capital. O porta-malas estava abarrotado. Um enorme jumbo — mantimentos que os visitantes podem levar aos presidiários — continha arroz, feijão e frango de padaria armazenados numa embalagem térmica, para chegar ao destino ainda quentinhos, salada de folhas, frutas, refrigerante e um bolo de chocolate. Numa caixa separada, Jussara levava adoçante líquido, bolacha água e sal, doces em barra, leite em pó, manteiga, pão de forma e tempero pronto. Em outra, menor, havia isqueiro, maços de cigarro, fumo desfiado, pacotes de palha, cortador de unha, escova de cabelo, espelho com moldura plástica, jogo de dominó e jogo de dama.

Na porta da penitenciária masculina de Ribeirão Preto, Jussara levou um susto. O dia ainda não havia clareado e a multidão de visitantes seguia rente à muralha e dobrava duas esquinas. Na verdade, eram três fileiras: uma para tentar pegar a senha, outra para entrar na prisão e mais uma para a revista. Ela havia se esquecido de que era Dia dos Pais, por isso o número de pessoas estava bem maior, com muitas crianças e adolescentes. Carregando os fardos de suprimentos, a dona de casa procurava o fim da fila quando foi chamada por Gabriela, uma amiga de longa data que havia chegado bem mais cedo e já estava lá na frente.

Em filas de visitantes de penitenciária, furar a vez é sinônimo de muita confusão. Às vezes, esse tipo de treta termina em pancadaria. Sendo assim, Gabriela fez uma proposta à amiga: cederia o lugar em troca de 200 reais. Jussara aceitou na hora, já que nem todos conseguem senha para entrar na cadeia, principalmente em datas festivas. "Muita gentileza da sua parte", agradeceu Jussara, após repassar o dinheiro. Acompanhada de dois adolescentes, Gabriela guardou as notas no sutiã, despediu-se e foi abordar outras mulheres.

Condenado por tráfico de drogas, Edgar, o marido de Gabriela, estava preso em Ribeirão Preto havia vinte anos. De tanto visitá-lo, a mulher começou a empreender do lado de fora. Seguia com três filhos, duas vizinhas e três sobrinhas — todos adolescentes — para marcar lugar na fila de quase 300 pessoas. Localizada no km 47 da Rodovia Abrão Assed, a casa penal tinha capacidade para 865 presos, mas abrigava mais que o dobro, transformando-se numa verdadeira bomba-relógio.

Há dois anos, Jussara visitava o detento Antônio Carlos, de 34 anos, conhecido no xilindró como Toninho Boca de Jacaré. Os dois começaram a trocar cartas quando ela ainda morava em Florianópolis. Tudo começou com uma ligação de Jussara para a Pastoral Carcerária de São Paulo, uma entidade da Igreja Católica que presta assistência espiritual, social e jurídica à população prisional, além de ajudar na ressocialização dos reclusos. Naquela época, a organização não governamental religiosa tinha um programa com o objetivo de estabelecer laços de amizade por meio de correspondência entre voluntários em liberdade e criminosos abandonados nas penitenciárias, conhecidos como "reeducandos sem referência familiar".

Inicialmente, uma missionária da Pastoral indicou a Jussara um latrocida preso em Araraquara, condenado a cinquenta anos por ter matado duas pessoas em um assalto a banco. Era um homem baixinho, calvo, grosseiro e com sobrepeso. Depois de trocar três cartas, ela desistiu.

Achou que não houve química com o bandido. Mais uma ligação para a Pastoral e ela conheceu um rapaz que havia matado a esposa e os dois filhos para se vingar de uma traição. Preso em Tremembé, ele não recebia visita nem da mãe. Jussara escreveu, mas não obteve resposta. Na terceira tentativa, as voluntárias católicas indicaram Toninho, abandonado na penitenciária de Ribeirão Preto.

Nas primeiras cartas, o meliante contou a Jussara um drama de circo. Ficou desempregado em meados da década de 1990, contraiu dívidas, perdeu a casa e a família. Com tanta desgraça, acabou integrando uma quadrilha de roubo de carga sob influência de péssimas amizades. Vivendo no crime, assaltou uma carreta carregada de computadores na Via Dutra, mas o veículo estava acompanhado de batedores. Numa troca de tiros, Toninho foi atingido na perna e capturado pela polícia. Julgado por roubo à mão armada, o assaltante foi condenado a oito anos de prisão. Essa era a história relatada por ele nas missivas.

Depois de uma dúzia de cartas trocadas, ela recebeu uma foto de Toninho Boca de Jacaré – e se apaixonou perdidamente. O prisioneiro parecia um galã de televisão, comparado por ela com o ator Francisco Cuoco. Selaram namoro por correspondência. Em 2001, querendo ficar perto de seu amado, ela se mudou para São Paulo. Como a promoção dele para o regime semiaberto estava prevista para o final de 2002, a mulher planejava levá-lo para morar numa casa a ser construída num lote de terra, numa área de expansão em Ribeirão Preto.

Filha de empresários, divorciada e sem herdeiros, magra, loira e sardenta, Jussara havia recebido uma herança generosa dos avós e dos pais, dando-lhe alívio financeiro. Desde o início de 1990, quando tinha 50 anos, a mulher decidiu se relacionar somente com presidiários. Frequentava portas de penitenciárias em Santa Catarina, Paraná e Rio Grande do Sul. Identificava homens solteiros e começava sua saga enviando cartas. Seu programa de TV preferido na época era o policial *Aqui Agora*, do SBT. Assistia do começo ao fim em busca de bandidos-galã. Sentia vontade de ajudá-los, inclusive financeiramente. Quando tinha tempo livre, frequentava a plateia de júris populares para ver, ao vivo, réus de crimes contra a vida tendo seus destinos definidos pela sociedade.

Jussara gostava de presidiários, mas não de qualquer um. Não se correspondia com traficantes, pedófilos ou infanticidas. Dava preferência por assassinos em série, assaltantes violentos, estupradores e matadores de mulheres. Às vezes, ela seguia até o fórum para consultar o processo do seu pretendente e saber se ele falava a verdade quando contava o motivo da condenação. Certa vez, tentaram enganá-la. Um jovem disse que havia matado a esposa porque ela teria transado com um colega de trabalho. Depois de consultar o processo de execução penal do rapaz, Jussara descobriu outra verdade. Ele havia matado o pai com seis tiros no rosto. Parou de trocar cartas com o assassino imediatamente.

Quando Toninho disse na carta ter sido condenado a cinquenta anos por assalto à mão armada, Jussara duvidou. A pena era muito alta para um crime tão corriqueiro. Para tirar a prova dos noves, foi até o fórum. Apaixonou-se ainda mais quando confirmou que, na verdade, o presidiário havia estuprado e decapitado uma prostituta de 21 anos com quem se relacionou por oito meses. A vítima pressionava Toninho para largar a esposa e assumi-la como titular. Como ele não tomava providências nesse sentido, a garota de programa resolveu procurar a mulher dele, uma balconista chamada Flaviana. Folheando o processo, Jussara parou na página com as fotos da vítima, mostrando a jovem completamente nua, coberta de sangue e sem a cabeça. Ficou apreciando a imagem por longos minutos, até que um funcionário do fórum tomou os autos de suas mãos.

Do fórum, Jussara saiu determinada a entrar no rol de visitantes de Toninho. Mas havia um obstáculo. No sistema penitenciário de São Paulo, somente cônjuges e parentes de primeiro grau (ou seja, pai, mãe, filhos e irmãos) podem ver o preso. A Secretaria de Administração Penitenciária abre exceção para amigos e namoradas se a lista do detento estiver zerada, ou seja, se ele não estiver recebendo nenhuma visita. Na relação de Toninho, constavam os nomes da esposa e de dois filhos. Com isso, Jussara não poderia encontrá-lo.

Debulhada em lágrimas, a mulher escreveu uma carta para terminar o namoro com seu amado, pois não sabia que ele tinha família. "Sei que todos cometem erros e que a vida nem sempre é simples. Porém, a honestidade é a base de qualquer relacionamento e sinto que essa confiança foi quebrada de maneira irreparável. Não posso continuar com esse relacionamento sabendo que há outra pessoa envolvida, alguém que provavelmente não tem conhecimento do que estava acontecendo entre nós. (...) Desejo-lhe tudo de bom e espero que encontre seu caminho e resolva suas questões pessoais. Espero que, no futuro, possa ser honesto consigo mesmo e com as pessoas ao seu redor", dizia um trecho da despedida.

Jussara já se correspondia com outro preso, do Cadeião de Pinheiros, quando recebeu uma resposta de Toninho, que mudaria tudo. "Recebi sua carta e fiquei profundamente abalado com o mal-entendido. Não sou casado; minha esposa me abandonou há anos. Estou preso, mas meu coração está livre, esperando pelo seu. Nunca quis esconder nada de você, meu amor, e lamento se minha falta de clareza causou essa confusão. Aqui na prisão, a solidão é esmagadora, tornando nossas cartas uma válvula de alívio para a minha alma. Nosso relacionamento foi sincero e verdadeiro para mim. Para mostrar a importância que você tem na minha vida, excluí todos os meus parentes da lista de visitantes e coloquei apenas o seu nome. Jussara, você é a única palmeira da minha vida. Peço, do fundo da alma, que reconsidere com essa nova informação e me dê uma chance de explicar tudo pessoalmente. Você tem sido uma vela em minha vida, e seria devastador perder isso por um equívoco", escreveu Toninho. Na mesma carta, ele pediu a Jussara que procurasse a secretaria da penitenciária com documentos pessoais e comprovante de residência para fazer uma carteirinha de visitante.

No primeiro dia de visita, Jussara foi a primeira a entrar na penitenciária. Pessoalmente, Toninho era mais atraente. Praticava exercícios físicos, estava cheiroso. Era um manancial de carinho. O casal trocou beijos de novela. Agarravam-se tanto no pátio da penitenciária que um policial penal interveio três vezes, ameaçando expulsá-la da cadeia por falta de decoro. Em certo momento, Jussara pediu ao presidiário que apertasse seu pescoço discretamente, como se fosse enforcá-la. Toninho obedeceu. Só parou quando a mulher começou a tossir, engasgada. Em outra ocasião, ele conseguiu pôr a mão disfarçadamente por dentro do moletom da visitante até alcançar os seios.

Jussara batia ponto todo domingo na fila de visitantes. Entrava por volta das 8h. Naquela época, passava por uma revista íntima humilhante: precisava tirar a roupa toda, inclusive as íntimas, e ficar de cócoras com as pernas abertas sobre um piso espelhado, para a policial penal ver se não carregava objetos dentro do ânus e da vagina. Atualmente esse procedimento é realizado com scanner, ou seja, não se tira mais a roupa.

A partir do terceiro mês de visitas semanais, Toninho fez um acerto com Jussara. Como ele estava estudando para prestar vestibular, a namorada deveria ir embora logo após o almoço, por volta das 14h. Ela aceitou a proposta. "Um curso superior vai ajudá-lo a se reerguer", incentivava. Para mostrar a seriedade dos estudos, o detento levava para o pátio de visitas uma pilha de livros. A namorada até estudava matemática com ele.

Perto da hora de ir embora, violentamente apaixonada, Jussara começava a enlouquecer. Sentava-se no colo de Toninho. Excedia-se nos carinhos. Tentava masturbá-lo dentro da penitenciária. Emitia gemidos agudos. Quando faltavam 15 minutos para as 14h, ela dizia que só iria embora se fizesse pelo menos sexo oral nele. Afinal, estavam num relacionamento sério. Para se livrar da visita no horário combinado, o assassino a levava rapidamente até o banheiro para fazer o que ela queria.

A cada visita, Jussara se contentava menos. Não queria mais ficar nos abraços, beijos e sexo oral no banheiro. A todo custo, precisava transar com o criminoso dentro da cadeia, como faziam as esposas de outros detentos. A obsessão descontrolada fazia com que ela perdesse a noção, dando sinais de histeria e impulsividade. Em contato com outras mulheres de presos, Jussara descobriu que alguns casais conseguiam fazer sexo escondidos em lugares afastados, como banheiros coletivos da galeria dos fundos, num espaço reservado para exercícios físicos, atrás de uma árvore no campo de futebol e até na capela. "Dá para transar sem tirar a roupa", propôs. "Nem pensar. Eu quero muito fazer amor com você, mas tem que ser do jeito certo. Tem policial penal em todo canto aqui na penitenciária. Se me pegarem no sexo clandestino, não conseguirei o semiaberto e minha pena poderá aumentar", argumentou Toninho Boca de Jacaré.

Nas cadeias de São Paulo, para ter direito ao espaço reservado à visita íntima, o casal tem de apresentar certidão de casamento ou pelo menos uma declaração de união estável lavrada em cartório. Obstinada, Jussara estava atrás da documentação quando se deparou com um obstáculo intransponível. A esposa de Toninho, Flaviana, de 33 anos, negou que estivesse separada do companheiro. "Nunca! Estamos juntos. Ele até me falou que trocava cartas com a senhora. Mas não levei a sério porque ele nunca gostou de mulheres velhas", disse a jovem, sem papas na língua.

Acreditando estar diante de uma ex-namorada ciumenta, Jussara argumentou que Flaviana havia sido excluída do rol de visitantes por Toninho. Nesse momento, a oponente abriu a bolsa e mostrou sua carteirinha de visitante recém-renovada. "Acabei de tirar. Está novinha em folha. Sabe o que isso significa? Que a senhora não poderá mais visitar o meu marido na cadeia, pois a lista de visitas dele não está mais zerada, sua puta idosa!", gritou ela. Desolada, a dona de casa sentou-se numa soleira de calçada e começou a chorar copiosamente, sob o olhar atento da esposa do seu namorado.

Jussara tinha uma perversão sexual denominada pela psicologia de hibristofilia. É um transtorno caracterizado pela atração sexual por indivíduos que cometeram crimes violentos, como homicídios. Esse comportamento, batizado pelo psicólogo John Money, envolve uma fascinação por criminosos notórios, muitas vezes levando pessoas a se corresponderem com eles – enviam cartas de amor e até fazem propostas de casamento. Casos famosos incluem os *serial killers* Charles Manson e Ted Bundy, que receberam atenções românticas enquanto estavam presos. Bundy chegou a se casar com uma dessas mulheres.

A hibristofilia pode ser motivada por uma variedade de fatores psicológicos. Algumas pessoas são atraídas pela euforia e pelo perigo associados a estar próximo de um criminoso violento. Outras podem se sentir fascinadas pela notoriedade e fama desses indivíduos. Há também quem acredite na capacidade de redimi-los ou transformá-los, alimentando uma fantasia de poder e controle. A baixa autoestima, a busca por excitação e experiências traumáticas anteriores também podem contribuir para o desenvolvimento dessa parafilia.

Depois de chorar todas as lágrimas disponíveis, Jussara se levantou, enxugou o rosto e fez uma proposta a Flaviana. "Você não visitava o Toninho há dois anos. Só renovou a carteirinha de visitante porque ele está comigo. Essa que é a verdade. Quanto você quer para abandoná-lo de vez?", perguntou. Rápida, Flaviana pediu dois salários mínimos por mês para ajudar na criação de três adolescentes. As duas fecharam o negócio ali mesmo, na calçada. Jussara assinou um cheque e entregou à adversária. "Você está certa. Nunca mais o visitarei. E continuarei sem pisar na penitenciária enquanto for bem remunerada", advertiu a moça, rindo.

Com caminho livre mais uma vez, Jussara contratou um advogado, que providenciou a papelada necessária para conseguir um atestado de união estável com Toninho. Finalmente, então, obteve uma carteirinha de companheira do assassino. Passou a ter visitas íntimas todos os finais de semana. Para ficar mais próxima dele, comprou uma casa de três quartos e se mudou para Ribeirão Preto. Seus planos incluíam se casar com o bandido logo que ele ganhasse o regime aberto.

Jussara estava nas nuvens de tanta felicidade. Passava os seis dias da semana se preparando para visitar Toninho na penitenciária. Começava a montar o jumbo na quarta-feira. Comprava roupas novas para nunca repetir o figurino. Certa vez, estava no salão de beleza fazendo as unhas e o cabelo quando encontrou Gabriela, a amiga que sempre vendia vaga na fila de visitantes da cadeia. A jovem pediu 200 reais emprestados para tingir o cabelo de loiro. Em troca, passaria uma informação valiosíssima. Curiosa, Jussara deu o dinheiro. "Eu não gosto de mentiras. Por isso, vou te contar um segredo. A Flaviana visita seu namorado todos os domingos na penitenciária. Tão logo você sai, ela entra... Por isso ele te escorraça de lá às 14h, com a desculpa de que vai estudar", revelou a fofoqueira. "A Flaviana não tem como entrar na cadeia. O nome dela não está mais na lista de visitantes. A companheira do Toninho sou eu", argumentou Jussara. "A senhora é muito ingênua. Ela pode entrar na penitenciária todo domingo porque tem um irmão presidiário..." Jussara nem esperou Gabriela terminar de falar. Esbaforida, saiu do salão sem pintar todas as unhas e com o alisamento do cabelo pela metade. Foi em casa, pegou uma faca de cozinha, escondeu na bolsa e seguiu furiosa ao encontro da rival.

Em Bauru, Francisco de Assis se apresentou pela primeira vez como patinador profissional na inauguração da pista do Bauru Shopping, em 1990. Na plateia havia quase mil pessoas, e o evento foi noticiado pela TV TEM, afiliada da Rede Globo na região. Inicialmente, Chico entrou com trinta atletas, todos vestindo a mesma roupa: bermuda de *lycra* colante branca e camiseta regata azul-marinho. Levado para o evento pelo amigo Alexandre, patinador do Ibirapuera, ele sabia que a apresentação seria coletiva. Para se destacar, colou lantejoulas coloridas na barra da bermuda e nas alças da camiseta. Também tingiu o cabelo crespo com três faixas de cores diferentes: laranja, verde e azul, que se tornaria sua marca registrada em Bauru. A performance começou com todos os artistas deslizando em círculo, embalados pelo clássico "Xanadu", da cantora britânica Olivia Newton-John. O grupo era liderado por Alexandre, considerado o mais experiente. Logo na entrada, a plateia ovacionou a turma com uma salva de palmas e gritos.

Naquela época, a patinação não era apenas uma atividade recreativa; fazia parte da cultura *pop* e crescia como movimento artístico em todo o planeta. Francisco tinha tanta consciência da importância dessa atividade que estudou para a apresentação em Bauru, considerada um divisor de águas em sua carreira. Quando soube que o tema da inauguração da pista seria a canção "Xanadu", pesquisou sobre o filme homônimo, exibido nos cinemas em 1980.

No final do show, o organizador do evento usou o sistema de som para pedir ao público mais aplausos, pois os atletas estavam finalizando a apresentação. Na saída dos patinadores, o mestre de cerimônias anunciou pelo alto-falante: "Ei, você aí de cabelos coloridos... O público tá pedindo para você voltar e fazer uma performance solo". A plateia começou a gritar. Incrédulo, Chico olhou para o homem com microfone na mão. Em dúvida, questionou: "Eu?!". O locutor insistiu. "Você mesmo, rapaz! Como é seu nome?". "Chico Estrela!", respondeu. "Volte à pista e mostre ao público como um atleta profissional domina os patins". Em seguida, o DJ soltou uma música vibrante, dessas que incendeiam as boates.

Naquela época, as pistas de patinação funcionavam como baladas, com som e luz de discoteca. Foi nesse cenário que Chico Estrela brilhou pela primeira vez. À medida que a música ganhava força com batidas eletrônicas vibrantes, o palco se iluminava com luzes neon e efeitos especiais, criando um ambiente mágico e envolvente. Com sua presença carismática e habilidades impressionantes, Francisco entrou na pista deslizando com graça e precisão. Já na largada, foi aplaudido de pé. Naquele momento, ele não segurou a emoção e começou a chorar, como se começasse uma nova vida.

A apresentação de Francisco foi uma mistura de dança e movimentos de patinação, com figuras geométricas e piruetas. Ele iniciou a coreografia com um salto simples, girando no ar com graça antes de aterrissar suavemente. A fluidez de seus movimentos encantava o público, especialmente quando realizava um giro com uma curva interna, criando um arco elegante com os braços. Na sequência, Chico Estrela demonstrou habilidade técnica com um salto básico, girando no ar antes de aterrissar no mesmo pé. Empolgado, o locutor comentou: "Eu e o público estamos de boca aberta. Chico Estrela é o melhor patinador de Bauru".

Ele prosseguiu com uma rotação que mantinha uma perna estendida para trás enquanto girava, criando a ilusão de formar um "cavalo" giratório. Seu controle e equilíbrio eram evidentes. Em seguida, se abaixava até ficar em uma posição sentada enquanto dava voltas com as pernas dobradas em um ângulo perfeito.

A performance incluiu ainda a manobra conhecida como L-sit, em que o patinador se agacha e estende uma perna para a frente enquanto continua a deslizar, mantendo o equilíbrio. Apesar da concentração, Chico conseguia interagir com o público, aproximando-se das bordas da arquibancada, acenando e fazendo movimentos chamativos que empolgavam as pessoas. Com sorriso cativante e habilidade natural para entreter, ele conseguiu manter todos os olhares do público fixos em seus movimentos. Depois de 10 minutos de apresentação, o patinador agradeceu os aplausos curvando-se sobre as rodas em sinal de reverência. Para finalizar, deu o salto mais alto até então, arrancando ainda mais palmas. Chico saiu dali sentindo alegria, alívio, confirmação, conexão, euforia, gratidão, orgulho e satisfação.

Depois da exibição arrebatadora, Chico Estrela desbancou Alexandre, que seria contratado como principal instrutor da pista do Bauru Shopping, e passou a dar expediente das 16h às 22h como professor de patinação. Nos finais de semana, fazia apresentações para uma plateia de até 500 pessoas. Na nova fase, o atleta passou a ser chamado para animar festas infantis. Era reconhecido quando patinava pelas ruas da cidade. Deu até entrevista para a TV TEM por ter ditado moda em Bauru. Por um tempo, os alunos da pista pintaram o cabelo com faixas laranja, verde e azul, em homenagem ao instrutor.

No começo, Alexandre ficou ressentido por ter sido desbancado por Chico Estrela — principalmente porque foi ele quem o descobriu nas pistas do Ibirapuera. Mas a mágoa passou rapidamente, tanto que convidou o pupilo para morar em sua casa, no Centro da cidade. Empreendedor, Alexandre aproveitou a moda do momento e montou a RoadArt Patins, que vendia equipamentos e acessórios. Também abriu uma oficina para a manutenção dos calçados. Chico, que só dava aula à tarde, assumiu a oficina do amigo e multiplicou a produtividade: em lugar dos 40 dias que a equipe levava para consertar vinte patins, passou a entregar as encomendas em sete. Por causa da habilidade, Alexandre o convidou para trabalhar e receber por produção na oficina.

Em 1991, um empresário abriu uma pista de patinação em Bauru batizada de King Rollers. Famoso na cidade, Chico Estrela foi chamado para dar aula na nova escola. Com o tempo, acabou virando a maior referência em patinação não só no município, mas também em cidades próximas, como Itapetininga, Sorocaba, Jundiaí e São José do Rio Preto, sua terra natal. Famoso e ganhando bem, voltou a alimentar o sonho de entrar no livro dos recordes como o maior patinador do mundo. Antes, planejava patinar de São Paulo a São José do Rio Preto. Agora, a meta era mais ambiciosa: ir do Brasil até os Estados Unidos. Intensificou os treinos em academias para fortalecer a musculatura e a resistência corporal. Também começou a juntar dinheiro e a correr atrás de patrocinadores, já que era um atleta famoso.

Popular em Bauru, Chico Estrela passou a ser muito assediado por homens e mulheres. Antes de convidar o patinador para morar em sua casa, Alexandre perguntou se o amigo gostava de rapazes: "Nada contra, mas preciso saber para não pensarem que somos um casal", brincou o empreendedor. Rindo, Chico deixou claro ser heterossexual. Aproveitou o questionamento do amigo para dizer estar acostumado com esse tipo de dúvida desde a adolescência. "Até meus irmãos me chamam de maricas", observou. "Já ouvi comentários dos patinadores do shopping e da King Rollers. Alguns acham que você é gay, pois nunca te viram com mulheres e tal. Mas também nunca te vimos com homens. Aí pairou a dúvida. Mas, na boa, para mim tanto faz. Cada um faz da vida o que quiser. Só não queria carregar a suspeita de ser veado. Bauru é uma cidade provinciana e muito conservadora. Isso acabaria com os meus negócios", ponderou Alexandre.

Na patinação do shopping havia uma bancária chamada Danielle, de 43 anos, mãe de dois adolescentes alunos de Chico Estrela. Três vezes por semana, a mulher deixava os filhos na pista e ia trabalhar. Uma babá passava, mais tarde, para apanhar os meninos. Certo dia, Danielle levou os filhos e ficou. Puxou conversa com o instrutor, pois queria ajuda para comprar patins profissionais para os garotos. Chico se prontificou a colaborar. Na semana seguinte, ela foi de novo e contou um pouco da sua vida. Disse que ficara viúva recentemente e se sentia sozinha, sem companhia até para tomar uma cerveja no fim de semana. Duas semanas depois, os dois estavam num motel.

O relacionamento com a bancária manteve-se sob sigilo por algum tempo, por dois motivos. Primeiro, a direção da pista de patinação do Bauru Shopping proibia que os instrutores se envolvessem com alunos e seus parentes. Segundo, Danielle não queria ser vista publicamente com um homem bem mais novo. Na época, Chico tinha 23 anos — duas décadas de diferença para ela. Cortejado nas ruas da cidade pela fama de patinador, ele também manteve um caso com uma estudante chamada Cristiane, de 18 anos.

Com a patinação em franca expansão em Bauru e dinheiro entrando no caixa de sua loja, Alexandre começou a trazer modelos de patins profissionais dos Estados Unidos. Numa única compra, chegaram 200 pares. Eram tantas caixas que o local do estoque não foi suficiente. O empresário, então, transformou em depósito um quarto vago em sua casa.

O carregamento de importados estava avaliado em quase 60 mil dólares, equivalentes a mais ou menos 330 mil reais em valores atuais. Para ter maior segurança, ele mandou colocar grades reforçadas nas janelas e instalou uma porta de aço no cômodo. A chave ficava sempre com ele.

De repente, Alexandre ficou incomodado com Chico. Ele não soube explicar quando, nem por que começou a nutrir antipatia por ele. "Do nada, senti uma energia negativa", resumiu. Segundo amigos próximos, a relação dos dois azedou porque Alexandre teria interesse em Danielle. Ele também sentia ciúme por causa do sucesso de Chico Estrela no esporte. Logo, o inevitável ocorreu: o empresário pediu ao atleta que procurasse outro lugar para morar. Na semana seguinte, o dispensou de sua loja. Sem ter para onde ir, o patinador pediu abrigo na casa de Danielle por um tempo.

Enquanto isso, Alexandre foi para São Paulo. Depois de três dias, ao voltar, teve uma surpresa: seu estoque de patins havia sido furtado. Desesperado, não podia nem ir à delegacia registrar um boletim de ocorrência, já que a mercadoria era contrabandeada. O prejuízo foi tão grande que ele precisou fechar a loja. E nada tirava de sua cabeça que Chico estava por trás daquele golpe. Mesmo sem ter prova, Alexandre espalhou pela cidade que o patinador de cabelos coloridos era ladrão. Assustada, Danielle pôs um ponto final no caso amoroso e Chico perdeu os empregos no shopping e na King Rollers.

Com o dinheiro que havia guardado, Francisco alugou um quarto de pensão. Apaixonada, Cristiane ficou ao lado do namorado. Os dois eram vistos com frequência patinando pelas ruas de Bauru, e o relacionamento estava tão sério que ele a levou para conhecer seus pais em São Paulo. Naquela época, Janete, ex-namorada do atleta, estava no nono mês de gestação. A garota de 14 anos namorava um rapaz de 24 chamado Lucas, que havia assumido a paternidade do bebê. O atual namorado da adolescente, inclusive, espalhava no bairro que seria pai. Maria Helena, mãe de Francisco, acreditava nessa hipótese, pois os dois começaram a namorar logo que o filho fora embora para Bauru.

Intrigado, Chico marcou um encontro às escondidas com Janete. Segundo ela, na hora marcada, ele estava violento, com os olhos

vermelhos e suando muito, e a segurou pelo braço enquanto fazia uma série de questionamentos:
— De quem é esse filho?
— É seu!
— E quem é esse homem?
— Você me abandonou, eu precisei encontrar um pai para nosso filho.
— Você está me fazendo de idiota!
— Nunca deixei de te amar!
— Se me amasse de verdade, não teria me trocado por outro!
— Se quiser, termino com ele agora e criamos nosso bebê juntos.

Chico ficou emocionalmente perturbado. Uma fofoca espalhada pelo bairro dizia que Janete não era mais virgem quando conheceu o patinador. Trocando ideia com o irmão mais velho, Tim pôs em xeque a paternidade do bebê. "Transei só uma vez com ela. Nem teve penetração. Como ela pôde ter engravidado?", questionou. Luís Carlos contou isso aos pais e aumentaram as suspeitas sobre Janete ter mentido ou escondido algo sobre seus relacionamentos anteriores, gerando ainda mais desconfiança sobre a verdadeira origem da gravidez.

Nervoso, Chico voltou para Bauru com Cristiane. A garota passou a viagem inteira de ônibus reclamando do namorado. "Esse filho é seu, né? Fala a verdade!", perguntava repetidamente. Foi um tormento: a garota não ficava quieta. Tim seguia mudo. A estrada, serpenteada por paisagens monótonas, viadutos e matagais, parecia não ter fim. A cada quilômetro percorrido, a tensão aumentava. Sentado ao lado da janela, Chico estava com a mente perturbada, quase explodindo. Cristiane só se calou quando anoiteceu e caiu no sono.

Para relaxar, Francisco virou o rosto e olhou fixamente através da vidraça. A escuridão da noite se transformava em um borrão de sombras e luzes passageiras enquanto o ônibus acelerava. As árvores entrelaçadas formavam uma parede de troncos e folhas, movendo-se tal qual uma correnteza. Carros e carretas na pista contrária passavam em alta velocidade, com os faróis cortando a escuridão. Os focos brilhantes criavam um efeito estroboscópico, tornando a paisagem ainda mais misteriosa.

Lentamente, as pálpebras de Chico ficaram pesadas. Seus olhos se fecharam por um breve momento. Subitamente, ele despertou com um sobressalto. Um calafrio percorreu sua espinha ao ver o vulto do avô João refletido na vidraça do ônibus, com a escuridão da mata por trás. Era a segunda vez que o espírito do bruxo aparecia para ele. Dessa vez, a expressão no rosto do velho era vazia e ameaçadora. Na mão trêmula, o vulto segurava a calcita desenterrada por Tim no quintal da chácara e confiscada pelo avô no pesadelo anterior. A pedra, considerada um amuleto de proteção, brilhava com uma luz fantasmagórica. Com um movimento lento, João estendeu a mão em direção ao neto, como se quisesse devolver a pedra.

Francisco tentou pegar o amuleto, mas o avô afastou a mão, retirando a oferta. Do reflexo na janela, João passou um comando silencioso. Apontou para Cristiane, que dormia na poltrona ao lado. Com um sorriso diabólico, o bruxo passou o dedo indicador pelo pescoço, determinando que a garota deveria ser assassinada. Em seguida, o fantasma desapareceu.

Olhando para a moça, Chico sussurrou: "Vivo dentro de uma escuridão interior. Desde jovem, uma força sombria cresce dentro de mim, me obrigando a cometer atos horríveis. Não é apenas uma voz na minha mente; é uma presença sinistra que me consome e me leva a um caminho de destruição. Cada vez que mergulho nesse inferno, sinto uma mistura de alívio e repulsa. Parece que estou em uma batalha constante contra a minha própria alma. Você não faz ideia da força que tenho de fazer diariamente para não deixar esse monstro escapar do meu corpo. Daqui a pouco, ao sairmos deste ônibus, você saberá do que estou falando".

Quando finalmente chegaram à rodoviária de Bauru, o patinador suava frio, agitado. As mãos tremiam. Os olhos estavam vermelhos. Cristiane nem percebeu. Despediu-se e passou no banheiro feminino. Chico seguiu a passos largos para o lado de fora. Ao sair, a garota caminhou por uma rua escura e Francisco foi atrás. Em frente a um terreno baldio, ele avançou sobre ela, arrastando-a para o mato. Para evitar que a menina gritasse, pressionou sua boca com as mãos. Em um acesso de fúria, começou a rasgar a roupa de Cristiane, machucando sua pele. De repente, Chico parou. A garota aproveitou para escapar, correndo sem olhar para trás.

O patinador voltou para a rodoviária. Embarcou em um ônibus na mesma madrugada e retornou para São Paulo. Cristiane foi até a seccional de Bauru com a intenção de registrar um boletim de ocorrência contra o ex-namorado, mas desistiu na porta, temendo ser humilhada pelos policiais. "Estava toda rasgada, ferida e amedrontada. Só fiquei pensando em ter que detalhar todo aquele vexame. Além do mais, não sabia nem onde ele estava morando", justificou Cristiane em outubro de 2023.

Enquanto Chico chegava a São Paulo, Janete entrava em trabalho de parto. O patinador ficou desesperado com a possibilidade de ser o pai da criança. Queria cuidar do filho, ter uma família. A pedido do marido, Maria Helena foi até a maternidade conversar com a ex-nora. "Esse menino é meu neto?", perguntou, na frente do namorado dela. "Não!", respondeu a garota, enfática. Do lado de fora do hospital, Chico começou a gritar: "Janete! Eu te amo! Se você quiser, podemos ser uma família! Eu, você e o nosso filho!". Ana Júlia, avó materna, expulsou Maria Helena do quarto. "O Francisco jamais vai chegar perto dessa criança", previu. Lucas, o rapaz que dizia ser o pai, foi até o cartório e registrou o bebê como se fosse seu filho. Chico nunca viu a criança, atualmente um adulto com mais de 30 anos. A dúvida sobre de quem ele é filho permanece até hoje.

Alguns anos depois desse dilema paterno, Francisco tentou voltar a morar com o irmão, Luís Carlos, em Diadema. No entanto, Isabel foi terminantemente contra. O casal tinha uma pré-adolescente de 11 anos em casa e não havia um quarto exclusivo para o patinador. Luís Carlos tentou convencer a esposa a deixá-lo dormir no sofá da sala, mas ela não permitiu, principalmente depois do escândalo sexual envolvendo Janete. "Seu irmão é meio folgado. Anda de cueca pela casa, usa essas roupas sensuais. Não vou pôr nossa filha em risco", argumentou Isabel.

Outra alternativa seria Francisco voltar a morar com os pais, mas essa hipótese estava fora de cogitação. Nômades, Maria Helena e Nelson se preparavam para mudar de São Paulo para o município de Guaraci, perto de São José do Rio Preto. Nessa época, Cinira, avó de Francisco, enfrentava graves problemas de saúde, e Maria Helena queria cuidar dela. Dois meses depois Cinira faleceu, aos 62 anos, devido a um câncer agressivo no pâncreas. Entre a descoberta da doença e a morte, passaram-se apenas 45 dias. Ela estava internada na Santa Casa de São José do Rio Preto e foi sepultada no Cemitério São João Batista. O médico explicou à família que esse tipo de câncer é extremamente devastador, pois afeta o órgão responsável pela produção de enzimas digestivas e hormônios, como a insulina. O atestado de óbito dizia que o câncer de Cinira estava associado a uma infecção generalizada no sangue (septicemia), condição grave decorrente de um processo infeccioso em outra parte do corpo, como pulmões ou pele, e que se espalha rapidamente pela corrente sanguínea.

Arrasado com a morte da avó, com quem havia morado por um tempo na infância, Francisco foi acolhido por Luís Carlos durante um mês. Isabel só fez a concessão por causa do luto do cunhado, mas mostrava a ele classificados de jornal anunciando quartos para alugar em Diadema. Luís Carlos fazia questão de ficar perto do irmão. Roque havia se casado e morava em São José do Rio Preto.

Com pouco dinheiro no bolso e em busca de moradia, Francisco começou a fazer programas no Parque Ibirapuera e na região do Trianon. Para atrair clientes, intensificou os treinos de musculação. À noite, tirava a camiseta para exibir o peitoral definido e os braços musculosos em um quadrilátero formado pelas alamedas Jaú, Itu, Casa Branca e pela Rua Peixoto Gomide, ao redor do Colégio Dante Alighieri, nos Jardins, bairro nobre de São Paulo. Esse quarteirão era um dos mais tradicionais pontos de michês da cidade, conhecido desde que o assassino em série Fortunato Botton Neto, o Maníaco do Trianon, o escolheu para caçar suas vítimas em meados da década de 1980. No entanto, a carreira de garoto de programa de Chico durou pouco, pois a maioria dos clientes preferia ser penetrada e ele tinha problemas no pênis que dificultavam essa prática.

Com a carreira de michê fracassada, Francisco tentou aumentar as aulas de patinação no Ibirapuera. No final da tarde, costumava se aventurar pela floresta do Parque do Estado, a 200 metros da casa de Luís Carlos, para contemplar o pôr do sol. Deitava-se numa elevação do terreno, usando a mochila como travesseiro, e observava o céu transformar-se de azul para um laranja suave. Cercado por árvores frondosas, em silêncio, assistia pelos galhos e copas os últimos instantes do crepúsculo. Lembrava-se da mata ao redor do matadouro Bordon e dos dias felizes ao lado de Cirando. Do chão, via a claridade entre as árvores diminuindo gradualmente. A luz do dia cedia espaço para as sombras alongadas e misteriosas da noite. O ar esfriava rapidamente, trazendo um silêncio profundo, interrompido apenas pelo agouro das aves noturnas. Apesar do cenário horripilante, Chico não arredava o pé dali por nada. Tentava acessar seus monstros. Num instante, a noite se instalava de forma implacável e a escuridão engolia os últimos resquícios de luz. A floresta, agora um mar de sombras e sons abafados, revelava um cenário belo e inquietante, onde a natureza mostrava seu lado mais enigmático e avassalador. Era impressionante como ele se transportava para outra dimensão quando estava ali.

Chico entrava e saía do parque pelo acesso clandestino localizado na Rua Alfenas. Certa vez, ele caminhava da floresta para a casa do irmão, por volta das 19h, quando viu uma figura feminina andando graciosamente pela calçada, do outro lado da rua. Alta e magra, tinha quadris largos, braços alongados e cabelos cacheados na altura dos ombros, do jeito que sempre sonhou para si. Sem perder tempo, o patinador atravessou a rua e abordou a mulher de forma sedutora:

— Boa noite, moça bonita. Eu não pude deixar de notar como você caminha graciosamente. Posso te acompanhar?

— Boa noite. Claro, por que não? E você, costuma andar aqui pelo bairro?

— Sim, meu irmão mora aqui perto. Mas hoje tive a sorte de encontrar algo ainda mais interessante. Qual é o seu nome?

— Sou Tainá. E você, como se chama?

— Prazer, Tainá. Eu sou Francisco, mas pode me chamar de Chico. Gostaria de tomar uma cerveja comigo?

— Quando?

— Agora!

Na carteira de identidade, Tainá se chamava Idian Alves de Sousa, tinha 20 anos e trabalhava como recepcionista em um salão de beleza no Centro de São Paulo. Era travesti e estava em busca de um grande amor. Na mesa do bar, o casal ficou por quase quatro horas conversando sobre a vida. Ela contou de como assumiu a sua identidade sexual na adolescência dentro de uma comunidade conservadora como Diadema, da não aceitação dos pais, da dificuldade de encontrar um namorado que a quisesse à luz do dia e do sonho de um dia poder ter documentos pessoais com o nome que escolhera.

Chico falou sobre suas experiências homoafetivas, da vida militar, dos dramas familiares e, no meio da conversa, identificou-se como heterossexual, apesar de ter relatado com detalhes as aventuras com outros homens no Parque Ibirapuera. Tainá ficou confusa, mas manteve a esperança porque Chico havia revelado que ela era exatamente o tipo de mulher na qual ele se espelhava. "Se meu cabelo fosse cacheado e bonito como o seu, deixaria crescer até os ombros para ficar lindo como você", elogiou o patinador.

Perto da meia-noite, os dois sentiram uma vontade mútua de se beijar, mas o bar estava lotado e havia o risco de serem expulsos de lá. Tainá pagou a conta e levou Chico pela mão até o muro do Parque do Estado, na Rua Alfenas. Caminharam pela calçada escura até chegarem à passarela sobre a Rodovia dos Imigrantes. Desceram uma ribanceira para se esconderem sob o concreto. Beijaram-se ardentemente. A pegação começou a esquentar. Tainá se recusou a tirar a roupa naquele lugar e propôs seguirem para sua casa, onde o sexo seria mais confortável. Chico topou na hora.

A travesti morava numa casa simples de dois quartos, a quatro quadras da casa de Luís Carlos. Lá, os dois beberam mais cerveja e ficaram completamente embriagados. Para resistirem um pouco mais, Tainá foi até a cozinha preparar um tira-gosto de linguiça e fatias de pão. O aperitivo foi devorado em minutos. Mais bebida, mais beijos. O casal já estava quase sucumbindo de tanta embriaguez quando finalmente tiraram a roupa. Chico ficou de cueca, e Tainá, de calcinha. O patinador entrou em êxtase ao ver o pênis de sua parceira. Fez sexo oral nela. A travesti tentou fazer o mesmo, mas sentiu o estômago revirar ao ver a quantidade de seborreia no pênis dele. Com náuseas, correu até o banheiro e vomitou no vaso sanitário o tira-gosto de meia hora atrás.

Chico foi atrás dela para saber se estava bem. Nus, entraram debaixo do chuveiro. Tainá aproveitou a deixa e lavou com água e sabonete o pênis do patinador, deixando-o limpo.

Do banheiro, seguiram para a cama, onde finalmente transaram. Há tempos Tainá procurava um homem viril para satisfazê-la. Chico fazia seu tipo de parceiro. Era forte, bonito aos seus olhos e tinha pegada. Na hora H, porém, ela ficou decepcionadíssima. O rapaz não fez nenhum movimento para penetrá-la. Pelo contrário, virou-se de costas para que Tainá o possuísse. "Não estou acreditando!", sussurrou baixinho. Apesar de preferir ser passiva, ela abriu uma exceção. Transaram até o dia clarear. Já no final, Chico tentou assumir o papel de ativo, mas sentiu dor ao introduzir o pênis na parceira. Aproveitou para falar de sua fimose, um problema que ele considerava sem solução, já que não pretendia fazer a cirurgia de jeito nenhum.

Ao acordar, quase ao meio-dia, Tainá teve outra decepção. Chico já estava se vestindo na sala. A travesti avisou que prepararia um café para ele, mas, após calçar os sapatos, o patinador se levantou bruscamente, dizendo que não estava ali por livre e espontânea vontade. Começou um discurso, afirmando que tinha sido dopado. Ele dizia não se lembrar do que havia acontecido na cama — mas que, fosse o que fosse, jamais se repetiria. Tainá tentou acalmá-lo, fazendo um carinho em seu rosto. Para se livrar dela, ele a empurrou contra a parede, apertou seu pescoço e fez uma ameaça direta: "Você não tem ideia do que sou capaz. Não se atreva a chegar perto de mim novamente. Nunca mais me dirija a palavra ou ouse me encarar. Se não, descobrirá o verdadeiro monstro que há em mim!". Ato contínuo, jogou Tainá no chão. Ela ficou sem ar e em estado de choque. Chico saiu da casa dela batendo a porta.

Da casa da travesti, seguiu para o Ibirapuera e deu aula de patins. No final da tarde, seguiu para ver o pôr do sol no Parque do Estado. Por volta das 20h, chegou à casa do irmão. Isabel e Luís Carlos o esperavam na sala, com suas coisas arrumadas em sacolas de supermercado. A cunhada foi enfática: ele devia procurar outro lugar para ficar naquela mesma noite. Chico pegou tudo que era seu e foi bater na porta de Tainá. Mesmo com hematomas no pescoço, a travesti o aceitou de volta.

De joelhos, o patinador prometeu jamais tocar um dedo nela novamente. A mulher ainda impôs uma condição ao parceiro: que ele fosse o ativo na relação pelo menos uma vez ao mês. Rindo, Chico prometeu fazer tal sacrifício.

O casal parecia em lua de mel. Chico era carinhoso e arrumava a casa quando a namorada estava no trabalho. Tentava ajudar com o pouco dinheiro que ganhava nas aulas de patinação. No terceiro mês, porém, ele começou a levar algumas patinadoras à casa de Tainá. No início, as garotas iam escondido. Bastava a dona da casa sair para as visitas chegarem. Com o tempo, elas ficavam lá até a noite e acabavam encontrando a travesti. Às vezes, as amigas do atleta se trancavam com ele no quarto mesmo com Tainá em casa. Ela achava a situação esquisitíssima, mas Chico jurava que era amizade. "E o que vocês tanto fazem no quarto?", perguntou. "A gente troca carícias, se beija, mas não acontece nada porque não consigo penetrá-las. Você sabe do meu problema melhor do que ninguém", argumentava Chico. Como estava apaixonada, Tainá aceitou o entra e sai de mulheres em sua casa. Nem se incomodava mais se seu namorado estivesse transando com elas. Fez questão de deixar isso claro para ele.

Na verdade, Tainá estava decidida a terminar a relação, mas não queria fazer nada abrupto, pois passou a ter medo de Francisco. Ela chegou a sonhar diversas vezes com o patinador a enforcando na cama, com um cinto, durante o ato sexual. Provas da violência do parceiro ela já tinha. Ainda havia a história do tal monstro dentro dele, narrada pelo próprio. Tainá esperou o momento certo para expulsá-lo de casa.

Nessa época, Chico integrava um grupo de atletas conhecido no Ibirapuera como "Suicidas da Patinação," onde conheceu Silvana de Freitas, de 18 anos. Nascida em Taubaté, a jovem sonhava em ser nutricionista. Em São Paulo, ingressou na Escola de Datilografia Remington, na Sé, com o objetivo de se qualificar para o mercado de trabalho.

Chico e Silvana saíam juntos frequentemente, criando uma relação próxima. Duas semanas antes de mandar o namorado embora, Tainá viu os dois em sua cama, mas o atleta jurou não existir nada entre eles além de amizade. A travesti, ainda desconfiada, confrontou a garota na cozinha.

"Não tem a menor possibilidade de eu ter algo com ele. Fique tranquila", garantiu a jovem, tentando acalmar Tainá. No entanto, a desconfiança persistiu. No dia seguinte, a travesti contou a Francisco que Silvana havia posto em xeque sua masculinidade, aumentando a tensão entre eles.

Uma semana depois, Chico armou uma emboscada para Silvana. Convidou a garota para acompanhá-lo a um campeonato de patinação no Golden Shopping, em São Bernardo do Campo. Ela disse que não podia porque tinha acabado de pegar no conserto uma pesada máquina de escrever, presente da madrinha. O atleta, então, sugeriu deixar o equipamento na casa de seu irmão. No trajeto, ambos entraram pelo buraco de acesso ao Parque do Estado e, dentro da mata, Chico revelou seu lado sombrio, transformando-se no Maníaco do Parque e perseguindo Silvana pela floresta. Em pânico, a vítima tentou fugir, mas Chico a alcançou e a agarrou violentamente, forçando-a a fazer sexo oral. Em um ato de desespero e autodefesa, Silvana mordeu o pênis do patinador, causando uma lesão com sangramento. Em seguida, pegou a máquina e, com ela, atacou o rapaz, deixando-o gravemente ferido antes de conseguir fugir do parque.

No dia do ataque a Silvana, Chico chegou à casa de Tainá com o rosto desfigurado. Sua calça tinha manchas de sangue na altura do pênis. A travesti deu um banho no namorado sem ao menos perguntar o que havia acontecido. Em seguida, o levou ao pronto-socorro. Ficou ao seu lado até chegar a vez de ele ser atendido. Quando o patinador entrou na sala de emergência, Tainá saiu de lá às pressas. Foi para casa, arrumou suas coisas e, quatro dias depois, mudou-se para um apartamento no Centro da cidade. Quando Chico bateu lá de volta, já havia outro inquilino no local. Tainá nunca mais encontrou o patinador.

Em 27 de julho de 1998, a travesti foi ao Departamento de Homicídios e de Proteção à Pessoa de São Paulo depor como testemunha sobre Chico Estrela, o Maníaco do Parque. Aos policiais, Tainá disse o seguinte:

Conheci Francisco de Assis Pereira quando ele caminhava em Diadema, no bairro Piraporinha. Ele me encontrou e perguntou se eu poderia ajudá-lo, já que estava sem lugar para morar. Então, convidei-o para tomar uma cerveja e, naquele mesmo dia, ele me acompanhou até minha residência, onde, logo na primeira noite, mantivemos relações sexuais. Ora eu era passivo, ora Francisco desempenhava esse papel.

Francisco nunca falou muito sobre sua vida e quase não mencionava o pai, mas demonstrava muito carinho pela mãe. Nossas relações eram homossexuais, mas eu não gostava de fazer sexo oral nele por causa da fimose, que causava um odor desagradável. Ele dizia que havia sido garoto de programa e teve um caso com o patrão de uma firma onde trabalhou em Bauru.

Francisco tinha fascinação por crianças e dizia que seu sonho era ser pai. Ele não tinha muita predileção por futebol, mas era apaixonado por patinação. Em relação às mulheres, vivia cercado por elas e reclamava do assédio constante. Era bastante comunicativo e bom de conversa.

Nossa relação começou a estremecer quando ele começou a trazer mulheres para casa, o que me deixava enciumada. O verdadeiro pivô das nossas brigas foi uma garota chamada Silvana. Em uma dessas brigas, após eu chamá-lo de inútil, ele disse: "Um dia eu vou ser famoso, nem que seja nas páginas policiais".

Nada mais a declarar.

* * *

Já era noite quando Jussara bateu à porta de Flaviana armada com uma faca de cozinha. Para sua surpresa, quem atendeu foi o filho de Toninho, de 13 anos. Havia pelo menos uma dúzia de adolescentes disputando dois videogames na sala. A fúria de Jussara foi se dissipando quando ela entrou e seguiu até a cozinha, onde encontrou Flaviana com outra mulher abrindo garrafas de refrigerante e cortando bolos de padaria. A dona da casa não compreendeu a visita inesperada. No quintal, as duas conversaram reservadamente. Flaviana admitiu que visitava Toninho na cadeia em domingos alternados, mas manteve a versão da separação. Segundo contou, tratava com o ex-marido apenas assuntos referentes aos três filhos. Inicialmente, Jussara ficou em dúvida. A rival pediu a ela que ficasse na festinha, pois um de seus filhos estava completando 15 anos e os comes e bebes tinham sido bancados com o dinheiro que Jussara pagava à família todo mês. "Você escolheu namorar um presidiário pai de adolescentes, agora tem que aguentar porque são todos seus enteados", disse Flaviana, rindo. "Parece que agora tenho uma família", comentou Jussara.

Em parte, Flaviana falava a verdade. Ela não tinha mais relacionamento amoroso com Toninho. Realmente entrava na penitenciária a cada quinze dias, na lista de visitantes do irmão, para tratar de negócios com o ex-marido. O ex-casal formava uma dupla de golpistas e estava enganando Jussara. Com o tempo, a dona de casa passou a sustentar sozinha os filhos do amante. Depois de seis meses de namoro, ela havia transferido para ele seu Toyota Corolla e, em mais um ano, cedeu um lote de 1.500 metros quadrados na área conhecida como Recreio Internacional, próximo à Rodovia Anhanguera (SP-330), onde construiu uma casa na esperança de morar ali com seu amado.

O imóvel erguido por Jussara era amplo, com três quartos bem iluminados, uma sala espaçosa com janelas grandes que permitiam a entrada de luz natural, uma cozinha moderna equipada com eletrodomésticos de última geração e um quintal generoso, onde ela planejava cultivar um jardim. Havia espaço suficiente para uma família viver confortavelmente. Seu sonho era preencher todas as paredes com retratos ao lado de Toninho. No entanto, aquele desejo estava prestes a se transformar em um filme de terror.

Jussara era ludibriada da forma mais vil possível. Toninho se aproveitava do transtorno mental da dona de casa para fazê-la bancar toda sua família, além de suas regalias no presídio. Em uma das celas, vivia um médico preso por ter estuprado três pacientes. Na cadeia, ele atuava na enfermaria cuidando da saúde dos detentos em troca de remição da pena. A lei de execução penal prevê que, para cada três dias trabalhados, o apenado reduz um dia da condenação. Com esse médico criminoso, Toninho conseguiu um laudo falso, atestando uma hérnia de disco. Graças ao documento forjado, a direção da penitenciária permitiu a entrada de um colchão ortopédico em sua cela. O mimo, logicamente, foi adquirido por Jussara.

A relação patológica do casal começou a desmoronar depois que Toninho migrou para o regime semiaberto, em 2002, conforme previsto. Ele se mudou para a casa que ela havia construído e transferido para o nome dele sob uma manobra surreal. Primeiro, por um mês, Toninho disse à namorada que não conseguia ereção porque fora abalado por um problema psicológico. Tinha 30 e poucos anos e havia perdido boa parte da vida na cadeia, contraindo uma depressão severa. Para provar que falava a verdade, mostrou um laudo assinado pelo médico estuprador. Jussara ficou compadecida. Outro atestado, assinado pelo mesmo "profissional", indicava que ele estava com impotência sexual permanente. Na terapia com a psicóloga da cadeia, teria sido diagnosticado com TDM (Transtorno Depressivo Maior), um distúrbio mental caracterizado por depressão persistente ou perda de interesse em atividades, prejudicando significativamente o dia a dia.

Chorando, Toninho relacionou o transtorno ao seu fracasso profissional, pois sairia da cadeia sem nenhuma perspectiva. Sem emprego, sem renda, sem patrimônio, sem vida, sem nada. "Se pelo menos eu tivesse um bem em meu nome para me incentivar, começar um negócio, recuperar o brio. Quem sabe eu me reergueria e voltaria a ser um homem completo, inclusive do ponto de vista sexual", argumentou. Cega, obtusa e doente, Jussara acreditava em tudo que o bandido falava. Acabou transferindo, de livre e espontânea vontade, a casa de Ribeirão Preto para o nome do assassino. Como havia passado o imóvel para o nome dele com uma cláusula de irrevogabilidade, a doação tornou-se definitiva.

No regime semiaberto, Toninho saía cinco vezes por ano e, a cada saidinha, ficava sete dias em liberdade. Na primeira delas, revelou sua verdadeira face. Jussara havia preparado um almoço especial, no domingo, para o criminoso — que convidou oito amigos da cadeia para celebrar a tão sonhada liberdade provisória. Na mesa havia tábua de frios e queijos, salada caprese e pães artesanais com patês. O prato principal era picanha assada na churrasqueira. Ela não economizou nos acompanhamentos: arroz à piemontese, farofa festiva, batatas rústicas e salada de folhas verdes. As bebidas variavam entre vinho, cerveja, sucos naturais para os meninos e água. De sobremesa, pavê de chocolate, torta de limão e salada de frutas frescas.

Jussara estava na cozinha, mexendo nas panelas, quando a campainha do portão tocou. Cinco garotas de programa com trajes mínimos entraram na casa dançando e tirando a roupa. Sedentos, alguns egressos da penitenciária transaram na sala, sem a menor cerimônia. Toninho levou para o quarto a mais bonita do grupo. Jussara ficou petrificada. Em determinado momento, houve sexo grupal regado a cocaína. No final da orgia, Toninho ordenou que Jussara servisse o almoço. Em transe, a mulher obedeceu. Ingênua, depois da sobremesa, ela pediu para conversar a sós com o "marido". O golpista não precisou de privacidade. No meio de todo mundo, desfez-se de Jussara de forma jocosa:

— Não temos nada para discutir. Pegue suas coisas e saia da minha casa.

— Vamos nos acertar. Minha capacidade de perdoar é infinita — implorou ela.

— Veja você mesma: uma mulher de mais de 60 anos, marcada pelo tempo. Seu rosto está coberto de rugas. Agora olhe para mim, no auge da juventude, com toda a vida pela frente. Em que mundo a senhora vive para acreditar que eu estava realmente apaixonado?

Dessa vez, Jussara não chorou. Saiu de casa só com os documentos pessoais. Procurou a chave do Toyota Corolla. "Ei, o carro está em meu nome, lembra? Fizemos uma transação de compra e venda. Foi o meu preço para te satisfazer no banheiro da cadeia", observou. Aquela cena vergonhosa ocorria na frente dos convidados. Jussara chamou um táxi e voltou para seu apartamento em São Paulo. No dia seguinte, ligou a TV para assistir aos programas policiais. Mexeu numa caixa que tinha recortes de reportagens sobre assassinos em série. Puxou uma edição antiga da revista *Veja* com o perfil de Francisco de Assis, o Maníaco do Parque, cujo título na capa era "Fui eu!". Jussara pegou uma caneta, uma folha de papel, uma taça de vinho e sentou-se à escrivaninha. Reflexiva, começou a rabiscar: "Querido Francisco. Quando esta carta chegar às suas mãos, espero que esteja em paz..."

CAPÍTULO 8
DEUS DA CARNIFICINA

São Paulo, 8 de agosto de 1998

Departamento de Homicídios e de Proteção à Pessoa (DHPP)

Interrogatório de Francisco de Assis Pereira

Delegado Sérgio Luís da Silva Alves — Sendo um homem feio, como você convencia mulheres atraentes a irem ao Parque do Estado?
Francisco — Tenho o dom para identificar mulheres que parecem estar passando por momentos difíceis. Aquelas que estão desanimadas, com sensação de derrota e baixa autoestima. Elas geralmente andam pelas ruas com os ombros caídos e o olhar triste. Basta um elogio para essas coitadas aceitarem qualquer coisa. Até mesmo um convite para entrar no mato.

Em busca da tão sonhada fama, Francisco conseguiu um grande feito como patinador profissional: em junho de 1995, seguiu de São Paulo até São José do Rio Preto deslizando 440 quilômetros pelo asfalto, testando suas habilidades e resiliência. A expedição começou no Parque Ibirapuera, onde havia pelo menos cinquenta patinadores para incentivá-lo, inclusive com ajuda financeira. Era um domingo de temperatura agradável, e Lourenço, Silvana, Vivi, Sandrinho e alguns alunos estavam lá para apoiá-lo. Cerca de vinte atletas seguiriam com Chico, em sua melhor forma física, até onde o fôlego permitisse. Por volta das 6h, ele ajustou a mochila com alimentos, água e ferramentas para manutenção dos patins e saiu com o grupo, sob estouros de bombas de São João, seguindo pela Avenida 23 de Maio, uma das principais vias da capital. Com o sol ainda baixo no horizonte, eles deslizaram pelas ruas de São Paulo, cortando a arquitetura urbana e a movimentação matinal.

Rapidamente, os patinadores alcançaram a Rodovia dos Bandeirantes, onde realmente começou a aventura em direção ao interior do estado. Nos primeiros quilômetros, enfrentaram o trânsito intenso da saída da cidade. Uma chuva fina começou a molhar a estrada, tornando a patinação mais desafiadora. Apesar das dificuldades, mantiveram o ritmo de 20 km/h. Para tornar a viagem mais agradável, ouviam músicas no *walkman*.

Chico vestia uma camiseta esportiva de compressão confeccionada em tecido misto de poliéster e elastano, proporcionando elasticidade e mantendo a pele seca. Na parte de baixo, usava sua inseparável bermuda de *lycra* colante. Para se proteger, lançou mão de óculos de ciclista, capacete, joelheiras e cotoveleiras acolchoadas. Os equipamentos de segurança davam mais confiança à aventura.

Os patinadores preferiam o acostamento, mais seguro. Mas também se arriscavam pela autopista, principalmente quando ficava vazia. O maior perigo eram as carretas, que passavam desesperadas e barulhentas a mais de 150 km/h com suas carrocerias altas e compridas. Esses monstros do asfalto produziam uma ventania, como se fosse um grande sopro, misturada com uma poeira preta densa e úmida, tão intensa que chegava a empurrar os patinadores levemente para a lateral da estrada. Com dezoito rodas de 1 metro de altura, as jamantas seguiam endemoniadas, despejando farelos e pequenos fragmentos da carga pelo caminho, assustando os atletas. Parte dos patinadores desistiu da aventura, com medo dos veículos pesados.

Na altura de Jundiaí, a garoa se dissipou e deu lugar a um sol escaldante, testando ainda mais a tenacidade dos patinadores. Aproveitavam as descidas para relaxar um pouco e ganhar velocidade sem esforço extra. Como os atletas não profissionais foram abandonando a odisseia pelo caminho, Chico Estrela estava somente na companhia do melhor amigo, Lourenço, ao chegar a Campinas. Eles já tinham percorrido cerca de 100 km, restando ainda 340 km. Continuaram a viagem pela Rodovia Anhanguera por mais 40 km, passando por Americana, onde decidiram descansar e pernoitar.

No dia seguinte, acordaram, tomaram café e seguiram por 30 km até Limeira. Fizeram uma breve parada e continuaram até Rio Claro, onde pernoitaram novamente após mais 50 km de patinação. Restavam, então, 220 km para o destino final. Aproveitaram para revisar os patins, lubrificando os dois pares a fim de deixá-los em perfeitas condições para continuar a jornada. Pela Washington Luís, seguiram para Araraquara e se depararam com uma cena de impacto.

Uma carreta carregada de grãos passou pelos patinadores em altíssima velocidade. Com a rapidez, a lona de cobertura da carga ondulava e batia violentamente contra a estrutura, criando um espetáculo impressionante de movimento e força. Conhecida como rodotrem, a jamanta biarticulada de 30 metros de comprimento era composta por um caminhão-trator e dois semirreboques, unidos por um implemento chamado *dolly*. A capacidade de carga desses veículos pode chegar a 74 toneladas, dependendo da configuração.

Mais à frente, a carreta atingiu um carro de passeio por trás, provocando uma explosão. Chico e Lourenço aceleraram os patins para chegarem ao local do acidente o mais rápido possível. Próximos, perceberam que a freada brusca da jamanta fez a carga se espalhar pelo asfalto. Lourenço se desesperou quando viu adiante um Fiat Palio no meio da estrada, coberto pelas chamas, carbonizando lentamente uma família inteira, inclusive duas crianças e um adolescente.

No meio das labaredas, a mãe tentava abrir a porta para salvar os filhos. Em fração de segundo sua pele queimou, formando bolhas por causa do vapor dos líquidos corporais. Era possível ver as roupas da vítima pegando fogo e os músculos se contraindo. Rapidamente, a mulher foi a óbito. O marido e os filhos morreram antes dela. A cena era chocante e dramática. Lourenço tentava se aproximar, mas a alta temperatura o impedia. O motorista da carreta lutava para aplacar as chamas com o extintor de incêndio do veículo ao mesmo tempo em que se justificava, nervoso. "O Palio também estava em alta velocidade, mas freou bruscamente, sem nenhum sinal de alerta. Não tive culpa de nada, meu Deus! Minha vida está acabada. Matei uma família inteira", falava, aos prantos.

No meio daquela cena desesperadora, Francisco permaneceu apático. Não fez nenhum movimento para ajudar Lourenço e o motorista a tentar salvar aquelas pessoas. Nem sequer procurou se inteirar dos acontecimentos. Ficou sentado à beira da estrada descansando, ouvindo música e olhando para o relógio a todo momento. Ainda demonstrou incômodo com o excesso de fumaça no local do acidente. Em contrapartida, Lourenço estava destruído emocionalmente, não somente por testemunhar a morte de uma família inteira de forma trágica, mas também pelos gatilhos do incêndio do Edifício Joelma.

De repente, Chico se levantou irritado e pediu ao amigo que seguisse viagem com ele imediatamente, pois queria entrar em São José do Rio Preto ainda com a luz do dia, caso contrário o feito não teria relevância na mídia. Com os olhos encharcados, Lourenço pensava em ficar na estrada pelo menos até chegar uma viatura da Polícia Rodoviária. Também queria dar um jeito de entrar em contato com os parentes da família morta. "Cara, não tem mais nada que possa ser feito. Olha o estado dessas pessoas. Essa família já levou o *'bye'*. Vamos seguir viagem", insistiu Francisco. Incrédulo, Lourenço avisou que estava desistindo da aventura naquele momento. Despediu-se do patinador. Chico pediu, então, que ele seguisse de ônibus até São José do Rio Preto para comemorarem juntos a marca histórica de patinar por mais de 400 quilômetros. "Com certeza", respondeu o amigo.

Naquele momento, Lourenço se desconectou emocionalmente

de Francisco, descartando definitivamente sua amizade. "Como não percebi antes esse poço de insensibilidade, esse ser humano gélido?", perguntava-se. No final do dia, o jovem voltou triste de ônibus para São Paulo. Só ouviria falar do patinador novamente três anos depois, nas manchetes dos jornais.

Sozinho, Francisco patinou até Ribeirão Preto, onde a hospitalidade local o surpreendeu. Moradores ofereceram apoio e o encorajaram a seguir em frente. A energia positiva da cidade deu ao patinador novo ânimo. Àquela altura, ele já sofria com câimbras e dor nos músculos das pernas.

Solitário na estrada, seguiu pela Rodovia Washington Luís, enfrentando o último trecho do percurso. As longas retas da rodovia pareciam intermináveis, mas sua determinação não diminuiu. Após quatro dias intensos de viagem, com cerca de seis horas de patinação por dia a uma velocidade média de 20 km/h, Chico finalmente avistou seu destino. Chegou a São José do Rio Preto exausto, mas triunfante. Foi recebido por uma equipe de jornalistas da TV Globo local, celebrando seu feito incrível. No dia seguinte, saiu como subcelebridade no Caderno de Esportes do jornal *Gazeta de Rio Preto*, segurando seus patins profissionais.

Chico Estrela, então, voltou a fixar residência em São José do Rio Preto. Morou com os pais perto do curtume Talavina, um dos mais tradicionais da cidade. Maria Helena trabalhava numa fazenda como gerente da plantação de laranjas, e Nelson praticava pesca profissional com o filho caçula, Roque, no Córrego dos Macacos, bem perto da Ilha das Capivaras. A vida da família parecia, enfim, entrar nos eixos. O patriarca jogava moderadamente, apenas no bicho e na loteria federal, já que o despejo violento em São Paulo, ocorrido dez anos antes, havia deixado marcas profundas na família.

Para aproveitar sua fama interiorana, Chico Estrela abriu uma pista de patinação em São José do Rio Preto. Os pais o ajudaram na empreitada. Para andar pela cidade, Tim comprou uma Vespa usada, aquela clássica *scooter* italiana. Começou a namorar uma aluna de patinação chamada Yasmim, de 18 anos — ele já tinha 27. A jovem morria de ciúme porque

Chico era muito assediado, principalmente durante as aulas. Ela ficava incomodada com as roupas justas usadas por ele, marcando seu corpo. Chico dizia que as bermudas de *lycra* eram sua marca registrada. O atleta tinha uma coleção de peças em cores berrantes, como verde-limão, amarelo-fluorescente, rosa-choque e laranja-neon.

A melhor amiga de Yasmim era Tatiana, uma estudante de 19 anos que nunca simpatizou com Chico. Ela não desperdiçava oportunidades para envenenar a relação do casal:

— Acho que seu namorado é gay — começou Tatiana.

— De onde você tirou isso? — perguntou Yasmim.

— Pode ser pelas roupas coloridas, o jeito delicado... Mas há algo mais que não saberia dizer.

— O quê, por exemplo?

— Ele tem um comportamento estranho. Flerta com todas as garotas.

— Mas como alguém pode ser gay e ao mesmo tempo um galinha com mulheres?

— Ele pode usar essa fama justamente para esconder a realidade.

— Acho que você está enganada!

— Como é o sexo com ele? — perguntou Tatiana.

— Nós nunca transamos, acredita? — revelou Yasmim.

— Tá vendo? Minhas suspeitas só aumentam.

— Chico já deu em cima de você? — provocou Yasmim.

— Nunca! No fundo, ele deve saber que eu já saquei qual é a dele.

Algum tempo depois daquela conversa imprudente, Yasmim contou para Chico as suspeitas da amiga. O patinador rebateu, dizendo que Tatiana havia flertado com ele, mas ele não correspondeu. Na discussão, Yasmim também reclamou da falta de sexo. O atleta explicou que estava sem cabeça, pois vinha sendo corroído pela preocupação de que sua pista de patinação não vingasse.

Com o tempo, a garota foi perdendo o interesse e começou a paquerar outros rapazes, mesmo sem ter colocado um ponto final no namoro. Certa vez, Tatiana chegou com um amigo na escola de patinação e o apresentou a Yasmim. De longe, mesmo enquanto dava aula, Chico percebeu o movimento triangular e espumou de ciúme.

Tatiana fazia cursinho de manhã e trabalhava no caixa de uma franquia do McDonald's à tarde. Uma noite, quando saía da lanchonete, por volta das 20h, foi avistada por Chico. Ele estava montado na lambreta. A garota caminhava pela Rua Roberto Mange, quase esquina com a Avenida José Munia, perto de uma unidade do Serviço Social do Comércio (Sesc). De repente, ele avançou sobre Tatiana:

— Quero falar com você! — disse Chico.

— Desculpe, mas estou com pressa — respondeu a garota, enquanto caminhava.

— Só um minutinho, vamos conversar!

— Desculpe, Chico, mas não tenho interesse.

Irritado, Chico desceu da Vespa. Tatiana acelerou o passo e o patinador saiu atrás dela. Ela correu para tentar chegar a uma avenida mais movimentada, mas levou uma rasteira. Caiu no chão e ralou o rosto no cimento da calçada. "Não reaja, será pior!", anunciou ele.

Francisco puxou a estudante pelos cabelos e a arrastou até uma construção abandonada a poucos metros dali, ao lado do edifício do Sesc. Tatiana foi jogada de costas no chão. Ele se deitou sobre ela, tentando rasgar suas roupas. "Agora você vai ver se eu sou gay, sua puta!", esbravejou o patinador, enquanto tremia, suava em bicas e babava. Nesse instante, os olhos de Chico começaram a ficar vermelhos, refletindo a intensidade de suas emoções. Esse fenômeno horripilante ocorria porque, à medida que a tensão aumentava, pequenas veias da conjuntiva se rompiam, criando uma teia de sangue visível no branco dos olhos de Francisco.

Por sorte, Tatiana usava um avental todo trançado e amarrado com vários nós na lateral e uma calça jeans por baixo. Sem conseguir abrir o avental, Chico se contentou em ficar beijando a nuca da jovem. Mesmo nervosa, Tatiana começou a conversar com Francisco para contê-lo. Calmo, o patinador tentou se justificar para a vítima. "Me desculpe. Estou fazendo isso contra a minha vontade. Tem um demônio dentro de mim. É uma força incontrolável. Essa é a verdade", explicou. Em seguida, falou da namorada. "Você está contaminando a cabeça da Yasmim. Estou com medo dela me deixar. Já perdi a Janete, que foi morar com outro homem levando um filho meu", desabafou.

Tatiana sentou-se e pediu que Chico deitasse com a cabeça em seu colo. Do nada, ele começou a falar dos planos de viajar pelo mundo patinando, de como tinha feito sucesso em Bauru e do sonho de ser famoso nacionalmente. A garota ouvia tudo pacientemente, falando palavras de incentivo enquanto passava os dedos nos cabelos crespos de Chico.

Antes de partir, o patinador se desculpou pelo "equívoco". Levou a boca perto dos lábios de Tatiana para se despedir com um beijo, mas ela virou a cabeça. Chico tentou insistir, mas a jovem sugeriu um segundo encontro às escondidas em outro dia, pois precisava fazer um curativo no rosto. O monstro ressurgiu e ele começou a atacá-la novamente. Dessa vez, Tatiana gritou bem alto, chamando a atenção de um vigilante do Sesc. A polícia foi chamada e Chico Estrela foi preso em flagrante.

Algemado pela primeira vez, Francisco de Assis foi levado para a Delegacia da Mulher, onde ficou encarcerado, como ficara mais de vinte vezes no 39º Batalhão de Infantaria Motorizado do Exército. Quando soube que o filho estava preso, Maria Helena contratou um advogado. Chico foi indiciado no inquérito 0383/1995, mas não por tentativa de estupro. "Eu sabia que isso aconteceria, mais cedo ou mais tarde. Meu filho é muito assediado pelas mulheres. É muita pressão em cima dele. Uma hora não aguenta. Agora, estuprar, ele jamais faria isso. O Tim não precisa fazer nada à força, porque tem uma infinidade de mulheres atrás dele. Basta estalar os dedos que ele pega quem quiser", justificou Maria Helena na delegacia.

No interrogatório, o patinador contou sua versão para o crime. Disse que avistou Tatiana na rua e decidiu tirar satisfação. "Segurei ela pelo braço, puxei para trás de um poste em frente a uma construção. Dei só um sacode. Um segurança de um clube próximo achava que eu estava tentando molestar a garota. Mas não era nada disso", sustentou. "Queria saber por que ela estava apresentando homens para a minha namorada", completou. Yasmim foi chamada para depor e acusou a amiga de ter seduzido o patinador. "Como ele não quis nada com ela, passou a difamá-lo na cidade, chamando-o de homossexual", emendou.

Tatiana reiterou ter sofrido espancamento seguido de uma tentativa de estupro. "Isso não é verdade, delegada. Nem fiquei excitado.

Estávamos no meio da rua. Nós nem tiramos a roupa. Como poderia ter tentado violentá-la?", indagou o patinador. A delegada indiciou Chico no artigo 61 da Lei das Contravenções Penais, que trata da perturbação da tranquilidade, cuja punição é prisão simples ou multa. Ele também foi enquadrado no artigo 146 do Código Penal, que aborda o crime de constrangimento ilegal. Esse crime se materializa quando alguém é forçado mediante violência, grave ameaça ou outros meios que reduzem a capacidade de resistência. A pena prevista é detenção ou multa.

Denunciado à Justiça pelo Ministério Público, Francisco de Assis foi condenado no processo 000.001.461/1995 a 1 ano de cadeia, mas se livrou porque, sem antecedentes criminais, sua sentença acabou convertida em uma multa irrisória de 80 reais. Ainda há um detalhe pitoresco nesse caso: Chico deu o calote na multa, conforme registrado nos autos, mais especificamente no item "situação do processo", em que até hoje está escrito "multa a pagar". A extinção da punibilidade ocorreu por meio de decisão judicial proferida em 4 de novembro de 1996. Depois do escândalo, sua pista de patinação em São José do Rio Preto faliu e a Vespa foi vendida para pagar os advogados.

Francisco poderia ter tido sua carreira de criminoso interrompida nesse episódio de 1995? Sim, talvez pudesse. Mas o roteiro da sua vida tomou um rumo sombrio. Em São Paulo e em Diadema, como um psicopata genuíno, Chico Estrela aprimorou seus métodos, deixando para trás qualquer traço de culpa, dor, vergonha, remorso, arrependimento, tristeza, pesar. O patinador tornou-se um predador meticuloso, um assassino frio e cruel, cuja sede de sangue logo o tornaria infame. Assim nascia o Maníaco do Parque, o maior *serial killer* do Brasil. Sua nova fase de terror estava só começando.

* * *

Localizada na região do ABCD Paulista, Diadema nasceu no século XVIII em decorrência da posição estratégica entre o litoral e o planalto paulista. Originalmente composta por alguns bairros de São Bernardo do Campo, a cidade viu seu crescimento acelerado com a industrialização e a inauguração da Via Anchieta, na década de 1950. Apesar da proximidade com São Paulo, o lugar enfrentou — e ainda enfrenta — desafios sociais significativos. A rápida urbanização atraiu muitos migrantes, resultando em áreas de favelas e habitações precárias. A pobreza é um problema constante, com muitos moradores lutando por acesso a serviços básicos, como saúde e educação. Programas sociais e políticas públicas têm sido implementados, mas a desigualdade social ainda persiste.

Na década de 1990, Diadema foi uma das cidades mais violentas do Brasil, chegando a registrar taxas de homicídios superiores a 100 por 100 mil habitantes, uma das mais altas do país na época. Medidas como a Lei Seca, que restringia o horário de funcionamento de bares, ajudaram a reduzir os índices em cerca de 50% nos anos seguintes, mas a cidade ainda lida com problemas relacionados ao tráfico de drogas e à criminalidade. Embora os assassinatos tenham diminuído, crimes como roubos e furtos continuam sendo uma preocupação.

Após sua passagem pela polícia em São José do Rio Preto, Francisco voltou para Diadema em 1997. Luís Carlos e Isabel construíram um quarto para o patinador nos fundos da casa. Com isso, ele poderia entrar e sair sem passar pela moradia do casal. Para tentar colaborar com as despesas familiares, Chico voltou a dar aula de patins no Ibirapuera. Apesar de já ter sentido na pele a fúria do Maníaco do Parque na mata do Parque do Estado alguns anos antes, Silvana continuava patinando com ele. A garota havia contado à amiga Vivi sobre o ataque: "Ele entrou na floresta normalmente, falando mansinho. Lá no meio, se transformou num monstro. A voz engrossa e os olhos ficam vermelhos, como se estivessem sangrando. Depois eu conversei com ele. Parece que o espírito do avô, um demônio, se apossa do seu corpo. Quando eu sentei a máquina de escrever na cabeça dele, a entidade saiu bem rápido", relatou Silvana na época. Vivi ficou apavorada com aquela história: "Se eu fosse você, ficaria longe dele. Vai que o espírito volta", aconselhou.

Por incrível que possa parecer, Silvana e Francisco voltaram a se relacionar alguns dias depois do ataque. Mas eles nunca transaram. A reaproximação ocorreu quando ela o viu patinando no Ibirapuera com o rosto machucado. Com pena ao ver o estrago que havia causado, chegou a fazer curativos nele. E ela acreditava na história da força maligna e poderosa que tomava conta de Francisco. Quando ainda era amigo do patinador, Lourenço havia sugerido que ele procurasse assistência espiritual em terreiros de umbanda para se livrar daquela maldição.

Certa vez, Chico voltava para casa, por volta das 23h, quando se assustou ao ver uma viatura da polícia circulando com *rotolights* azuis e vermelhos iluminando as ruas de Diadema, nas proximidades do Parque do Estado, a 200 metros da casa do irmão. Na esquina, havia uma padaria cujas portas abriam às 5h. A primeira funcionária a chegar ao comércio era Rubenita, uma jovem de 21 anos que trabalhava nas primeiras fornadas de pão e depois assumia o caixa no período da tarde. Moradora do distrito de Piraporinha, na região do ABC, Rubenita saía de casa às 4h e seguia de ônibus até a padaria. Descia na Avenida Conceição e atravessava a passarela de pedestres sobre a Rodovia dos Imigrantes até alcançar a Rua Alfenas, na lateral da floresta. Um dia, foi capturada numa área deserta da Rua Alfenas, levada para a mata por três homens armados e estuprada até a hora do almoço. Na fuga, um dos criminosos amarrou a vítima numa árvore, usando uma corrente. Depois de solta por um missionário que passava pelo parque, Rubenita foi à delegacia registrar um boletim de ocorrência. A polícia passou o dia, em vão, procurando pelos suspeitos.

O caso do estupro de Rubenita era mais um crime não esclarecido naquela região desolada. Tanto São Paulo quanto Diadema estavam imersas em um mar de crimes sem solução. Segundo o Instituto Sou da Paz, aproximadamente 70% dos homicídios na capital não eram desvendados, refletindo a baixa eficiência da polícia civil nessa época. A falta de infraestrutura e recursos adequados nas delegacias e nos órgãos de justiça também contribuíam para manter de pé o cenário de impunidade.

Em 2023, os moradores da Rua Alfenas e de suas redondezas relataram que, muito antes de Francisco frequentar aquela mata, o local já era um ponto de desova de cadáveres e de crimes sexuais, além de servir de refúgio para bandidos procurados pela polícia. A imensidão do parque, combinada com a falta de policiamento e a existência de inúmeras passagens clandestinas, transformava o lugar em um verdadeiro labirinto. Para a polícia, entrar na mata à procura de criminosos era como procurar uma gota no oceano. Marginais assaltavam carretas e ônibus interestaduais na Rodovia dos Imigrantes, entravam por aberturas feitas no muro do parque, em Diadema, e varavam no outro lado da imensidão verde, já em Taboão ou São Bernardo do Campo. A mata também servia de cativeiro para sequestros. Ou seja, com seus 500 hectares, o Parque do Estado funcionava como um santuário para atividades ilícitas, perpetuando um ambiente de caos e impunidade.

No final de 1997, Francisco dedicava-se somente à patinação. Como seus amigos mais próximos estavam trabalhando, ele ficava o dia inteiro sozinho no Ibirapuera. Voltava para casa à noite, iniciando uma série de atritos com Isabel, que não tolerava "vagabundo" debaixo do seu teto — mesmo que fosse num puxadinho, nos fundos. Luís Carlos defendia o irmão, indispondo-se com a companheira. Mas tentava incentivá-lo a arrumar um emprego. Chico dizia-se um misto de artista e atleta de nível internacional que só não fazia sucesso porque era assombrado pelo avô João. Esse argumento patético irritava Isabel ainda mais. Numa tentativa de apaziguar o clima pesado no lar, Luís Carlos pediu ao irmão que saísse bem cedo de casa e só voltasse à noite, bem tarde, quando a esposa já estivesse dormindo. Ele também deveria arrumar uma ocupação o mais rápido possível. Na época, Isabel trabalhava como balconista numa loja de moda feminina no Brás, região de comércio popular no Centro. Luís Carlos era motorista de caminhão-baú. Fazia entrega de móveis na Região Metropolitana de São Paulo.

Pressionado pelo irmão, Chico saía do quarto dos fundos antes de o dia clarear para tentar encontrar emprego. Tomava café pingado no bar da esquina. Um dia, no balcão, pegou o jornal *Diário de São Paulo* e folheou os classificados. Encontrou um anúncio de emprego para entregador na empresa JR Express, localizada na Avenida Alcântara Machado nº 1000-C, no Brás, bem embaixo de um viaduto. Anotou o endereço num guardanapo de papel e seguiu até lá. Foi recebido pelo proprietário, Jorge Alberto Sant'Ana, que lhe apresentou a firma.

A JR Express funcionava de maneira improvisada numa garagem de mais ou menos 30 metros quadrados. O local parecia nunca ter sido faxinado. Sobre o piso de cimento batido havia um armário de ferro com as portas empenadas e uma TV de 14 polegadas comprada por Jorge por 40 reais — o conserto custara 20. As paredes eram todas cobertas com pôsteres da revista *Playboy*, os maiores retratando as artistas Bruna Lombardi, Ísis de Oliveira, Monique Evans, Adriane Galisteu, Vera Fischer e Sonia Braga.

O banheiro estava em estado de completa imundície: o chão e as paredes cobertos por uma espessa camada de sujeira acumulada, com manchas escuras de mofo e bolor espalhadas pelo rejunte dos azulejos. O vaso sanitário exalava um cheiro insuportável, impregnando o ambiente. Na pia, havia resíduos de sabonete, enquanto a torneira pingava incessantemente, formando uma poça de água suja e escorregadia no chão. Atrás havia um quarto minúsculo com uma cama de solteiro e uma janela basculante.

Os doze motoboys da firma faziam entrega de peças de veículos, rolamentos, ferramentas, parafusos, filtros de óleo, baterias, lubrificantes e outros itens automotivos. Alguns funcionários usavam sua própria condução, enquanto outros dependiam das motos da empresa para trabalhar. Nessa época, a JR Express contava com cinco motos Honda modelo CG 125. Chico não tinha moto. Por isso, não foi contratado imediatamente. Jorge, o proprietário, pediu que Chico voltasse dali a uma semana. Caso algum funcionário que utilizava uma das motos da empresa pedisse demissão, haveria uma vaga para ele.

Para Luís Carlos e Isabel, Chico mentiu. Contou ter conseguido emprego de motoboy naquela mesma manhã. O casal até comemorou, apesar de ela sempre duvidar do que o cunhado dizia. Desde então, o patinador passou a sair de casa todos os dias bem cedo, como se desse expediente em algum lugar. Perambulava pelas ruas da cidade feito zumbi. Às vezes, entrava no metrô às 7h da manhã e seguia de estação em estação, fitando mulheres cuja aparência ele sonhava ter para si. Sua preferência era pelas de cabelos cacheados com idade entre 18 e 25 anos.

Aos 30 anos recém-completados, Francisco de Assis aguardava sua vaga de motoboy quando fez sua primeira vítima fatal, transformando-se num assassino frio, impiedoso e, acima de tudo, crudelíssimo. A primeira pessoa que ele matou foi Raquel Mota Rodrigues, de 23 anos. Natural de Gravataí (RS), a jovem havia se mudado para São Paulo em busca de uma nova vida. Seus pais, muito pobres, não conseguiam mais sustentá-la. Na capital, foi morar temporariamente na casa da prima Lígia Crescencio, de 37 anos, no bairro Jardim Oriental, zona sul da capital. Rapidamente, Raquel conseguiu emprego numa loja de móveis na Rua Teodoro Sampaio, no bairro de Pinheiros, zona oeste.

Quando estava prestes a completar um ano na função, Raquel pediu demissão por um motivo nobre: recebera um convite para trabalhar numa outra loja, no mesmo bairro, na função de gerente. Na hora de pedir desligamento, fez um acerto com o patrão. Trabalharia até sábado, 10 de janeiro de 1998. Na sexta-feira haveria uma festa de despedida com os colegas da loja, e na segunda, dia 12, começaria no emprego novo. Na hora de dar baixa na carteira profissional, Raquel recebeu da empresa um cheque ao portador no valor de 157 reais, a ser descontado na boca do caixa da agência 005 do Banco Noroeste, no Brás. Desavisada, a garota foi à agência da Avenida Paulista no dia 9, mas, obviamente, não conseguiu fazer o saque. Guardou o cheque na carteira de zíper, de cor preta, colocou-a na bolsa e foi para a festa de despedida, num bar na região da Consolação.

Segundo relatos de Lígia, Raquel era uma garota simpática e comunicativa, daí seu sucesso como vendedora. Mas trazia uma ingenuidade típica de pessoas criadas no interior. Não tinha malícia, não via maldade e fazia amigos de um jeito fácil. Lígia reprovava o excesso de amabilidade da prima. "São Paulo é como uma selva. Tem animais fofos, como o mico-leão-dourado, mas há aves de rapina voando sobre as nossas cabeças", alertava. A gaúcha argumentava que faltava amor no coração empedrado dos paulistanos.

No sábado, 10 de janeiro, Raquel acordou de ressaca e atrasada. Vestiu calça jeans, blusa azul-marinho de malha leve com decote profundo em V. Pegou a bolsa a tiracolo de alças finas e correu para dar seu último expediente na loja de móveis. Quando passava em frente à garagem da Companhia Paulista de Trens Metropolitanos (CPTM), na Rua Jurupari, perto de casa, deixou a carteira cair de dentro da bolsa.

Ali havia a carteira de identidade, alguns trocados e o cheque de 157 reais. Por sorte, o tíquete do metrô estava no bolso da calça jeans. Assim, conseguiu chegar ao trabalho.

Edson Vicente Rhein, 27 anos, desempregado, pai de duas crianças, estava todo endividado. No sábado, pela manhã, passava pela calçada da Rua Jurupari quando viu a carteira preta caída no chão. Olhou para um lado, para o outro, pegou o objeto sorrateiramente e pôs no bolso. Correu até a estação Jabaquara do metrô. Lá ele abriu a carteira de Raquel e encontrou o cheque de 157 reais ao portador. Edson estava decidido a descontá-lo na segunda-feira.

Depois do trabalho, no início da noite, Raquel seguiu até o metrô Consolação, na Avenida Paulista, decidida a voltar para casa. Aos sábados, a linha verde era uma das mais tranquilas de São Paulo. Tanto que a vendedora conseguiu facilmente um assento vazio na janela, bem perto da porta. O trem seguiu no sentido Paraíso, fazendo uma parada rápida na estação Trianon-Masp para embarque e desembarque. Através da janela, Raquel viu um homem olhando fixamente para ela do lado de fora. Era Francisco de Assis. Enquanto passageiros entravam e saíam do vagão, o patinador esboçou um sorriso rápido para a garota. Raquel olhou para trás ligeiramente para ver se o galanteio não seria para outra pessoa. Era para ela mesmo. Mas ela não devolveu o cumprimento.

Em cada estação, o trem do metrô de São Paulo faz paradas de 30 a 60 segundos. Esse tempo pode variar, dependendo do fluxo de passageiros, do horário e de possíveis atrasos no sistema. Naquele dia, a interrupção foi mínima. O sinal sonoro do veículo soou para avisar que as portas estavam se fechando e, num ímpeto, Chico entrou no vagão. Raquel levou um susto com a rapidez. O patinador ficou em pé porque o assento ao lado da jovem estava ocupado e não puderam conversar.

Os dois desceram na estação Paraíso, onde finalmente se apresentaram, e embarcaram num vagão lotado da linha azul rumo à estação Jabaquara. Ele carregava uma mochila com seus patins; ela, apenas a bolsa. Na segunda etapa da viagem, ambos seguiram em pé, lado a lado, e falaram de amenidades típicas de quem faz amizade no transporte coletivo, como a lentidão do trem, a superlotação, o excesso de pedintes, a falta de educação dos passageiros aglomerados na porta, dificultando o fluxo de entrada e saída. Durante a prosa, passaram pelas estações Ana Rosa, Vila Mariana, Santa Cruz, Praça da Árvore, Saúde, São Judas e Conceição, num percurso de quase 20 minutos. No meio do caminho, entre o vaivém de gente, Raquel ficou curiosa:

— Para onde você está indo?
— Vou para onde o trem me levar.
— Como assim? — riu Raquel.
— Na verdade, estou em horário de trabalho — mentiu Chico.
— O que você faz?
— Sou caça-talentos da Avon, a gigante dos cosméticos. Procuro modelos para a próxima campanha. E você? — enganou mais uma vez.
— Sou vendedora de móveis.

Já eram quase 20h e Francisco não havia almoçado. Estava faminto. Passara o sábado inteiro entrando e saindo de composições do metrô de São Paulo em busca de uma presa, como ele mesmo definiu. A temperatura do seu corpo estava quente, os nervos à beira de um colapso. Sentia um impulso crescente de violência, quase impossível de controlar. Queria pular no pescoço da moça ali mesmo, na frente dos passageiros. Mas se conteve.

Chico e Raquel desceram na estação Jabaquara. Para transmitir segurança à garota, ele fingia superproteção enquanto a cortejava sutilmente. "O bairro é muito perigoso para uma mulher bonita como você andar à noite sozinha", flertou. "Estou perto de casa. Conheço tudo aqui", rebateu a vendedora. Ainda na estação, foram tomar sorvete. Curiosa, Raquel perguntou como era a dinâmica do trabalho de garimpar talentos perdidos no meio da multidão. Mitômano, o patinador contou ter olho clínico. "Algumas mulheres descobertas por mim — na rua e no shopping — estrelaram campanhas de cosméticos nos catálogos da Avon", contou.

A mentira lavada e deslavada de Francisco já caracterizava crime. Identificar-se como funcionário de uma empresa para a qual não trabalha configura falsidade ideológica, conforme prevê o artigo 299 do Código Penal Brasileiro. Tal conduta também descamba para outros delitos, como estelionato, caso haja intenção de obter vantagem ilícita em detrimento de outra pessoa. Essas ações são puníveis com reclusão e multa, que variam conforme a natureza e as consequências do ato.

Assumindo o papel de um deus da carnificina, Chico preparou uma roleta-russa para decidir os rumos de Raquel. Ainda no balcão da sorveteria, ele anunciou que iria rapidamente ao banheiro da estação. Entrou em um dos boxes, sentou-se no vaso sanitário e ficou lá por 30 minutos. Na sua lógica, aquele tempo seria suficiente para que uma mulher abordada no metrô por um estranho desistisse de esperar. A loteria da vida funcionaria assim: se Chico voltasse após esse tempo e Raquel tivesse ido embora, ela teria salvado a própria pele. Caso contrário, seria assassinada. Para dar sobrevida à vítima, Chico decidiu esticar mais o tempo, permanecendo por 45 minutos no banheiro. Ao sair, para sua surpresa, Raquel ainda estava lá, em pé, tranquila, aguardando pacientemente.

Uma das táticas de Francisco era não fazer nenhum convite logo de cara para suas vítimas. Dissimulado, primeiro ele pintava um cenário favorável, mesclando sedução e manipulação, dois ingredientes comuns em psicopatas. Naquela época, o Brasil vivia um verdadeiro *boom* de supermodelos descobertas nas ruas por olheiros. Esse fenômeno era amplamente divulgado pela mídia e muitas dessas mulheres haviam nascido na região Sul, assim como Raquel — a começar pela mais famosa, Gisele Bündchen. Natural de Horizontina, Rio Grande do Sul, foi descoberta aos 14 anos, em 1994, enquanto comia um hambúrguer na praça de alimentação do Shopping Morumbi, em São Paulo. Alessandra Ambrósio, do mesmo estado, apareceu aos 12 anos, em 1996, depois de ter sido vista em um curso técnico em Erechim. Adriana Lima, de Salvador, chamou atenção aos 15 anos, em 1996, enquanto acompanhava uma amiga em um shopping center.

Ainda no balcão da sorveteria, Francisco investiu em mais mentiras. Falou que a nova tendência dos catálogos da Avon era apostar em modelos com aparência mais próxima das clientes, ou seja, pessoas comuns. Raquel era baixinha e gorda, com cabelos cacheados. Jamais se imaginaria numa campanha publicitária de cosméticos. "Você é cheinha, mas seu rosto é lindo. Tem autoestima elevada. Brilho no olhar.

Isso embeleza qualquer mulher", argumentou, enquanto segurava o rosto da garota pelo queixo e movia sua cabeça de um lado para o outro, examinando cada ângulo. Só depois de uma série de floreios, o maníaco fez um convite à vendedora. Eram quase 21 horas.

— Você toparia fazer um teste de câmera agora?

— É sério isso? Eu até me acho bonita, mas não para ser modelo.

— Deixa essa decisão para o diretor de *casting* — ponderou o assassino.

Depois de enaltecer ainda mais a beleza de Raquel, Chico mostrou sua máquina fotográfica Yashica MD 135 AE. A câmera analógica compacta tinha uma lente de 35 mm. Enquanto falava do equipamento, o patinador mencionou que, naquele momento, havia um grupo de mulheres descobertas por ele nos meses anteriores fazendo um teste no Parque do Estado, a 14 minutos de ônibus do ponto onde estavam. "Mas a essa hora? Em pleno sábado à noite?", ponderou a vendedora de móveis. "Na verdade, as modelos estão lá desde cedo. Os testes varam a madrugada. Dá para fazer um encaixe. Temos luzes e câmeras profissionais. Tanto faz se é dia ou noite", argumentou Chico Estrela.

Raquel ficou em dúvida. Pensativa, olhou no relógio de pulso, observou em volta, encarou Chico Estrela. Estava mais para "não" do que para "sim". O falso olheiro foi persuasivo. "Escolhi cada uma das garotas que estão agora lá no parque sendo fotografadas. Nenhuma delas é tão bonita como você. Nenhuma é do Sul, como você e as supermodelos. Mas, se não quiser ir agora, tudo bem. A próxima leva de testes será daqui a um ano", falou, num tom de lamento. Raquel decidiu aceitar o convite, mas com uma ponderação: avisaria Lígia, sua prima, sobre o deslocamento até o Parque do Estado. Por volta das 21h, Raquel ligou para ela de um telefone público:

— Prima, olha a hora! Onde você está? — perguntou Lígia, preocupada.

— Estou na estação Jabaquara com um amigo.

— Vem para casa, está ficando tarde.

— Nem te conto! Fui descoberta por um olheiro da Avon.

— O quê?

— Ele vai me levar para fazer umas fotos no Parque do Estado...

— Como assim, Raquel? Que história mais estranha!

— Não estarei sozinha. Tem outras modelos sendo fotografadas lá.
— Esse olheiro te mostrou alguma identificação? — desconfiou Lígia.
— Só um momento! — disse Raquel.

A vendedora baixou o gancho do telefone e passou a conversar com Francisco. Lígia conseguia ouvir o diálogo dos dois.

— A minha prima perguntou pelo seu crachá da Avon.
— Santo Deus! Esqueci lá na locação! Faz o seguinte: vamos deixar para o outro ano. Sua prima está certa. Eu deveria ter mostrado uma identificação.

Raquel voltou a falar com Lígia pelo telefone, já desanimada:

— Prima, você tem razão. Não vou mais. Daqui a pouco estarei em casa. Beijos!

A jovem, porém, resolveu ir ao parque com Francisco. Os dois pegaram um ônibus e desceram perto da passarela com acesso à Rua Alfenas, já por volta das 22h. O trecho entre a passagem de pedestres e o muro era mal iluminado e deserto, e a morbidez do lugar começou a amedrontar a vendedora. Pela segunda vez, Chico teria dado mais uma chance à garota.

— A entrada é logo ali. Mas você não é obrigada a me acompanhar — disse Chico.

— Eu vou com você. Já estou aqui mesmo — respondeu Raquel, tentando esconder o nervosismo.

No entanto, quando ficou diante da abertura no muro, ela realmente mudou de ideia. A jovem se agachou, olhou para o breu do outro lado e decidiu:

— Chico, não tem a menor condição. Acho até que você errou a entrada. Essa abertura dá na mata fechada. Não tem o menor indício de ter um ensaio fotográfico nesse matagal. Vamos embora? — propôs Raquel.

— A entrada é aqui mesmo. As modelos estão atrás das primeiras árvores. Entra para ver. Depois de passar pelo buraco, você olha e decide se realmente quer voltar — insistiu Chico.

Enquanto falava, Francisco se agachou e entrou rapidamente no parque. Com medo de ficar sozinha do lado de fora, Raquel também atravessou a abertura. Do lado de dentro, ela não teve tempo para mais nada. O Maníaco do Parque acertou um murro forte no rosto da garota, estourando seu nariz. O sangue esguichou pela roupa. Ato contínuo, o monstro a pegou pelos cabelos e seguiu puxando a vítima pela trilha sinuosa da floresta por quase 1 quilômetro. Até por um curso d'água eles passaram. Para não perder o couro cabeludo, Raquel segurou em Francisco. Tentava ficar de pé, caía, era puxada, gritava.

— Pelo amor de Deus, Chico. Me solta! — suplicava, com a voz entrecortada pelo medo.

Parte da caminhada ela fez agachada. Depois de passarem pelo par de cedros-verdadeiros, considerado por ele a entrada do portal, a garota foi solta. Raquel ficou no chão, deitada, exausta, chorando sem parar. Pela terceira vez, Francisco manipulou a situação:

— Vou te dar a última chance para escapar dessa merda com vida. Vou fechar os olhos e contar até 50. Esse é o tempo que você tem para desaparecer da minha frente. Se eu abrir os olhos e você ainda estiver aqui, vou te matar e mastigar a sua carne!

— Chico, não aguento nem ficar de pé, não sei para qual lado é a saída...

— Um, dois, três, quatro...

Raquel saiu em disparada. Mas correu na direção oposta, embrenhando-se ainda mais na mata fechada. Fora da trilha, começou a ser cortada no rosto e nos braços por folhas de samambaia, urtiga e cipós espinhosos. Enquanto isso, o assassino continuava contando.

— ...vinte e um, vinte e dois, vinte e três...

A vendedora de móveis corria loucamente pela floresta, seguindo uma claridade vinda do céu, mas avançava em círculos. Quando a volta de 360 graus se completou, Raquel estava novamente diante do maníaco, deitado no chão de olhos bem fechados.

— ...quarenta e seis, quarenta e sete, quarenta e oito, quarenta e nove, cinquenta!

Francisco se levantou emitindo um som gutural e deu um mata--leão em Raquel. Em 15 segundos, a pressão contínua no pescoço e a falta de oxigênio no cérebro da moça causaram tontura, visão turva e uma sensação de desmaio iminente, até que ela perdeu a consciência. Internamente, os pequenos vasos sanguíneos dos olhos se romperam, criando manchas vermelhas, e os músculos do pescoço começaram a sangrar. À medida que o cérebro ficava sem oxigênio, as células nervosas morriam, levando à falência os centros que controlam a respiração e os batimentos cardíacos. Em 3 minutos aconteceu a morte cerebral, seguida pela perda das funções vitais e parada cardíaca. Outros órgãos começaram a falhar, culminando no óbito em 5 minutos.

Raquel caiu no chão de peito para cima, uma posição denominada pelos legistas como decúbito dorsal. Francisco tirou a própria roupa rapidamente e, em seguida, despiu o corpo inerte. Deitou-se por cima para penetrar a vagina. O corpo ainda estava quente quando ele ejaculou por entre as pernas da garota. Em seguida, virou a vítima para a posição decúbito ventral e a penetrou por trás. Depois de 30 minutos da prática de necrofilia, o Maníaco do Parque começou a vilipendiar o corpo de Raquel, dando chutes na lateral. Cansado, deitou-se de lado, abraçado ao que restou da moça por quase uma hora. Alternava beijos em sua boca e carinho nos cabelos. Adormeceu agarrado ao cadáver. Quando acordou, já era quase meia-noite.

Francisco vestiu a cueca e a calça jeans. Segurou Raquel pelas pernas e a arrastou para uma área da floresta coberta com plantas baixas de folhas largas. Escondeu o corpo numa caverna camuflada feita de vegetação, com a intenção de não deixar o cadáver aparente, caso alguém passasse por ali. Na madrugada, Chico vestiu a blusa da vítima e, com muito esforço, calçou o sapato feminino modelo *dockside* Samello preto, número 36. Desfilou pelo meio da mata como se estivesse numa passarela. Caminhando, encontrou a bolsa de Raquel jogada no chão. Abriu em busca de dinheiro, mas só encontrou uma escova de cabelo, batom, pó compacto e dois vales-transporte. Usou os objetos para incrementar a performance. Saiu do parque já na manhã de domingo, 11 de janeiro de 1998, vestido com suas próprias roupas. Mas levou o figurino de Raquel como *souvenir*, inclusive a bolsa e a calcinha.

Na segunda-feira, 12 de janeiro, conforme havia planejado, o desempregado Edson Vicente Rhein foi até uma agência do Banco

Noroeste para descontar o cheque de 157 reais perdido por Raquel no sábado pela manhã. O jovem estava visivelmente nervoso, suando, enquanto esperava na fila. Quando finalmente chegou ao caixa, a atendente pegou o papel e foi até uma gaveta buscar a ficha para conferir a assinatura. Edson mordeu o lábio, tentando não mostrar sua ansiedade.

Na volta, a funcionária informou que o cheque havia sido emitido ao portador, ou seja, poderia ser sacado por qualquer pessoa, desde que se identificasse. Edson entregou sua carteira de identidade com mãos trêmulas. A funcionária anotou o nome e o número do RG do rapaz no verso do documento. Pediu o número do telefone. Ele inventou um na hora, o que fez sua voz tremer levemente. Em seguida, a atendente guardou o cheque na gaveta e entregou a ele 157 reais. O jovem pegou as cédulas com rapidez e saiu de lá às pressas, acreditando que havia aplicado o golpe do ano. Jogou a carteira de zíper e o RG de Raquel no lixo, foi ao supermercado e fez as compras do mês.

Como Raquel não apareceu em casa na noite de sábado, Lígia foi até uma delegacia na manhã de domingo para comunicar o desaparecimento da prima. O policial pediu um prazo de 24 horas antes de abrir o boletim de ocorrência, explicando que nem todas as pessoas que não voltam para casa imediatamente podem ser classificadas como "desaparecidas". Tentando fazer o investigador mudar de ideia, ela contou sobre o convite do suposto olheiro da Avon para sua prima ir com ele ao Parque do Estado na noite anterior. Ainda assim, o atendente da delegacia pediu que Lígia voltasse após 24 horas. "Muitos parentes vêm aqui com esse tipo de queixa e descobrem que a pessoa 'sumida' estava no motel", ironizou o policial. À noite, ela enfim registrou o boletim de ocorrência.

Lígia passou o fim de semana desesperada. Na segunda-feira ela foi até a loja de móveis onde a prima trabalhava, mas ninguém sabia do paradeiro de Raquel. Seguiu para o outro endereço, onde a jovem começaria a dar expediente naquele dia. "Ela não veio, nem telefonou para justificar", informou o gerente.

Dezoito horas após assassinar Raquel, Francisco voltou ao Parque do Estado para acompanhar o pôr do sol, como costumava fazer. Levou na mochila os pertences de Raquel e deitou-se ao lado do cadáver até escurecer. O Maníaco do Parque nunca conseguiu explicar a relação desenvolvida por ele com o corpo de suas vítimas. No caso de Raquel, ele voltou até a mata e calçou o sapato nela. Em seguida, tirou a roupa e se deitou sobre as costas dela para transar, conforme relatou em depoimentos e conversas com psicólogos dentro do sistema penal.

Nas primeiras 24 horas, em um ambiente quente e úmido de floresta, o corpo de Raquel passou por várias fases de decomposição. Primeiro, esfriou até atingir a temperatura ambiente (*algor mortis*). Em seguida, surgiram manchas roxas e avermelhadas nas áreas mais baixas por causa do acúmulo de sangue (*livor mortis*). Em poucas horas, os músculos enrijeceram (*rigor mortis*). As células começaram a se decompor sozinhas (autólise), acelerando a decomposição. A putrefação, então, se intensificou, com as bactérias intestinais liberando gases que causaram inchaço e uma coloração verde no abdome. O corpo passou a exalar um odor forte e insuportável. Insetos, especialmente moscas, foram atraídos e depositaram ovos em orifícios naturais. As larvas emergiram rapidamente, começando a consumir os tecidos moles. A combinação de alta temperatura, umidade e atividade de insetos acelerou significativamente a decomposição, deixando a pele com uma aparência pastosa. Foi nesse cenário que Francisco se refestelou.

Sem ter a menor noção do paradeiro de Raquel, Lígia ligou para os pais da moça e informou seu desaparecimento. Agenor Rodrigues e Hebe Mota pegaram um ônibus em Gravataí e seguiram para São Paulo. Na cidade enorme, onde quase 20 mil pessoas desaparecem por ano, os parentes da jovem não sabiam por onde começar a busca.

Em 15 de janeiro de 1998, o paradeiro de Raquel finalmente foi descoberto. Uma reportagem do *Cidade Alerta*, da TV Record, mostrou à tarde o caso do corpo nu de uma mulher, em avançado estado de decomposição, encontrado por guardas florestais da Secretaria de Meio Ambiente na mata densa do Parque do Estado. Sem identificação, o cadáver recebeu uma etiqueta com o número FF-206/98 e foi levado para o Instituto Médico Legal (IML). Os pais de Raquel não tiveram coragem de fazer o reconhecimento. Paulo Maurício de Almeida, marido de Lígia, foi até a gaveta do necrotério. Saiu de lá com toda certeza. "É ela, sim", comunicou aos pais.

O primeiro laudo do Instituto de Criminalística, assinado pela perita Neusa Akemi Karesiro Sereni, relatou que o corpo de Raquel foi encontrado em uma área de vegetação densa e topografia irregular no Parque do Estado, próximo à Rodovia dos Imigrantes. O cadáver, completamente nu, estava a cerca de 800 metros da entrada acessada pela Rua Alfenas. Perto dele havia um brinco de argola dourado, com uma pedra vermelha. Devido ao adiantado estado de putrefação, o exame externo (perinecroscópico) foi prejudicado e seria complementado pelo IML. O local do crime estava sendo preservado por policiais militares e o resgate do corpo contou com o apoio do Corpo de Bombeiros.

O parecer do IML, conduzido pelos peritos Ênio Marcos Ribas Pimentel e Walter Amauchi, atestou ausência de fragmentos de esperma no corpo de Raquel. Mas os médicos legistas deixaram claro que o estado do cadáver prejudicou a investigação. O laudo, inclusive, erra a estimativa da idade da vítima por causa da decomposição: "No exame externo, foi verificado que o corpo pertencia a uma mulher adulta de aproximadamente 40 anos, de cor branca e boa constituição físico-muscular. Observou-se que ela tinha cabelos e íris castanhos, dentes naturais e falhos, pescoço cilíndrico, tórax simétrico e abdome globoso. Não havia lesões externas de violência ou de interesse médico-legal aparentes, embora a putrefação avançada tenha prejudicado essa avaliação. Durante o exame interno, o crânio foi aberto após uma incisão vertical do couro cabeludo, revelando ausência de fraturas. A abertura das cavidades cervical, torácica e abdominal, realizada após uma incisão mento-púbica, também mostrou um útero de tamanho e consistência normais, ausência de fratura do osso hioide e nenhuma fratura ou sinal de violência aparente".

O corpo de Raquel foi sepultado em Gravataí. Ainda durante o luto, Lígia e seu marido, Paulo, decidiram investigar a morte da jovem. Eles estavam convencidos de que o assassino de sua prima era o tal olheiro da Avon. Intrigado, o gerente da loja de móveis onde Raquel havia trabalhado ligou para Lígia informando que o cheque de 157 reais fora descontado na segunda-feira, 12 de janeiro, dois dias após o desaparecimento da moça. O casal rumou para a agência do Banco Noroeste e conseguiu convencer o gerente a fornecer uma fotocópia da ordem de pagamento. No verso, constava o nome do desempregado Edson Vicente Rhein e o número de seu RG. Os dois levaram essa pista à delegacia, tornando o jovem de 27 anos o único suspeito de ter matado Raquel.

Em 19 de janeiro de 1998, duas viaturas policiais foram até a casa de Edson e o conduziram à Delegacia de Pessoas Desaparecidas. Um delegado mostrou uma foto de Raquel e perguntou se ele a conhecia. "Nunca vi essa mulher", respondeu. "Ela foi assassinada dois dias antes de você sacar o cheque de 157 reais que estava em nome da vítima. Você se passou por olheiro da Avon?", perguntou um dos policiais. Quando soube que era suspeito de homicídio, Edson quase desmaiou. "Tenho duas filhas, uma de 2 anos e outra de 3 meses. Minha esposa é dona de casa. Estou desempregado há dois anos. Minha família está passando fome. Mas não seria capaz de matar uma pessoa", disse, trêmulo e chorando. Com a investigação fora de foco, Edson foi dispensado depois de depor, e a morte de Raquel entrou para a lista de crimes não solucionados. Pelo menos naquele momento.

Uma semana depois de cometer seu primeiro assassinato, Francisco de Assis conseguiu, enfim, o emprego de motoboy na JR Express. Como recebia por comissão, trabalhava das 8h às 20h com intervalo de meia hora para almoço. Com jornada de trabalho excessiva, ficou sem tempo para patinar no Ibirapuera. Entre os doze motoqueiros contratados, fez amizade com Denis, Fernando e Paulo César. Depois do expediente, os quatro costumavam beber no Boteco do Brás, uma birosca a duas quadras da firma. Sem dinheiro, o patinador pediu ao dono do bar, seu Edgar, para pendurar a conta. Logo que recebesse o primeiro salário, no final do mês, passaria lá para acertar. O pedido foi aceito.

Mitômano, Chico contou aos novos amigos que era de família rica. A mãe era dona de uma plantação de laranjas em São José do Rio Preto, exportando frutos para o exterior. O pai tinha uma frota de navios de arrasto, especializada na pesca de atum, abastecendo mercados de alto padrão em São Paulo e Rio de Janeiro. Chico disse ainda que havia estudado em uma escola particular renomada em São Paulo e que passava férias nas praias do Nordeste. Afirmou também que tinha um tio milionário chamado Rubinho, proprietário de um hotel de luxo no litoral paulista. Para explicar por que estava trabalhando como motoboy, inventou que havia feito voto de pobreza. Óbvio, ninguém acreditou em Francisco. No entanto, os motoboys achavam divertido ouvir suas histórias fantasiosas.

Na segunda semana de trabalho, Chico pediu ao patrão para dormir no quarto dos fundos da JR Express, pois vinha perdendo até duas horas nos coletivos, fazendo várias baldeações, entrando e saindo de trens, e caminhando longas distâncias até chegar ao emprego. Jorge não só permitiu a mudança como também deixou em seu poder, em tempo integral, a moto usada por ele, uma Honda modelo CG 125, ano 1985. Em troca da moradia gratuita, Chico teria de fazer a faxina diária no local. A partir desse momento, o Maníaco do Parque intensificou seus ataques. A moto tornava as coisas mais fáceis.

Nos primeiros dias de trabalho, Chico reclamou do capacete fornecido pela firma. O equipamento de segurança estava coberto de arranhões e lascas, com a pintura desbotada e descascada, revelando partes do metal enferrujado. No visor, riscos profundos e bordas rachadas. A almofada interna, desgastada e endurecida, havia rasgado, enquanto o fecho de segurança apresentava sinais de oxidação e desgaste. "Se você quiser um capacete novo, compre com seu próprio dinheiro", avisou o dono da JR Express.

Um mês depois de ter matado Raquel, o Maníaco do Parque fez a segunda vítima.

Em 10 de fevereiro de 1998, a estudante Isadora Fraenkel, de 19 anos, saiu da casa dos avós, na Rua Clodomiro Amazonas, no Itaim Bibi, zona oeste da capital. Seu sonho era se tornar comissária de bordo. Aplicada, fizera o Curso de Comissário de Voo em uma escola homologada pela Agência Nacional de Aviação Civil (Anac). Aprendeu sobre segurança, primeiros socorros, sobrevivência na selva e regulamentação da aviação. Após concluir o curso, passou na prova teórica da Anac e obteve a certificação de habilitação técnica (CHT). Falava fluentemente inglês, espanhol e alemão. Com todos os pré-requisitos, distribuiu currículo na área de recrutamento das principais companhias de aviação área em atividade no Brasil.

Segundo relatos de Francisco, depois de fazer uma entrega de peças automotivas numa oficina mecânica nas proximidades da Marginal Pinheiros, ele seguiu de moto pela Avenida Juscelino Kubitscheck para alcançar a 23 de Maio, na qual iria até o Centro. Na esquina da Avenida Brigadeiro Faria Lima, o sinal vermelho o fez parar. Nessa intersecção, por volta das 14h, a vida de Francisco encostou na de Isadora. O motoboy primeiro assobiou para chamar a atenção da garota. Ela o encarou e terminou de atravessar a via, descendo pela calçada larga da Faria Lima. A jovem era branca, de cabelos cacheados e 1,64 m de altura. Vestia minissaia jeans desbotada, blusa cinza e chinelo de dedo. Usava óculos escuros com armação de plástico transparente. A família nunca soube dizer para onde ela estava indo naquela tarde. Às 17h, Isadora se encontraria com o pai, o comerciante Claudio Fraenkel, para tomar café na padaria Galeria dos Pães, nos Jardins.

De acordo com a narrativa de Francisco, Isadora teria caído na mesma conversa mole sobre recrutamento de modelos para o catálogo da Avon. No entanto, o pai da garota sustentava que ela não tinha essas pretensões, pois sua vida profissional estava totalmente voltada para a carreira de comissária de bordo. "Minha filha jamais cairia numa história como essa. Ela era uma mulher decidida, esperta, bem resolvida", disse Claudio Fraenkel em entrevista ao jornal *Folha de S.Paulo*, em 9 de agosto de 1998.

A forma como Isadora foi aliciada e assassinada pelo Maníaco do Parque será contada de acordo com o interrogatório dele no inquérito aberto pelo DHPP e sustentado pelo réu no Tribunal do Júri. Mas é sempre bom lembrar: Francisco de Assis é mentiroso compulsivo, tem laudos de psicopatia lavrados por psicólogos e psiquiatras forenses, além de ser "extremamente vaidoso, haja vista que se apresentava como Zé Galinha", destacou o relatório assinado pelos peritos Henrique Rogério Cardoso Dórea e Paulo Argarate Vasques, ambos psiquiatras forenses.

Francisco disse estar completamente enfeitiçado por Isadora. Ele estacionou a moto numa rua transversal e correu para acompanhar a garota. Perguntou se ela toparia fazer um teste para ser modelo da fábrica americana de cosméticos. Sob esse argumento, ela teria subido na garupa da moto de Chico Estrela e seguido até o Parque do Estado. No trajeto, Isadora teria contado sobre seus planos de ser comissária de bordo. Falou que seus pais eram recém-separados e que, mais tarde, seguiria até a padaria para conhecer a nova namorada de Claudio. "A Isadora foi uma das mulheres mais fáceis de serem levadas até o parque. Ela disse 'sim' logo de cara, ao contrário das demais. Para se ter uma ideia, ela não desistiu nem quando chegou no buraco do muro que dava acesso ao matagal", relatou Francisco.

Do lado de dentro do parque, por volta das 15h, Francisco seguiu de mãos dadas com Isadora pela mesma trilha em que havia levado Raquel. Aliás, voltar ao local onde havia matado outra garota um mês antes era a maior evidência de que o assassino tinha certeza da impunidade, pois a polícia não se embrenharia novamente na mata para tentar solucionar a morte da jovem de Gravataí.

No meio da trilha, Francisco apontou para os dois cedros-verdadeiros, plantados lado a lado:

— Tá vendo aquelas duas árvores enormes ali? — perguntou Chico.

— Tô!

— Lá é a entrada do meu portal. Depois de atravessar por elas, serei outro homem.

— Fala sério, Chico. Você inventou esse lance de fotos pra catálogo da Avon, né?

— Por que você acha que eu mentiria?

— Não sei... Tem algo estranho.

— Você gosta de aventuras?

— Depende...

Depois de passar com Isadora pela entrada do portal, Francisco de Assis soltou a mão da garota e começou a se transformar lentamente no Maníaco do Parque.

Ao caminhar mais 100 metros, foi tomado por uma força maligna. "Cresceu" e acentuou os músculos. Os olhos esbugalharam, ficando intensos, vermelhos e fora da órbita. O suor brotou em sua testa e o rosto ruborizou-se. O maníaco pôs para fora os dentes escuros, finos e quebradiços, tornando sua expressão ainda mais sinistra. A voz cavernosa completou a metamorfose. Isadora correu, voltando pelo mesmo caminho. O monstro foi atrás e alcançou a vítima quando ela estava quase chegando ao portal.

Isadora foi brutalmente atacada. Num salto, o maníaco a derrubou no chão. De costas, a jovem tentava se desvencilhar a todo custo, o que deixava a criatura ainda mais violenta. O embate corporal acontecia sem que nenhum dos dois falasse alguma palavra. O predador rosnava intensamente, enquanto a presa apenas agonizava. Para dar cabo da garota, ele pegou ali perto um pedaço de pau semelhante a uma perna de mesa. Virou Isadora de peito para cima e pôs o objeto sobre o pescoço dela. Lutando pela vida, a moça usou as mãos para fazer uma força contrária. Impiedoso, o maníaco se levantou lentamente. Em seguida, colocou os pés nas extremidades da madeira e aplicou pressão com todo o peso corporal. A luta diminuiu em fração de segundo. As mãos da vítima, antes frenéticas, pararam de se mover. O silêncio se instalou na mata assim que o corpo parou de respirar. Isadora morreu de olhos abertos devido à perda de controle muscular, *rigor mortis* e falta de reflexo palpebral.

Exausto, Francisco deitou-se ao lado do cadáver até as estrelas despontarem no céu escuro. Em seguida, despiu o corpo da vítima. No bolso da minissaia ele encontrou um talão de cheques com três folhas, junto da cédula de identidade, e colocou tudo em sua mochila. Na sequência, tirou a roupa e praticou necrofilia até ejacular. Por último, o maníaco mordeu o seio da mulher e arrancou um pedaço de carne. Mastigou diversas vezes antes de engolir e depois sugou o ferimento na tentativa de beber o sangue da vítima. Terminou o canibalismo arrancando, com os dentes pequenos, pedaços da vulva da garota. No final, arrastou o corpo de Isadora para escondê-lo numa área mais inacessível, próximo de onde havia camuflado o cadáver de Raquel.

Chico descobriu um estelionatário na periferia de Diadema e

pagou 30 reais para ele falsificar a assinatura de Isadora nos três cheques que havia roubado na floresta. O golpista usou a carteira de identidade da estudante para forjar o nome dela no documento. A primeira folha, no valor de 50 reais, foi repassada no Boteco do Brás para quitar sua dívida de bebidas. Ousado, o assassino preencheu o segundo cheque, de 500 reais, e foi até uma agência do Banco Itaú no bairro Cidade Jardim, zona oeste de São Paulo. No caixa, o atendente pediu a carteira de identidade de Francisco para anotar seus dados no verso do cheque. Francisco entregou, mas o bancário informou que Isadora não tinha saldo suficiente na conta para cobrir o pagamento.

Persistente, o motoboy foi à matriz da loja Xaparral, especializada em artigos para motoqueiros, e tentou passar mais um cheque. Entre as gôndolas, selecionou jaquetas, camisetas, capa de chuva e um capacete novinho em folha. No balcão, descobriu por uma vendedora que a loja, situada na Rua Barão de Limeira, 138, no Centro, não aceitava cheques de terceiros.

— Quem é Isadora Fraenkel? — perguntou a atendente.
— Minha namorada — respondeu ele.
— Então traga ela aqui na loja, caso queira usar o cheque!

Chico voltou à Xaparral acompanhado de Silvana, que fingiu ser Isadora. Cheio de charme, perguntou à vendedora se agora poderia fazer a compra. Com a resposta positiva da funcionária, o motoboy pegou um capacete da marca Pro Tork, uma camiseta polo e óculos de sol. No caixa, preencheu o cheque no valor da compra: 200 reais. Por exigência da atendente, anotou no verso do cheque seus dados pessoais, inclusive RG e número do telefone.

Exibindo seu capacete reluzente, Chico Estrela desfilava pelas ruas da cidade. Dias depois, tomava café na firma quando foi surpreendido por um chamado. A atendente da JR gritou: "Chico, tem gente aqui fora querendo falar com você". O motoboy largou a xícara e foi até a calçada, nervoso. Havia quatro homens armados da 15ª Delegacia de Polícia em frente ao endereço. Um deles questionou:

— Você é Francisco de Assis Pereira?
— Sou, sim. O que está acontecendo?

— Você conhece Isadora Fraenkel?
— Conheço. O que houve com ela?
— Entre na viatura e nos acompanhe! — ordenou o policial.

CAPÍTULO 9

PRENDA-ME SE FOR CAPAZ

São Paulo, 8 de agosto de 1998

Departamento de Homicídios e de Proteção à Pessoa (DHPP)

Auto de qualificação e interrogatório de Francisco de Assis Pereira

Delegado Sérgio Luís da Silva Alves — Como você matou a Selma?
Francisco de Assis Pereira — Enrolei um cadarço no pescoço dela e comecei a puxar, apertando sua garganta. Ela se debatia, mas continuei a puxar cada vez mais forte. Por alguns instantes, parei. Mas a vontade de dominá-la foi maior e voltei a apertar, até que ela parou de se mexer e morreu.
Delegado — E o que você fez com ela depois de assassiná-la?
Francisco — Quando percebi que estava morta, virei o corpo de frente e comecei a acariciar seu rosto. Em seguida, mordi várias partes do corpo dela, inclusive braços, pernas, seios e as partes íntimas.

Delegado — Você transou com ela?

Francisco — Sim, cometi coito anal e vaginal enquanto ela estava no chão.

Delegado — E por que você não ejaculou?

Francisco — Naquele momento, eu não queria dar nada para a Selma. Só queria dominar e tomar para mim. Se ejaculasse, estaria dando algo de mim para ela, e não queria isso; queria mesmo só tirar.

* * *

Conforme combinado, Claudio Fraenkel, comerciante de 42 anos, foi encontrar a filha Isadora na padaria Galeria dos Pães, nos Jardins, às 17h da terça-feira, 10 de fevereiro de 1998. Ele esperou até as 21h. Naquela época, o celular ainda não era popular no Brasil. As linhas móveis só se tornariam mais acessíveis após a privatização do sistema Telebras, em 29 de julho daquele mesmo ano. Com isso, Isadora e Claudio se comunicavam por aparelhos fixos. "Passávamos horas e horas falando à noite por telefone. Minha filha me contava tudo sobre sua vida, inclusive sobre seus relacionamentos", relatou o comerciante em juízo.

Quando foi assassinada pelo Maníaco do Parque, Isadora namorava um estudante chamado Arthur, de 18 anos. À noite, Claudio ligou para o rapaz perguntando pela filha. Como era de se esperar, ele não sabia do paradeiro da garota. "Nós nos encontramos ontem e combinamos de ir a um bloco de carnaval na semana que vem", contou Arthur ao comerciante.

Isadora estava morando no apartamento dos avós idosos, que haviam se mudado quinze dias antes para uma casa de repouso. Sem notícias, Claudio foi para o imóvel e ficou à espera da filha. As janelas do apartamento estavam escancaradas, sugerindo que ela não tinha intenção de demorar quando saiu. No sofá da sala repousava a bolsa da estudante. Na escrivaninha, havia uma pilha de apostilas sobre aviação e uma maquete do recém-lançado Boeing 737-800, customizada com o *layout* da companhia aérea alemã Hapag-Lloyd Flug. "Ela deve ter esquecido do nosso encontro na padaria, certamente saiu com alguns amigos, foi para uma festa, sei lá... Vai voltar", tentava justificar o pai para si mesmo.

No dia seguinte, por volta das 7h, insone, Claudio seguiu para a 15ª Delegacia de Polícia e comunicou o desaparecimento da filha. De praxe, os investigadores pediram que ele voltasse quando o sumiço completasse 24 horas. "Muitos pais vêm aqui desesperados dizer que a filha desapareceu, foi raptada, sequestrada, abduzida e tal, pedem para a polícia ir atrás. A gente sai na viatura à procura dessas agulhas e acaba encontrando-as no palheiro do motel", debochou o atendente do balcão. "Não tem como ela estar no motel, porque o namorado dela está aqui", sustentou Claudio. Diante do argumento, os policiais se entreolharam e soltaram risinhos cínicos de canto de boca.

Vinte e quatro horas depois, Claudio voltou à delegacia e registrou o boletim de ocorrência nº 001308/98. No documento da polícia, o desaparecimento de Isadora foi relatado em poucas linhas: "Compareceu nesta distrital o Sr. Claudio Fraenkel, genitor da desaparecida, informando às autoridades policiais que sua filha, Isadora Fraenkel, teria desaparecido desde o dia 10/2/1998 sem motivo aparente. O genitor informa ainda que ela iria entrar em contato com ele, mas que não deu nenhum tipo de retorno. A desaparecida apresenta altura de 1,64 m, é branca, tem 19 anos, é magra e vestia uma saia jeans e uma blusa cinza. Nada mais".

Com o desespero, Claudio procurou o amigo e advogado Durval Moreira Cintra, pedindo ajuda para encontrar Isadora. Orientado pelo defensor, o comerciante foi a todos os lugares que a filha costumava frequentar. Nada. O comerciante fez mil cartazes com a foto de Isadora e o termo DESAPARECIDA, escrito em letras garrafais, e espalhou por todo o bairro do Itaim Bibi. Desolado, andava pelas ruas mostrando a foto da jovem a estranhos. Mesmo abatido e sem forças, Claudio foi, então, até uma agência do Banco Itaú ver se a conta de Isadora estava sendo movimentada. Para sua surpresa, a gerente mostrou os cheques de 50 e 200 reais "assinados por ela". O maior deles havia sido usado na loja de acessórios de moto Xaparral. A funcionária também identificou a tentativa de saque de 500 reais, impedido por falta de fundos. No verso da folha de 200 reais, ele leu o nome de Francisco de Assis e o número do seu RG, além do telefone da JR Express.

Para Claudio, aquela não era a assinatura de Isadora, pois a caligrafia parecia meio tremida. Mas a movimentação bancária depois do dia do desaparecimento da jovem acendeu no pai a esperança de que ela estivesse viva. O comerciante pegou fotocópias dos cheques e seguiu para a delegacia. No caminho, apenas uma pergunta martelava a sua cabeça: onde estaria Isadora?

Na delegacia, o pai entregou as fotocópias dos cheques aos policiais. Nenhum deles se empolgou com a nova pista. Diante daquele descaso, Claudio começou a chorar copiosamente, tremendo inteiro, apoiado no balcão. Aos poucos, foi caindo no chão diante de pelo menos uma dezena de pessoas. Seu pranto era ouvido na rua. Constrangido, um policial o levou para uma sala reservada e lhe serviu um copo de água. O pai pediu "pelo amor de Deus" que os policiais investigassem o sumiço de Isadora. Que pelo menos procurassem por esse tal Francisco de Assis, cujos dados pessoais estavam escritos no verso dos cheques. Suplicou ainda que os investigadores fossem até o apartamento de Isadora passar um "pente-fino" para ver se encontravam alguma outra pista. "Amanhã nós vamos até lá", prometeu o policial, enquanto pegava as cópias dos cheques. "Agora vá para casa descansar", sugeriu.

No dia seguinte, às 6h da manhã, Claudio estava no balcão da delegacia cobrando dos policiais o prometido no dia anterior. Enquanto uma equipe seguia com o comerciante até o endereço de Isadora, outra ia ao encontro de Francisco na JR Express. Na viatura, segundo relatos do comerciante, um policial despejou sacrilégios em seu ouvido: "Às vezes, a verdade está bem na nossa cara, mas a gente não enxerga porque está com a visão turva. Trabalhei vinte anos na Delegacia de Desaparecidos e vi muita coisa. Garotas bem-criadas, educadas, amorosas com os pais, com a vida aparentemente certinha, acabam se revelando verdadeiras malandras. Se apaixonam por homens picaretas e aplicam golpes na própria família. Passam cheques sem fundos e fraudam cartões de crédito junto com os namorados. Aí, somem no mundo para seguir carreira no crime. E os pais vão à delegacia desesperados, dizendo que a filha sumiu. Isso é muito triste, mas é a realidade do mundo. Uma vez teve o caso de uma jovem que parecia um anjo. Os pais estavam destruídos, achando que ela tinha sido sequestrada. A gente descobriu que ela estava envolvida numa rede de estelionato com o namorado. A dor nos olhos daqueles pais quando souberam a verdade é algo que nunca vou esquecer". Chocado com aquelas palavras, Claudio pediu para parar a viatura e desceu na metade do caminho.

Na mesma manhã, Francisco entrou na 2ª Delegacia da Divisão do DHPP e sentou-se à mesa do delegado titular Basílio Samofalov. Três anos antes, havia sido algemado por policiais em São José do Rio Preto, acusado de tentativa de estupro. Agora, fora intimado a dar explicações sobre sua relação com Isadora. Mesmo tendo matado a garota seis dias antes, o motoboy estava calmíssimo e até sorridente diante dos policiais. No interrogatório, mentiu e mentiu. Seguem os principais trechos do procedimento policial que poderia ter posto um fim na carreira criminosa do Maníaco do Parque, que já tinha matado duas mulheres. As perguntas foram feitas pelo delegado Samofalov:

— **Você sabe ler e escrever?**

— Sim, sei ler e escrever.

— **Quando e como conheceu Isadora Fraenkel?**

— Eu a conheci há cerca de quatro ou cinco meses, quando estava passeando no município de São Vicente. No mesmo dia em que a vi, começamos a namorar.

— **Tinha algum contato dela, como telefone ou endereço?**

— Quando estava em São Vicente, Isadora dizia que morava no litoral norte. Eu dei a ela meu telefone do trabalho para que entrasse em contato, mas não peguei o número dela. Pedi que ela ligasse durante o horário de funcionamento da JR Express, porque depois disso meu patrão fechava a sala que dava acesso ao telefone.

— **Sabe onde ela morava?**

— Não. Nunca fui até sua casa. Aliás, nem sei se ela mora em apartamento ou casa. Ela não mencionava detalhes.

— **Quando foi a última vez que você viu Isadora?**

— Foi na madrugada do dia 8 para o dia 9 deste mês, quando ela

esteve na minha casa. Era onde mantínhamos nosso relacionamento amoroso.
— **Onde você mora?**
— No endereço que repassei à escrivã, o mesmo da JR Express.
— **Sobre os cheques, o que pode nos dizer?**
— Eu disse a Isadora que queria comprar uma moto e um capacete, pois trabalho como motoboy. Ela aceitou me emprestar 700 reais e assinou dois cheques: um de 500 e outro de 200, ambos preenchidos na minha presença.
— **Você tentou sacar algum desses cheques?**
— Sim, tentei sacar o cheque de 500 na agência do Itaú da Avenida Cidade Jardim, mas fui informado pela atendente que não havia fundos. Com o cheque de 200 reais, comprei um capacete, uma camiseta e óculos de sol numa loja de acessórios para moto, junto com ela.
— **O que você sabe sobre o passado de Isadora?**
— Quase nada. Ela dizia que os pais eram separados, que morava com os avós e frequentava um curso de Inglês para se tornar aeromoça. Tinha um espírito aventureiro, gostava de trilhas na floresta. Certa vez, propus que morássemos juntos, mas ela se negou, dizendo que não queria compromisso sério.
— **Mais alguma coisa que queira acrescentar?**
— Não, nada mais a declarar.

Descarado, Francisco saiu da delegacia pela porta da frente, despedindo-se dos policiais com tapinhas no ombro e aperto de mãos. De lá, foi à JR Express e transferiu 10 litros de gasolina de uma das motos para um galão. Os demais funcionários estranharam o movimento. "Vai fazer entrega de combustível?", perguntou Denis, um dos motoboys, irônico. Chico não falava nada. Tinha pressa. Saiu em disparada pela Avenida Alcântara Machado e desceu pela D. Pedro I até alcançar a Rodovia dos Imigrantes. Estacionou a moto na altura do nº 300 da Rua Alfenas e varou feito um foguete pelo buraco do muro do Parque do Estado carregando o galão. Seguiu pela trilha de sempre até passar pelo par de cedros-verdadeiros, considerado por sua cabeça doente a entrada do portal imaginário.

O corpo de Isadora já estava em avançado estado de putrefação. Parte dele havia sido devorada por urubus. Francisco despejou toda a gasolina, riscou um fósforo e carbonizou o cadáver até ele virar um montueiro de carvão. Depois que a última fagulha apagou, ele cobriu os restos mortais da jovem com folhas e galhos. O crânio e os ossos maiores resistiram à combustão.

Enquanto o motoboy destruía o cadáver de Isadora, Claudio era informado pela polícia que ela tinha outro namorado além de Arthur. Chamava-se Francisco de Assis. "Impossível! Eu conheço o caráter da minha garota!", rebateu, revoltado. Para reforçar a tese, os investigadores mostraram ao comerciante o depoimento da vendedora da Xaparral, Sonia Padilha de Souza, sustentando que o motoboy havia levado "Isadora" à loja. "O cliente anotou um telefone no verso e nós ligamos para conferir se ele realmente trabalhava na empresa de entrega. Ele também mostrou sua carteira de identidade", disse Sonia em depoimento na 2ª Delegacia da Divisão de Proteção à Pessoa. Com essa série de equívocos, as investigações sobre o desaparecimento de Isadora foram minguando. Com o tempo, acabaram arquivadas. A polícia realmente ficou convencida de que a garota tinha uma vida dupla e havia fugido do pai.

Duas semanas depois do assassinato da filha, Claudio recebeu uma ligação da Companhia Aérea Latam, convocando Isadora para assumir a tão sonhada vaga de comissária de bordo. Desde esse dia, o pai mergulhou nas profundezas de um mar sem fim. Afogou-se numa tristeza infinita. Passou a se sentir impotente e culpado por não ter mais forças físicas nem espirituais para procurá-la.

Por indicação de uma amiga, Claudio foi a uma psicóloga especializada em luto. "Muitos pacientes me procuram depois de uma grande perda. Eles vêm aqui para sofrer. Sofra até esgotar a sua angústia, caso contrário sua vida não seguirá em frente", comentou a psicóloga. "Faço isso desde que a minha filha desapareceu", rebateu o paciente. "Mas ainda tem tormento dentro do seu peito. A dor só vai passar quando ela desaparecer totalmente. Você entende?", questionou a profissional.

Especialista em processo de luto, outra psicóloga, Karina Fukumitsu, afirmou não existir um tempo estimado para uma pessoa processar a perda de um ente querido, pois cada um se enluta à sua maneira e a seu tempo. "Quando não se vê o corpo da pessoa morta, persiste a esperança de que ela esteja viva e volte para casa. Nesse caso, o luto se torna complicado e traz um sofrimento ainda maior, principalmente em casos de morte em que não há velório", analisou Fukumitsu, em fevereiro de 2024.

* * *

Francisco encontrou a vítima seguinte no meio da tarde, passando de moto pela Avenida Paulista. A estudante Fabiana, de 22 anos, era branca, nem gorda nem magra, e tinha 1,70 m, além de cabelos cacheados na altura dos ombros. Estava de calça jeans e blusa verde. A jovem trabalhava no escritório de um fazendeiro, na Alameda Santos. Andava apressada na multidão, quando foi vista pelo motoboy.

Como sempre fazia, ele deu um jeito de estacionar a moto na calçada e correu para abordar a moça. Repetiu a ladainha de que era caça-talentos da Avon, procurava por modelos com a "cara do povo", havia um ensaio dentro do Parque do Estado e o perfil dela se encaixava perfeitamente. Fabiana se interessou, mas não podia se comprometer naquele momento. Estava na rua a trabalho. O patrão havia dado a ela uma infinidade de tarefas para cumprir na rua, incluindo serviços de banco e cartório.

Chico, então, combinou com Fabiana um encontro para o sábado seguinte, quando explicaria melhor sobre o "ensaio selvagem" a ser feito na floresta. O ponto de encontro seria ali mesmo, na Paulista, em frente à estação Trianon do metrô. "Traga várias mudas de roupa em tom de verde. Sapatos de salto alto e baixo. Tem de caprichar", pediu o motoboy. Fabiana ficou empolgadíssima.

No dia marcado, a jovem estava na calçada, às 15h, com uma sacola grande abarrotada de roupas, sapatos, maquiagem e acessórios. Apesar de ser verão, vestia um casaco de pele sintética, imitando estampa de animal, comprado numa loja do Brás. Francisco chegou com a moto, ajeitou a sacola no baú e pediu que a mulher subisse na garupa. Depois da experiência desagradável de ser interrogado na delegacia por causa de cheques, o assassino passou a dar nome falso para as suas vítimas.

— Qual é o seu nome mesmo? — perguntou Fabiana.
— Luís Carlos — mentiu, recorrendo ao nome do irmão.
— Só subo nessa moto se você me mostrar um crachá ou alguma coisa que prove que você trabalha na Avon.
— Não tenho aqui. Saí correndo de casa pra não me atrasar e acabei esquecendo. Mas você tá certa, não deve aceitar convite de qualquer um. Ainda mais numa cidade violenta como São Paulo.

Enquanto falava, o motoboy retirava a sacola de roupas de Fabiana do baú. A jovem percebeu se dissipando a oportunidade de se transformar em modelo e resolveu mudar de ideia:

— Espera! Bota minha sacola de volta na moto porque vou fazer esse ensaio selvagem na floresta. Não estou fazendo nada mesmo...

Quando afirmou ter o dom de identificar mulheres com baixa autoestima andando pela rua, Francisco falava a verdade, por mais absurda que essa tese possa parecer. Ele passava horas observando o rosto das mulheres em locais de grande concentração de pessoas, como avenidas movimentadas, estações de metrô, pontos de ônibus e comércios populares. Com o tempo, foi aprimorando essa técnica. Fabiana, por exemplo, estava sem resquício de amor-próprio ao ser recrutada pelo maníaco. A estudante namorava um corretor de imóveis havia três anos. Os dois faziam planos de se casar, comprar um apartamento e ter filhos. Chegaram a ficar noivos.

Uma semana antes de ser abordada por Chico no meio da rua, Fabiana sofreu um baque emocional de proporções devastadoras. Seu noivo deixou o computador de casa aberto e ela foi xeretar um programa de bate-papo. Flagrou um diálogo do futuro marido com o melhor amigo, no dia anterior. O amigo perguntava se o rapaz tinha certeza de que realmente iria se casar, se não valia a pena esperar mais um pouco, quem sabe encontrar uma mulher mais bonita. "A Fabiana tem o rosto feio, eu sei. Está ficando gorda. Mas ela é divertida, companheira, batalhadora, me joga para cima. Além do mais, é boa de cama", escreveu o noivo.

Ao ler aquelas palavras cortantes, Fabiana ficou sem chão. Sua autoconfiança foi implodida. Emocionalmente dependente daquele homem deplorável, ela nem sequer teve coragem de dizer que havia lido a resenha feita de forma privada. Quando foi abordada na rua por um estranho, dizendo que sua beleza poderia transformá-la em modelo de catálogo de cosméticos, Fabiana passou a ter um pouco de orgulho de si mesma.

Prestes a entrar no buraco de acesso ao parque, Chico pegou a sacola das mãos da garota. Ele estava com uma câmera Yashica pendurada no pescoço. Como sempre acontecia, a vítima desconfiou da entrada improvisada e fez uma objeção:

— Eu conheço este lugar. Aí dentro tem um zoológico. Por que a gente não entra pelo portão do outro lado, como todo mundo?

— Por lá demora muito. Vamos fazer o ensaio aqui perto. Isso aqui é um atalho. Vem comigo antes que escureça — pediu o maníaco, com voz agridoce.

Fabiana obedeceu.

Dentro do mato, a garota tirou o casaco de pele sintética e o estendeu no chão. Ficou de calça jeans e blusa branca. Em seguida, tirou as roupas da sacola e arrumou uma ao lado da outra. Havia ainda um *nécessaire* com todo tipo de maquiagem. Chico deitou-se no casaco para descansar enquanto sua modelo se arrumava para o ensaio. Fabiana escolheu uma blusinha verde-pistache e uma minissaia em tonalidade mais escura para os primeiros cliques. Olhou para os lados à procura de um lugar reservado para se trocar sem ser vista. Caminhou alguns metros e voltou, anunciando:

— Estou pronta!

— Pronta pra morrer, né?

— Como assim?

— Você caiu numa armadilha, meu amor! — disse o maníaco, se levantando.

— Tá de brincadeira, né?

— Mas olha, eu gostei de você. De verde, então, ficou linda!

— Não estou entendendo nada, Luís!

— De todas as mulheres que eu trouxe aqui, você é a mais legal, a mais simpática, agradável...

Chico se aproximou de Fabiana para beijá-la. Ela recuou. Com a recusa, ele lhe deu um murro no rosto, estourando seus lábios. A garota saiu correndo e o maníaco foi em seu encalço:

— Não faz nada! Não faz nada! Não faz nada! — gritou.

De repente, a vítima parou, ofegante. A camisa verde-clara estava toda manchada de vermelho. Como se estivesse pronta para morrer, ela se entregou ao monstro do parque de braços abertos:

— Quer saber? Não vou lutar com você! Me mate! Mas faça isso depressa!

Francisco se aproximou da mulher, segurou sua mão suavemente e a levou de volta ao casaco feito de tapete. Os dois se deitaram lado a lado. Fabiana chorava e tremia com a tortura física e psicológica. O motoboy começou a beijar intensamente sua boca, chupando o ferimento como se fosse uma sanguessuga. Ato contínuo, despiu-se. Nesse momento, a vítima achava que seria estuprada, mas não foi o caso. O pênis não estava ereto. O maníaco pegou as roupas da garota e experimentou uma a uma, inclusive as calcinhas e um maiô de banho verde-limão, eleito por ele como a peça preferida. Rindo como um demônio, o motoboy desfilava pela mata como se fosse uma modelo de passarela. Mesmo assustada, a garota resolveu fazer amizade na tentativa de manter a situação sob controle:

— Se quiser, posso passar a maquiagem em você — ofereceu.

Luís, ou melhor, Francisco, aceitou. Fabiana aplicou base, corretivo, pó facial, *blush*, iluminador, sombra nos olhos, delineador, rímel, lápis de sobrancelha, batom e ainda uma camada de *gloss* labial. Encantado com a transformação, ele ficou se admirando no espelho até escurecer. Seu rosto maquiado, uma mistura grotesca de cores e produtos, criava uma visão perturbadora. O *blush* exagerado destacava ainda mais suas feições distorcidas, enquanto o batom vermelho derretia para fora dos lábios, emprestando-lhe uma aparência asquerosa. O delineador mal aplicado dava a seus olhos um toque horripilante, fazendo-o parecer uma caricatura das trevas.

Por volta das 19h, Francisco sentiu sono. Para impedir que Fabiana escapasse enquanto dormia, ele usou o corpo dela como colchão, adormecendo por cima, vestindo apenas o maiô. Quase uma hora depois, ele saiu de cima da mulher e virou-se para o lado, com a maquiagem toda borrada. Fabiana levantou-se devagarinho, para não fazer barulho. Chico roncava feito um porco. A jovem saiu engatinhando lentamente de perto daquela criatura horrenda. Sem saber que direção tomar, entrou num túnel formado por plantas baixas. Soltou um grito ao se deparar com o crânio de Isadora queimado ao lado de outros ossos. Francisco levantou-se de sobressalto:

— Se não quiser acabar como ela, é melhor se deitar aqui ao meu lado e ficar quietinha. Depois decido o que farei com você. Anda, deita. Vamos!

Sem saída, Fabiana deitou-se novamente. O assassino pôs os braços por cima do pescoço dela, voltando a dormir. A vítima ficou com os olhos arregalados o tempo todo, esperando pela hora de ser morta. Na aurora, Chico acordou excitado, pedindo sexo oral. Enojada com o esmegma no pênis do motoboy, Fabiana se recusou:

— Prefiro a morte! — anunciou.

— Sabe de uma coisa? Não vou te matar. Hoje estou com preguiça. Arrume-se! Vamos embora! — anunciou.

Desconfiada, ela pegou a sacola e começou a guardar as peças de roupa. Francisco vestia a calça jeans por cima do maiô verde-limão, quando mandou ela largar tudo. "Vou levar todas essas roupas!", anunciou. Em seguida, explicou como seria a dinâmica da saída do parque. "Ande na frente, seguindo a trilha no caminho inverso. Ao passar pelos cedros, vire à direita até o riacho. Depois, vai reto até o muro. Vou estar sempre atrás. Mas não se vire para me olhar, senão você vai levar um 'bye'. Do lado de fora, vá até o ponto de ônibus e finja que este dia nunca aconteceu. Caso contrário, vou dar um tiro bem no meio da sua cara", ameaçou.

Fabiana estava toda suja de terra. A roupa verde-pistache ficara marrom. Os lábios permaneciam inchados por causa da pancada desferida por Chico. Ela não pôde calçar os sapatos, porque Francisco os havia confiscado. Foi nessas condições que a jovem deixou o parque. Do lado de fora do muro, a Rua Alfenas estava vazia, pois eram aproximadamente 6h30 da manhã. Caminhou a passos curtos sem olhar para trás, conforme havia sido determinado, sem saber se o motoboy realmente estava à sua espreita.

Quando alcançou a subida da passarela para chegar ao outro lado da Rodovia dos Imigrantes, Fabiana olhou para trás de rabo de olho. Francisco a seguia a uma distância de mais ou menos 30 metros. Com essa folga, ela resolveu correr, mesmo pisando descalça no asfalto irregular e cheio de pedrinhas. Alcançou um ponto de ônibus apinhado de gente na Avenida Conceição. Nervosa, começou a contar, de forma apressada e embolando as palavras, que havia sido atacada por um maníaco dentro do parque. Ninguém entendeu nada. "Acho que ela está bêbada", comentou um transeunte.

Para seu espanto, Francisco se aproximava com a cara lambuzada de resto de maquiagem. Fabiana passou para o outro lado da via às pressas, até chegar à Rua Danver, onde havia uma viatura da polícia com dois homens em seu interior.

— Tá vendo aquele homem ali? Ele é um louco. Tentou me matar dentro do parque. Faça alguma coisa, rápido! — suplicou.

O motoboy ainda estava próximo. Um dos policiais saiu do carro lentamente, arrumando a farda. Ele fitou Fabiana de cima a baixo e perguntou:

— Quando foi isso?
— Agora há pouco. Quer dizer, a noite inteira.
— Você está bêbada? Usou drogas?
— Não! Não! Escute...
— Como você entrou no parque?
— Entrei com ele ontem à tarde. Íamos fazer um ensaio fotográfico...
— Garota, é o seguinte: vá para casa e nunca mais entre no mato a convite de homem algum! — aconselhou o policial enquanto o Maníaco do Parque se esvaía.

Desolada, Fabiana foi para casa de táxi. Contou para a família ter sido atacada por ladrões no meio da rua. O noivo foi com ela até uma delegacia, onde registrou um boletim de ocorrência falso, comunicando um assalto inexistente. Em abril de 2023, aos 48 anos, formada em Ciências Sociais, Fabiana deu o seguinte depoimento:

"Senti tanta vergonha. Fui humilhada não só pelo que aconteceu no meio do mato, mas também pela atitude dos policiais e pela reação das pessoas no ponto de ônibus. Quando o PM me perguntou como eu havia entrado no parque, caiu a ficha: achei que tinha sido muito idiota de ter caído na lábia daquele monstro. Levei anos na terapia para entender que não era essa a questão. Na verdade, eu estava tentando me suicidar e não sabia. Naquele momento, pouco me importava se ele iria me matar. Só não queria mais sofrer. Quando escapei, senti uma sensação de alívio, mas ainda estava doente. Em casa, veio a vergonha intensa. A depressão ficou severa. Acabei internada numa clínica psiquiátrica. Perdi o emprego, terminei meu noivado. Só consegui recomeçar a vida três anos depois desse psicopata ser condenado.

Num documentário sobre o maníaco, vi o psiquiatra Guido Palomba dizer que as vítimas desse assassino tiveram uma parcela de culpa pelo que aconteceu, pois aceitaram o convite dele com facilidade. Muita gente pensa assim, eu sei. Em nossa defesa, tenho algo a dizer: Francisco era um homem extremamente sedutor. Não estou falando de sedução barata. É uma sedução poderosa, magnética, inexplicável no plano terreno. Parecia encantamento. Ele me cobriu de elogios, jogou um charme delicado e mostrou-se acolhedor.

Quando diz que possuía a habilidade de identificar mulheres vulneráveis no meio da rua, ele não está mentindo. A forma como ele sorria, pegava na mão, brincava, elogiava... Era algo quase sobrenatural. Sua verdadeira face só aparece mesmo quando ele se transforma numa fera dentro da floresta. Até o tom da voz muda, ficando mais grave. Possuído, ele se movia rápido e lentamente ao mesmo tempo, como um robô. Lembro do momento em que ele se deitou sobre o meu corpo para dormir. Parecia estar com febre, de tão quente. O coração acelerado. Queria poder esquecer dessa criatura, mas não consigo.

A experiência me marcou profundamente. Cada detalhe daquela noite, cada gesto, cada palavra, tudo está gravado em mim. Tenho gatilhos quando ouço barulho de moto na rua e fico apavorada ao ver alguém usando capacete, achando que o rosto dele pode estar escondido lá dentro. Essas sensações ruins me acompanham diariamente. Meu maior desejo é que ele só saia da prisão quando estiver morto, ou seja, direto para o cemitério".

Francisco estimava ter levado ao Parque do Estado, ao longo de dois anos, pelo menos 100 mulheres, incluindo as que assassinou e as dezenas que conseguiram escapar, seja porque ele permitiu, seja porque conseguiram fugir de suas garras. Segundo suas próprias contas, outra centena de garotas recusaram seu convite. A maioria das vítimas foi atraída por falsas promessas de se tornarem modelos da Avon. Em algumas ocasiões, ele se apresentava como representante da Pepsi. Além de Luís, usava também os nomes Jules e Patrick.

Em junho e julho de 1998, três mulheres abordadas por Francisco de Assis desempenharam um papel fundamental para a sua derrocada, conforme será mostrado mais adiante. A primeira delas foi Francilene Pinheiro Passos, de 25 anos. Branca, magra, cabelos cacheados e quadril largo, era repositora de mercadorias das Lojas Brasileiras. Caminhava apressadamente no Largo do Arouche, região central de São Paulo, ao ser abordada pelo motoboy com o mesmo discurso sobre um ensaio fotográfico para uma empresa de cosméticos. Francy, como gostava de ser chamada, cortou Chico antes mesmo que ele finalizasse a oferta. "Não vai rolar. Não perca seu tempo. Não vou a lugar algum. Não tenho o menor interesse. Obrigada", respondeu ela, enquanto atravessava a Rua Vitória para chegar ao ponto de ônibus na Avenida São João. Insistente, o motoboy anotou seu nome verdadeiro e o número de telefone da JR Express em um pedaço de papel e o entregou à moça, verbalizando um elogio barato: "Você é linda demais! Chega a ser egoísmo da sua parte manter toda essa beleza escondida. Pega meu telefone. Se mudar de ideia, é só me ligar", insistiu. Para se livrar daquele incômodo, Francy pegou o papel, guardou na bolsa e entrou em um coletivo.

A segunda mulher chamava-se Karina Oliveira, de 22 anos, carinhosamente chamada pelas amigas de Karis. Fisicamente, era bem parecida com Francy. Desempregada, ela caminhava pela Rua 24 de Maio, no bairro República, em busca de uma oportunidade de trabalho. Vestia uma minissaia jeans desbotada, esfiapada na bainha, blusa preta de alça fina e tênis. No ombro, carregava uma pequena bolsa vermelha de poliéster com tira de couro sintético. Nos anos 1990, era comum encontrar pessoas carregando placas pelas calçadas do comércio de São

Paulo. Uma delas exibia um cartaz colorido que anunciava: "Emprego de Vendedora — Venha Trabalhar Conosco!". A jovem pegou um folheto e foi até a loja se candidatar à vaga.

Na saída, por volta das 14h, Karis se deparou com Francisco, todo sorridente, no meio da multidão. Com uma Yashica pendurada no pescoço, o motoboy percebeu a expectativa da jovem por um emprego. "Hoje é o seu dia de sorte. Meu nome é Jules. Sou caça-talentos da Avon e estamos procurando modelos com o seu perfil", disse ele, exibindo um catálogo da empresa de cosméticos. "Qual é o cachê?", perguntou Karis. "Quatrocentos reais por foto publicada!", propôs o assassino. Desesperada por renda, ela não precisou de muita persuasão para subir na garupa da moto de Francisco. Do Centro, seguiram para a mata do Parque do Estado em disparada, cortando o trânsito intenso da cidade no meio da tarde.

Dentro do parque, "Jules" avançava rapidamente, abrindo caminho pela trilha, enquanto Karis seguia logo atrás, fazendo perguntas sobre o ensaio — se haveria troca de roupas, quanto tempo duraria, se o pagamento era feito em dinheiro vivo ou cheque, entre outras. Na caminhada, a distância entre eles era de aproximadamente cinco metros. Como Francisco já estava quase correndo pela mata, ela ficava cada vez mais para trás. Quando passou pelo par de cedros-verdadeiros, dando início à sua metamorfose, Francisco pareceu perder o controle sobre si mesmo, grunhindo como um porco do mato. Karis sentiu o perigo aumentar a cada passo, percebendo que algo havia mudado nele após passar pelas árvores. Deu meia-volta e começou a correr desesperadamente na direção oposta, sem fazer alarde. O maníaco percebeu e saiu atrás dela com toda a fúria.

Curiosamente, ao passar pelos cedros-verdadeiros no sentido contrário, o frenesi de Francisco pareceu se dissipar. Rapidamente, ele adotou uma postura mais calma, como se o monstro dentro dele houvesse recuado, pelo menos temporariamente. Já perto do muro, o motoboy alcançou Karis. "Não corre! Não faz nada! O que houve? Me conta! Fique calma! De quem você está fugindo?", perguntava insistentemente, como se tivesse dupla personalidade. "Você estava estranho, Jules, fazendo uns barulhos esquisitos. Fiquei com medo. Você começou a correr atrás de mim como se fosse me atacar", justificou a vítima, trêmula.

O maníaco pegou firmemente na mão de Karis, entrelaçando os dedos dela aos dele, apertando com força para impedir uma nova fuga. Ato contínuo, levou a jovem novamente para dentro da floresta. No percurso feito pela segunda vez, ele pedia desculpas enquanto contava sobre a força interior dominadora. "Você não vai perder esse trabalho por causa de uma besteira como essa. Está precisando de dinheiro, vamos lá!", argumentou.

Acontece que Karis havia mudado de ideia. Tentou soltar a mão de Francisco, mas ele apertou mais forte. "Jules, para! Quero voltar!", suplicou. A garota parou de caminhar para tentar fazê-lo cessar. Diante da resistência, passou a ser arrastada pelo maníaco. Depois de passarem outra vez pelo portal, a transformação do monstro ocorreu pela segunda vez.

Apavorada, Karis começou a gritar, mas foi silenciada com um soco no rosto. "Cala a boca, sua vagabunda. Sou um psicopata. Não sou um qualquer. Já matei muitas por aqui", anunciou, enquanto a arrastava até um tronco esguio de embaúba, uma árvore alta com folhas grandes em formato de estrela. Para imobilizá-la, o motoboy amarrou a vítima em pé usando a alça da bolsa e os cadarços do tênis dela. Em seguida, Chico retirou uma tesoura afiada de dentro da mochila. "Por favor! Não me mate!", suplicou Karis. "Isso quem decide sou eu. Fique calada, é o melhor que pode fazer agora!", disse ele, deslizando a ponta da lâmina pelo rosto da vítima, enquanto o terror se intensificava.

Usando a tesoura, Francisco cortou a roupa de Karis. Começou pela costura lateral da blusa, iniciando o talho pela bainha até alcançar as axilas. Fez o mesmo corte no outro lado. Depois, desfez as alças finas, fazendo a peça cair no chão. Com medo de ser golpeada, a garota chorava copiosamente. Chico pediu que a vítima se lastimasse sem fazer barulho, caso contrário golpearia seu seio. Karis fechou os olhos e verteu o restante das lágrimas sob o mais absoluto silêncio.

O maníaco continuou despindo Karis, cortando sua minissaia jeans, começando pela costura da frente, conhecida como pesponto central. Passou a tesoura no tecido grosso até alcançar o zíper, removendo totalmente o pedaço de tecido. Nesse momento, a garota ficou apenas de calcinha e sutiã, em pé, com os pés e as mãos amarrados por trás no tronco da árvore. "Jules, não estou mais aguentando. Estou sendo picada por formigas. Me solta, por favor, não irei a lugar algum vestida assim", apelou. "Você não vai a lugar algum nem assim, nem assado. Até porque você vai ser assassinada logo mais. É só uma questão de tempo", anunciou o maníaco.

Àquela altura, havia sete corpos espalhados pelo seu "portal", contando com a ossada de Isadora e lembrando que o cadáver de Raquel já havia sido retirado da mata pelo Instituto Médico Legal (IML). "Você não faz ideia de quantas mulheres já matei aqui nesta floresta. Você será mais uma a levar 'bye'. Comece a rezar, mas tem de ser baixinho, porque estou com dor de cabeça, meio indisposto", reclamava, enquanto passava a ponta da tesoura no bico do seio de Karis por cima do sutiã.

Com o ataque das formigas, Karis teve uma reação alérgica. Suas pernas ficaram vermelhas e inchadas, iniciando a formação de pequenas bolhas. Sem a menor empatia, ele tirou toda a roupa. Aproximou-se da vítima e a beijou na boca por longos minutos. Em determinado momento, o maníaco pediu que Karis pusesse a sua língua dentro da boca dele — o máximo que pudesse. O monstro iniciou uma sucção tão forte que a pressão fez os pequenos vasos sanguíneos na língua de Karis se romperem, resultando em um sangramento que começou leve e evoluiu até as bocas de ambos ficarem totalmente empapadas e vermelhas. Francisco bebeu o sangue da jovem por longos minutos.

A tortura já durava quase três horas quando Chico resolveu tirar as peças íntimas de Karis e soltá-la das amarras. Em seguida, anunciou uma sessão de sexo. A jovem se deitou no chão de peito para cima enquanto Francisco tentava penetrá-la. Sem ter o mínimo de ereção, começou a se irritar. Tentava se estimular, em vão, friccionando o pênis com a mão. Em seguida, Francisco pediu que Karis introduzisse o dedo no ânus dele enquanto se masturbava. Nesse momento, os dois ouviram uma cantoria religiosa vinda da parte mais interna da floresta. Chico pegou as roupas, a mochila e a bolsa de Karis e a puxou para o túnel de plantas baixas, onde escondia os cadáveres. Ficaram deitados no chão.

"Se você der um pio, eu enfio a tesoura na sua jugular", ameaçou o maníaco.

Pelo menos trinta fiéis da Igreja Evangélica Cordeiro de Deus, liderados pelo pastor Antônio Martins de Almeida, faziam vigília na floresta. O grupo costumava usar o Parque Nabuco, a 6 quilômetros dali, para "conversar com Deus" usando a natureza como ponte. Mas o pastor havia sentido uma presença diabólica na mata vizinha e resolveu se embrenhar com seus discípulos no Parque do Estado, também usando uma entrada clandestina.

O grupo passou em fila indiana pela trilha segurando Bíblias e entoando louvores. Se desse um grito, Karis seria ouvida. Mas, se pelando de medo, resolveu não arriscar. Deixou os religiosos passarem lentamente diante dos seus olhos. Já eram quase 18h quando Chico resolveu dormir na floresta. "Deite-se ao meu lado e olhe para o céu. Ele vai escurecer lentamente. A vista aqui é única", garantiu. A garota deitou-se nua ao lado de Francisco, que havia vestido a roupa.

Quando Chico começou a roncar, Karis se levantou devagarinho. Pegou suas duas peças íntimas e seguiu pela trilha antes que a luz do dia desaparecesse por completo para dar lugar à escuridão da noite. Assim que saiu pelo buraco, alcançando a Rua Alfenas, vestiu a calcinha e o sutiã. Correu até descer uma ribanceira, alcançando o asfalto da Rodovia dos Imigrantes no sentido Baixada Santista–São Paulo. No meio da autopista, ela corria feito louca, de braços abertos, clamando por ajuda. Alguns carros buzinavam, desviando para não atropelar a garota. Outros a chamavam de doida e suicida.

O martírio de Karis só terminou quando um ônibus de passageiros encostou, resgatando a pobre coitada da estrada. Um passageiro cedeu uma capa de chuva para ela se cobrir. Dentro do coletivo, ela teve um ataque nervoso tão forte que não conseguia nem contar o que havia ocorrido. No dia seguinte, Karis foi levada pelo pai ao 97º Distrito Policial de Americanópolis, na capital. Sentou-se na frente do delegado Enjouras Rello de Araújo, e contou com todos os detalhes possíveis como fora atacada por um maníaco dentro do Parque do Estado. Como ela não havia sido estuprada, o caso foi investigado — a princípio — como roubo, já que "Jules" havia levado 15 reais de Karis.

A terceira mulher vista como decisiva para que o assassino interrompesse seus crimes em série foi Selma Ferreira de Queiroz, uma jovem balconista de 18 anos. Havia um ano, ela trabalhava como auxiliar de loja na Drogaria São Paulo, na Avenida Paulista. Tentava uma promoção ao posto de vendedora, mas sonhava mesmo em concluir o ensino médio para cursar Ciências da Computação. No trabalho, era eficiente e dava atenção especial aos clientes, especialmente aos idosos. Contudo, Marcondes, o gerente, costumava implicar com ela, alegando que sua "pouca expressividade" a tornava inadequada para lidar com o público. "Essa mulher não sorri. Não passa um batom. Está sempre carrancuda, de cara pálida e fechada, séria demais para o meu gosto", reclamava ele. Kiara, a subgerente, a defendia: "O importante é que desempenha bem a sua função".

Com receio de que Selma fosse demitida, Kiara a chamou para uma conversa reservada durante um intervalo de almoço. A subgerente deu dicas para ela demonstrar simpatia durante o expediente. "Na hora do atendimento, fale e sorria ao mesmo tempo, mostre todos os dentes como se fosse uma apresentadora de televisão. A maioria dos nossos clientes são pessoas doentes. Transmita alegria à flor da pele!", sugeriu Kiara, acompanhando a fala com gestos cênicos e exagerados. "Eu não sou assim. Sou uma pessoa tímida", argumentou Selma. "Então faça um esforço, senão você será demitida mais cedo ou mais tarde. Tá assim, ó, de vendedoras rindo de orelha a orelha querendo seu lugar", alertou a superiora, irritada.

Os conselhos de Marcondes e de Kiara começaram a minar a autoconfiança de Selma. Com grande esforço, ela passou a forçar um semblante mais alegre no trabalho. No entanto, o que parecia simples se transformou num verdadeiro tormento. Ela era naturalmente retraída e a pressão constante para aparentar felicidade a deixava em estado de alerta permanente. Selma "vestia uma máscara", ocultando quem de fato era para se adequar às expectativas dos chefes. Com o tempo, a necessidade de manter essa aparência gerou estresse, resultando em um profundo cansaço mental. Selma saía da farmácia todos os dias esgotada, não pela carga de trabalho, mas pelo esforço de manter uma postura que não refletia suas verdadeiras emoções. A crescente desconexão emocional minou sua autoestima, resultando em depressão. Selma acabou demitida em 2 de julho de 1998.

No dia seguinte, por volta das 15h, a jovem foi fazer o exame demissional com o médico do trabalho Getúlio Albuquerque da Silva no escritório central da Drogaria São Paulo, no bairro da Liberdade. Durante o exame, queixou-se de dificuldade para urinar, provavelmente decorrente do estresse emocional. Naquele dia, a seleção brasileira disputaria as quartas de final da Copa do Mundo de Futebol, na França, contra a Dinamarca. O jogo estava marcado para as 16h, e a cidade estava toda enfeitada de verde e amarelo. Com a autoestima em frangalhos, Selma nem foi contagiada pelo clima festivo. Aproveitou o deserto das ruas para caminhar.

Faltando meia hora para o jogo começar, Selma caminhava pela Avenida Paulista, na altura da Rua Pamplona. Vestia calça azul, sapato preto com detalhes dourados, blusa azul-clara de mangas curtas e carregava uma bolsa verde de alça com tira fina e comprida. No pescoço, usava uma corrente prateada comprada por 5 reais numa banca de camelô da Rua 25 de Março.

Como as duas vias da avenida estavam interditadas para a população comemorar a possível vitória da seleção brasileira, a jovem aproveitou para caminhar pelo asfalto. De repente, Francisco passou muito rápido, de patins, ao lado de Selma. O motoboy vestia uma bermuda de *lycra* verde e amarela e uma camiseta azul. A garota levou um susto, porque Chico soprou bem perto uma corneta de plástico que emitia um som alto e estridente, similar ao ruído de uma turbina de avião. Doze anos mais tarde, na Copa da África do Sul, esse instrumento ganharia o apelido de vuvuzela, tornando-se mundialmente conhecida.

Depois de passar por Selma, Francisco fez uma volta bem aberta no asfalto, retornando para abordá-la, agora com movimentos menores e ágeis que tentavam impressionar.

— Desculpa aí! Acho que te assustei.
— Imagina, só estava distraída.
— E aí, para onde uma moça tão bonita tá indo?

— Ah, sem rumo, por aí.
— Vai assistir ao jogo onde?
— Nem curto futebol.
— Poxa, nem eu!
— Como é seu nome?
— Jules, e o seu?

Francisco e Selma sentaram-se à beira da calçada e conversaram por quase uma hora sobre amenidades, enquanto a seleção brasileira enfrentava a Dinamarca no Estádio La Beaujoire, em Nantes. Na rua, os gritos dos torcedores indicavam que a partida estava tensa. A Dinamarca, com o meia Martin Jørgensen, abriu o placar logo aos 2 minutos de jogo, deixando a torcida brasileira apreensiva. Alheia à disputa, Selma mencionava ter sido demitida por não ser uma pessoa alegre. Enquanto isso, Francisco a fazia sorrir com piadas simples e leves. Aos 11 minutos, o atacante Bebeto empatou. Nesse momento, o motoboy já havia conquistado a confiança da garota.

Ainda no primeiro tempo, aos 26 minutos, o meia-atacante Rivaldo marcou o segundo gol brasileiro. Ao som dos fogos de artifício estourando no ar, Francisco e Selma se beijaram pela primeira vez. No intervalo do jogo, enquanto o Brasil comemorava a liderança, a Paulista foi tomada por uma multidão que assistia à competição nos telões instalados nos bares. O casal aproveitou a oportunidade para dar uma volta de moto pela cidade deserta.

Francisco levou Selma à JR Express, onde os dois continuaram a se beijar. Lá, ele fez um pedido inusitado: queria que ela experimentasse sua bermuda de *lycra*. Envolvida pela situação, Selma aceitou. Com o jogo retomado, a tensão aumentou no gramado francês aos 50 minutos. A Dinamarca empatou, com um gol de Brian Laudrup, mostrando a determinação dos atletas europeus em lutar até o fim pela vaga na semifinal. Francisco, então, sugeriu a Selma que fosse com ele a um lugar lindo para namorar ao pôr do sol, despertando a curiosidade da jovem. Aos 60 minutos, Rivaldo marcou o gol decisivo, garantindo a vitória por 3 a 2 para o Brasil. Enquanto a população comemorava, Francisco e Selma entravam de mãos dadas no Parque do Estado, passando pelo buraco no muro da Rua Alfenas.

Após os cedros-verdadeiros, Francisco finalmente se revelou como o Maníaco do Parque, mas a transformação não aconteceu de repente. Na floresta, ele inicialmente tratou Selma com aparente carinho, pedindo que ela tirasse toda a roupa. Ele também se despiu. Em seguida, quando ela se moveu como se fosse fazer sexo oral nele, Francisco a interrompeu bruscamente: "Não quero! Não vou te dar nada meu. Só vou tomar de você", declarou, com uma voz fria e implacável. Selma mal teve tempo de processar o que aquilo significava. Com um movimento rápido, o maníaco pegou um pedaço de madeira grosso, semelhante a um cajado, e o desferiu com força brutal contra a boca da vítima, derrubando-a na mata. O golpe foi tão violento que quatro dentes dela foram arrancados.

Atordoada e ensanguentada, Selma tentou escapar, engatinhando para dentro da floresta. Francisco, rindo como um sádico, arrancou a alça da bolsa dela, enrolou-a ao redor do pescoço da jovem e montou sobre suas costas, como se estivesse cavalgando.

— Pede para viver! Pede, sua vadia! — sussurrou "Jules", cruelmente.

Com a respiração já severamente comprometida, Selma mal conseguia emitir um som, quanto mais implorar por sua vida. O monstro insistia:

— Anda, implora pela vida. Quem sabe eu fico com pena da sua ingenuidade e resolva te soltar. Vai, sua puta! Pede, implora, suplica!

Selma, de quatro no chão, tossia fracamente e sua voz falhava enquanto tentava puxar o ar. O maníaco continuava impiedoso:

— Tá tentando me dizer algo? Fala mais alto. Não consigo ouvir! — provocou ele, em tom de desprezo.

Nesse instante, Francisco puxou a alça com força, inclinando a cabeça de Selma para trás. O estalo das vértebras cervicais se partindo ecoou na mata, selando o destino da jovem. O impacto imediato da quebra do pescoço fez com que os olhos da vítima se revirassem, enquanto a vida se esvaía rapidamente de seu corpo. Em questão de segundos, o corpo de Selma — antes tenso ao lutar pela sobrevivência — amoleceu. O rosto dela, que já estava pálido, assumiu uma coloração arroxeada à medida que a circulação sanguínea era interrompida.

Francisco, satisfeito com sua brutalidade, deitou-se sobre as costas de Selma, sentindo o último calor que restava em seu corpo. Aproveitando que o cadáver ainda não havia enrijecido, decidiu posicioná-lo de uma forma que intrigaria os peritos do IML. Inicialmente, o corpo estava deitado de bruços (decúbito ventral) e com o rosto virado para o lado esquerdo. Francisco, então, segurou a cintura da garota, erguendo o tronco. Posicionou as pernas para dar sustentação e puxou os braços para junto dos ombros, colocando as mãos próximas à cabeça. Com cuidado, ajustou e pressionou o corpo contra o solo para garantir que as nádegas permanecessem viradas para o alto. No final da empreitada, ele ainda se deu ao trabalho de calçar os sapatos nela. Quando terminou, o corpo de Selma lembrava os bois do matadouro Bordon logo após receberem a primeira marretada.

Em seguida, Francisco pegou o pedaço de madeira usado para espancar a vítima e o introduziu inúmeras vezes no ânus e na vagina da moça, como se fosse um pênis. Enquanto fazia esse movimento, o maníaco se masturbava. Depois de ejacular, cravou dez mordidas no cadáver: no ânus, na vulva, nos seios, nos ombros, no abdome, nas coxas e na panturrilha. Das partes moles do corpo, chegou a arrancar pedaços de carne e engolir.

O laudo de Rorschach de Francisco, assinado pela psicóloga Cândida Helena Pires de Camargo, do Instituto de Psiquiatria do Hospital das Clínicas de São Paulo, oferece uma explicação para o comportamento canibal do *serial killer*. De acordo com o revelado no teste, ele apresentava uma combinação de impulsividade, egocentrismo e instabilidade emocional intensa.

A oscilação afetiva refere-se à dificuldade de manter as emoções equilibradas, resultando em mudanças rápidas e intensas de humor. Pessoas com esse tipo de volatilidade podem passar rapidamente da alegria para a tristeza, da calma para a raiva ou do entusiasmo para o desespero, muitas vezes sem um motivo claro. Essa mutabilidade é frequentemente associada a transtornos de personalidade ou outros problemas de saúde mental, em que a capacidade de regular as emoções fica comprometida. Tal condição dificulta a manutenção de relacionamentos, o desempenho no trabalho e o controle das reações diárias, levando a comportamentos impulsivos ou inadequados.

No caso de Francisco, a precariedade afetiva contribuiu para sua incapacidade de controlar os impulsos, levando a comportamentos extremos, como a violência e o canibalismo. O laudo explica que a "voracidade" e o "desejo de comer" as vítimas eram uma forma extrema de responder aos impulsos instintivos e sexuais que se manifestavam de maneira primitiva e descontrolada. A psicóloga interpretou essa explosão de voracidade como uma tentativa de Francisco "incorporar" as qualidades das vítimas, como se quisesse absorver algo delas para si. Esse comportamento é um reflexo de sua profunda desorganização emocional e da dificuldade em lidar com seus impulsos, especialmente em situações de alta excitação emocional.

* * *

Já eram quase 20h quando Francisco varou o buraco no muro do parque. Levou consigo o cordão e o RG de Selma, 15 reais em dinheiro e um cartão de débito e crédito em nome de Rosângela Queiroz, irmã da vítima. Na manhã do dia seguinte, um sábado, o motoboy ateava fogo na carteira de identidade da jovem nos fundos da JR Express quando foi flagrado por Denis. "Vai incendiar a firma?", questionou o funcionário. Com receio de ser descoberto pelo colega de trabalho, Chico apagou as chamas imediatamente, pisando no documento. Nessa hora, ele deixou o cordão de Selma cair no chão. Sem que ninguém percebesse, o motoboy jogou o RG no vaso sanitário e deu a descarga.

Na tarde do mesmo dia, o desempregado Crispim Antônio de Oliveira, de 43 anos, morador de Diadema, viu um balão de São João enorme despencando lentamente dentro do Parque do Estado. Para tentar aproveitar a armação de ferro e bambu, entrou pelo buraco usado por Francisco para acessar a floresta. Caminhou pela trilha, pulou o pequeno curso d'água e passou pelos dois pés de cedros-verdadeiros, adentrando o santuário macabro do Maníaco do Parque. O balão havia caído bem ao lado do corpo de Selma. Por um momento, ao ver a posição do cadáver no chão, Crispim acreditou estar diante de uma cena de magia oculta. Em pânico, esqueceu o balão, saiu da mata se debatendo pelo caminho e acionou a polícia.

Os pais de Selma, Antônio Mendes Queiroz, pedreiro, de 48 anos, e Maria de Lourdes Ferreira Queiroz, copeira, de 44, estavam aflitos com o sumiço da filha. A família passou o sábado inteiro se revezando ao telefone, ligando para hospitais, delegacias e IML em busca de notícias. À tarde, a estudante Sara Adriana Ferreira, de 20 anos, irmã de Selma, falava com a delegacia de Diadema, quando ouviu um sinal avisando que alguém tentava chamar o telefone fixo da casa. Desligou para atender, acreditando que fosse Selma.

— Alô, quem tá falando?
— É o Gostosão na linha!
— Que porra é essa? — rebateu Sara.
— Seguinte: a Selma tá na mão, aqui no cativeiro. Preciso de mil contos pra liberar a vadia. Se não me passar essa grana hoje mesmo, vou dar cabo dela! — avisou a voz.
— Calma, calma! Vou precisar de um tempo pra arranjar essa grana. É muita coisa.
— E quem é essa tal de Rosângela Ferreira?
— Minha irmã!
— Tô com o cartão bancário aqui. Passa a senha que eu solto a Selma.
— Eu não sei a senha, ela não tá em casa!
— Vou te ligar daqui a uma hora. Se não tiver essa porra da senha, vou cortar o pescoço da tua irmã, sua piranha! — ameaçou.

Enquanto Francisco tentava extorquir a família de Selma, investigadores e peritos entravam no parque para verificar a denúncia de Crispim. O time da 1ª Delegacia do DHPP encontrou inicialmente quatro corpos. Àquela altura, porém, a polícia não conhecia a identidade de nenhuma vítima.

Dias depois, na JR Express, Francisco deu pela falta da corrente roubada de Selma. Perguntou aos funcionários se alguém havia encontrado a bijuteria e levou um susto quando viu o acessório no pescoço de Denis. Chico avançou sobre o rapaz, chamando-o de ladrão, e os dois travaram uma luta corporal, derrubando os móveis da firma. Denis acertou um soco no rosto do colega. Para se defender, o maníaco pegou uma barra de ferro e bateu nas costas do oponente, que caiu no chão, contorcendo-se de dor. Chico aproveitou para arrancar a corrente do pescoço do rapaz. A briga só cessou porque o proprietário da firma, Jorge Alberto Sant'Ana, ameaçou demitir os dois funcionários. No mesmo dia, 7 de julho de 1998, Denis foi ao 8º Distrito Policial registrar um boletim de ocorrência contra Francisco por lesão corporal. Era uma terça-feira e a seleção brasileira enfrentou a holandesa, em Marselha, na semifinal da Copa do Mundo, na França. O jogo terminou empatado por 1 a 1 após o tempo regulamentar e a prorrogação, com o Brasil vencendo por 4 a 2 na disputa por pênaltis, garantindo vaga na final.

Em 8 de julho, a imprensa finalmente noticiou o cemitério clandestino no Parque do Estado, pontuando a falta de identificação das vítimas e cravando que um maníaco agia na floresta havia muito tempo. A página 9 da *Folha de S.Paulo* trazia uma reportagem assinada pelo jornalista Marcelo Godoy com o título "Polícia encontra 4 corpos em parque de São Paulo". Mas as informações eram escassas. Um trecho do texto dizia:

Os corpos de quatro mulheres foram encontrados na mata do Parque do Estado, localizado no Jardim Celeste, zona sul de São Paulo. A polícia suspeita que as vítimas tenham sido violentadas e que os assassinatos possam ter sido cometidos por um único indivíduo.

A principal hipótese do DHPP é a de que um maníaco sexual esteja atuando na região. Até a tarde de ontem, a polícia ainda não havia conseguido identificar nenhuma das vítimas.

O que leva os investigadores a acreditar que os crimes foram cometidos pela mesma pessoa é a semelhança entre os casos. Todas as vítimas foram encontradas despidas; três delas estavam vestindo apenas calcinha, enquanto a quarta usava apenas sapatos.

De acordo com os peritos, havia sinais de aparente violência sexual nas vítimas, mas ainda não foi possível determinar a causa da morte. "Ainda não podemos afirmar com certeza que houve violência sexual. Somente os médicos-legistas poderão esclarecer o que aconteceu", disse o delegado Luiz Eduardo Maturano, da 1ª Delegacia do DHPP.

Para alcançar o ponto onde os corpos estavam, era necessário caminhar quase 24 minutos por uma trilha no meio da mata. A polícia não encontrou nenhum documento ou roupa das vítimas.

Os corpos estavam a cerca de cinco metros de distância um do outro. Próximo a eles, foram encontradas seis imitações de pérolas, que faziam parte de um colar.

Assim como no primeiro caso, o DHPP não encontrou nenhuma testemunha do crime. "O primeiro passo será tentar identificar as vítimas, para então procurar seus familiares e verificar se alguém relatou o desaparecimento dessas mulheres", explicou o delegado.

No dia seguinte, os jornais noticiavam a descoberta de mais dois corpos, mas a polícia não conseguia identificá-los. A dificuldade ocorria porque, no início, as investigações sobre as mortes das vítimas do maníaco não foram centralizadas, dificultando a conexão entre os crimes. O desaparecimento de Isadora, por exemplo, estava arquivado na 2ª Delegacia. Já a morte de Raquel era investigada no 97º Distrito Policial de Americanópolis, enquanto o homicídio de Selma, na 1ª Delegacia.

A investigação só ganhou foco quando o delegado Sérgio Luís da Silva Alves foi chamado. O policial teve suas férias canceladas para assumir o caso. Sua primeira providência foi depurar, em todas as delegacias, casos de estupro e homicídios ocorridos naquele ano na região. Logo, chegou ao inquérito 143/98, referente ao assassinato de Raquel. Dos parentes da primeira vítima, o delegado obteve o relato sobre a abordagem no metrô feita por um rapaz autointitulado olheiro da Avon, levando a jovem para o Parque do Estado, de onde seu corpo foi resgatado.

Em seguida, o delegado localizou Karis, vítima sobrevivente do maníaco. Chamada ao DHPP no dia 10 de julho de 1998, uma semana depois do assassinato de Selma, a jovem descreveu a aparência de Francisco para Sidney Barbosa, perito do Laboratório de Arte Forense da Polícia Civil. "Ele é um homem com nariz achatado, tem uma falha na sobrancelha, dentes amarelados e quebradiços e marcas de acne no rosto", detalhou Karis. Outras duas mulheres convocadas no mesmo dia ajudaram a definir os traços do rosto do maníaco.

Em 11 de julho de 1998, os jornais revelaram que o tal Maníaco do Parque atacava mulheres em São Paulo com falsas promessas de transformá-las em modelos, associando o assassino aos seis cadáveres encontrados no Parque do Estado. A edição dominical da *Folha de*

S.Paulo, no dia 12, estampou o retrato falado do suspeito na página 13 – no mesmo domingo, o Brasil foi derrotado pela França por 3 a 0 na final da Copa do Mundo. Dois gols foram marcados de cabeça pelo meio-campista Zinedine Zidane em cobranças de escanteio, transformando o atleta na maior estrela da Copa de 1998.

Na segunda-feira bem cedo, o Brasil estava de ressaca pela derrota no mundial. Francy, a repositora das Lojas Brasileiras, percebeu que o homem do retrato-falado era o mesmo que havia feito um convite para ela posar no Parque do Estado, no ensaio da Avon. A jovem ficara com seu número de telefone e, por sorte, Francisco havia anotado no papel seu nome verdadeiro. Francy correu ao DHPP e entregou a pista preciosa aos policiais. Sem se identificar, um investigador ligou para a JR Express perguntando pelo motoboy. "Ele trabalha aqui, sim. Um minuto que vou chamá-lo", anunciou a atendente. Para não levantar suspeitas, o investigador desligou na cara da funcionária.

Na hora de distribuir as tarefas aos motoboys, Sant'Ana sentiu falta de Francisco. Na cama em que ele dormia havia um bilhete de despedida: "Infelizmente tem que ser assim. Que Deus esteja com todos nós". O primeiro carro da polícia a chegar na JR Express veio do 8º Distrito Policial, para investigar a lesão corporal contra Denis. Logo em seguida, chegaram três viaturas com sirenes e luzes piscantes, oriundas da 1ª Delegacia do DHPP, com o delegado Sérgio Luís à frente da equipe. Todos procuravam pelo mesmo Francisco. "Ele se pirulitou", anunciaram os funcionários da firma.

CAPÍTULO 10
A ÚLTIMA TROMBETA

São Paulo, 8 de agosto de 1998

Departamento de Homicídios e de Proteção à Pessoa (DHPP)

Auto de qualificação e interrogatório de Francisco de Assis Pereira

Delegado Sérgio Luís da Silva Alves — Se você não tivesse sido preso, continuaria matando mulheres?

Francisco de Assis Pereira — Delegado, se eu for solto a qualquer momento, vou acabar matando de novo, pois sinto uma força maligna dentro de mim que só faz crescer e crescer.

São Paulo, 19 de agosto de 1998

1ª Vara do Júri do Fórum Criminal da Barra Funda

Audiência de Instrução de Francisco de Assis Pereira

Juiz José Ruy Borges Pereira — Se você fosse solto agora, cometeria esses crimes novamente?
Francisco de Assis Pereira — Dentro da cadeia, não. Mas, se eu for solto, acho que sim.

* * *

Em fuga, Francisco de Assis inicialmente se escondeu na casa do irmão, Luís Carlos, em Diadema, próximo ao Parque do Estado. O motoboy chegou ofegante, sem conseguir articular muitas palavras. Isabel, a cunhada, mostrou-lhe o retrato falado do Maníaco do Parque publicado na *Folha de S.Paulo*. "É você, né?!", perguntou, já com a certeza impressa no tom da voz. Francisco apenas abaixou a cabeça, confirmando, sem precisar dizer uma palavra. A tensão estava no ar. "Claro que não é ele. Você está louca?", defendeu o primogênito. Enquanto Chico arrumava os patins profissionais, sua máquina fotográfica Yashica e algumas mudas de roupa na mochila, Luís Carlos sugeriu Guaraci ou São José do Rio Preto como destino para a fuga. Irritada, Isabel expulsou Francisco de casa sob ameaça de chamar a polícia. Os irmãos se abraçaram fortemente. Luís Carlos se debulhava em lágrimas, enquanto Tim permanecia com os olhos secos e arregalados.

Com pouco dinheiro, o assassino não seguiu o conselho do irmão. Correu para a Rodoviária Tietê. No guichê da empresa Pluma Internacional, pagou 120 reais por uma passagem só de ida para Assunção, capital do Paraguai. Entrou no ônibus às 22h da segunda-feira, 13 de julho de 1998. A viagem de 1.200 quilômetros foi feita em quase 24 horas, passando por Sorocaba, Londrina, Maringá e Guaíra, antes de cruzar a fronteira com o Paraguai.

Enquanto o assassino escapava, seus pais permaneciam em casa, no município de Guaraci. Nelson pegou o retrato falado do filho e mostrou a Maria Helena. "Olhe esse desenho e me diga o que você acha", pediu o patriarca. A mãe olhou atentamente e reagiu com veemência: "Já olhei. E daí? Esse homem pode ser qualquer pessoa, menos nosso filho!". Naquela época, ela trabalhava como supervisora de plantação de laranjas, enquanto Nelson tinha um modesto barco de pesca. Maria Helena ainda estava com o retrato falado nas mãos quando pelo menos dez viaturas da polícia chegaram, cercando a casa.

Outra equipe do Departamento de Homicídios e de Proteção à Pessoa (DHPP) vasculhava cada canto da JR Express em busca de alguma pista que o maníaco pudesse ter deixado para trás. Algumas horas antes, o desafeto de Francisco, Denis, almoçara um galeto com arroz e jogara os ossos de frango no vaso sanitário do quarto onde o assassino dormia. Ao dar a descarga, percebeu que havia entupido a tubulação. Para evitar que o único banheiro ficasse obstruído, arrancou o vaso – e encontrou, além dos ossos de frango, a cédula de identidade de Selma Queiroz, parcialmente queimada. Para os policiais, o RG da vítima era a maior evidência, até então, de que Francisco de Assis estava diretamente ligado ao assassinato da garota. Com esse trunfo, o delegado Sérgio Luís da Silva Alves, do DHPP, conseguiu convencer o juiz Maurício Lemos Porto Alves, do Departamento de Inquéritos Policiais e Polícia Judiciária, a decretar a prisão temporária do Maníaco do Parque, assinada no dia 14 de julho de 1998.

Foragido, Francisco viajava tranquilamente ouvindo música em seu *walkman*. Na fronteira do Brasil com o Paraguai, o ônibus fez uma parada obrigatória para controle de imigração e aduana. Todos os passageiros, inclusive o assassino, apresentaram documentos de identidade e tiveram as bagagens revistadas por agentes armados. Gélido como um *iceberg*, o motoboy mostrou seu RG. Em seguida, o ônibus foi liberado para entrar no país vizinho. Chico desceu tranquilamente no terminal central de Assunção. Lá, decidiu se embrenhar no interior. Pegou um ônibus da empresa Nuestra Señora de la Asunción (NSA) e seguiu por mais de 400 quilômetros até chegar a Pedro Juan Caballero, cidade paraguaia separada de Ponta Porã, no Mato Grosso do Sul, por uma via chamada Avenida Internacional. No lado brasileiro, assistiu ao programa *Aqui Agora*, do SBT, exibindo uma reportagem sobre a caçada desenfreada ao Maníaco do Parque. Com medo de ser reconhecido, Chico preferiu voltar para o território estrangeiro.

Nesse ínterim, todas as emissoras de TV começaram a exibir incessantemente, em cadeia nacional, o legado sombrio do assassino.

Devido à explosão midiática do caso, a equipe policial que caçava o Maníaco do Parque passou a contar com três delegados, quinze investigadores, sete escrivães, além de dezenas de peritos. Com tanta gente envolvida, mais duas ossadas de mulheres foram rapidamente encontradas no meio do matagal. No Brasil, só se falava na brutalidade com que as vítimas eram executadas e desovadas na floresta. Após os depoimentos das mulheres sobreviventes, tornou-se público o truque de Francisco de se identificar como caça-talentos da Avon, fazendo falsas promessas de transformar garotas comuns em modelos de catálogo de cosméticos. Definitivamente, as fotos de Chico Estrela estavam em todos os jornais, consolidando-o naquele momento como o criminoso mais procurado do país.

A família de Selma foi a primeira a ser chamada ao Instituto Médico Legal (IML) para reconhecer o cadáver retirado das entranhas do Parque do Estado. Os pais, Antônio e Maria de Lourdes, chegaram de mãos dadas. Na porta, a mãe sentiu-se mal e sentou-se na escadaria. "Não vou! Não é a minha filha. Não pode ser! Não quero que seja!", negava-se, enquanto chorava e tremia da cabeça aos pés. Antônio deixou a esposa lá fora e entrou. No necrotério, diante da câmara frigorífica, foi a vez do pai se petrificar. Enquanto o funcionário puxava a prancha mortuária, Antônio virava o rosto para não se deparar com a garota de 18 anos, morta e refrigerada. "O senhor precisa ver se realmente é a sua filha", pediu o policial que o acompanhava. "Me desculpe, mas não tenho coragem". O funcionário do IML fechou a gaveta e Antônio saiu correndo.

Os pais de Selma estavam agarrados como se fossem siameses na porta do IML. Um policial voltou para tentar convencê-los a fazer o reconhecimento. Trêmula, Maria tirou uma foto de Selma da bolsa e mostrou ao agente, na esperança de que o procedimento legal pudesse ser feito por imagem. Foi o delegado Sérgio Luís, presidente do inquérito, quem convenceu o casal a voltar ao necrotério. Diante do cadáver, Antônio ficou estático. Não chorou nem falou nada, guardou todo sentimento dentro de si. Maria de Lourdes entrou em transe e começou a narrar em voz alta o que seus olhos viam. "É a minha Selma. Olha os cabelinhos dela cacheados e molhados", falava enquanto tocava o rosto da filha com a ponta dos dedos. Delicadamente, o perito pediu que a mãe não tocasse no cadáver por questões de higiene, segurança e preservação de evidências.

"Deus, me dê forças! Nenhuma mãe merece passar por isso. Olha o que fizeram com a minha filha, tadinha. Tem hematomas ao redor dos olhos. A testa ficou roxa. Os dentes da frente estão quebrados. Ela está toda mordida! Por quê? Por quê? Alguém pode me explicar?", começou a gritar. Sem forças, Maria de Lourdes desmaiou no chão frio do necrotério. Também frio foi o texto do laudo cadavérico de Selma: "Dez mordidas distribuídas pelo braço, abdome, coxas, quadril e canela. Escoriações no rosto e contusões nos seios e no púbis. Hematomas na cabeça. Marcas de asfixia por um objeto, uma corda ou um arame, no pescoço, que a matou. Escoriações no útero, ânus entreaberto. Mucosa vaginal com áreas de contusão e rotura da pele até o ânus (região perineal)".

Furioso como Zeus, o rei dos deuses, Claudio Fraenkel, pai de Isadora Fraenkel, também foi chamado ao IML. Não havia corpo para ser reconhecido porque Francisco ateara fogo no cadáver da jovem cinco meses antes. O reconhecimento da ossada foi realizado por meio de um exame odontológico detalhado. Àquela altura, o que mais deixava o pai estarrecido era ver os jornais noticiando que Isadora e Francisco eram namorados. A nódoa na reputação da garota permaneceu por um longo tempo. "Minha filha era linda. Jamais namoraria um homem asqueroso como esse. Parem de vilipendiar a imagem da minha filha", pedia, desesperadamente, aos jornalistas.

Claudio não se conformava com o fato de Francisco ter ido à delegacia uma semana depois de matar Isadora e sair de lá pela porta da frente. O comerciante ficou ainda mais inconformado porque os policiais insinuaram, na época, que a garota estava dando um golpe na família. "Se a polícia tivesse investigado direito, essa aberração seria contida antes de matar outras mulheres", esbravejou o comerciante em uma entrevista coletiva realizada logo após o IML comprovar que a ossada carbonizada era realmente de sua filha.

A revolta de Claudio Fraenkel chegou aos tribunais. Ele e Maria Angélica Fraenkel, mãe de Isadora, moveram uma ação judicial contra o Estado de São Paulo, buscando uma indenização de 250 salários mínimos por danos morais e materiais decorrentes do assassinato da filha pelo

Maníaco do Parque. Entre os argumentos, alegaram que a Polícia Civil foi negligente nas investigações, falhando em capturar o criminoso a tempo, mesmo após receber pistas importantes. Também afirmaram que a má conduta dos investigadores permitiu que Francisco incinerasse o corpo de Isadora, privando a família de realizar o funeral conforme suas tradições religiosas.

Por outro lado, a defesa argumentou que a investigação foi conduzida com o rigor necessário. Segundo as contrarrazões apresentadas pela Procuradoria do Estado de São Paulo, não houve nexo causal entre as ações dos investigadores e os crimes de Francisco – ou seja, os atos do assassino eram inteiramente de sua responsabilidade, e não resultado de falhas na investigação policial. A família de Isadora ganhou a ação em primeira instância, mas perdeu definitivamente quando o caso chegou ao Superior Tribunal de Justiça (STJ), onde ficou decidido que não havia evidências suficientes para condenar o Estado.

Claudio Fraenkel faleceu aos 68 anos, em 23 de janeiro de 2020, vítima de cordoma de clivus, tumor ósseo raro que se forma na base do crânio, próximo ao tronco cerebral. Em seu leito de morte, suas últimas palavras foram direcionadas à filha: "Isadora, o papai está indo ao seu encontro. Guarda o meu lugar aí no céu", relataram os parentes.

As falhas da polícia de São Paulo no caso do Maníaco do Parque não se limitaram à morte de Isadora Fraenkel. Quando Francisco estava foragido, o delegado Sérgio Luís tentava encontrar uma prova irrefutável para incriminá-lo. Depois do documento de Selma achado na JR Express, a mais importante passou a ser uma amostra de espermatozoide coletada do corpo da vítima. No entanto, o IML não conseguiu identificar o conteúdo genético do sêmen devido à quantidade irrisória de material recolhido. Além disso, um dos peritos utilizou um corante inadequado, comprometendo a preservação da substância.

Paralelamente, o Maníaco do Parque escafedia-se no país vizinho. De Pedro Juan Caballero, ele telefonou para Luís Carlos. Com receio de estar com o telefone grampeado, o assassino foi orientado a não falar onde estava:

— Como estão as coisas aí? — perguntou o motoboy.

— A polícia já veio aqui, passou na casa da nossa mãe. Estão em todo lugar, até o helicóptero policial está te procurando.
— Preciso de dinheiro agora! — implorou Tim.
— Não tenho nada!
— Pede ao pai! — sugeriu.
— Me diz uma coisa, irmão: você realmente fez tudo isso?
— Não! – respondeu o fugitivo.
— Então por que você foi embora?
— Para realizar o sonho de dar a volta ao mundo de patins – mentiu.

Depois de identificar os corpos de Selma, Raquel e a ossada de Isadora, a polícia conseguiu dar nome a outros quatro cadáveres retirados do cemitério clandestino construído por Francisco no coração do Parque do Estado. Elisângela Francisco da Silva, de 21 anos, era paranaense e filha de uma família pobre de Londrina. Devido às dificuldades financeiras, abandonou a escola na 7ª série. Às 18h de 9 de maio de 1998, a jovem foi com uma amiga ao Shopping Center Eldorado, zona oeste de São Paulo. De lá, Elisângela nunca mais foi vista. Em 28 de julho, seu corpo nu apareceu no Parque do Estado e o avançado estado de decomposição exigiu um árduo trabalho de identificação, concluído três dias depois.

Outra vítima identificada foi a vendedora Patrícia Gonçalves Marinho, de 23 anos. Segundo a família, ela adorava posar para fotografias ao lado de parentes e amigos. Era uma moça alegre e comunicativa. Fazia amizade com facilidade. Em 17 de abril de 1998, Patrícia saiu da casa da avó e desapareceu. Seu corpo também foi encontrado, em 28 de julho, jogado no santuário do Maníaco do Parque. A identificação de Patrícia só foi possível porque havia roupas e bijuterias ao lado do cadáver. Violentada com pedaços de madeira, morreu por estrangulamento.

A penúltima vítima descoberta na mata, Michelle dos Santos Martins, de 18 anos, havia saído de casa no dia 11 de abril de 1998 para dar uma volta na Vila Madalena. Sumiu sem deixar pistas. Seu corpo foi encontrado quatro meses depois perto dos cedros-verdadeiros. A última vítima, Rosa Alves Neta, de 21 anos, era aluna de patinação de Francisco no Ibirapuera e foi atacada em 21 de abril de 1998. A polícia descobriu ainda duas ossadas nunca identificadas, totalizando em nove o número de vítimas assassinadas pelo Maníaco do Parque. As sete mulheres identificadas são:

1. Elisângela Francisco da Silva, 21 anos
2. Isadora Fraenkel, 19 anos
3. Michelle dos Santos Martins, 18 anos
4. Patrícia Gonçalves Marinho, 23 anos
5. Raquel Mota Rodrigues, 23 anos
6. Rosa Alves Neta, 21 anos
7. Selma Ferreira Queiroz, 18 anos

Enquanto a polícia identificava os corpos, o assassino se deslocava sorrateiramente pela América do Sul. De Pedro Juan Caballero, onde havia muitos brasileiros, decidiu voltar para Assunção. Passou uma semana dormindo em um pensionato e sobreviveu fazendo programas sexuais no centro da cidade. Após juntar algum dinheiro, pegou carona com um caminhoneiro e foi para Buenos Aires, capital da Argentina. Na fronteira, seus documentos foram checados por policiais argentinos, que não desconfiaram estar diante de um imigrante assassino e foragido.

De Buenos Aires, Francisco foi parar na cidade argentina de Avelar, separada de Itaqui (RS) pelo rio Uruguai. Audacioso, atravessava o curso d'água de balsa, em 5 minutos, e chegava ao lado brasileiro, onde passou a trabalhar como pescador. Nessas idas e vindas, conheceu a caiçara argentina Noelia Noemi, de 18 anos, que era magra, de pele clara, e tinha cabelos castanhos longos e ondulados. Seu pai, Luís Carlos Otazo, de 39 anos, um barqueiro conhecido como Biscate, autorizou o romance e até deu abrigo ao rapaz, que se apresentou como Pedro.

Noelia tinha dez irmãos, e toda a família vivia em um barraco de dois cômodos. Pela falta de privacidade, o barqueiro pediu ao forasteiro que não tivesse relações com sua filha dentro de casa. A jovem o apresentou a suas amigas gaúchas de Itaqui. No lado brasileiro, Pedro/Francisco conheceu João Carlos Vilaverde, de 36 anos, dono de uma colônia de pescadores. O motoboy pediu para ocupar uma das camas da moradia coletiva em troca de realizar qualquer tipo de trabalho. Vilaverde aceitou, e o assassino passou a trabalhar como ajudante de barqueiros. Francisco estava foragido havia 22 dias quando um pescador o encarou dentro de um barco no rio Uruguai:

— Como é mesmo o seu nome? — perguntou o rapaz.

— Pedro, por quê? — respondeu o assassino.

— Você se parece com o motoboy que está sendo procurado pela polícia – especulou o pescador.

Pedro/Francisco desconversou e continuou trabalhando. O pescador relatou suas suspeitas ao dono da colônia, que decidiu investigar. Naquela circunstância, Chico estava magro, com cavanhaque e usava um boné para disfarçar a aparência. À noite, enquanto os pescadores jantavam em frente à TV, o *Jornal Nacional* mostrava depoimentos de sobreviventes do Maníaco do Parque. Na manhã seguinte, Vilaverde esperou Pedro/Francisco sair para pescar e foi xeretar sua mochila. Quase infartou ao ver o nome "Francisco de Assis Pereira" no RG do forasteiro que se identificava como "Pedro".

Era 4 de agosto de 1998. Quando Francisco voltou do rio, três viaturas da Polícia Civil do Rio Grande do Sul o aguardavam. O barco ainda estava chegando ao píer quando o delegado Raul Fernando da Silva Bósio, da 21ª Unidade Policial de Itaqui, perguntou:

— Como é seu nome?

— Francisco de Assis Pereira — respondeu.

— Qual é o nome da sua mãe?

— Maria Helena Pereira.

O Maníaco do Parque finalmente recebeu voz de prisão – registrada no boletim de ocorrência nº 1609/98 da Polícia Civil do Rio Grande do Sul – e foi algemado com os braços à frente.

Investigadores vasculharam o local onde ele estava dormindo. Encontraram uma pochete Nike preta, a máquina fotográfica Yashica, dezenas de fotos de mulheres, itens de higiene, um par de sandálias Havaianas nº 42, dois pares de meias brancas, uma cueca de *lycra* cinza, uma calça verde camuflada, uma jaqueta de napa preta, um gorro de lã preto com estampa do Mickey, uma cópia da CNH emitida pela Ciretran de São José do Rio Preto, o certificado de reservista nº 7.880.760, dois isqueiros azuis, uma corrente cromada e fotos dele com a mãe, Maria Helena.

Levado para a 21ª Delegacia de Polícia, Francisco negou ser o autor dos assassinatos das nove mulheres encontradas no Parque do Estado. Segundo ele, foi espancado pelos policiais gaúchos:

— Quando fui rendido em Itaqui, apanhei muito. Me chutaram, caí no chão e me espancaram. Estava doendo, mas não sei por que comecei a rir. Eu gritava: "Bate! Bate! Bate!" e dava mais gargalhadas – relatou no processo de execução penal.

Apresentado à imprensa pela Polícia do Rio Grande do Sul, Francisco vestia a icônica camiseta do time de hóquei no gelo Boston Bruins, de Massachusetts, EUA. A peça de roupa, que se tornou sua marca registrada, era predominantemente preta, com mangas amarelas e uma listra branca na base. No centro, o logotipo dos Bruins com um "B" preto dentro de um círculo branco, simbolizava uma roda de carruagem, um elemento histórico de Boston. Durante a entrevista coletiva, o Maníaco do Parque não mencionou o suposto espancamento. Pelo contrário, vangloriou-se da "escapada" que deu na polícia durante sua fuga. "Saí do Brasil de ônibus como qualquer cidadão. Fui parado por policiais federais na fronteira, apresentei documentos, fui revistado, perguntaram de onde eu vinha, para onde eu ia, respondi tudo e me deixaram seguir viagem. No Paraguai e na Argentina foi a mesma coisa, e fui em frente", disse aos jornalistas com tom de voz elevado. Ele também se declarou inocente. "Dessas mulheres, a única que conheci foi a Isadora Fraenkel, minha namorada. Já declarei isso na polícia de São Paulo", sustentou.

De Itaqui, Francisco seguiu em um comboio da polícia por 104 quilômetros até Uruguaiana (RS), onde o delegado Sérgio Luís já o esperava com outros três policiais paulistas, incluindo o delegado de polícia divisionário de homicídios do DHPP, Jurandir Correia de Sant'Anna. De lá, seguiram em outra comitiva para Porto Alegre, onde embarcaram em um avião turboélice EMB 121 Xingu, prefixo PT-MAO, com capacidade para oito passageiros e dois tripulantes. Durante o traslado, Sérgio Luís tentou fazer o acusado confessar. Queria elucidar o caso e acelerar a conclusão do inquérito. Usando a velha tática de criar amizade, o delegado ofereceu ao motoboy um sanduíche frio de presunto e queijo, refrigerante e água. Algemado por trás e sentado na poltrona logo atrás do piloto, Francisco aceitou tudo. Para ajudar o assassino a lanchar, Sérgio Luís soltou o cinto de segurança e sentou-se ao lado do motoboy, dando-lhe comida na boca. Enquanto isso, o policial deu "rec" sutilmente num gravador camuflado no paletó e iniciou uma conversa amistosa com o acusado:

— Como você está?

— [silêncio]

— Você matou essas mulheres?

— [silêncio]

Após o lanche, em pleno voo, o delegado mostrou a Chico um álbum com fotos da família Pereira. Na primeira página, havia imagens de Maria Helena e Nelson. Na segunda, os três irmãos pequenos abraçados: Tim, Luís Carlos e Roque. Francisco olhava cabisbaixo, mas não se comovia. Ainda gravando a conversa escondido, o policial tentou estabelecer pelo menos um fiapo de confiança:

— Você não é um monstro, Francisco. Dá uma olhada nessas fotos.

— Não sou! — concordou o motoboy.

— Pense bem, se você contar o que realmente aconteceu no parque, posso garantir uma redução na sua pena...

— Sou inocente!

— As evidências contra você são incontestáveis — sustentou o policial.

— Sou inocente! — insistiu Francisco.

A bordo, o delegado Jurandir sugeriu que as algemas de Francisco fossem retiradas para deixá-lo mais confortável e, talvez, encorajá-lo a falar a verdade. Sérgio Luís considerou a ideia, mas desistiu ao lembrar do porte atlético do assassino. "Ele havia patinado de São Paulo até São José do Rio Preto. Era um homem forte. Poderia causar estragos dentro daquele avião, podendo até derrubá-lo, caso resolvesse reagir num ambiente tão apertado. Os dois pilotos estavam muito expostos", justificou o delegado, em agosto de 2024.

Após uma hora de voo, o Maníaco do Parque finalmente deu sinais de que poderia se abrir. Sérgio Luís, que já havia voltado ao seu lugar, levantou-se da poltrona mais uma vez com o gravador ligado e sentou-se ao lado do *serial killer*:

— Você quer saber a verdade? — perguntou o motoboy.

— Quero! — respondeu o policial, entusiasmado.

— Então me ouça...

Fabricado pela Embraer, o turboélice no qual viajavam era equipado com dois motores Pratt & Whitney PT6A-28, de 680 HP cada, alcançando uma velocidade máxima de cruzeiro de 456 km/h e uma autonomia de 2.342 km. Podia operar a uma altitude de até 28.000 pés, permitindo voar acima da maioria das formações de nuvens e evitar turbulência, proporcionando mais conforto e segurança aos passageiros. No entanto, por causa de outro avião vindo em direção contrária, os controladores de voo orientaram os pilotos do Xingu a seguir por um corredor aéreo mais baixo. Isso forçou o turboélice a se direcionar para uma área onde se formava uma nuvem cúmulo-nimbo. De repente, a aeronave começou a chacoalhar violentamente, apavorando todos a bordo. Com medo de turbulência, Sérgio Luís interrompeu o diálogo e voltou rapidamente para seu assento, afivelando o cinto de segurança. A situação se agravou quando a aeronave entrou diretamente na nuvem, enfrentando uma tempestade com raios e trovoadas. Já em terra firme, o delegado, ainda tenso com a viagem, perguntou se Francisco permanecia disposto a confessar.

— Confessar o quê? Sou inocente! — respondeu o Maníaco do Parque, encerrando a conversa.

Preso no DHPP, Francisco acabou confessando, mas não no bojo do inquérito policial que investigava seus crimes. Assediado por uma horda de advogados, dos mais estrelados aos de porta de cadeia, ele fez uma exigência: só receberia nas dependências da polícia as defensoras do sexo feminino, já que estava sendo acusado de matar e estuprar mulheres. Segundo sua estratégia particular, seria mais fácil enfrentar um Tribunal do Júri representado por uma advogada. Depois de conversar com mais de trinta defensores, ele assinou contrato com Maria Elisa Munhol, de 50 anos. Especialista em causas antipáticas, ela conseguiu provar a inocência de um dos acusados do crime do Bar Bodega – um jovem que a polícia, depois de torturar, apresentou como culpado pela morte de um casal, em São Paulo. Maria Elisa também demonstrou ser infundada a acusação de abuso sexual de crianças, que pesava sobre um casal envolvido no escândalo da Escola Base, também em São Paulo. Esse caso se tornou emblemático no Brasil porque destruiu a vida dos acusados, salvos por um triz de serem linchados, e mostrou os riscos que corre um jornalismo apoiado apenas em informações oficiais da polícia.

No meio do tumulto, Francisco conversava com sua advogada e uma dezena de assistentes. Não se sabe como nem por que, no meio das defensoras estava infiltrada a repórter Angélica Santa Cruz, da revista *Veja*. Numa área restrita, a jornalista testemunhou o seguinte diálogo do assassino com as defensoras:

— Francisco, você conhece Tainá? — perguntou Maria Elisa.
— Tainá? Tainá... Não conheço — respondeu.
— E Elisângela? Você conheceu alguma?
— Não.
— Selma?
— Também não.
— Você fez sexo anal com alguma de suas vítimas?
— Fiz, com algumas.
— Você matou algumas daquelas mulheres, Francisco?
— Matei.
— Quais?
— Todas.
— Quantas mulheres você matou?
— Nove.
— Você matou Isadora?
— Matei. Fui eu.

Na edição de 12 de agosto de 1998, *Veja* estampou na capa a foto do Maníaco do Parque com o título garrafal "FUI EU – Francisco de Assis Pereira disse que matou nove mulheres". No mesmo dia, Maria Helena e Nelson Pereira conseguiram visitar o filho no DHPP, acompanhados de uma equipe da TV Record. Uma reportagem assinada pela jornalista Mariella Lazaretti, publicada na revista *VIP Exame* em julho de 1999, intitulada "O menino Tim vai te matar", relatou como os pais do maníaco passaram a cobrar para falar com emissoras de televisão. "Nossa vida ficou arruinada depois que o nosso filho foi preso. Não conseguimos mais trabalhar e começamos a enfrentar dificuldades financeiras", justificou Maria Helena, na época.

Na cadeia, Chico era frequentemente procurado por repórteres. Antes de aceitar um encontro, pedia para os jornalistas acertarem os detalhes com seus pais. Em uma das visitas ao filho, conforme relatado no texto da *VIP Exame*, Nelson falou: "Francisco, não se preocupe, sua mãe e eu estamos bem. E não diga que estamos recebendo para dar entrevistas. Isso complica a nossa vida", pediu o pescador. Maria Helena teria recebido 14 mil reais do jornalista Marcelo Rezende, na época em que ele trabalhava na TV Record, para ser entrevistada. "Fico feliz que ao menos isso vai ajudar minha família", justificou o assassino.

Depois da confissão nas páginas da *Veja*, Chico Estrela foi obrigado a detalhar aos policiais como matava mulheres no Parque do Estado. Isso ocorreu em 8 de agosto, no mesmo dia em que a revista começou a ser vendida nas bancas de todo o Brasil. A seguir, as principais perguntas feitas pelo delegado Sérgio Luís a Francisco de Assis no DHPP. A frieza dos relatos do assassino foram de arrepiar:

Você deseja confessar que matou a Selma Ferreira de Queiroz?
Sim, eu matei a Selma.
Como isso aconteceu?
Não lembro bem da data, mas sei que foi num dia de jogo do Brasil na Copa do Mundo. Acordei mal, com um pressentimento ruim, como se meu lado sombrio fosse tomar conta. Trabalhei normalmente até umas 14h, mas o dia inteiro fiquei tentando afastar esses pensamentos ruins. Depois do trabalho, peguei meus patins e fui andar como louco, mas não adiantou.
E depois?
Vesti minhas roupas de esporte, um calção de *lycra*, e depois de tomar uma cerveja com os colegas, eu fui até a Avenida Paulista. Lá, vi a Selma. No começo, a acariciei e beijei, mas percebi que era um carinho falso, um sentimento ruim que me dominava. Tentei afastar o mal, mas não consegui. No parque, mandei a Selma se despir, ficando só de calcinha e sutiã. Eu a observava, mas não queria transar ou estuprar; o que crescia em mim era uma vontade de devorá-la, de engoli-la viva ou morta.
E depois?
Vi que a Selma estava completamente sob meu controle, faria o que eu quisesse. Deitei ela no chão, e ela tirou o resto das roupas. Ali, no chão, fiz sexo anal e vaginal. Minha ereção naquele momento era estranha,

forte, e eu não queria ejacular. Não sei explicar por que, mas a vontade de devorá-la só aumentava. Eu não queria ejacular porque, naquele momento, só queria dominar, tomar pra mim, sem dar nada em troca. Pra mim, ejacular seria dar algo pra Selma, e eu só queria tirar dela.

Você chegou a ejacular?

Sim, acabei ejaculando nela. Depois, comecei a beijá-la de novo e mandei que ficasse deitada de costas e olhasse em volta. Vi a alça da bolsa dela e enrolei no pescoço dela, puxando por trás, apertando a garganta. A Selma se debatia, mas eu continuei. Parei por uns instantes, e ela ainda se mexia; pensei em deixá-la viva, mas a vontade ruim foi mais forte e voltei a apertar até matá-la.

Sentiu algum remorso durante o ato?

Naquele momento, eu não ligava para o sofrimento dela. Quando parei de estrangular senti um pouco de compaixão, mas era algo muito fraco, não suficiente pra dominar meu lado... Eu só pensava em mastigar a carne dela. Quando percebi que a Selma estava morta, tomado pela perversidade, virei-a de frente e acariciei o rosto dela. Lamentei o que fiz, chorei, mas a fome era maior. Queria mordê-la. Mordi a Selma por todo o corpo, tentando encontrar uma forma de possuí-la.

E depois?

Saí da mata e fui até a minha moto. Chorei de raiva e depois fui pra casa. Queimei o documento da Selma, joguei no vaso sanitário e dei descarga.

Quantas mulheres você matou?

Matei nove mulheres, todas no parque.

Você realmente é o Maníaco do Parque que a imprensa fala?

Sim, sou eu!

Assume outros crimes além do assassinato da Selma?

Sim, também matei a Isadora Fraenkel, mas nego que tenha sido namorado dela. Fui chamado na Delegacia de Pessoas Desaparecidas e perguntado sobre uns cheques que peguei dela depois que ela morreu. Nego ter pegado qualquer coisa da Selma e não tive contato com a família dela, nem peguei cartões de crédito.

Você também é responsável pela morte de uma mulher encontrada perto do corpo da Selma?

Sim, no dia seguinte à morte da Selma, eu voltei, acariciei e abracei o corpo dessa outra mulher.

Você se lembra da Raquel Mota Rodrigues?

Sim, abordei ela no metrô, conquistei a sua confiança e a levei pro parque, onde a matei. Lembro também de uma outra garota chamada Pituxa, que abordei no Parque Ibirapuera e que também foi morta.

Gostaria de acrescentar algo mais sobre seus crimes?

Fui seduzido pela minha tia Diva quando eu tinha uns 6 ou 7 anos. Isso me perturbou muito. Aos 15 anos, tentei ter relações sexuais com ela, mas fui recusado.

Tem algo mais a declarar?

Apenas que todos os crimes cometidos no Parque do Estado foram feitos por mim!

* * *

Depois de confessar seus crimes, o Maníaco do Parque resolveu colaborar com a conclusão do inquérito policial. Foi ao Parque do Estado explicar como era a dinâmica do ritual. Mostrou o buraco no muro da Rua Alfenas, apontou para as duas árvores onde sua transformação começava, indicou o lugar onde escondia os corpos e o túnel de plantas baixas por onde jogou a ossada de Isadora e de outras duas mulheres. Segundo o delegado Sérgio Luís, foi visível como Francisco mudou a fisionomia dentro da mata. "Ele estava cabisbaixo na viatura a caminho do parque. Lá dentro, alterou o tom de voz e o corpo cresceu", descreveu o policial.

Indiciado pela polícia e denunciado pelo Ministério Público, o motoboy teve a sua primeira audiência de instrução no Tribunal do Júri, no Fórum Criminal da Barra Funda, no dia 19 de agosto de 1998. Diante do juiz José Ruy Borges Pereira, manteve a confissão, pontuando a balela de que havia matado porque seu corpo era dominado por uma força do outro mundo. Nesse interrogatório, a autoridade pediu que ele nominasse a vítima número 1. "A primeira mulher que eu matei, Excelência, se chamava Pituxa. Era uma menina do Nordeste, de quase 18 anos, que conheci no Ibirapuera. Levei ao Parque do Estado em 1996", relatou, nostálgico.

Francisco não sabia, mas Marlene de Oliveira, com 20 anos em 1998, apelidada por ele de Pituxa, não havia morrido na floresta. Quando o assassino falou ao delegado que essa garota teria sido sua primeira vítima, uma equipe de investigadores procurou a família dela, acreditando que uma das ossadas encontradas na floresta fosse dela. Para surpresa dos policiais, Marlene estava viva. Ela foi à delegacia contar como havia conhecido Francisco na pista de patinação do Ibirapuera e acabou atacada por ele no Parque do Estado.

Em seu depoimento no DHPP, Marlene relembrou ter ido ao Ibirapuera para se encontrar com a amiga Valéria. Após esperar por algum tempo, soube por telefone que a moça não poderia patinar devido a uma crise de ciúme do namorado. Sozinha no parque, Marlene decidiu observar os patinadores sob a marquise, e um deles, em particular, chamou sua atenção com manobras habilidosas e ousadas. Ele logo se aproximou e começou a flertar com Marlene, apresentando-se como Francisco de Assis Pereira, o Chico Estrela. Ele era professor de patinação de Valéria – ou seja, não era um total desconhecido. Em seguida, Chico convidou Marlene para acompanhá-lo a um concurso de patinação no gelo que ocorreria no Golden Shopping, em São Bernardo do Campo. Segundo ele, a jovem poderia ganhar um par de patins como prêmio, caso ele vencesse a competição. Para chegar ao shopping, Francisco sugeriu pegar um atalho por uma área florestal. Sem desconfiar das verdadeiras intenções de Chico, Marlene concordou em entrar no matagal por um buraco no muro. Dentro do parque, o maníaco atacou a vítima violentamente, parando apenas quando Marlene fingiu estar morta. Após o assassino ir embora, ela conseguiu sair da floresta, obteve uma carona na Rodovia dos Imigrantes e, traumatizada, bloqueou as lembranças desse dia de sua mente. O horror só reacendeu quando ela viu o retrato falado do motoboy na TV.

A caminho do Tribunal do Júri, a banca de defesa do Maníaco do Parque tentou emplacar a tese de inimputabilidade, ou seja, o réu não deveria ser condenado por seus crimes, pois sofreria de uma condição mental que o impedia de avaliar suas ações como "erradas". Se dependesse das advogadas, Francisco seria transferido da prisão para um hospital psiquiátrico, como havia ocorrido alguns anos antes com Marcelo

Costa de Andrade, o Vampiro de Niterói, assassino em série de crianças.

À luz do direito penal, o grau de responsabilidade de uma pessoa ao cometer um crime depende do quanto uma doença mental ou um distúrbio de comportamento pode ter afetado sua capacidade de compreender suas ações (razão) e de manter o controle sobre elas (vontade). No Brasil, essa consciência pode ser conceituada de três maneiras. A primeira é a inimputabilidade, que ocorre quando, no momento do delito, a pessoa não tem condição de entender que seu ato era criminoso. A segunda é a semi-imputabilidade, aplicada quando o indivíduo tem uma compreensão parcial, ou seja, a noção é limitada, mas ainda assim está comprometida. A terceira e mais frequente é a imputabilidade, atribuída quando o réu tem plena consciência de tudo.

Após ser avaliado por três médicos-peritos nomeados pela Justiça, Francisco foi classificado como semi-imputável em um relatório de 28 páginas intitulado "incidente de insanidade mental". Isso significa que ele tinha compreensão limitada de suas ações, alternando entre momentos de clareza e confusão. Por isso, foi considerado apto a ser julgado no Tribunal do Júri.

Os médicos chegaram à conclusão de que Francisco era semi-imputável por meio de uma análise detalhada que incluiu seu histórico pessoal e médico, avaliação psicológica, laudos de teste de Rorschach, comportamento durante as entrevistas e a realização de exames neurológicos. A tomografia computadorizada do cérebro e o eletroencefalograma apresentaram resultados normais, enquanto a ressonância magnética nuclear de crânio revelou uma leve assimetria dos cornos temporais. Essas informações indicaram que, embora o assassino possuísse capacidade de entender seus atos, sua capacidade de autodeterminação estava parcialmente comprometida.

No laudo, os médicos Henrique Rogério Cardoso Dórea, Reginaldo Calil Daher e Paulo Argarate Vasques descreveram o Maníaco do Parque como um psicopata antissocial, perverso e cruel. Eles observaram nele uma personalidade sociopata, com consciência parcial da realidade e de seus atos. Segundo os psiquiatras, Francisco apresentava uma mente que oscilava entre a sanidade e a loucura. Sua condição era marcada por um egocentrismo extremo, impulsividade, explosões de violência, incapacidade de sentir culpa e dificuldade em formar laços afetivos. Ele não amava, não se importava com os outros, não sentia remorso e, acima de tudo, não aprendia com as experiências passadas. "Isso significa que não há tratamento curativo para o réu", concluiu o diagnóstico.

Apesar de Francisco ter confessado nove assassinatos durante a fase de inquérito, o Ministério Público decidiu acusá-lo por sete, visando garantir uma condenação mais sólida. Isso ocorreu porque o réu, seguindo orientação de suas advogadas, começou a negar a autoria da maioria dos crimes, especialmente daqueles que a polícia não conseguia esclarecer. "Eu achava que tinha matado nove, mas agora nem sei mais quantas foram. Pode ter sido menos... ou talvez mais. Na verdade, estou perdido nisso. Com certeza foi bem menos. Sei lá... fiquei confuso agora. Porque, veja bem, não era eu quem fazia isso. Era uma força tomando conta do meu corpo, me transformando num monstro. Nem sei mais o que fiz ou deixei de fazer", disse Francisco em interrogatório durante a audiência de instrução. Essas declarações desconexas faziam parte de uma estratégia da defesa, uma tentativa desesperada de convencer o tribunal em instâncias superiores de que o motoboy era tão louco que não poderia ser responsabilizado por seus atos violentos.

A manobra das defensoras do Maníaco do Parque não surtiu efeito. Francisco de Assis foi julgado sete vezes no Tribunal do Júri e em varas criminais comuns. A primeira sentença foi centenária. Em 28 de setembro de 1999, ele foi condenado pelo juiz Luiz Augusto de Siqueira, da 16ª Vara Criminal, a 107 anos de prisão por estupros cometidos contra nove mulheres atacadas por ele no parque. Nesse julgamento, as vítimas foram submetidas a perguntas extremamente constrangedoras, machistas e misóginas feitas pelo juiz, promotor de acusação e, principalmente, pelas advogadas de defesa do assassino. Uma das jovens detalhou aos prantos, em depoimento, como foi estuprada pelo motoboy no matagal. Após o relato, a advogada do réu, Maria Elisa Munhol, fez a seguinte pergunta à vítima: "Durante o coito anal, você olhava para ele?". Na mesma audiência, o juiz pediu mais informações de como ela havia sido violentada. "Ele chegou a ejacular na sua boca?", quis saber o magistrado. Também questionou se em algum momento as mulheres não teriam suspeitado das intenções do Maníaco do Parque. "Você não chegou a desconfiar?", perguntou o juiz

Augusto de Siqueira. "Desconfiei", respondeu a sobrevivente, chorando. "E por que o acompanhou?", insistiu o magistrado. "Não sei", disse a garota, morta de vergonha. "Estava pensando no dinheiro?", sugeriu o juiz. "Não!", finalizou a vítima.

O pai de Francisco, Nelson Pereira, acompanhou o primeiro julgamento do filho. Quando saiu a sentença, ele sucumbiu. Teve depressão severa, parou de comer e beber água. Morreu esquelético, aos 54 anos, num leito da Santa Casa de Misericórdia de Barretos, em 5 de março de 2001, vítima de insuficiência renal crônica, parada cardiorrespiratória, diabetes e hipertensão arterial. Foi sepultado no Cemitério São João Batista, em São José do Rio Preto. Preso, Francisco não pôde acompanhar o enterro do pai.

Quatro meses após a morte de Nelson, o Maníaco do Parque recebeu uma pena de 16 anos pelo assassinato de Rosa Alves Neta. Em 20 de fevereiro de 2002, foi condenado a mais 24 anos de prisão por matar Isadora Fraenkel, roubar cheques, falsificar assinatura, ocultar e destruir o cadáver da vítima.

À medida que os processos avançavam nos tribunais, os vereditos condenatórios só aumentavam. Em 24 de junho de 2002, submetido ao último júri popular, Francisco recebeu uma sentença de 121 anos, proferida pelo juiz Homero Maion, do Fórum da Barra Funda. Dessa vez, foi condenado pelo assassinato de Michele dos Santos Martins, Patrícia Gonçalves Marinho, Raquel Mota Rodrigues, Selma Ferreira Queiroz e por uma ossada nunca identificada. Como a polícia nunca conseguiu provar que Elisângela Francisco da Silva foi, de fato, assassinada pelo Maníaco do Parque, ela acabou sendo excluída da denúncia do Ministério Público, assim como uma segunda ossada sem nome. "Não bastava o réu ter confessado nove assassinatos. Era necessário haver coerência lógica entre o que ele dizia e o que foi investigado", explicou o promotor de Justiça Edilson Mougenot Bonfim, em agosto de 2024. Ele foi o encarregado de acusar o motoboy no Tribunal do Júri.

Algumas sentenças de Chico Estrela foram posteriormente ajustadas, resultando em uma pena total de 285 anos, três meses e quatro dias.

* * *

Francisco de Assis viveu momentos de horror no sistema prisional de São Paulo. Em agosto de 1998, aos 31 anos, o motoboy ingressou na Casa de Custódia de Taubaté. Considerado de altíssima periculosidade, esse presídio foi o berço da criação do Primeiro Comando da Capital (PCC). Nas décadas de 1980 e 1990, os presos sofriam agressão com canos de ferro e podiam ficar até seis anos sem receber visitas, conforme relatou o jornalista Josmar Jozino no livro *Cobras e Lagartos*.

Em pleno processo de julgamento e famoso pelos assassinatos em série e estupro de mulheres, Francisco estava marcado para morrer dentro do sistema prisional. Os demais presos não aceitavam estupradores, matadores de mulheres e crianças, parricidas e pedófilos. Para manter o motoboy protegido, o diretor da penitenciária, José Ismael Pedrosa, o acomodou na última cela do pavimento superior, longe de tudo e de todos, com vigilância em tempo integral.

Na primeira semana de dezembro de 2000, Francisco tomava banho de sol algemado e escoltado por três policiais penais, quando foi abordado por um dos assassinos mais temidos do país: Pedro Rodrigues, o Pedrinho Matador, então com 46 anos, que fazia ginástica no pátio. Ele deu um jeito de chegar perto do motoboy e proferiu uma ameaça: "Você não vai durar aqui, seu filho da puta! Na primeira oportunidade, vou arrancar sua cabeça fora!". Francisco se aproximou, puxou catarro dos pulmões e cuspiu na cara do rival. Os policiais penais não conseguiram segurar o riso, o que deixou Pedrinho ainda mais enfurecido. "Antes do Natal, você vai ser assassinado, seu estuprador de merda!", reiterou, saindo em seguida. "Se fosse você, começaria a rezar. Vai rolar uma rebelião sinistra aqui dentro. Cabeças vão rolar", avisou um agente. Diante dessa profecia, Chico se arrependeu da cuspida e passou a temer pela própria vida.

De fato, o PCC estava planejando uma rebelião na Casa de Custódia. A facção queria visibilidade e estava incomodada com a transferência de alguns líderes para o complexo de Presidente Venceslau, onde ficavam incomunicáveis e sem visita íntima. Nessa época, Pedrinho era "faxina" na Casa de Custódia. Cabia a ele manter o pavilhão limpo e organizado e distribuir a alimentação, função essencial para levar e trazer recados dos líderes do PCC de uma cela para a outra. Nessa época, as maiores estrelas da facção estavam lá, como Marco Willians Herbas Camacho, o Marcola, até hoje apontado como o principal líder do PCC, e Idemir Carlos Ambrósio, o Sombra. A rebelião estava sendo planejada por ambos.

Poucos assassinos da Casa de Custódia eram tão temidos quanto Pedrinho Matador. O *serial killer* era considerado o maior homicida da história do país e orgulhava-se de ter tirado a vida de mais de uma centena de pessoas, metade delas dentro das doze penitenciárias pelas quais passou em mais de quatro décadas. O Maníaco do Parque, no entanto, não tinha motivo para temê-lo: Pedrinho não passava de um engodo. De acordo com documentos do Tribunal de Justiça de São Paulo, o criminoso possuía dezoito condenações, sendo dez por homicídio. As demais eram por furto, roubo, lesão corporal, porte ilegal de arma e tentativa de homicídio. Somando as penas, foi condenado a 121 anos de prisão. Resumindo, a fama de matador era perfumaria.

Oficialmente, a carreira criminosa de Pedrinho começou aos 19 anos, em 1973. Armado com uma faca, ele invadiu uma casa em Mogi das Cruzes para roubar. Durante a ação, foi surpreendido pelo dono da casa e entrou em luta corporal, mas conseguiu escapar. No dia seguinte, voltou ao local armado e roubou dinheiro, joias e uma televisão. Capturado pela polícia, indiciado e julgado por esse crime, acabou condenado a 5 anos e 9 meses de prisão. Iniciou o cumprimento da pena na Casa de Prisão Provisória de Mogi das Cruzes. Em 1978, foi transferido para a Penitenciária do Estado de São Paulo, também conhecida como Casa de Regeneração. Foi lá que sua reputação de assassino violento floresceu.

Na nova cadeia, Pedrinho foi colocado na cela 479 do Pavilhão 1. No cubículo havia dezoito homens, entre eles um preso chamado Marçal, condenado a 18 anos por latrocínio. Respeitado, era o líder do pavilhão superlotado e articulava conchavos com traficantes. Pedrinho era só mais um na multidão.

Aos domingos, no pátio coletivo, Marçal recebia a visita da esposa e da filha de 12 anos. Um preso de outra galeria fez chegar aos ouvidos do latrocida um fuxico: sua mulher teria um caso com um carcereiro metido a galã. Corroído pelo ciúme, Marçal a matou com uma faca artesanal dentro da penitenciária, na frente dos colegas e até de crianças que estavam ali para ver os pais. Na cela, Pedrinho esperou Marçal dormir e o estrangulou.

Pedrinho espalhou no presídio que matou o colega de cela por não aceitar a monstruosidade de assassinar a mãe na frente da filha. No entanto, quem trabalhava na cadeia, na época, contou outra versão: Marçal teria sido executado em uma disputa de poder. Em interrogatório, o bandido preferiu declarar que estava fazendo justiça. No ano seguinte, matou mais dois com a mesma justificativa. Essas novas condenações marcaram o início de uma série de crimes dentro das penitenciárias, que fariam de Pedrinho um dos criminosos mais famosos do Brasil.

Após os primeiros assassinatos intramuros, Pedrinho inventou um personagem de alta periculosidade. Andava pelas galerias com empáfia assustadora, fazia caretas e rangia os dentes. Cobriu o corpo – inclusive os dedos – com tatuagens. Aos amigos de pavilhão, gabava-se de ter assassinado o prefeito de Santa Rita do Sapucaí (MG), Arlete Telles Pereira (Arena), em 1968, quando tinha 14 anos. Segundo propagava, ele executou o político com 56 facadas na praça central da cidade, à luz do dia, para vingar a morte do pai, Pedro Rodrigues, que trabalhava como vigilante em uma escola municipal e havia sido demitido, acusado de roubo. "Um funcionário da prefeitura carimbou na carteira de trabalho do meu pai a palavra 'ladrão'. Ele nunca mais conseguiria emprego e a nossa família passaria fome", justificava Pedrinho. Essa história, porém, é mais falsa do que uma nota de 3 reais. Arlete Telles Pereira, de fato, foi prefeito de Santa Rita do Sapucaí entre 1967 e 1971, mas morreu em 1983, aos 73 anos, de causas naturais.

Outra falácia espalhada pelo assassino boquirroto dentro e fora da cadeia era digna de roteiro de filme de terror de quinta categoria. Ele contava com orgulho ter matado o pai para vingar a morte da mãe, Manoela Cândido Rodrigues, também na adolescência. Para tornar o conto ainda mais espetacular, relatava que, após desferir 100 facadas no peito do pai, arrancou o coração dele com as mãos. Em seguida, mastigou um pedaço do órgão e cuspiu imediatamente por não ter gostado do sabor. Parentes de Pedrinho desmentem essa história com veemência. Pedro Rodrigues, o pai, realmente matou a esposa, mas morreu dentro do sistema penitenciário por causas desconhecidas, e não pelas mãos do filho.

Pedrinho também forjava aos quatro ventos a história do assassinato brutal de um primo chamado Carlos Rodrigues, de 20 anos. Segundo ele, os dois teriam se desentendido dentro de um canavial. Na briga, Pedrinho, então com 14 anos, levou dois socos no rosto. Para se vingar, ligou uma máquina de moer cana-de-açúcar e empurrou o primo para dentro do equipamento. As lâminas afiadas teriam fatiado o corpo de Carlos em vários pedaços. Por causa desse suposto assassinato, ele foi levado ao Juizado de Menores de Santa Rita do Sapucaí, onde passou uma semana apreendido. Os familiares não confirmam nem desmentem essa história.

Quando pleiteou o regime semiaberto pela primeira vez, em 1997, Pedrinho Matador foi submetido a um exame criminológico e ao teste projetivo HTP (*House-Tree-Person*), segundo consta do seu processo de execução penal. O HTP afere aspectos da personalidade e funcionamento emocional do indivíduo. Nele, o paciente desenha uma casa, uma árvore e uma pessoa – as interpretações fornecem *insights* sobre sua autoimagem, relações familiares e estabilidade emocional. É amplamente usado em contextos clínicos para revelar traços inconscientes e conflitos internos.

"A avaliação psicológica de Pedro Rodrigues revelou que ele apresenta uma personalidade marcada por uma tendência à introversão. Demonstra um fraco índice de socialização, com propensão a dissimular problemas e evitar o enfrentamento direto das situações. Em termos de ajustamento psicossocial, destaca-se a inadequação às relações familiares, onde se sente rejeitado e inferior, refletindo uma incapacidade de lidar com a realidade doméstica. Sua personalidade é caracterizada por uma predominância instintiva, com tendência ao egocentrismo, narcisismo e um caráter primitivo. Ele é mais prático do que teórico, mostrando impulsividade, fantasia, impaciência, forte hostilidade e agressividade com traços de sadismo. Além disso, revela um comportamento introspectivo relacionado à rejeição do ambiente ao seu redor, imaturidade emocional e apego ao passado. Esses aspectos combinados indicam uma personalidade profundamente desajustada, com sérias dificuldades em adaptar-se às normas sociais e em controlar seus impulsos, o que resulta em constantes dificuldades em estabelecer e manter relações sociais saudáveis", descreveu o laudo assinado pela psicóloga Sílvia Aparecida Cardoso de Siqueira, em 15 de setembro de 1997.

Advogada de Pedrinho Matador entre 2014 e 2017, Viviane Freire foi a primeira a desconfiar das lorotas do assassino. Curiosa, a criminalista levantou a ficha criminal do cliente para ver se aquilo tudo era verdade. Viviane tentou localizar registros dos assassinatos ocorridos em Minas Gerais, mas nunca encontrou nada além dos relatos feitos pelo matador. "No início, ele começou a contar essas histórias para ser temido no sistema prisional, como uma forma de proteção", teorizou Viviane. A psicanalista de Pedrinho, Mailza Rodrigues Toledo de Souza, também defendeu essa tese. "Ele era mitômano. Inventou tantas histórias de assassinatos brutais que passou a acreditar nelas piamente, vivendo num mundo de devaneios. A fábula sobre a morte do pai, por exemplo, ele contou de formas diferentes ao longo do tempo, mudando os detalhes", ressaltou a psicanalista, que se tornou amiga dele.

Autora da biografia de Pedrinho Matador, Mailza fez mais de 100 entrevistas com ele ao longo de quase três anos. No livro, intitulado *Serial Killer? – Eu não sou um monstro*, a psicanalista escreveu que a mídia ajudou a perpetuar as quimeras do bandido. "Jornalistas são ávidos por histórias de assassinato. Fui criando umas e aumentando outras para atender aos anseios da imprensa. Era incrível como os trouxas acreditavam. (...) Quanto mais inventava, mais famoso eu ficava", revelou o bandido à sua psicanalista. "No fundo, o Pedrinho era uma criança no corpo de um homem de coração enorme, uma vítima do sistema, da vida. Tudo que ele queria era ser amado", disse a biógrafa em agosto de 2024.

Depois de passar 34 anos preso, Pedrinho Matador foi solto no início de 2007 pelo cumprimento máximo de pena. Sua liberdade saiu por meio de um indulto (5.993/2006) assinado pelo presidente Luiz Inácio Lula da Silva (PT). Em liberdade, o assassino ainda respondia por um processo decorrente de uma rebelião ocorrida na Penitenciária de Franco da Rocha, em 2006. Pedrinho estava morando em uma chácara em Balneário Camboriú (SC) quando saiu a sentença de 6 anos e 5 meses de prisão por causa da revolta. Quando os policiais foram prendê-lo, em 2011, o matador portava uma arma ilegal, o que aumentou sua pena em mais 1 ano. Do interior de Santa Catarina, rumou para a penitenciária de Guarulhos.

Pedrinho foi solto pela última vez em 2017, aos 68 anos, e tentou recomeçar a vida criando um canal no YouTube com o amigo Pablo Nascimento e Silva, de 34 anos. Os dois haviam se conhecido sete anos antes, quando Pablo foi buscar o tio em uma colônia de regime semiaberto e acabou dando carona ao infame matador. A dupla sonhava em enriquecer gravando vídeos com Pedrinho narrando suas histórias delirantes. Pablo também escreveu um livro, publicado em 2019, que contava os supostos crimes do sócio. A parceria entre eles era dividida igualmente.

No entanto, a amizade começou a azedar quando pessoas próximas a Pedrinho insinuaram que Pablo estaria enriquecendo às suas custas, especialmente com os repasses feitos pelo YouTube. Aproveitando-se da prisão do sócio, em 2022, por espancar uma ex-mulher, Pedrinho rompeu a parceria. Foi até a casa do amigo, pegou todos os exemplares da biografia e passou a vendê-los por conta própria.

Em liberdade, Pedrinho fixou residência no bairro Jardim Náutico, uma área em Mogi das Cruzes dominada pelo Primeiro Comando da Capital (PCC). Regenerado, o assassino começou a se incomodar com a quantidade de pontos de drogas, as biqueiras, que funcionavam perto de sua casa. Preocupado com a segurança dos sobrinhos pequenos, Pedrinho passou a interferir no tráfico de drogas gerenciado por membros do PCC, temendo que os familiares fossem cooptados pela facção.

Em 5 de março de 2023, Pedrinho Matador foi brutalmente assassinado. Vestia uma camiseta azul, calça preta e cueca cinza. Usava dois anéis e uma corrente grossa no pescoço e calçava tênis de cor chumbo. Segundo testemunhas, a lenda estava sentada em uma cadeira de plástico na calçada em frente à sua casa, às 11h40, quando três homens chegaram em um veículo VW Gol preto, placa EUO 5451. Dois indivíduos mascarados desceram do carro e começaram a alvejá-lo usando pistolas 9 mm. Pedrinho foi atingido por vários tiros na boca, maxilar, abdome e região dorsal. Após cair de bruços no chão, um dos assassinos, usando uma máscara do Coringa, tentou decapitá-lo com uma faca de cozinha, fazendo um corte profundo na região cervical posterior. A cena foi descrita como extremamente sangrenta.

Para investigar a morte de Pedrinho, o Setor de Homicídios e de Proteção à Pessoa (SHPP) de Mogi das Cruzes instaurou um inquérito presidido pelo delegado Rubens José Ângelo. Em agosto de 2024, o crime ainda não havia sido solucionado. Devido às desavenças financeiras, Pablo foi o primeiro a ser apontado pela polícia como suspeito. No dia do crime, ele já estava fora da cadeia. Interrogado em 3 de maio de 2023, negou qualquer envolvimento.

Segundo ligações anônimas feitas para a polícia, conforme consta no inquérito, o comerciante Rafael Rodriguez Prado Balbino, de 36 anos, poderia estar por trás do assassinato de Pedrinho Matador. Interrogado em 9 de maio de 2023, negou qualquer participação no crime. "Nem o conhecia", afirmou aos policiais. Balbino disse que recebeu inúmeras ligações anônimas informando que seria implicado no crime. "Não conhecia o Pedrinho pessoalmente. Nunca pisei em Mogi das Cruzes", enfatizou.

O terceiro suspeito de ter matado Pedrinho era Adalberto de Oliveira Alves Júnior, de 32 anos, conhecido como Pierre, que teria ligação direta com o PCC. Em agosto de 2024, ele tinha dois mandados de prisão em aberto por assalto à mão armada, roubo, associação criminosa e receptação. Como recusou o convite da polícia para depor no inquérito sobre a morte de Pedrinho, Pierre teve a prisão temporária decretada. Até o dia 13 de agosto de 2024, estava foragido. "Meu cliente nunca fez parte de facção. Todo crime de homicídio tem uma motivação. Acontece que a polícia não conseguiu determinar a motivação do assassinato do qual é suspeito. Acredito que um parente de uma de suas vítimas o tenha executado por vingança", especulou a advogada Juliana de Moraes, defensora de Pierre. "Meu cliente está foragido porque é inocente", concluiu. Enquanto isso, o desfecho da vida de Pedrinho Matador permanece tão enigmático quanto os assassinatos que ele alegava ter cometido.

* * *

Na Casa de Custódia de Taubaté, Marcola e Sombra souberam que Pedrinho estava planejando matar o Maníaco do Parque durante a rebelião do PCC. Sombra foi pessoalmente ao encontro do assassino de araque. "Escuta aqui, seu lixo! Se você ousar tocar um dedo no motoboy veado, quem vai ser executado aqui dentro é você! Espero que o recado tenha ficado bem claro", ameaçou o líder da facção.

Com 41 anos na época, Sombra foi o primeiro presidiário batizado no PCC e um dos criminosos mais respeitados do sistema prisional brasileiro. Vindo de uma infância marcada pela violência em São Carlos, no interior paulista, desenvolveu desde cedo um instinto assassino e uma habilidade excepcional com armas de fogo. Sua trajetória criminosa incluiu especialização em roubos a bancos, liderando uma quadrilha que aterrorizou cidades como Sorocaba, Ribeirão Preto e Piracicaba. Conhecido por sua frieza e brutalidade, Sombra foi responsável por diversos homicídios, incluindo execuções a sangue frio tanto nas ruas quanto dentro dos presídios. Sua liderança e influência no mundo do crime, especialmente por ser pioneiro no PCC, fizeram dele uma figura reverenciada e, ao mesmo tempo, temida. Condenado a 120 anos por roubos, homicídios e formação de quadrilha, Sombra foi o arquétipo do criminoso cruel e calculista, cujo poder e respeito eram garantidos pela violência extrema que impunha tanto a rivais quanto a aliados. Ou seja, Pedrinho tinha motivos de sobra para obedecer à ordem do bandido.

Marcola e Sombra não tinham a menor simpatia pelo Maníaco do Parque. A decisão de poupá-lo durante a rebelião foi estratégica: se o motoboy fosse morto por Pedrinho na Casa de Custódia, a imprensa daria muito mais destaque ao seu obituário do que às reivindicações do PCC. Principalmente porque o motim estava programado para eclodir no mesmo período em que Francisco de Assis estava sendo julgado por seus crimes.

No domingo, 17 de dezembro de 2000, dia de visitas natalinas na Casa de Custódia, um botijão de gás explodiu para sinalizar o início da rebelião. Três membros do PCC ostentavam armas de fogo semiautomáticas calibre 6.35. Pelo menos cinco funcionários da cadeia e catorze familiares de detentos foram feitos reféns. Revoltados, os rebelados começaram a destruir as instalações da Casa de Custódia com a intenção de interditá-la.

Quebraram paredes, arrebentaram os ferros das celas e atearam fogo em colchões e no refeitório. Assustado, Francisco de Assis correu para a última cela da galeria e, mesmo sendo ateu, pediu a Deus para que os presos sanguinários não chegassem até lá.

Depois de 36 horas, a rebelião foi contida. Um grupo de bandidos, liderado por Pedrinho, chegou a invadir a cela onde Francisco se escondia e o espancou, quebrando parte de seus dentes. "Não posso te matar, mas você vai apanhar até chegar na porta do inferno, seu estuprador", disse o matador, enquanto chutava o motoboy. Segundo relatos, o maníaco teria tido suas roupas arrancadas à força e sofrido violência sexual com um cabo de vassoura.

A rebelião deixou um saldo de nove mortos, entre eles cinco desafetos do PCC: Ademar dos Santos, Max Luiz Gusmão, Edson Bezerra, Sidney Bernardes e Antônio Carlos, conhecido como Bicho Feio. A juíza-corregedora dos presídios, Sueli Zeraik de Oliveira Armani, de 34 anos na época, foi acionada pelo diretor da Casa de Custódia, José Ismael Pedrosa. Ao chegar à penitenciária, levou um susto: os detentos estavam no pátio jogando bola com a cabeça decapitada de Bicho Feio.

O quebra-pau em Taubaté acabou se tornando um dos grandes símbolos do poder que o PCC exerce dentro das cadeias paulistas, contribuindo para consolidar a organização como a maior facção criminosa do país. No entanto, a forma como o motim foi conduzido criou desavenças dentro da Casa de Custódia. Seis meses após a rebelião, Sombra foi julgado e condenado à morte no tribunal do crime do PCC, instalado dentro das casas penais. Durante o banho de sol na quadra do pátio conhecida como "piranhão", um grupo de presos, liderado por Vinícius Brasil Nascimento, conhecido como "Capeta", o atacou violentamente. Sombra foi enforcado com um cadarço de sapato e depois teve a cabeça esmagada contra a parede até o crânio estourar. A execução teria ocorrido por disputa de poder dentro da facção. Ainda assim, por respeito ao criminoso, os líderes do PCC decretaram luto de três dias pela morte do companheiro.

Em 2005, foi a vez do diretor da Casa de Custódia, José Ismael Pedrosa, de 70 anos, ser assassinado pela facção. Ele voltava para casa, vindo de um churrasco, quando foi alvejado com dez tiros dentro do carro.

Naquela época. Pedrosa era considerado o inimigo número 1 do PCC.

Após a rebelião na Casa de Custódia de Taubaté, Francisco foi transferido, no fim de 2000, para o Centro de Detenção Provisória Belém II, uma unidade superlotada. Dois meses depois, seguiu para a Penitenciária de Itaí, onde permaneceu por cinco anos e seis meses. Durante esse período, o motoboy passou a receber mensalmente cerca de 200 cartas de mulheres de todo o país, declarando-se apaixonadas por ele. Sem muitas ocupações no cárcere, o maníaco passava o dia respondendo às correspondências.

A dona de casa Maria Rita da Costa, de 47 anos em 2001, estava em casa assistindo à televisão quando viu uma reportagem sobre o julgamento de Francisco. Segundo relatou em uma carta, ela sentiu um amor arrebatador por ele. Como as cadeias de São Paulo só permitiam encontros de cônjuges e parentes de primeiro grau, Maria Rita foi impedida de ingressar na lista de visitantes de Francisco. Na época, somente Maria Helena, mãe do criminoso, via o filho a cada trinta dias. Caso a lista estivesse vazia, no entanto, a administração da cadeia abria exceção para amigos e namoradas, autorizando visitas aos domingos no pátio ou no parlatório, dependendo da situação.

Desesperada, Maria Rita procurou Maria Helena e ofereceu dinheiro para que ela saísse da lista de visitantes. "O amor que sinto pelo seu filho é mais forte do que a vida. Por favor, não me impeça de estar ao lado dele", implorou a dona de casa. Após um acordo, Maria Rita conseguiu uma carteirinha de visitante e passou a namorar Francisco dentro da penitenciária. Na ficha de presidiário do motoboy, cuja matrícula na SAP é 14806-1, Maria Rita ainda consta como "companheira" do assassino.

Nas visitas, ela levava cobertores, alimentos e livros para Francisco. Como ele estava aprendendo a fazer crochê e tricô, ela o presenteava com linhas de diversas cores. Certa vez, ela ganhou de presente um gorro e um cachecol tecidos por ele. As peças produzidas pelo maníaco, como mantas, centros de mesa e tapetes, tinham tanta qualidade que passaram a ser disputadas pelas funcionárias da penitenciária. Alguns desses artigos chegaram a ser expostos no Museu Penitenciário Paulista.

Apesar do relacionamento com Maria Rita, Francisco começou a manter namoro simultaneamente com outras mulheres por correspondência. Em 30 de novembro de 2002, recebeu uma carta de amor de Jussara Gomes Glashester, de 62 anos. "Querido Francisco, quando esta carta chegar às suas mãos, espero que esteja em paz. Acompanhando o noticiário, soube da sua trajetória. Desde então, passei a sentir algo profundo e inexplicável por você. Mesmo conhecendo as acusações, meu instinto me diz que sua alma é bonita, apesar dos erros que o levaram à prisão", escreveu Jussara.

O motoboy respondeu: "Jussara, meu amor, recebi sua carta e confesso que suas palavras me tocaram de uma forma que eu não esperava. É difícil acreditar que alguém possa ver além do que a sociedade enxerga em mim, mas você conseguiu. Eu, que vivi tanto tempo na escuridão, senti uma luz diferente ao ler sua mensagem. Não sou um homem de muitas ilusões, mas suas palavras trouxeram um conforto que eu não sentia há tempos. Aceito o seu afeto e, se um dia nossos caminhos se cruzarem, talvez você possa realmente enxergar o que existe por trás de tudo isso. Estou solteiro e, sinceramente, sua proposta de nos conhecermos melhor me interessa muito. Deixo aqui o meu 'sim' como um sinal de que estou aberto a essa conexão que você propõe. Vamos ver aonde isso nos leva. Com respeito e expectativa, Francisco".

Após um mês trocando cartas com Jussara, Francisco a pediu em namoro. Como Maria Rita estava registrada como "companheira" na lista de visitas, ele inscreveu a nova namorada como "amiga". Para evitar que as duas se encontrassem na penitenciária, organizou os encontros de forma alternada, de modo que cada uma fosse ao presídio a cada quinze dias, uma sem saber da existência da outra. Nos primeiros encontros com Jussara, Francisco contou como arruinou as finanças de sua família. Seus irmãos, Luís Carlos e Roque, não conseguiam se manter em empregos, pois os patrões os demitiam ao descobrirem o parentesco com o Maníaco do Parque. Maria Helena, a mãe, também enfrentava dificuldades após a morte de Nelson. Solidária e apaixonada, Jussara passou a contribuir financeiramente com a família do motoboy.

As duas mulheres de Francisco estavam nas mãos de Maria Helena. Para permitir que o filho namorasse em paz, ela evitava visitá-lo. Quando precisava de dinheiro, telefonava para uma das moças e pedia uma contribuição. Se a ajuda não fosse satisfatória, Maria Helena ameaçava voltar à lista de visitas, o que automaticamente excluiria os nomes de Maria Rita e Jussara. Recentemente, outra mulher, Simone Lopes Bravo, de 49 anos, passou a integrar a lista de visitantes como "amiga" após entrar em contato com a mãe do assassino. "Ela me ajuda com alimentos e dinheiro", revelou Maria Helena, em abril de 2024.

Maria Rita e Jussara tinham perfis opostos. Romântica e carinhosa, a primeira se contentava em abraçar e beijar Francisco entre as grades do parlatório. Jussara, ardente, não aceitava um namoro sem sexo. Certo dia, ela foi até a secretaria da Penitenciária de Itaí para pedir visita íntima com Francisco. A única possibilidade de isso acontecer seria se ela se casasse com ele ou tivesse uma declaração de união estável. Uma funcionária da penitenciária, encarregada de filtrar as cartas dos presos, revelou a Jussara um segredo: Francisco recebia a visita de outra namorada no parlatório.

Furiosa, a mulher fez um escândalo dentro da cadeia. Francisco admitiu a existência da segunda namorada, mas afirmou amar apenas Jussara. No domingo seguinte, o motoboy terminou com Maria Rita. "Lamento, mas não deu", resumiu no parlatório. Um mês depois, ela já estava namorando outro preso da mesma penitenciária.

Quando o romance com Francisco engatou, Jussara se mudou para Itaí. Primeiro alugou uma casa e, depois, comprou um terreno para construir o lar onde moraria com o Maníaco do Parque após sua libertação. Para garantir a visita íntima, ela foi ao Cartório Cruz, no município de Avaré, e assinou uma declaração de união estável com Francisco, lavrada em 28 de maio de 2003. O documento justificava a união, afirmando que "os contratantes são pessoas que se identificam, se conhecem há longa data e possuem compatibilidade de gênios, afinidades, interesses comuns e sentimentos amorosos. Por estarem temporariamente impedidos de viver juntos, resolvem constituir uma sociedade de fato para coabitação *more uxorio*" (expressão latina que significa "como se casados fossem").

Determinada, Jussara apresentou a declaração à direção da penitenciária de Itaí, onde descobriu que apenas um juiz poderia autorizar as visitas íntimas, pois Francisco cumpria pena por crimes sexuais e havia o receio de que ela pudesse ser morta por ele nas dependências da penitenciária. Novamente, houve um escândalo na secretaria do presídio.

Jussara contratou o advogado Walner Barros Camargo para entrar na Justiça com o pedido de visita íntima. Para sua surpresa, o juiz de execução penal solicitou que uma psicóloga conversasse com o casal separadamente antes de tomar uma decisão. Em 30 de julho de 2003, a psicóloga Marinha Sebastiana Pinheiro emitiu um parecer contrário à visita íntima, alegando que a relação do casal era baseada em uma "forte carga afetiva" e que Francisco mantinha o namoro pautado por um "discurso religioso". "A referida senhora se recusou a falar sobre o passado de Francisco, afirmando que o que realmente importa, no momento, é o presente e o futuro. Portanto, proponho a continuidade das visitas no parlatório", sugeriu a psicóloga.

Com base nesse parecer, a Justiça não autorizou o contato sexual entre Francisco e Jussara. Descontrolada, ela levou a notícia ao motoboy no parlatório, avisando que, sem sexo, não poderia continuar o namoro. "Você está terminando comigo?", perguntou o assassino. "Infelizmente, sim. Já pedi ao advogado para anular nossa união estável", respondeu Jussara. Ao se despedir, Francisco pediu um último beijo. Ao se aproximar da mulher pela grade, tentou dar uma dentada no pescoço dela. Jussara gritou ao ouvir o estalo dos dentes do *serial killer* e saiu correndo. Lá fora, comentou com uma funcionária: "Ele é meio violento, né?".

Na semana seguinte, Francisco reatou com Maria Rita. Namoraram por mais três anos, até que ela foi interditada pela família por problemas mentais. A saúde da moça deteriorou-se rapidamente e ela acabou sendo internada em uma casa de repouso. Em 26 de março de 2020, aos 65 anos, Maria Rita faleceu, vítima de um infarto agudo do miocárdio. Estava vivendo na Casa de Repouso Amor e Vida, em Mauá (SP), e foi sepultada no Cemitério do Jardim Santa Lídia. Quem também morreu foi a advogada do maníaco, Maria Elisa Munhol. Ela sucumbiu vítima de câncer em 2010.

Jussara, por sua vez, seguiu sua vida namorando outros presos após terminar com Francisco. Também enfrentou problemas de saúde e faleceu, aos 83 anos, por complicações cardíacas e pulmonares, na Unidade de Pronto Atendimento (UPA) de Florianópolis e foi sepultada no Cemitério Municipal de São João do Rio Vermelho.

Francisco de Assis permanece vivíssimo, cumprindo pena em regime fechado na Penitenciária de Iaras. Seus dentes pequenos, tortuosos, pontiagudos, amarelados e quebradiços – usados para atacar suas vítimas – caíram todos. Ele não recebe visita de nenhum parente há dez anos. Segundo os cálculos prisionais, o assassino só estará quite com a Justiça no ano 2274. Contudo, no momento de sua condenação, o limite máximo de cumprimento de pena no Brasil era de trinta anos. Em 12 de agosto de 2028, o Maníaco do Parque poderá ser solto. Antes disso, deverá passar por mais uma bateria de testes psicológicos para que a Justiça avalie sua capacidade de viver novamente entre nós.

* * *

Em agosto de 2024, a mãe de Francisco de Assis, Maria Helena Pereira, com 77 anos, deu uma entrevista ao jornal *O Globo*. A seguir, os principais trechos:

Se o Francisco sair da penitenciária daqui a quatro anos, vai recebê-lo em casa?
Não tem como. Ele é outro homem. Afinal, são trinta anos. Nem sei como ele está. Além do mais, moro em uma casa humilde. Tenho receio do assédio da imprensa. O ideal seria que ele fosse morar em Portugal, onde há uma mulher apaixonada por ele. Ela quer levá-lo para lá.

Orientada pelo filho Luís Carlos, Maria Helena pede que a pergunta seja refeita, pois quer mudar a resposta.

Se o Francisco sair da penitenciária daqui a quatro anos, vai recebê-lo em casa?
Com certeza, de braços abertos. Isso ninguém me tira.
Na sua avaliação, Francisco está preparado para viver aqui fora?
É uma questão bastante difícil de responder. No momento, acho que ainda não. Durante esses dez anos, não conversei com ele.

Tem receio de que ele possa voltar a matar mulheres?
Depois de tudo o que ele passou na cadeia, ele se transformou em um novo homem, uma nova pessoa, sem maldade. Acredito que ele não vai mais fazer essas coisas. Aquele Francisco que foi preso é uma pessoa. Hoje, ele é outra.

Como a senhora trata as mulheres que a procuram pedindo ajuda para visitá-lo?
Sempre tratei muito bem, porque elas falam muito bem dele. Algumas me ajudam com alimentação e dinheiro. Minha vida é muito difícil. Não tenho mais condições de pegar um ônibus e viajar até Iaras [300 quilômetros]. Tenho de ir de carro e ficar em hotel. São quatro horas de viagem.

Faz algum tipo de alerta para essas mulheres?
Nunca fiz alerta a ninguém. Elas vão lá de livre e espontânea vontade.

O que sente pelo Francisco hoje?
O que sempre senti: muito amor e carinho. Ele é o meu filho do coração, assim como os outros também são.

O que diria para a família das vítimas de Francisco?
Peço perdão a todas elas. Continuo sempre pedindo clemência para todas as mulheres que partiram. Perdão, perdão, perdão.

Como foi a infância do Francisco?
Foi uma infância normal, como a de qualquer outra criança. Ele era mais tranquilo, enquanto os outros irmãos eram mais agitados. Nasceu gordinho, demorou a andar e a falar, mas isso não tem nada a ver.

Ele deu algum sinal na infância ou adolescência de que se tornaria um *serial killer*?
Nunca! Nenhum. Ele foi uma criança normal, como qualquer outra. O meu pequeno Tim foi tão amado quanto os irmãos.

Percebeu algum sinal na infância que indicasse a transformação na pessoa que cometeu esses crimes?
Nunca descobri nada. Ele sempre foi uma criança normal. Se tivesse percebido algo, teria levado ele para fazer um tratamento.

Acredita na tese dele, de que vive uma maldição herdada do avô?
Não acredito. Não dá para entender o que aconteceu, pois ele era

querido por todos. Mas nunca se sabe. Meu pai realmente era um demônio. Destruiu a vida da minha mãe e da nossa família. Ele fugiu com uma amante.

Seus outros dois filhos também têm passagem pela polícia.

O que isso tem a ver? São coisas menores. Não dá para comparar.

Como descobriu que ele era o homem que a polícia estava procurando?

Foi anunciado na televisão. Uma vizinha me alertou e quando vi a foto dele, quase desmaiei. Meu marido também veio me mostrar a foto. Não era meu filho. Não era! Nunca foi! Nem nunca será!

O que ele disse quando o encontrou na prisão?

Ele não disse nada. Apenas me abraçou e chorou. Eu perguntei se ele tinha feito aquilo tudo. Respondeu com o silêncio. Mas eu não estava lá para acusá-lo. Esse papel era da polícia, da mídia, do Ministério Público. Fui lá como mãe dar conforto.

Laudos feitos por psiquiatras e psicólogos dizem que Francisco é psicopata. A senhora viu nele qualquer traço nesse sentido?

Se tivesse percebido alguma coisa, teria buscado tratamento. Mas nunca percebi nada. Ele sempre foi amigo das meninas, de mulheres, de moças, e amava crianças. Sempre foi muito mulherengo. As meninas viviam atrás dele. Não acredito no que dizem os laudos. Uma mãe jamais vai acreditar.

E a tese de que ele é gay e deseja ser mulher?

Conversa fiada. Meu filho era disputado pelas meninas. Já disseram que ele namorou homens, travestis, homossexuais. Tudo mentira. Meu filho sempre foi macho. Havia fila de mulheres na porta da minha casa atrás dele. Essa conversa de que ele seria gay começou porque ele vestia roupas coladas ao corpo e com cores berrantes. Estou cansada dessas mentiras que jornalistas inventam para vender notícia, dar clique. Repórteres são piores do que urubus.

Mas os irmãos zombavam por ele ser um rapaz com gestos femininos.

Francisco era um rapaz colorido, usava roupas chamativas, pintava o cabelo. Mas isso não fazia dele um homossexual.

O próprio Francisco disse a uma psicóloga dentro da penitenciária que queria ser mulher. Está escrito em laudos no seu processo de execução penal.

Só acredito se ele disser isso na minha cara.

Antes, a senhora não acreditava que seu filho fosse o Maníaco do Parque e que tivesse matado nove mulheres. E hoje? Acredita?

Nunca fale essa palavra suja perto de mim. É um nome maldito, uma palavra suja que a mídia colocou nele. Tenho paúra desse nome. O meu filho se chama Francisco de Assis. Até hoje não acredito que ele tenha feito isso. Não entra no meu coração.

Como é ser mãe do Francisco?

É muito triste, muito triste mesmo. Nenhuma mãe deveria passar por isso. Minha vida ficou arruinada com isso tudo. Mas não sou apontada na rua. Nem nunca perdi emprego por causa disso. As pessoas me tratam bem. Sou uma mulher forte e guerreira.

Há quanto tempo a senhora não visita o Francisco?

Há mais ou menos uns dez anos. Nem sei como ele está.

Por que tanto tempo?

A situação financeira atrapalhou bastante. Veio a pandemia e ele pediu para não ser visitado durante o isolamento. Uma situação muito difícil. Talvez ele nem entenda o porquê.

Mas a senhora saiu da lista de visitantes por livre e espontânea vontade, para que mulheres entrassem para vê-lo.

Recentemente, fiz isso porque uma moça de Portugal me procurou querendo fazer visitas ao meu filho na Penitenciária de Iaras. Ela me ajudou financeiramente e com alimentos. Mas vou refazer a minha carteirinha para poder entrar, abraçar e beijar o meu pequeno Tim.

FRAGMENTOS DA VIDA

EM IMAGENS, A JORNADA DE FRANCISCO DE ASSIS DESDE A INFÂNCIA, EM SÃO JOSÉ DO RIO PRETO, ATÉ OS DIAS DE HOJE.

Criança, Francisco de Assis era chamado pelos irmãos de Tim. Teve dificuldades para andar e falar.

Na adolescência, Francisco trabalhou em um açougue com o pai, na Vila Mariana.

Na Escola Voluntários de 32, sofria *bullying* dos colegas. Foi expulso por agredir e morder uma aluna.

Francisco trabalhou abatendo gado no matadouro Bordon, em São José do Rio Preto. Desativado, o local está em ruínas.

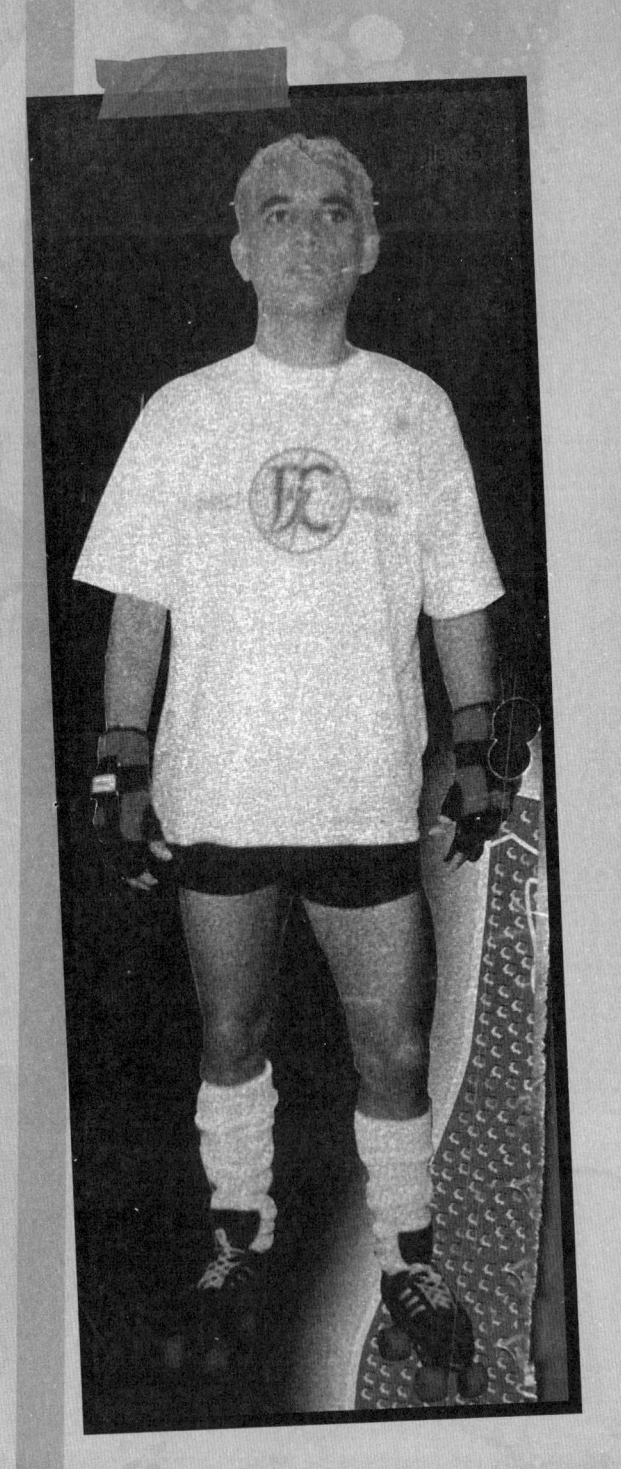

Francisco patinou de São Paulo até São José do Rio Preto, percorrendo 436 quilômetros. Sonhava em entrar no *Guinness Book*, o livro dos recordes.

Atleta, dava aula de patinação no Parque Ibirapuera, em São Paulo, e depois em Bauru. Costumava xavecar as alunas.

No Exército, seu nome de guerra era soldado Assis. Indisciplinado, cometeu tantas faltas que foi preso mais de 20 vezes. Teria sofrido um estupro durante uma missão.

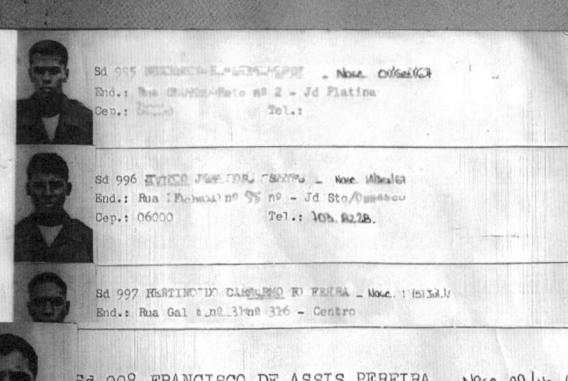

Sd 998 FRANCISCO DE ASSIS PEREIRA — Nasc. 29/Nov/67.
End.: Rua Angelo Cristianini nº 227 - Jd Luz
Cep.: 04424   Tel.:

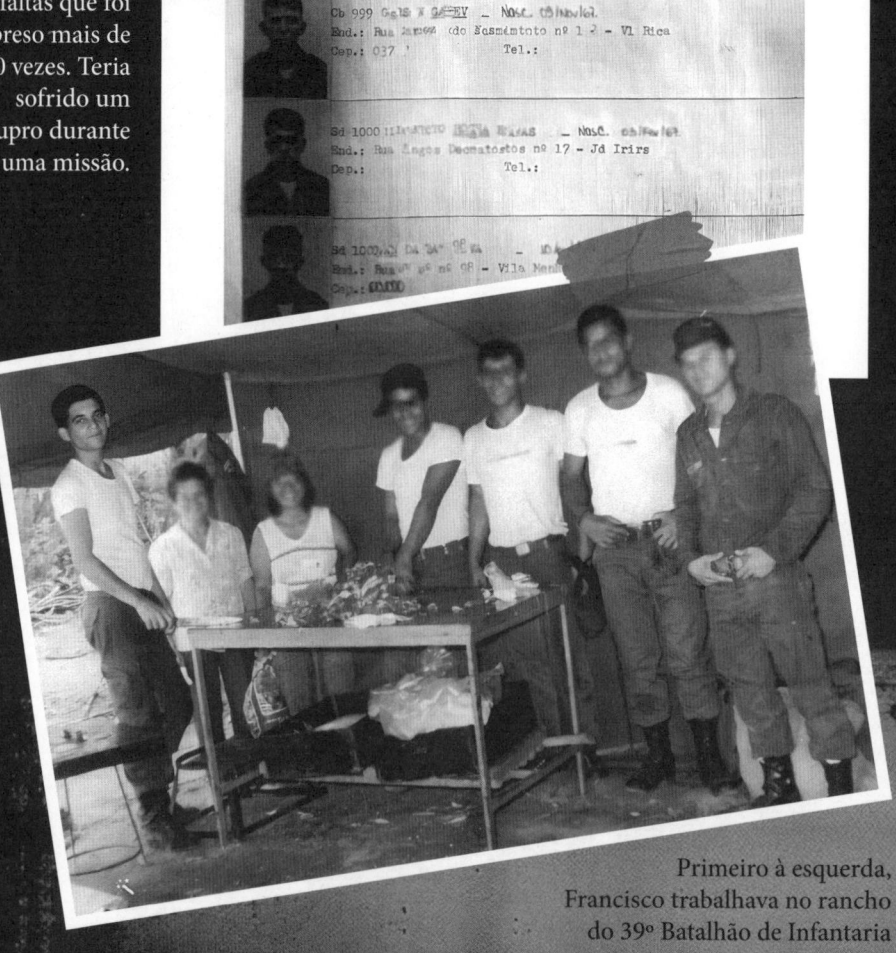

Primeiro à esquerda, Francisco trabalhava no rancho do 39º Batalhão de Infantaria Motorizado, em Osasco (SP).

Em Diadema, Francisco namorou a travesti Tainá por um ano. "Certa vez, chegou em casa com um sangramento no pênis", disse ela.

As vítimas eram levadas ao Parque do Estado, um bolsão verde de 540 hectares, localizado na divisa de São Paulo com Diadema e São Bernardo do Campo.

Para acessar a floresta, Francisco seguia com as mulheres por uma passarela que atravessava a Rodovia dos Imigrantes.

Peritos retiram ossadas de duas vítimas do maníaco.

O retrato falado do assassino foi crucial para identificá-lo.

Preso em Itaqui (RS), o Maníaco do Parque é levado de avião para São Paulo. Na viagem, o delegado Sérgio Luís tenta arrancar a confissão do assassino. No DHPP, Francisco abraça os pais depois de passar 23 dias foragido.

Depois de confessar ter matado nove mulheres, ele posa para o *mugshot*, a foto oficial da polícia.

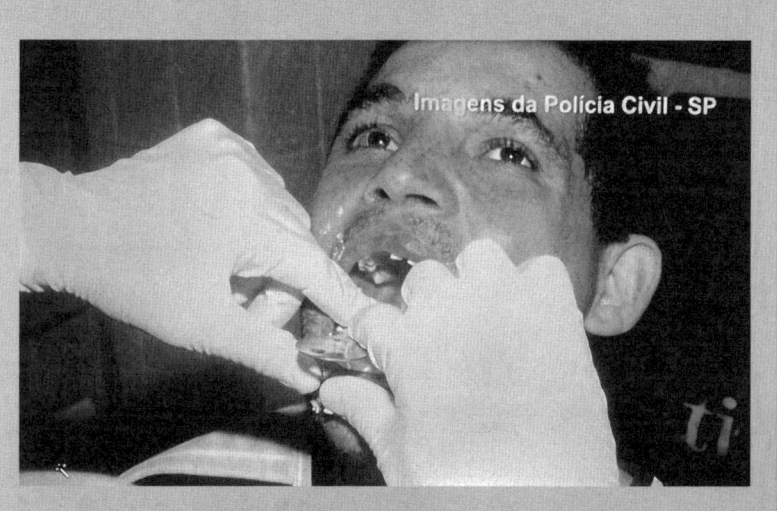

Peritos tiram moldes da arcada dentária para provar que ele mordia suas vítimas.

EXCLUSIVO

Editora ABRIL - edição 1 559
ano 31 - n° 32 - R$ 3,80
12 de agosto de 1998

veja

VEJA ouviu:
"FUI EU"

Francisco de Assis Pereira, o suspeito de ser o "maníaco do parque", disse que matou nove mulheres

Explosão midiática: Maníaco do Parque confessou seus crimes nas páginas da revista *Veja* e depois ganhou as manchetes de todos os jornais.

POLÍCIA
Maníaco do parque

Em São Paulo, seis assassinatos de mulheres levam a polícia a crer na ação de [serial killer]

Jovem, boa aparência e papo envolvente. Ele age na rua, em pontos de ônibus e estações do metrô, abordando mulheres para uma sessão de fotos que as tornariam modelos famosas. Pelo menos seis das que aceitaram o convite foram assassinadas entre os meses de janeiro e julho deste ano no Parque do Estado, Zona Sul de São Paulo. Duas foram estranguladas e estupradas. Quatro não foram identificadas, pois só restaram as ossa...

Decretada prisão preventiva do motoboy

[Do promotor Márcio José Lauria Filho]

MANÍACO DO PARQUE...
ATÉ O DIA DE SE...
FRA...

Folha da Tarde
FT

Bruce Willis vive salvador do planeta em "Armageddon"

Desocupação de área clandestina deixa 500 pessoas na rua

Polícia perde principal prova contra maníaco

CRIME
Nos braços da polícia

Acusado de mortes em série, o homem mais procurado do B... é preso com estardalhaço. Os investigadores ainda buscam

Sobreviventes dizem que ele era 'monstro'

A-6 Domingo, 9 de agosto de 1998

Motoboy confessa ser o maníaco e que comeu pedaços das vítimas

Francisco de Assis Ferreira admitiu ter comido parte da genitália de pelo menos nove mortas

O motoboy Francisco de Assis Pereira, 30, confessou ser o maníaco responsável pelo assassinato de nove mulheres no parque do Estado. Presa pela polícia na sexta-feira e ouvido de maneira informal, Pereira admitiu ter comido os lábios...

Simpatia era o ponto forte

MANÍACO DO PARQUE
Nos caminhos da insanidade

"Doutor, me recordo com certeza de ter matado dez. Mas pode ser que eu tenha perdido a conta." A frase é de Francisco de Assis Pereira, o Maníaco do Parque, dita na terça-feira 11 de...

'Nunca senti tanto pavor na minha vida'
da Reportagem Local

"Enquanto estava apanhando no quarto, ouvia meus filhos cho... do lado de fora. Nunca senti... na minha vida", disse... carregada J.I.S., 30,... que afir-

numa cama. "O policial começou a jogar água no meu nariz e a me dar chutes e socos...

Em seguida, o... J., a levou algeman... R.E.S. "Depois de... me levou para min... Os piores mom... J., vieram em seg...

A-10 Sexta-feira, 7 de agosto de 1998

Polícia perde principal prova para tentar identificar maníaco

Pai de Isadora pede justiça e faz defesa da pena de morte

O comerciante Cláudio Fraenkel, pai da estudante Isadora Fraenkel, 18, defendeu ontem a pena de morte para o motoboy Francisco de Assis Pereira. "Acho que a sociedade tem que repensar sobre a medida. Eu sou favorável à pena de morte nesse caso. Espero que seja feita justiça", disse.

Ontem, o motoboy foi com a polícia ao parque do Estado, onde foi localizada uma ossada que seria a de Isa-

Sete vítimas

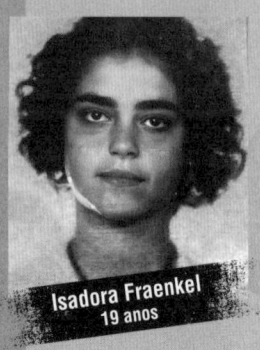

Isadora Fraenkel
19 anos

Rosa Alves Neta
21 anos

Selma Ferreira Queiroz
18 anos

Raquel Mota Rodrigues
23 anos

Patrícia Gonçalves Marinho
23 anos

Elisângela Francisco da Silva
21 anos

Michele dos Santos Martins
18 anos

Na TV, Francisco fala que era dominado por uma força maligna.

Depois de assassinar as mulheres, praticava necrofilia e canibalismo.

Maria Helena e Nelson Pereira, pais de Francisco. Entrevistas pagas na TV. "Nossas vidas ficaram destruídas", justificaram.

A mãe repudia o apelido "Maníaco do Parque". "Tenho paúra desse nome", diz.

Sentença de 280 anos, previsão de liberdade em 2028 e destino incerto.

No Tribunal do Júri, detalhes de como enganava as mulheres com falsas promessas de transformá-las em modelo.

Os assassinos do Brasil

Marqueteiro, Pedrinho Matador dizia ter executado mais de 100 pessoas. Francisco estava na sua lista para morrer. Na verdade, o bandido matou 12 durante toda a vida.

Em liberdade, ele montou um *podcast* com o amigo Pablo, onde propagava crimes irreais. Dizia ter assassinado o prefeito de Santa Rita do Sapucaí (MG) em 1968. Era mentira, o político morreu em 1983 de causas naturais.

Arlete Telles Pereira, o prefeito mineiro.

Febrônio Índio do Brasil e José Paz Bezerra, o Monstro do Morumbi: ícones da criminalidade nacional. Abaixo, Fortunato Botton Neto, o Maníaco do Trianon.

O casal Giuseppe e Maria Fea, personagens do emblemático crime da mala.

João Acácio Pereira da Costa, o folclórico Bandido da Luz Vermelha, um dos criminosos mais famosos do país.

Os irmãos de Francisco

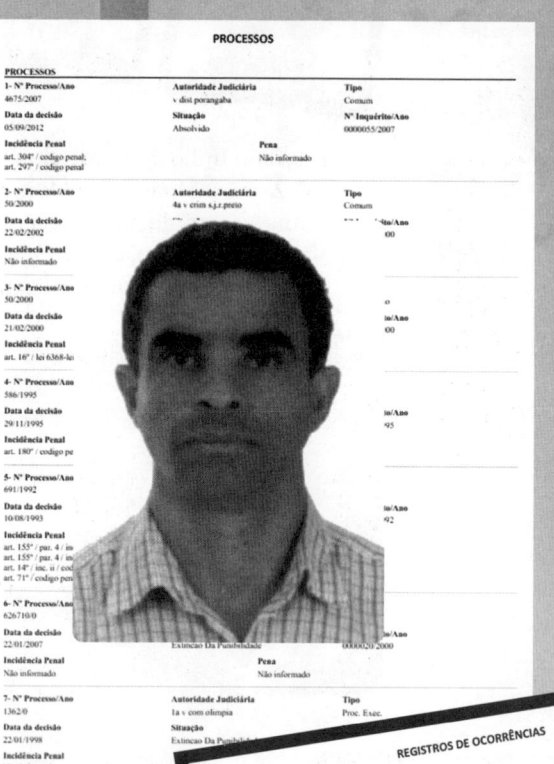

Primogênito, Luís Carlos furtou um carregamento de cerveja e se envolveu com tráfico de drogas.

Roque Luiz, o caçula: brigas em bar.

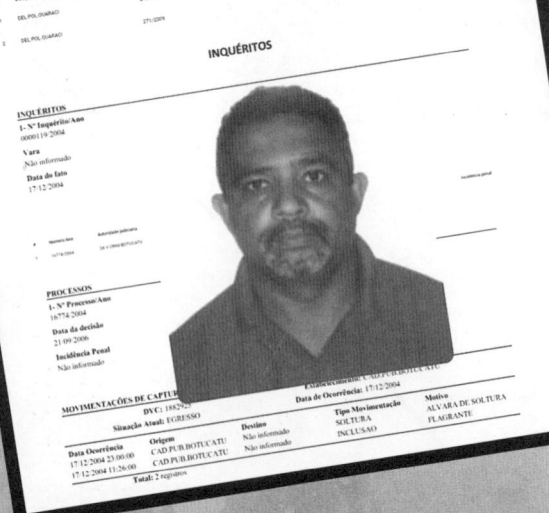

Francisco cumpre pena em regime fechado na cela 306 do Pavilhão 3 da Penitenciária de Iaras. Sua lista de visitas inclui a mãe, uma ex-namorada e uma "amiga" luso-brasileira de 49 anos, Simone Lopes Bravo. No entanto, apenas Simone está autorizada a visitá-lo.

Rol de Visitas

NOME: MARIA RITA DA COSTA
CPF:
Grau de Relacionamento: COMPANHEIRA Idade: 69 Anos
Sem Carteirinha

NOME: MARIA HELENA DE SOUZA PEREIRA
CPF:
Grau de Relacionamento: MAE Idade: 77 Anos
Carteirinha Vencida

NOME: SIMONE LOPES BRAVO
CPF:
Grau de Relacionamento: AMIGA Idade: 49 Anos
Carteirinha Vencida
Status: Sem Restrições

Histórico de Solicitações

Nome: MARIA RITA DA COSTA
Relacionamento COMPANHEIRA
Data da Solicitação: 23-03-2012
Observação:
Confirmado
Data: 23-03-2012

Nome: MARIA HELENA DE SOUZA PEREIRA
Relacionamento MAE
Data da Solicitação: 27-02-2013
Observação:
Confirmado
Data: 27-02-2013

Nome: SIMONE LOPES BRAVO
Relacionamento AMIGA
Data da Solicitação: 18-04-2023
Observação:
Confirmado
Data: 18-04-2023

Sem visitas de parentes há 10 anos, Francisco alterna rotina na prisão fazendo crochê, lendo cartas de mulheres apaixonadas e frequentando cultos da Igreja Universal. Doença fez com que ele perdesse todos os dentes.